中国历代名著全译·丛书

唐诗三百首全译

沙灵娜 译诗 何年 注释
陈敬容 校订

贵州出版集团
贵州人民出版社

再版说明

◎ 在人类文明历史长河中，中华民族创造了源远流长、博大精深的优秀传统文化，它是中华民族的“根”与“魂”，为中华民族生生不息、发展壮大提供了强大的精神支撑。中华优秀传统文化内容包蕴万千，而浩如烟海的历代经典名著正是其中最为璀璨的瑰宝。

◎ 为了传承和弘扬中华优秀传统文化，使广大读者了解我国历代经典名著的全豹，上世纪90年代，我们在全国学术界许多著名学者的支持下，出版了这套《中国历代名著全译丛书》。丛书分两批，每批50种，精选我国历代经史子集四部名著以全注全译的形式整理出版。由于丛书开名著全译之先河且兼具权威性、通俗性、学术性和资料性，出版之后得到书界的认可和受到读者的喜爱，并于1993年荣获第三届中宣部精神文明建设“五个一工程”奖。

◎ 随着中国开启建设社会主义现代化国家新征程，文化作为一个国家、一个民族的灵魂，在中国特色社会主义事业全局中的重要地位被进一步凸显，提高文化软实力成为实现中华民族伟大复兴的重要支撑。正是由于这样的背景，让我们开启《中国历代名著全译丛书》的再版工作具有非同寻常的意义。此次再版我们主要做了两项工作：一是对书的内容进行全面细致的校订，改正上一版中存在的舛误，同时，在尊重和保持作者学术成果原貌的基础之上，对个别属于历史局限的地方作了适当处理，使其内容更加精善；二是对书的装帧形式重新进行设计，使其形态更具审美价值并符合新时代读者的阅读习惯。

◎ 我们相信，这套新版的《中国历代名著全译丛书》在让读者领略到中华优秀传统文化独特风采与恒久魅力的同时，对提升中华民族文化自觉自信将起到应有的作用。

贵州人民出版社有限公司

2021 年 1 月

序言

◎ 在中国古诗选本中，我想，恐怕再没有比《唐诗三百首》更深入人心的了。

◎ 几乎是五十年前的事了，我在北京东北城角的一座小四合院里念私塾。先生是位清末的秀才，姓果。他在讲授四书五经之余，也教我们背几首唐诗，那课本，便是《唐诗三百首》。“熟读唐诗三百首，不会作诗也能吟”的话，最先就是从果老师那儿听到的。先生教书的办法简单之至，淘气的学生归纳成两个字：一“背”二“打”。先生领读三两遍，学生便熟读、背诵；背不下来，便打板子。背四书，谁也免不了挨板子，背《三百首》，则好得多了。虽则许多诗全然不懂，但那铿锵的声韵，那华美的词句，却使孩子们感受到不可名状的一种快慰，仿佛是对硬吞经典之苦的某种补偿。这是孩子们美的启蒙。从那时我便爱上了中国古典诗词。

◎ 我知道，诗其实是不能翻译的。正如外国诗一译成汉语就失去了原味儿一样，古诗译成今语，那种令人心弦震颤的、难以名状的、朦胧的美，即使不悄然消隐，也会大大减色。可我仍然希望，至少年轻时候希望过：要是有人能把它们译成白话，而且不失那朦胧的美味儿就好了。现在想来，这要求实在太难了。翻成白话不难，不失诗味则很难，不失诗味而又不改原诗诗意、诗境更难。那必须译者是一位真正的诗人，而且是一位深谙古文三昧的、当代的诗人。

◎ 手头的这本《唐诗三百首全译》，是很受青年们爱戴的“九叶”诗人陈敬容先生跟她的女儿合作的。敬容先生四十年代已活跃于诗坛、译坛，创作、翻译近五十年；她的女儿是专攻唐宋文学的大学古文教师。她们的合作成果，应该是既忠实于原诗，又确实是诗的吧！我想，我没有必要拿出哪几首来进行分析，也不必介绍我所亲见的，她们是如何仔细推敲着一个个词字、品吟着一个个韵脚的。读者是最公正的评论家。

◎ 译者在每首诗前都作了简析或说明，这对于广大青年读者理解诗的背景、题旨和艺术特点是会有益处的。

◎ 今译，本不必再加注释。可是，古诗中典型的形象与意境，常常有历史的积淀，它所化用的成句、故典，在古人是不言而喻的，在今人则常觉陌生；某些地名、典制、僻词也会影响对诗意的理解，而译文于此是很难处理的。编辑和我都建议加一些注释，语言则不妨简约。译者欣然采纳了我们的意见。

◎ 听说,《唐诗三百首》已经有人译了，即将出版。鲁迅说过,“将来还可以有新的复译本的，七八次何足为奇，何况中国其实并没有译过七八次的作品”(《且介亭杂文二集·非有复译不可》)。他的话对极了，我认为。

陈振寰

1988年1月

目录

五言古诗

七言古诗

乐府

五言律诗

七言律诗

五言绝句

乐府

七言绝句

乐府

附录

五言古诗

张九龄

感遇（选二）

作者

张九龄（678—740），字子寿，韶州曲江（今广东韶关）人。武后神功年间进士。历官秘书省正字、左拾遗、中书侍郎同平章事，迁中书令，为玄宗开元贤相之一。立朝刚正，直言敢谏。后被李林甫排挤，贬荆州长史。张九龄早岁即以文学为当世所推重，且与当时文人有广泛联系，执政时多举荐贤才，奖拔后进。其诗和雅清淡，论者以为开王、孟、储、韦一派，对诗坛的繁荣有促进之功。五言古诗继陈子昂后标举魏晋风骨，《感遇》十二首最具代表性。五言律诗情致深婉，自然流丽。有《张曲江集》。

其一

题解

张九龄玄宗朝曾为相，政声清肃，后遭李林甫排挤，罢相外任。《感遇》诗共十二首，是诗人于开元二十五年（737）任荆州长史时所作。这组诗运用比兴手法，托物寄情，感慨遥深，风调和雅清淡。

此诗为《感遇》第一首，诗人以清雅芬芳的兰桂比拟自己超凡脱俗的高尚风节，并强调指出像兰桂自有素志不求美人攀折一样，修养自身的清德，是贤人君子固有的品质，不是为了求人赏识。这首诗语意温雅和婉，却有很大的内在力量，柔中带刚，显示了诗人对于理想的坚持精神。

兰叶春葳蕤[①]，	春天的兰叶一片繁茂，
桂华[②]秋皎洁。	秋天里桂花皎洁芬芳。
欣欣此生意，	它们都充满蓬勃的生意，
自尔为佳节。	装点这春秋美好的时光。
谁知林栖者，	你可知山林的隐士喜爱兰桂，
闻风坐相悦。	只因为自己的风调同它们相仿。
草木有本心，	草木也具有各自的性格，
何求美人折！	并不求别人将它们攀折。

注释

①葳蕤（wēiruí）：草木茂盛花下垂貌。
②桂华：桂花。

其二

题解

屈原《橘颂》：“受命不迁，生南国兮。深固难徙，更壹志兮。…… 苏世独立，横而不流。”以橘树的坚贞品节自喻。张九龄的这首诗也是丹橘的赞歌，诗人赞颂丹橘和松柏一样，有着傲霜斗雪的节操，以此比拟君子之德。并以《古诗·橘柚垂华实》中“委身玉盘中，历年冀见食”的诗意，抒发自己虽有贤才高节却不能为世所用的深沉感慨。末二句以世人重视凡俗的桃李却弃置果实甘芳绿叶成荫的丹橘设譬，进一步对自己不公平的命运表示抗议；用问句作结，既加强语气又使人感到意味深长。全诗语言朴素省净。

江南有丹橘，	江南有一种红橘，
经冬犹绿林。	到严冬橘林还一片青青。
岂伊地气暖，	难道仅仅是由于地气和暖？
自有岁寒心①。	它自有傲霜的本性。
可以荐嘉客，	红橘很可以款待友好，
奈何阻重深。	可惜路途阻隔山高水深。
运命唯所遇，	命运不同全在于偶然的遭际，
循环不可寻②。	有如时令回环冷暖不由自身。
徒言树桃李，	世人都喜欢栽种桃李，
此木岂无阴？	红橘树难道不也有浓浓的绿荫？

注释

①岁寒心：不畏严寒的坚韧之心。《论语·子罕》：“岁寒，然后知松柏之后凋也。”

②循环不可寻：意谓命运无常，祸福相倚，如四时循环，非人力可以改变。谢灵运诗：“四时循环转，寒暑自相承。”（据《佩文韵府》引，不见《古诗源》及《先秦汉魏晋南北朝诗》）

李白

下终南山过斛斯山人宿置酒[1]

作者

李白（701—762），字太白，号青莲居士。绵州昌隆（今四川江油）人。青少年时博涉经史百家，好剑术，尚侠义，喜道教，同时又抱负远大，“愿为辅弼，使寰区大定，海县清一”。功成而身退，是其最高政治理想。二十五六岁离蜀漫游吴楚、中原一带。他不愿走科举常途，想凭仗自己才华一跃而为王者师。天宝初，因道士吴筠及玄宗妹玉真公主荐，应诏入京，供奉翰林。终因生性傲岸耿介、不喜苟合取容，为权贵所毁谤、排抑，入朝廷不足两年便被“赐金放还”。后又漫游齐、鲁、江、淮一带，并尝北至幽燕。安史乱起，隐居庐山的李白以为永王李璘是北上讨贼的，遂应召入其幕府。后肃宗发兵讨杀李璘，李白以附逆论罪，长流夜郎。中途遇赦，东归。病卒于安徽当涂。

李白诗歌题材广阔，内容丰富，形式多样。他不满黑暗时政，傲视王侯权贵，保持独立人格，追求个性解放。他关心民众生活，反对不义战争，热爱祖国山河，珍重友谊爱情，凡此种种，在其诗歌里都得到充分表现。他的诗个性极其鲜明，感情热烈奔放，想象奇伟丰富，语言清新流畅，风格雄健俊逸，不愧为屈原之后诗史上最伟大的浪漫主义诗人。李白最擅乐府歌行和七言古诗，五七言绝句亦为圣手。杜甫称其“笔落惊风雨，诗成泣鬼神”，终生视之为师友。李白诗对后世影响巨大，唐之韩愈、李贺，宋之苏轼、陆游，明之高启，清之屈大均、龚自珍等，皆深受其影响。有《李太白集》。

题解 这首诗是李白在长安供奉翰林时作。诗中记述了诗人月夜入终南山访友的行程、沿途所见的清幽景色，以及见到友人后宾主相得、畅饮谈心、陶然忘机的欢乐情景，是一首将写景、叙事、抒情融为一体的优美的田园诗。诗歌用明快的笔调表现了大自然带给诗人的喜悦和他们之间精神上的默契以及他与山人“忘形到尔汝”的欢洽情感。语言平易朴素，诗人的英风豪气在字里行间透露出来。

暮从碧山下，	我从青山上走来。正当暮色迷茫。
山月随人归。	多情的明月一路伴随我，投下皓洁的清光。
却顾所来径，	回头凝望那走过的山路，
苍苍横翠微[②]。	远近横斜，郁郁苍苍。
相携及田家，	我和他携手来到村舍，
童稚开荆扉。	可爱的孩童把柴门开敞。
绿竹入幽径，	幽僻的小路竹影阴翳，
青萝拂行衣。	依人的青萝轻轻拂动我的衣裳。
欢言得所憩，	在酣畅的交谈中，我的心灵找到了

	栖息的地方。
美酒聊共挥。	我们同饮甘醇的美酒，
长歌吟松风，	把咏赞松风的歌曲高唱。
曲尽河星稀。	一边饮酒一边欢歌，直到众星渐隐，银河微茫。
我醉君复乐，	在快乐中我们陶然欲醉，
陶然共忘机[3]。	忘掉了世间的一切扰攘。

注释 ①终南山：在陕西西安市南，一称南山，秦岭主峰之一。古又名太一山、中南山、周南山。斛（hú）斯山人：李白友人，隐士，生平不详。

②翠微：云气缭绕的山间林木幽深处。

③忘机：抛却机心。

李白

月下独酌

题解 李白在长安，对“但假其名，而无所职”的翰林供奉的位置越来越感到不满意，他“彷徨庭阙下，叹息光阴逝”（《答高山人兼呈权、顾二侯》），在十分苦闷的心情下写了《月下独酌》四首，此其一。

这首诗描写高傲的李白举世无知己，只有皓洁的明月和孤单的身影可以作为伴侣，和他一同饮酒，随他一同歌舞。诗歌表现了美妙的想象，充满奇情异彩，同时又浸透着主人公内心深深的孤独感。

花间一壶酒，	我在花丛中安排下一壶好酒，
独酌无相亲。	自斟自饮身边没有一个知音。
举杯邀明月，	举起酒杯请明月同我做伴，
对影成三人。	对着自己的影子，就等于三个人。
月既不解饮，	月亮本来不会饮酒，
影徒随我身。	影子也不过枉然跟随在身后身前。
暂伴月将影，	且暂时伴同着月亮和影子，
行乐须及春。	及时行乐，趁着这美好的春天。
我歌月徘徊，	我唱起歌，月亮在高空徘徊不定，
我舞影零乱。	我跳着舞，影子也忽后忽前。
醒时同交欢，	清醒时我们还共同欢乐，
醉后各分散。	酒醉后也只有各自分散。
永结无情游①，	但愿能永远忘情地遨游，
相期邈云汉②。	相约重逢在缥缈的云汉。

注释 ①无情游：忘情的游伴。

②云汉：银河。《诗·大雅·云汉》："倬彼云汉，昭回于天。"郑笺："云汉谓天河也。"

李白

春思

题解 这是一首思妇诗，描写秦中的一位少妇对着阳春的风物思念远戍的丈夫，并以燕秦两地春天到来的迟和早，来显示自己的相思更深于丈夫的一片痴情。南朝乐府《子夜四时歌·春歌》"春风复多情，吹我罗裳开"，说春风的撩拨牵动女主人公的情思，这首诗的末二句反用其意，以女主人公对春风的责怪表明她不为外物所动的坚贞心志，用意更加深刻。

燕草如碧丝，	北国的小草也该像丝线般青碧了吧？
秦桑低绿枝[①]。	秦中的桑树已低垂着浓绿的枝叶。
当君怀归日，	当你想望着回归家园时，
是妾断肠时。	我早就因思念你而愁肠百结。
春风不相识，	和煦的春风啊！我不认识你，不认识你。
何事入罗帏[②]？	为什么悄悄吹进了我红罗的帷帐？我只在把远行的亲人盼望。

注释

①燕草两句：燕北地寒，秦中气暖，北疆春草方生之时，关中桑枝已长满绿叶了。

②罗帏：丝罗制成的帏帐。《乐府杂曲·伤歌行》："微风吹闺闼，罗帏自飘扬。"

杜甫

望岳

作者

杜甫（712—770），字子美，自称"杜陵布衣""少陵野老"。巩义市（今属河南）人，祖籍襄阳。祖父杜审言为初唐著名诗人。青少时代生活内容主要是读书、漫游。开元中，他南游吴越，北游齐赵，度过一段"裘马颇清狂"的岁月。天宝五年（746）至长安，进取无门，困顿十年，才获得右卫率府胄曹参军的卑微官职。未及赴任，安史乱起。流亡颠沛，为叛军俘往沦陷的长安。不久逃往凤翔拜见肃宗，任为左拾遗。次年贬华州司功参军。乾元二年（759）弃官西行，辗转至成都，定居于浣花溪畔自营之草堂。曾任西川节度使严武参谋、检校工部员外郎。严武死后，离蜀东行。其间留滞夔州两年，转而漂泊于鄂、湘一带。大历五年（770）冬，病逝于湘江舟中。

杜甫是中国诗史上最伟大的现实主义诗人。其诗广泛深刻地反映了唐代由极盛走向大衰的历史过程中的种种社会景象，自唐以来便被目为“诗史”。他以穷愁潦倒之身，怀忠君爱国、经时济世之志，一生坎坷困顿，饱经战乱，却始终关心民生疾苦，为普通百姓呼吁呐喊。其诗题材极其广泛，刻画极其生动深刻，众体兼备，富于独创，格律严整，语言精粹。善于吸收诸家之长，“转益多师”，融会贯通，形成自己“沉郁顿挫”的特殊风格。对后世诗歌发展产生了无与伦比的深远巨大的影响。存诗一千四百余首，各体均有杰作。有《杜工部集》。

题解

开元二十三年（735），杜甫到洛阳应进士考试，落第后在赵、齐一带（今河南、河北、山东）漫游。这首诗是游山东时所作，是现存杜诗中年代最早的篇章。全诗句句扣紧“望”字，从诗人眼中见出东岳泰山雄奇壮丽的伟观，表现他对泰山高度的赞颂和无限的景仰。“会当凌绝顶，一览众山小”两句化用孔子登泰山而小天下的意思，抒写诗人不甘平庸、努力攀登高峰的雄心壮志，气魄极其宏大。

岱宗[①]夫如何，	五岳之首的泰山啊！
齐鲁青未了。	你青青的山色覆盖了广阔的齐鲁两地。
造化钟神秀[②]，	你是大自然的结晶，造物赋予你的资质多么神奇，
阴阳割昏晓[③]。	山的南边像早晨般明亮，北边却昏暗如同傍晚，一山之中竟有着这样

	的差异。
荡胸生层云，	蒸腾的云气重重叠叠，洗涤了我的胸襟。
决眦[④]入归鸟。	极目遥望，视野中飞着一群群归巢的鸟雀。
会当凌绝顶，	总有一天我要登上你最高的峰峦，
一览众山小。	看群山匍匐在你的脚边。

注释

①岱宗：泰山别名岱，古以为众山的宗主，故尊称岱宗。

②造化：大自然。钟：汇聚。

③阴阳割昏晓：山北曰阴，山南曰阳；此句形容泰山高插云天，山南山北明暗判若晨夕。

④决：裂开。眦（zì）：眼眶。

杜甫

赠卫八处士[①]

题解

这首诗是肃宗乾元二年（759）春天，杜甫从洛阳返回华州任所途中作。在安史之乱的动荡岁月，诗人寻访二十年不曾会面的故友，诗中描述了他与老朋友相见时悲喜交集的复杂心情：故友重逢的惊喜，伤逝的悲哀，备历沧桑的感慨，温馨友情的陶醉，别后难见的惆怅，前途未卜的茫然……这一切对人生最深刻的感受，诗人用朴实无华的语言真挚地披露在我们面前，写得层次井然、波澜起伏，极抑扬顿挫之致，有着惊心动魄的感人力量。

人生不相见，	朋友们往往难以相见，奔波在人生的旅途。
动如参与商[②]。	如同参星和商星，一个升起时，一个已从天边隐没。
今夕复何夕，	今夜是什么吉日良辰？
共此灯烛光。	照临我们的竟是同一盏灯烛。
少壮能几时？	青春壮健的岁月能有多少？
鬓发各已苍！	忽然间你我都已两鬓如霜！
访旧半为鬼，	寻访往昔的友朋，他们多一半已经死亡。
惊呼热中肠。	使我惊痛嗟呼，心内如煮沸汤。
焉知二十载，	谁知道二十个春秋过去，
重上君子堂。	我还能幸运地来到你的厅堂。
昔别君未婚，	相别时你还是一位少年，
儿女忽成行。	如今却已经儿女成行。
怡然敬父执，	他们欢欣地礼待父亲的老友，

问我来何方。　　亲切询问我来自哪乡。
问答未及已，　　没有说尽所有的往事，
儿女罗酒浆。　　儿女们殷勤地安排下宴飨。
夜雨剪春韭，　　夜雨中剪来了青鲜的韭菜，
新炊间黄粱。　　又呈上新煮的黄米饭让我品尝。
主称会面难，　　主人珍惜会面艰难，
一举累十觞。　　频频劝酒一杯又一杯。
十觞亦不醉，　　一连十杯还没有喝醉，
感子故意长。　　令我激动的是你对老友情意深长。
明日隔山岳，　　明日分别后，华山就将把我们阻隔，
世事两茫茫。　　相见又不知将在何年呵，在什么地方？

注释

①卫八处士：据《唐拾遗记》，杜甫与李白、高适、卫宾相友善，宾年最少，卫八当指卫宾。古称有才德而隐居不仕者为处士，卫八当为隐者。

②参与商：黄道二十八宿星宿名；参属西方白虎七宿；商即心宿，属东方青龙七宿。参商二宿此出彼没，不能同时得见，故云。

杜甫

佳人

题解 此诗肃宗乾元二年（759）秋作于秦州，描写一位绝代佳人，战乱中亲人遭罹杀身之祸，家道衰败之后，饱经世态炎凉、人情冷暖，丈夫变心另有所欢，女主人公幽居空谷，生活极其清苦，但她依然保持着青柏、翠竹般坚贞的品节和高尚的情操。诗人对女主人公寄予了深厚的同情，并对她的自持清德表示了由衷的赞美。“但见新人笑，那闻旧人哭”这两个十分平易的句子，概括了旧时代妇女被任意抛弃的普遍不幸的命运，语浅而意深。“天寒翠袖薄，日暮倚修竹”不仅描绘出高洁的佳人形象，也象征了不肯同流合污、洁身修德自甘淡泊的君子，杜甫创造的这一优美动人的艺术形象寄托着他的理想，为后世许多文人所赞赏，所借用，所模拟。

绝代有佳人，	有一位容貌超绝的美人，
幽居在空谷。	寂寞地住在幽深的山谷。
自云良家子，	她说自己出身名门，
零落依草木。	家道中落才住在这里伴同着草木。
关中昔丧乱，	当年关中一带战火连天，
兄弟遭杀戮。	自己的兄弟也遭到了杀戮。
官高何足论，	官高可又有什么用处，

不得收骨肉。	连骸骨都没能收进坟墓。
世情恶衰歇，	世态是这样冷暖易变，
万事随转烛。	一切事物都像那风中摇动的蜡烛。
夫婿轻薄儿，	丈夫是一个轻薄男子，见我遭逢不幸，他竟另觅新欢，
新人美如玉。	爱上貌美如玉的新人。
合昏尚知时，	无知的合欢花朝开夜合,信守时辰，
鸳鸯不独宿。	鸳鸯总是雌雄相随,从不只身独宿，
但见新人笑，	而我那朝三暮四的丈夫，他却比不上禽鸟和草木。他满眼只看见新人的笑容，
那闻旧人哭!	哪里还听得到旧人的啼哭!
在山泉水清，	泉水在山中清澈无比，
出山泉水浊。	出山后就染上污浊。
侍婢卖珠回，	侍女去变卖珍珠回来，
牵萝补茅屋。	牵起藤萝，修补我简陋的茅屋。
摘花不插发，	我不去采摘鲜花来装饰鬓发，
采柏动盈掬。	往往采一把柏籽充我饥腹。
天寒翠袖薄，	寒风吹动我薄薄的衣衫，
日暮倚修竹。	日落黄昏，我斜倚着高高的青竹。

杜甫

梦李白（二首）

其一

题解 肃宗乾元元年（758）李白流放夜郎（汉代西南邻国中，夜郎国最大，国境主要在今贵州西部），次年春行至巫山遇赦放还。远在北方的杜甫只知李白被流放，不知他中途遇赦，怀念老友忧思难解，积想成梦。第一首写对李白梦绕魂萦的思情，“死别已吞声，生别常恻恻”是对人生感情极其深刻的体验。“落月满屋梁，犹疑照颜色”描写梦醒后梦中人仿佛犹在眼前的精神状态，十分真切传神。诗中对友人命运的极度关怀，“一篇之中，三致意焉”，感人至深。第二首从梦中见到的李白形象表现诗人对故友命运的深深同情，为他平白遭遇不幸深致愤慨。“冠盖满京华，斯人独憔悴”是对当时贤愚不分、黑白倒置的黑暗现实的揭露和抗议。最后以李白虽将获得万古不朽的荣名，却已是“寂寞身后事”作结，表现他对李白无限的同情与崇敬。只有像杜甫这样胸襟极其广阔能够吞吐宇宙的伟大天才，才能对另一伟大天才表现如此深厚的友谊、同情，如此深刻的理解和由衷的赞颂。这两首诗是怀友寄友的千古绝唱，读来令人回肠荡气，为之泣下。

死别已吞声，	死别虽令人哀痛，那绝望的痛苦终会消失，
生别常恻恻。	生离的悲伤，却紧紧萦绕在心，永无尽时。
江南瘴疠[1]地，	那远谪的故人，贬到了处处瘴疠的江南，
逐客无消息。	我的朋友呵，你至今没有一点消息。
故人入我梦，	知道我一直在深深地怀念，
明我长相忆。	你终于来到梦中和我相见。
恐非平生魂，	看来不像你当年的风采，
路远不可测。	哎，路途遥远，安危难测。
魂来枫林[2]青，	你来时枫林青青，
魂返关塞黑。	你去时关塞昏黑。
君今在罗网，	你不是已被拘系在罗网，
何以有羽翼？	怎么还能够自由地飞翔？
落月满屋梁，	月亮沉沉将落，银光洒满了我的屋梁，
犹疑照颜色。	我看见你清晰的身影，仿佛在我的近旁。
水深波浪阔，	水多么深呵，波涛汹涌异常。
无使蛟龙得[3]！	珍重吧，你归去的灵魂！千万别碰上蛟龙，被那恶兽所伤。

注释 ①瘴疠：瘴气、疫疠。瘴气为南方山林间湿热蒸郁能致人疾病之气；疫疠为自然界能伤人致病、具有强烈传染性的戾气。

②枫林：《楚辞·招魂》云，“湛湛江水兮，上有枫。目极千里兮，伤春心。魂兮归来，哀江南！”

③水深二句：杜甫忧心李白的命运，希望他不再遭恶势力之迫害；蛟龙乃影射迫害李白的统治者。一说杜甫担心李白会像屈原一样被迫害致死；《续齐谐记》云，东汉初年，长沙有自称屈原者曰：“吾尝见祭甚盛，然为蛟龙所苦。”这里正用此典。

其二

浮云终日行，	天上的浮云整日里飘来飘去，
游子久不至。	远在天边的故人却久久不至。
三夜频梦君，	接连三夜多少次梦中见到你，
情亲见君意。	可知你对我的深情厚谊。
告归常局促，	你匆匆离去时再三诉说，
苦道来不易。	来到这里是多么不易。
江湖多风波，	江湖上风波险恶，
舟楫恐失坠[①]。	我担心你的船只被掀翻沉没。
出门搔白首，	你出门时搔着满头白发，
若负平生志。	仿佛在诉说自己辜负了平生志向。

冠盖[②]满京华，　　高车丽服的显贵塞满了都城，
斯人独憔悴！　　唯独才华盖世的你容颜憔悴。
孰云网恢恢[③]，　　谁说天道是公正无欺，
将老身反累。　　你迟暮之年却无辜受累。
千秋万岁名，　　你终会得到不朽的声名，
寂寞身后事。　　可叹那已是你寂寞地辞世后的事情。

注释

①江湖二句：含义同于前首“水深”二句，以“江湖风波”喻恶势力猖獗，担心李白“舟楫失坠”，被恶风波吞没。

②冠盖：冠冕与车盖，代指达官贵人。

③网恢恢：《老子》云“天网恢恢，疏而不失”，意谓上天如网，网孔虽宽疏，而从无漏失。此处，杜甫以“孰云网恢恢”，表达了对最高统治者的不满，以及因李白与自己之遭遇而产生的愤懑不平。

王维

送綦毋潜落第还乡

作者

王维（701—761），字摩诘。祖籍太原祁县（今山西祁县），其父移居蒲州（今山西永济）。少年时，即以诗名为名公巨卿座上客。开元进士，任大乐丞。张九龄执政，任右拾遗，

累迁至给事中。天宝十五载（756），安史乱军陷长安，王维为叛军俘获解至洛阳，被迫接受伪职。两京收复后，任伪职者分等论罪。王维因陷贼时曾赋诗怀念唐室，其弟王缙愿削官职为兄赎罪，因仅降职为太子中允。复右迁至给事中，转尚书右丞。世称王右丞。王维能诗，善画，工草隶，精音律，是一位通才。他是南宗水墨画的创始人，是山水田园诗派的领袖。其诗多写田园山水、自然风光，淡雅闲逸，精细恬美，饱含禅趣。苏轼说："味摩诘之诗，诗中有画；观摩诘之画，画中有诗。"深得王维诗画之神理。其诗名与孟浩然并称"王孟"，成就则远在孟之上，有很高的美学价值。王维其他题材的诗如边塞、军旅、赠别等作品，亦多有传诵名篇。有《王右丞集》。

题解 这是一首赠友之作，因送别的友人綦毋潜（Qíwú Qián）系赴考落第后失意还乡，于是诗人在诗中对友人频致安慰，特别用一种十分旷达的语气，显示了他对友人心情细致入微的体贴。诗中抒写对友人的依依惜别之情，没有过分的渲染和夸张，使人感到非常真实、亲切。

圣代无隐者，	清明盛世还能有什么隐者，
英灵尽来归！	杰出人才全都进入了朝廷！
遂令东山客[①]，	这使得那些高人处士，
不得顾采薇[②]。	再不能幽居山林。

既至金门③远，	来到长安你没能金榜题名，
孰云吾道非。	谁说是因为我们的主张不行?
江淮度寒食④，	江淮间正度寒食佳节，
京洛缝春衣。	在这繁华的京城，只见家家缝制着春衫。
置酒长安道，	我为你饯行，在长安郊外安排好酒宴，
同心与我违。	叹息知心的朋友要踏上归程。
行当浮桂棹⑤，	你很快就要浮舟江海，
未几拂荆扉。	回到自家的柴门。
远树带行客，	你将越走越远，消隐在远方的山林，
孤城当落晖。	只有落日斜晖照临这孤城，使我分外愁闷。
吾谋适不用，	我们的谋略一时没能得到赏识，
勿谓知音稀。	请千万别以为人世间缺少同道的知音!

注释

①东山客：本指东晋谢安，此处借指綦毋潜。谢安，字安石，东晋政治家。据《晋书·谢安传》，安早年有隐居之志，居会稽东山，日与王羲之等游处，纵情山水，吟咏诗文。四十岁始出仕，然“东山之志，始末不渝，每形于言色”。故称之为“东山客”。

②采薇：指隐居。据《史记·伯夷列传》，武王平殷，孤竹

君二子伯夷、叔齐“义不食周粟，隐于首阳山，采薇而食之……遂饿死于首阳山。”

③金门：金马门，汉未央宫门，汉武帝曾命学士在此等待召见，以备顾问。“金门远”指未得中第而不能待诏帝侧。

④寒食：清明前一天（一说前两天）为寒食节，禁火冷食。参阅韩翃七绝《寒食》。

⑤桂棹（zhào）：桂木制船桨，代指船。《九歌·云中君》：“桂棹兮兰枻，斫冰兮积雪。”

王维

送别

题解 这首送友人归隐的诗，对友人的不得意不作浮泛的安慰，同情的意味更觉深长。

下马饮君酒，	我下马为你置酒，
问君何所之。	问你去向何方。
君言不得意，	你说你郁郁不得志，
归卧南山陲。	打算归去居住在终南山近旁。
但去莫复问，	朋友，你只管去吧，我也不必过多地寻问。

白云无尽时[1]。 我知道那山中无尽的白云，将给你无限欢愉，驱散你内心的愁闷。

注释 ①但去两句：用南朝陶弘景《诏问山中何所有赋诗以答》诗意，“山中何所有？岭上多白云。只可自怡悦，不堪持赠君”。陶弘景（457—537），字通明，隐于句曲山，自号华阳隐居。梁武帝屡聘而不肯出。诗为答齐高帝作。

王维

青溪

题解 这首诗描写了一条青溪的幽秀景色，诗人用多彩的画笔，绘出青溪流经不同地方时呈现的不同画面。其中“声喧乱石中，色静深松里”两句，以喧响的声音和幽冷的色调形成闹与静的强烈对比，如同一幅“有声画”。诗的末四句写出诗人心境的闲淡正如清川的闲淡，把自己的精神和自然的精神融合起来，意味隽永。

言入黄花川[1]， 走进黄花川，
每逐青溪水。 我每每追随青溪的流水。

随山将万转，	旅程还不到百里之遥，
趣途无百里。	溪水随着山路万转千回。
声喧乱石中，	它流过山间的乱石，发出喧响轰鸣，
色静深松里。	流经幽深的松林，又带着林间青色的宁静。
漾漾泛菱荇，	菱角和荇菜荡漾在水上，
澄澄映葭苇。	澄净中夹岸的芦苇倒映。
我心素已闲，	我的心向来淡泊闲静，
清川淡如此。	何况面对着淡泊如我的青溪。
请留盘石上，	从此留在这巨石之上吧，
垂钓将已矣。	我将以垂钓来度我的余生。

注释　①黄花川：水名。《通典》："凤州黄花县有黄花川。"在今陕西凤县东北。

王维

渭川田家①

题解　这是一首著名的田园诗，描写了普通乡村春末夏初的黄昏景象。诗人用简淡自然的彩笔绘出一幅明丽的农村风景画和风俗画，歌唱了充满生意和情趣，同时又十分宁静闲逸的农家生活，并写出诗人对于朴素的田园牧歌式的安乐的向往，从侧面反映了诗人在宦海浮沉中的苦闷和彷徨。

斜阳照墟落，	斜阳照着村墟篱落，
穷巷牛羊归。	放牧的牛羊回到深深的小巷。
野老念牧童，	村中一位老叟盼望着牧童归来，
倚杖候荆扉。	倚靠着手杖守候在柴门旁。
雉雊麦苗秀，	麦苗吐穗，野鸡在麦田鸣唱，
蚕眠桑叶稀。	桑叶渐稀，蚕儿就要吐丝。
田夫荷锄至，	下田的农夫扛着锄头，
相见语依依。	亲切地絮语依依。
即此羡闲逸，	看到这一幅美丽的图景，怎能不羡慕隐居的安详，
怅然吟式微[2]。	我吟哦着《式微》的诗章，满心是欲归归不得的怅惘。

注释 ①渭川：即渭水，在陕西。

②式微:《诗·邶风》篇名。《诗序》:“《式微》，黎侯寓于卫，其臣劝以归也。”诗云:“式微、式微，胡不归?”此处借用字面意思表达怀乡欲返的心境。

王维

西施咏[1]

题解 这首诗以西施微贱和尊贵时声价截然不同的史事，来讽喻才士得到君王器重的机遇偶然。正如陈子昂曾在《郭隗》诗中所说“逢时独为贵，历代非无才”，王维也在本诗中深深感叹君臣际遇的难得。“贱日岂殊众，贵来方悟稀”两句，对那些攀龙附凤青云直上的权贵讽刺极深，抒发了诗人仕途失意、有志难伸的愤懑不平。

艳色天下重，　天下人都重视美色，
西施宁久微。　西施岂能长久地微贱？
朝为越溪女，　早上还是越溪的民间女子，
暮作吴宫妃。　晚上就成了吴宫的王妃。
贱日岂殊众，　微贱时跟常人并没有什么两样，
贵来方悟稀。　一旦尊贵才明白她竟是稀世的珍奇。
邀人傅脂粉，　丝罗衣衫她不肯自己动手来穿，
不自著罗衣。　梳妆打扮也得别人服侍。
君宠益娇态，　君王的宠幸使她更添百倍的娇态，
君怜无是非。　君王爱怜哪还管什么是非！
当时浣纱[2]伴，　当时一道浣纱的女伴，

莫得同车归。	有谁能与她同车共荣?
持谢邻家子,	奉劝邻家的女子,
效颦[3]安可希?	不必枉费心机去效颦邀宠。

注释

①西施：一作先施，春秋末越国苎罗（今浙江诸暨南）人。越王勾践选献吴王夫差，深受夫差宠爱。吴亡后，传说西施与越大夫范蠡偕入五湖，不知所终。

②浣纱：浣（huàn），洗濯。传西施未入吴宫前，曾于会稽城东浣纱。《太平寰宇记》："会稽县东有西施浣纱石。"

③效颦：《庄子·天运》载，"西施病心而矉其里，其里之丑人见而美之，归亦捧心而矉其里。其里之富人见之，坚闭门而不出；贫人见之，挈妻子而去之走。""矉"同"颦"（pín），皱眉。

孟浩然

秋登兰山寄张五[1]

作者

孟浩然（约689—740），襄州襄阳（今湖北襄阳）人。一生未仕，以布衣终老。早年隐居鹿门山，以诗自适，但心存魏阙，常思进用。四十岁赴长安，应试不第。据传又因玄宗诏见，诵"不才明主弃"诗句，玄宗不悦，孟失意而归。后曾一度为荆州长史张九龄幕府从事。与王维并称“王孟”，是盛唐山水田园诗派的领袖人物之一。诗歌内容较为狭窄，主要表现田园山水风光、隐居生活情趣、羁旅生活感受。诗风清新自然，杜甫赞其“清诗句句尽堪传”。五律、五绝艺术成就很高。有《孟浩然集》。

题解 这是一首寄友诗，抒写诗人秋天傍晚登上兰山远望友人的隐居之处，由望而不见产生的相思之愁；并以望见的种种景色，衬托诗人对友人情谊的深厚。“天边树若荠，江畔舟如月”，描绘远望中的景色意象十分清新奇特。

北山白云里，	你住在兰山的白云深处，
隐者自怡悦[②]。	享受着怡然自得的隐逸生活。
相望试登高，	我登上高山想遥望你的居处，
心随雁飞灭。	我的心连同目光，追随着天边时显时隐的飞鸿。
愁因薄暮起，	日落西山使我满怀相思的忧愁。
兴是清秋发。	这清秋佳节却引发我的诗兴。
时见归村人，	我时时望见回村的人们，
沙行渡头歇。	走过沙滩在渡头歇息。
天边树若荠，	天边的树木远望像野荠般细小，
江畔洲如月。	江畔的沙洲洁白如同明月。

何当载酒来，　　几时你才能携酒来到这里，
共醉重阳节。　　和我一同陶醉在重阳佳节？

注释　①《全唐书》注诗题：“一作《九月九日岘（xiàn）山寄张子容》，一作《秋登万山寄张文儃》。”
②北山两句：用陶弘景诗意，见王维《送别》注①。

孟浩然

夏日南亭怀辛大

题解　诗人摄取夏夜纳凉这样一幅日常小景，表现他幽居生活中怡然自得的乐趣。诗人用欣喜的笔调描绘了自己置身在池月、清风、荷香、竹露这众多美好事物中的愉快感受，以及由此自然地产生想和友人共赏良辰美景的愿望，并写出见不到友人的淡淡哀愁和绵长相思。整首诗充满了浓郁的诗意。

山光忽西落，　　山后夕阳不知不觉中忽然西落，
池月渐东上。　　池塘上月亮渐渐升起在东方。
散发乘夕凉，　　我披散着头发，尽情享受这夜晚的清凉，
开轩卧闲敞。　　推开窗户，我躺卧在闲静敞亮的地方。

荷风送香气，　　清风送来阵阵荷花的香气，
竹露滴清响。　　露水滴上竹叶发出幽雅的声响。
欲取鸣琴弹，　　我想要取出鸣琴来弹奏，
恨无知音①赏。　　但可惜没有知音来欣赏。
感此怀故人，　　这一切使我多么怀念我的老友，
终宵劳梦想。　　从夜晚到天明，我都在梦中把他盼望。

注释

①知音：《列子·汤问》云，“伯牙善鼓琴，钟子期善听。伯牙鼓琴，志在高山，钟子期曰：‘善哉，峨峨兮若泰山！’志在流水，曰：‘善哉，洋洋兮若江河！’”后遂以“高山流水”或“知音”称知己者。

孟浩然

宿业师山房待丁大不至

题解

这首诗抒写诗人夜宿僧房等待友人的情景，清幽的自然景色和诗人清幽的情怀取得了和谐的统一。“松月生夜凉，风泉满清听”两句，写出由冷色和清音所感到的凉爽和适意，十分细致真切。盼待友人的殷切和久候不至的惆怅，没有用过多的笔墨来表现，但从抱琴伫立的幽独形象中，我们可以体会到诗人的一片深情。

夕阳度西岭，	夕阳穿度了西岭，
群壑倏已暝。	群山忽地一片昏黄。
松月生夜凉，	月上松枝，夜色满含着凉意，
风泉满清听。	风吹泉水，耳边萦回着清幽的音响。
樵人归欲尽，	樵夫都已回去，
烟鸟栖初定。	烟霭中小鸟也入巢栖息。
之子期宿来，	我等待他归来住宿，
孤琴候萝径。	独自抱琴在长满青藤的小径伫立。

王昌龄

同从弟南斋玩月忆山阴崔少府[1]

作者

王昌龄（698—756），字少伯，京兆长安（今西安市）人。开元进士，任秘书省校书郎。举博学宏词科，授汜水县尉。又曾任江宁县丞，世称“王江宁”。后因细故贬龙标尉。安史乱起，由贬所赴江宁，为濠州刺史闾丘晓杀害。与孟浩然、王之涣、王维、高适、李白等人均有交往。最擅七绝，有“七绝圣手”之称，又被时人称作“诗家天子”。描写边塞生活及妇女题材的作品最为出色，内涵丰富，语言流丽，音节爽朗，格调天成。唐代唯李白七绝可与之比美。有《王昌龄集》。

题解 此诗描写了诗人赏月时清雅的情趣，以及由月亮盈虚引发世事无常的感慨和对友人的思念。末二句宕开一笔，以虽与友人远隔千里却能感受对方德行的馨香作结，不落俗套。

高卧南斋时，	当我悠闲地躺卧南斋，
开帷月初吐。	拉开帷帘见明月初上。
清辉澹水木，	在它清辉的沐浴下，树影随着水波轻轻摇晃，
演漾[②]在窗户。	水月的清光又在窗户间不住地徘徊荡漾。
荏苒[③]几盈虚，	岁月流逝，月亮经过了几度圆缺，
澄澄变今古。	人世间多少变迁，而它总是同样澄澈。
美人[④]清江畔，	我思念的人在清江的那边，
是夜越吟[⑤]苦。	当此良夜，他正在南方，苦苦地吟诵诗章。
千里其如何[⑥]，	我虽然和他遥隔千里，却共照同一的月光，
微风吹兰杜。	我仍能感到他声名的馨香，仿佛微风吹送来芝兰、杜若的芬芳。

注释 ①从弟：堂弟。山阴：今浙江绍兴市。

②演漾：流动起伏的样子。

③荏苒（rěnrǎn）：时光渐去，岁月流逝。

④美人：喻君子或所思念者，此处指崔少府。

⑤越吟：越人庄舄，仕楚而病，因思故土，而吟越声。事见《史记·张仪传》。后以指思乡、怀人之情。山阴古属越国，崔少府居山阴，作者设想崔也为怀友（己）而吟，故云。

⑥千里句：谢庄《月赋》云，“美人迈兮音尘绝，隔千里兮共明月。”

丘为

寻西山隐者不遇

作者 丘为，生卒年不详。嘉兴（今属浙江）人。天宝进士，官至太子右庶子。与王维、刘长卿等人相友善，有诗唱和。多描写田园山水风光。今仅存诗十二首，以五言为主。

题解 诗人上山访寻隐者不遇，幽绝的风景使他领悟了清静无为的理趣，因而心中充满宁静的喜悦。末二句化用王子猷雪夜访戴“乘兴而行，兴尽而返”的典故，很有情味。

绝顶一茅茨， 高山之巅有一所茅屋，

直上三十里。	我走上三十里山路去探寻。
扣关无童仆，	敲门时没有童仆应声，
窥室惟案几。	从窗外窥视，只看见屋内的桌椅。
若非巾柴车①，	他是驾着车子出游了呢，
应是钓秋水。	还是垂钓在秋江之滨？
差池不相见，	我和他阴错阳差，竟然不得相见。
黾勉空仰止②。	我徘徊在他门前，空怀着对他的无限钦敬。
草色新雨中，	新雨过后草色青青，
松声晚窗里。	晚窗含着松风的清音。
及兹契幽绝，	这幽绝的景色和我多么投机，
自足荡心耳。	足以涤荡我的耳目和胸臆。
虽无宾主意，	虽然没有主人殷勤待客的雅意，
颇得清净理。	我却深深领悟了一种清净的理趣。
兴尽方下山，	兴致已尽我走下山，
何必待之子③。	何必一定要等待到同他相遇。

注释

①巾柴车：巾车与柴车。巾车，有车衣遮盖的车；柴车，简陋无饰的车，常指高士隐者的车乘。陶渊明《归去来兮辞》：“或命巾车，或棹孤舟。”《韩诗外传》：“驽马柴车，可得而乘也。”此处言主人驾车出游。

②仰止：敬慕。《诗·小雅·车舝》："高山仰止，景行行止。"

③兴尽两句：言只需尽兴，不必一定见到主人。典出《世说新语·任诞》："王子猷居山阴，夜大雪，眠觉，开室，命酌酒。四望皎然。因起彷徨，咏左思《招隐诗》。忽忆戴安道。时戴在剡，即便夜乘小船就之。经宿方至，造门不前而返。人问其故，王曰：'吾本乘兴而行，兴尽而还，何必见戴？'"之子：那人，指作者寻访之人。

綦毋潜

春泛若耶溪[1]

作者 綦毋潜（692—749），字季通，荆南（今湖北江陵）人。开元进士。由宜寿县尉入为集贤院待制，迁右拾遗、著作郎。安史乱后回乡隐居。田园山水诗派重要诗人之一，与王维、李颀、韦应物等多有唱和。多写山水景色及隐居情趣，诗风清雅秀丽。《全唐诗》录其诗一卷。

题解 这是一首山水纪游诗，描绘了一幅春江花月夜泛舟图，表现诗人处处发现美、时时感受美的幽雅情致，和由自然美引起的对世事扰攘的厌倦，以及隐居林泉的愿望。

幽意无断绝，	我寻幽探胜的心意没有停止，
此去随所偶。	随着一路看见的景色生发不已。
晚风吹行舟，	晚风吹送我的行舟，
花路入溪口。	沿着开满鲜花的河岸荡入溪口。
际夜转西壑，	星夜又转过西边的山岭，
隔山望南斗②。	隔山仰望天上的南斗。
潭烟飞溶溶，	潭底升起浓浓的“烟雾”，
林月低向后。	林中月亮仿佛低落在行舟的背后。
生事且弥漫，	世事何等的纷繁渺茫，
愿为持竿叟③。	不如做一名隐居的钓叟。

注释

①若耶溪:《太平寰宇记》载,“若耶溪在会稽县东二十八里。”相传为西施浣纱处，水至清，照众山倒影，清丽如画。

②南斗：二十八宿之斗宿，六星列如勺状，夏夜在南方天际。

③持竿叟：东汉严子陵（名光），会稽人，曾与刘秀同学；刘秀称帝，召为谏议大夫，不受，归隐富春山，常持竿垂钓于富春江畔。

常建

宿王昌龄隐居

作者 常建，生卒年不详，长安人。与王昌龄为同榜进士。大历时曾任盱眙（今属江苏）县尉。一生仕宦不得志，浪迹山水，最后隐居鄂渚。是山水田园派重要诗人之一。盛唐人殷璠所选《河岳英灵集》，首列常建诗作，其诗意境清幽，笔法凝练。边塞之作亦有一定成就。有《常建诗集》。

题解 诗人描写王昌龄隐居之处环境的清雅幽静，清溪、孤云、松月，这一切景物都象征着主人的幽独与高洁。诗人由留宿山林胜境而产生与主人偕隐的念头，十分自然真切。诗中“松际露微月，清光犹为君”两句特别清新隽永。

清溪深不测，	我无从探测清溪的深浅，
隐处惟孤云。	在你隐居处但见孤云来去。
松际露微月，	月亮从松林微微露出，
清光犹为君。	为了你她洒下清光如许。
茅亭宿花影，	茅草亭合有花影留宿，
药院滋苔纹。	种药的庭院印着苔痕。
余亦谢时去，	我将辞谢时人陪同你隐居，
西山鸾鹤群。	与西山的鸾凤和白鹤相伴相亲。

岑参

与高适、薛据登慈恩寺浮图[1]

作者 岑参（约715—770），祖籍南阳（今属河南邓州市），移居江陵（今属湖北）。生平事迹新旧唐书均不载。出身官宦之家，幼年丧父，家境日窘，刻苦攻读。天宝三年（公元744年）进士及第，长期做小官。曾在安西节度使高仙芝幕下任掌书记，在北庭节度使封常清幕下为判官。后入朝任右补阙，又，出为地方官，终嘉州刺史。岑参有长期边塞生活体验，为盛唐边塞诗派最杰出的代表诗人，其诗奇丽雄壮，富于异国情调，想象丰富，气势磅礴，音节错落，个性风格极为鲜明。最擅七言古诗，间有情韵悠远的小诗。有《岑嘉州诗集》。

题解 这首诗用夸张的笔法极写慈恩寺塔的突兀高峻，并描绘了诗人登塔四望、俯仰所见的苍莽景色，以及由佛塔的孤高雄奇和天地的浩渺无垠，领悟了佛道的博大闳深，于是一刹那间产生挂冠皈依的意念。笔力豪健，气势雄放，充满浪漫主义色彩。

塔势如涌出， 宝塔如拔地涌出，

孤高耸天宫。	孤高直耸入天宫。
登临出世界，	攀援而上就像脱离了尘世，
蹬道盘虚空。	塔中石级盘旋在太空。
突兀压神州，	它峻峭地凌驾于中国大地，
峥嵘如鬼工。	雄奇如出自鬼斧神工。
四角碍白日，	塔角阻碍了太阳的行驶，
七层摩苍穹。	七层的塔顶上摩苍穹。
下窥指高鸟，	我望见小鸟在下面高飞，
俯听闻惊风。	俯身又听到呼啸的惊风。
连山若波涛，	左近山峦波涛般绵延起伏，
奔走似朝东。	山势奔腾齐向着东方。
青槐夹驰道，	辇路两旁是青青槐树，
宫观何玲珑。	宫室楼观建造得多么玲珑。
秋色从西来，	西风送来了秋色，
苍然满关中。	苍苍然布满关中。
五陵[②]北原上，	北面平野上的汉代五陵，
万古青濛濛。	亘古是那样一片青濛。
净理了可悟，	清净的佛理了然可悟，
胜因[③]夙所宗。	我向来信仰胜妙的善因。
誓将挂冠[④]去，	我发誓要辞去官职，
觉道资无穷。	悟道将使人受用不尽。

注释

①慈恩寺：在今陕西西安市南郊，唐太宗贞观二十二年（公元648年），太子李治为母文德皇后所建，原址为隋无漏寺，改称慈恩寺。名僧玄奘曾居寺中八年，寺中大雁塔即玄奘倡议修造。浮图：梵语的音译，又译为窣堵波、塔婆，省称为塔。慈恩寺浮图，即大雁塔；唐高宗永徽三年（公元652年）建，原高五层，武则天增为十层，后经兵火，仅存七层。塔方形，砖构，雄浑古朴。

②五陵：西安西，渭水北岸有西汉高、惠、景、武、昭五帝陵墓长陵、安陵、阳陵、茂陵、平陵，合称五陵。每建一陵，即设一县以供奉之，五县亦合称五陵。

③胜因：佛教语，善因，与“恶业”相对而言。佛家倡因果，认为善因必有善果。

④挂冠：辞官。典出《后汉书·逸民传》。王莽时，逢萌解冠，挂于东门之上，携妻子浮海而去。

元结

贼退示官吏

作者

元结（719—772），字次山，号漫叟、聱叟。河南鲁山人。天宝进士。安史乱起，以右金吾兵曹参军摄监察御史，充山南西道节度参谋，平乱有功。历任道州刺史、容州都督充容管经略使。后遭权臣嫉妒，辞官归隐。作为一名正直官吏，元结关心民生疾苦，多有德政。其为诗，亦能反映民众苦难，讽喻时政。他反对“拘限声病，喜尚形似”，要求文学能起教化作用，因而终生不作律诗。由于对文学本身的价值认识不足，其诗往往枯燥平直、缺少文采。有《元次山集》。

题解 此诗是元结于道州刺史任上所作，诗人反对官府的横征暴敛，深深同情人民疾苦，诗中斥责征敛的官吏，说他们连盗贼都比不上，愤激之情十分强烈，议论相当大胆。诗中还声明自己不愿为了讨好上司去威逼百姓，宁肯弃官归隐。作为封建统治阶级的一员，这种思想十分难能可贵。这篇诗歌和另一首《春陵行》，曾得到杜甫的高度赞扬：“道州（指元结）忧黎庶，词气浩纵横。两章对秋月，一字偕华星。”（《同元使君春陵行》）

原文 癸卯岁，西原贼入道州[①]，焚烧杀掠，几尽而去。明年，贼又攻永破邵[②]，不犯此州边鄙而退，岂力能制敌欤？盖蒙其伤怜而已。诸使何为忍苦征敛，故作诗一篇以示官吏。

译文 代宗广德元年（763），西原蛮族的“盗贼”攻入道州，焚烧杀掠，把城池差不多洗劫一空而去。第二年，“盗贼”又攻破永州和邵州，却不再进犯道州的边境而退。哪里是因为道州的兵力能够克敌呢？只不过因为“盗贼”也可怜这个小城罢了。诸位使臣怎么忍心苦苦地征敛呢？因此作诗一篇给官吏们看。

昔年逢太平，	往昔在太平盛世，
山林二十年。	我隐居山林二十年。
泉源在庭户，	山泉的源头就在庭中，
洞壑当门前。	门前是深谷高山。
井税[③]有常期，	那时收取赋税自有一定限度，
日晏犹得眠。	百姓因之过得安宁。
忽然遭世变，	忽然间遭逢兵乱，
数岁亲戎旃[④]。	我亲身料理军务好几年。
今来典斯郡，	如今来镇守这个州郡，
山夷又纷然。	山中的蛮夷又纷纷作乱。
城小贼不屠，	贼人不到这座小城来屠杀，
人贫伤可怜。	他们哀悯百姓实在穷得太可怜。
是以陷邻境，	邻近的州郡都被占领，
此州独见全。	独有这个地方得到保全。
使臣将王命，	皇上派来的租庸使臣，
岂不如贼焉？	难道竟比不上盗贼？

今彼征敛者，	他们逼迫被征敛的百姓，
迫之如火煎。	如同火焰般相煎。
谁能绝人命，	谁能够断绝人们的生路，
以作时世贤？	去做残民邀功的官员？
思欲委符节[⑤]，	我真想交还官印，
引竿自刺船。	自己去江上撑船。
将家就鱼麦，	移家到鱼米之乡，
归老江湖边。	在江湖边度我的暮年。

注释

①道州：治所在今湖南道县。

②永：永州，治所在今湖南零陵。邵：邵州，治所在今湖南邵阳市。

③井税：传上古行井田制，一井九百亩，分为九区，各百亩，如“井”字，中为公田，周为私田，八家分耕，并共耕公田以为赋税，称“井税”。元结借以指唐代所行按户口征收赋税的租、庸、调法。

④戎旃（zhān）：军帐。

⑤符节：古代朝廷传令调将所用凭证称符，使者所持凭证称节，后以之统称遣派官吏所持之印信。

韦应物

郡斋雨中与诸文士燕集

作者 韦应物（737—792），长安人。曾为玄宗近侍三卫郎。历官洛阳丞、高陵宰、鄠县令、比部员外郎，滁州、江州、苏州等地刺史。年轻时使气任侠，安史乱后始“折节读书”。为官清正，并以诗著名。诗各体兼善，描写田园山水及隐逸情趣的篇章最为出色。诗风高雅闲淡，多似陶潜、王维，而能自成一家。有《韦苏州集》。

题解 此诗是韦应物于苏州刺史任上所作，诗中记录了夏日一次文士宴集的盛会，颂赞了当地的人物文章，表现出诗人作为一郡之长爱惜人才、礼贤下士的胸襟和气度。“自惭居处崇，未睹斯民康”，显示了一个正直官员的良心，和“身多疾病思田里，邑有流亡愧俸钱”（《寄李儋元锡》）并读，可知这是诗人真心的自白，并不是矫情。

兵卫森画戟，　　卫士的画戟排列森严，
燕寝凝清香。　　内室满是燃香的芬芳。
海上风雨至，　　海上忽然间起了风雨，
逍遥池阁凉。　　池阁变得适意而清凉。

烦疴近消散，	烦热和疾病都已消散，
嘉宾复满堂。	更有嘉宾坐满在高堂。
自惭居处崇，	惭愧啊，我的居室竟这样华丽，
未睹斯民康。	却不曾见百姓有多安康。
理会是非遣，	通晓自然之理能分辨是非，
性达形迹忘。	天性通达就物我两忘。
鲜肥属时禁，	荤腥不宜于盛夏的时光，
蔬果幸见尝。	请大家把蔬菜和水果品尝。
俯饮一杯酒，	我俯首饮下一杯酒，
仰聆金玉章。	抬头敬听各位金玉般优美的文章。
神欢体自轻，	心情欢畅，身子也变得轻捷，
意欲凌风翔。	我真想要凌风飞翔。
吴中盛文史，	苏州有众多才士，
群彦[①]今汪洋。	俊秀的人物济济一堂。
方知大藩[②]地，	我明白都市所以宏大，
岂曰财赋强。	并非物产丰饶而是盛于文章。

注释

①彦：据《书·太甲》，孔传："美士曰彦。"

②大藩：犹大邦、大城。封地、属国称藩。

韦应物

初发扬子寄元大校书

题解 这是诗人乘舟离开广陵（今江苏扬州）返回洛阳时的赠别诗，以简淡的笔墨抒写了诗人不得不与知友分别、离开名城广陵的依恋不舍之情。其中“归棹洛阳人，残钟广陵树”是为人传诵的名句，蕴藉含蓄，语淡情浓。

凄凄去亲爱，	凄凄然离开亲爱的朋友，
泛泛入烟雾。	在烟雾迷茫的江上行舟。
归棹洛阳人，	我这乘船返回洛阳的人，
残钟广陵树。	只听到广陵的远树间传来断续残钟。
今朝此为别，	今天和你在这里相别，
何处还相遇？	什么地方才能够重逢？
世事波上舟，	世事就如同浪里的小舟，
沿洄安得住！	回流中怎能长长地驻留！

韦应物

寄全椒山中道士[1]

题解　这是韦应物的名篇之一，抒写秋风秋雨之夕，诗人怀念山中的一位道士，想携酒去安慰老友又无从寻觅的惆怅。“涧底束荆薪，归来煮白石”完全是不食人间烟火的道士生活情景的写照。末二句“落叶满空山，何处寻行迹”，极得后人称赏，甚至誉为绝唱。整首诗语言雅淡简洁，情味幽远。

今朝郡斋冷，	今朝在州府感到寒意，
忽念山中客。	忽而把山中的故人忆念。
涧底束荆薪，	想他正在山涧深处捆柴束薪，
归来煮白石[2]。	归来煮白石为粮就好像神仙。
欲持一瓢酒，	我要带一壶酒远去探望，
远慰风雨夕。	在这风雨之夕给他以慰藉。
落叶满空山，	落叶遮满空寂的山林，
何处寻行迹。	哪里去寻找他的踪迹！

注释　①全椒：县名。在今安徽省东部，东临南京市。

②煮白石：葛洪《神仙传》载，“白石先生者，中黄丈人弟子也。尝煮白石为粮，因就白石山居，时人故号为白石先生。”

韦应物

长安遇冯著

题解 诗人在长安遇到因仕途失意而隐居的故人，对他表示了亲切的关怀与安慰。诗中着意描绘了生机蓬勃的明丽春光，旨在希望友人能因之心情开朗。

客从东方来，	有客来自东方，
衣上灞陵[①]雨。	衣衫沾带着灞陵的雨迹。
问客何为来？	问他为什么来到此地，
采山因买斧。	说是来买开山的斧斤。
冥冥花正开，	绿叶成荫，鲜花开得多么美丽；
飏飏燕新乳。	哺育了幼子，燕子飞得多么轻盈。
昨别今已春，	去年同你别离，如今已是春季，
鬓丝生几缕！	那鬓边的白发，又新添了几缕！

注释 ①灞陵：古地名，又作霸陵。故址在今陕西西安市东。庾信《拟咏怀》：“无因同武骑，归守灞陵园。”

韦应物

夕次盱眙县①

题解 这首诗抒写旅途中的客思，以萧索的景物烘托羁留异乡的愁情，文字简洁，内涵丰富，风格淡远清瑟。

落帆逗淮镇，	放下风帆，我在淮水边的市镇稍停。
停舫临孤驿。	船只靠岸，孤零零的旅舍就在附近。
浩浩风起波。	浩浩长风起，波翻浪滚，
冥冥日沉夕。	夕阳西沉后天色昏暝。
人归山郭暗，	乡人归去了，山野一片幽暗寂静，
雁下芦洲白。	鸿雁飞落，月光下芦苇丛生的小洲分外清明。
独夜忆秦关②，	我独自久久思念着长安，
听钟未眠客。	卧听阵阵寒钟直到夜阑更深。

注释 ①次：《左传·庄公三年》载，“凡师一宿为舍，再宿为信，过信为次。”引申指行军或旅行中的短期停留。盱眙（Xūyí）县：在今江苏西部，北临洪泽湖。

②秦关：诗中指长安。韦应物为京兆长安人，长安古为秦地，故云。

韦应物

东郊

题解 这是一首学陶的力作，诗人一生追慕陶潜，人格同诗风都与之相近。这首诗抒写了诗人久困官舍偶尔郊游时，面对充满生命力的美好春光陶然而醉的闲适心情，以及由此产生的弃官归隐的念头，表现了诗人对官场束缚的厌憎和对自由散淡生活的向往。诗中描绘的是平凡的事物和平常的景色，却蕴涵着无限的诗情画意，体现了诗人“能壹寄秾鲜于简淡之中”的艺术特色。

吏舍跼终年，	困守官舍，使我终年地烦闷。
出郊旷清曙。	漫步郊野，曙光荡涤我的胸襟。
杨柳散和风，	杨柳依依，在和风里摇曳不定。
青山澹吾虑。	青山如画，淡泊了我的尘念俗情。
依丛适自憩，	斜倚树丛，我休息得多么安宁；
缘涧还复去。	沿着山涧，继续信步前行。
微雨霭芳原，	微雨过后，芬芳的原野更加滋润清新，
春鸠鸣何处。	斑鸠声声，却不知在哪里欢鸣。
乐幽心屡止，	我向来喜爱幽静，可惜总难以遂心。
遵事迹犹遽。	公务缠绕，生活常感觉迫促不宁。

终罢斯结庐，　我终将辞谢官职，去营造茅屋一进，
慕陶直可庶。　追随陶潜的步履，但愿得到那清雅的风情。

韦应物

送杨氏女

题解　这首诗是诗人长女远嫁送别时所作，诗中所说的全是家常絮语，娓娓道来，使人感到特别情真意切，语言朴实无华，表现了诗人高雅闲淡外的另一种风格。

永日方戚戚，　长日里正满怀忧愁，
出行复悠悠。　出门去如有所失，心绪悠悠。
女子今有行，　女儿今天就要远嫁，
大江溯轻舟。　在大江上逆流泛舟。
尔辈苦无恃，　可怜你们自幼失去了母亲，
抚念益慈柔。　想起来我这父亲心中更加慈柔。
幼为长所育，　妹妹从小靠姐姐抚育，
两别泣不休。　分别时姐妹俩啼哭不休。
对此结中肠，　此情此景令人柔肠百结，

义往难复留。	女大当嫁哪能再把你挽留。
自小阙内训，	可叹你自幼缺少母亲的闺训，
事姑贻我忧。	去侍奉公婆怎能不令我担忧。
赖兹托令门，	幸而你托身在高尚门第，
任恤庶无尤。	但愿能得到怜惜，不招致怨尤。
贫俭诚所尚，	出身贫苦我们诚然是崇尚节俭，
资从岂待周。	嫁妆哪能办得过分丰厚?
孝恭遵妇道，	希望你孝顺恭敬，谨守妇德，
容止顺其猷。	言行举止合乎礼法范畴。
别离在今晨，	今早就要同你分别，
见尔当何秋。	再相见不知要到哪一个春秋!
居闲始自遣，	平日里还能自我排遣，
临感忽难收。	一旦分离我真是悲思难收。
归来视幼女，	回来看见了孤单的幼女，
零泪缘缨流!	更难禁我自己涕泪横流。

柳宗元

晨诣超师院读禅经

作者 柳宗元（773—819），字子厚，河东（今山西永济）人。贞元间与刘禹锡同榜进士。曾任集贤殿正字、蓝田尉、监察御史里行。王叔文执政，擢为礼部员外郎，参与政治革新。改革失败，贬永州司马。元和十年（815）召入京，又远放为柳州刺史。在柳州兴利除弊，政绩卓著。柳宗元是唐代杰出的思想家、文学家。他与韩愈同为古文革新的宗师，艺术成就有超越韩愈处。诗歌与陶潜、韦应物风格较接近，幽峭疏淡，明净简洁，苏轼评其诗在陶之下、韦之上。抒怀、赠友、写景诗最为出色。有《河东先生集》。

题解 这首诗叙述诗人诵经时的感想。他并不迷信能够修炼什么来世之福，倒是僧院的幽静带给他恬淡的喜悦。

汲井漱寒齿，	汲来井水漱洗了口齿，
清心拂尘服。	清除杂念，拂去衣上的尘泥，
闲持贝叶书[①]，	身心洁净我才捧着佛经，
步出东斋读。	步出东斋去悉心诵吟。
真源[②]了无取，	世人不研究经书的真意，
妄迹世所逐。	只知追寻荒诞的奇迹。
遗言冀可冥，	佛经教人修行求来世的福分，
缮性[③]何由熟？	我怎能精通这样的道理。
道人庭宇静，	僧侣的庭院多么幽静，
苔色连深竹。	青苔与竹林连接成深碧琉璃。

日出雾露余，　　初日升起，长松还带着朝露和晓雾，

青松如膏沐。　　郁郁青青如同刚刚沐浴。

澹然离言说，　　我心怀无比淡泊，

悟悦心自足。　　有所领悟而自足自喜。

注释

①贝叶书：指佛经。《西域传》："西域有贝多树，国人以其叶写经，故曰贝叶书。"

②真源：真正的本源。

③缮性：修养本性。

柳宗元

溪居

题解

这首诗是柳宗元贬为永州（今湖南零陵）司马时所作，他用一种故作放达的语调描写溪居生活的闲适，实际上却透露了遭贬后的幽愤心情。一个并不愿遁世隐居的有志之士，却不得不过着无所事事的山林生活，什么"久束""幸谪""闲依""偶似"，这些语句都大有深意，都弹出了弦外之音，表现诗人内心的抑郁不平。

久为簪组[①]束，　　我长久受着官职的拘系，

幸此南夷谪。　　幸而贬谪到这荒远的南方。
闲依农圃邻，　　闲居在农夫的毗邻，
偶似山林客。　　有时竟好像是隐士的模样。
晓耕翻露草，　　耕田除草脚踏着朝露，
夜榜②响溪石。　　夜晚归船把溪石碰响。
来往不逢人，　　在天地间就这样独来独往，
长歌楚天碧。　　对着澄碧的高空我放声歌唱。

注释

①簪组：官服。簪，固冠之簪；组，系冠之带。借指官职、显贵。

②榜：船桨，亦借指划船。

乐府

王昌龄

塞上曲

题解

这首诗赞颂边塞健儿勇武善战、终老疆场的报国精神，讽刺了那些以骑射为游戏，只知炫耀马匹装备，并不能为国尽力的游侠少年。诗中以自然环境的荒落寒冷来渲染军士们的吃

苦耐劳，形成苍凉慷慨的格调。

蝉鸣空桑林，	寒蝉在空旷的桑林间鸣叫，
八月萧关[①]道。	八月里军士们走上萧关大道。
出塞入塞寒，	出塞入塞只感到一片寒意，
处处黄芦草。	放眼四望但见遍地是枯黄的芦草。
从来幽并[②]客，	幽州并州的健儿，
皆共尘沙老。	从来都在沙场征战到老。
莫学游侠儿，	不要学那些游侠少年，
矜夸紫骝[③]好。	空自夸耀把紫骝马驯养得多么好。

注释

①萧关：一名郿关，在今甘肃省固原东南。此处泛指边关。

②幽并：幽州、并州。幽州，亦称燕，当今河北北部及辽宁一带；并州，当今河北西部、山西大部地区。幽并古属燕赵之地，民以尚气任侠、慷慨悲歌著称，诗文中常并举。

③紫骝：又名枣骝，良马名。《南史·杨侃传》："帝因赐侃河南国紫骝，令试之。侃执稍上马，左右击刺，特尽其妙。"此处泛指好马。

王昌龄

塞下曲

题解 这首诗描绘了一幅塞外战场严寒荒凉的图画。疾风如刀，黄沙遮天，白骨散乱，由此揭露战争的残酷，对战死的将士表示哀悼。

饮马渡秋水，	饮好我的马儿渡过秋天的河水，
水寒风似刀。	水寒刺骨疾风如刀。
平沙日未没，	夕阳还没有从大漠的尽头沉没，
黯黯见临洮[①]。	昏黄中隐约望见远处的临洮。
昔日长城战，	人们提起当年长城的战事，
咸言意气高。	总夸将官兵卒意气多高。
黄尘足今古，	沙漠上从古到今黄尘飞扬，
白骨乱蓬蒿！	白骨处处，散乱杂陈在蓬蒿。

注释 ①临洮（táo）：地名，秦置，秦长城西起点。当今甘肃岷县。

李白

关山月

题解

这首诗一开头就绘出了一幅极其辽阔苍茫的边塞图景，在这天高地迥的画面上，诗人由远而近地描写了从古到今无尽无休的战争，由战争带来的巨大牺牲，以及征人思妇两地相思的深沉痛苦。对于这种无代无之的社会现象——战争，诗人发出历史性的浩叹，意味十分深长。

明月出天山①，	明月从天山升起，
苍茫云海间。	广阔的云海间洒下来清光一片。
长风几万里，	长风飞驰几万里，
吹度玉门关②。	才吹送到玉门关前。
汉下白登③道，	汉军走下白登山的小路，
胡窥青海湾。	胡兵窥视着青海的那边。
由来征战地，	这自古以来的征战之地呵，
不见有人还。	从不见有人得到生还。
戍客望边邑，	战士凝望着边城的皓月，
思归多苦颜。	满怀对妻子的思念憔悴了容颜。
高楼当此夜，	高楼闺中对月思念丈夫的妻子，
叹息未应闲。	想必也在频频叹息，忧思绵绵。

注释 ①天山：即祁连山。匈奴称“天”为“祈连”。《史记·匈奴传》：“汉使贰师将军（李）广利以三万骑出酒泉，击右贤王于天山。”

②玉门关：古关名，亦称玉关。在今甘肃敦煌市西北。

③白登：山名。在今山西大同市东。山上有台，名白登台。《史记·匈奴传》：“高帝先至平城，步兵未尽到，冒顿纵精兵四十万骑围高帝于白登七日，汉兵中外不得相救，饷绝。”

李白

子夜吴歌（秋歌）

题解 这是一首思妇诗。诗人选取秋夜月光下捣击布帛的生活场景，表现了妇女们对征夫深长的相思。月色迷蒙的长安城只听见“万户捣衣声”，出征人数该有多少！战争规模该是如何宏大！于是诗人为广大妇女传达出渴望亲人归来、渴望和平安定生活的强烈心声。这首诗意境浑融，风韵天然，音调清越，有着永久的魅力。

长安一片月，	长安城里月色如霜，
万户捣衣声。	千家万户传来捣衣的声响。
秋风吹不尽，	对边关征人的深深思念，
总是玉关情。	就像这吹不尽的秋风阵阵。

何日平胡虏，	几时才能扫荡敌寇，
良人罢远征。	亲人从此再不用远征？

李白

长干行[1]（选一）

题解 这是一首民歌风极浓的思妇诗。诗中通过一个年轻商人妇的自白，描述了她和丈夫青梅竹马的情投意合、婚后的幸福生活、远别的痛苦相思、盼待丈夫还家的热切心愿。这种种的生活情景和心理状态，诗人都表现得非常真切细腻。正如《唐宋诗醇》所说，这首诗叙“儿女子情事，直从胸臆间流出，萦回曲折，一往情深”。

妾发初覆额，	我的头发刚刚盖住额头，
折花门前剧。	折下花枝在自家门前嬉戏，
郎骑竹马来，	你把竹竿当马骑着跑来，
绕床弄青梅。	我们俩绕着井台，投掷青梅追逐游戏。
同居长干里，	一起住在长干里，
两小无嫌猜。	幼小的你和我感情融洽，没有半点疑忌。

十四为君妇，	我十四岁做了你的妻子，
羞颜未尝开。	羞涩的模样总也不能改易，
低头向暗壁，	低头不语坐在朝向壁角的暗处，
千唤不一回。	叫我一千次，我也不肯回过头来看一看你。
十五始展眉，	十五岁我才开始舒展眉头不再害羞，
愿同尘与灰。	即使化作尘灰，我也决心和你在一起。
常存抱柱[2]信，	我常想你能朝夕跟我厮守，
岂上望夫台[3]。	从没想过有一天会长期别离。
十六君远行，	我十六岁你就离家远行，
瞿塘滟滪堆[4]，	渡过瞿塘的险滩滟滪。
五月不可触，	五月里江水上涨，滟滪堆没入江中不易看到。
猿声天上哀。	哀猿的啼声直响入云天，我担心你的船只万一会触礁。
门前迟行迹，	家门前你走过的道路，
一一生绿苔。	绿苔把足迹一处处全都遮了。
苔深不能扫，	绿苔越长越厚没法扫除，
落叶秋风早。	树叶纷纷凋落，秋风来得过早。
八月蝴蝶黄，	八月里蝴蝶一双双飞来，
双飞西园草。	自由地翔舞在西园芳草。

感此伤妾心，	此情此景使我感伤孤独，
坐愁红颜老！	只愁美丽的容颜很快会变老。
早晚下三巴[⑤]，	什么时候你走下三巴，
预将书报家。	一定要预先写信来家。
相迎不道远，	我要去迎接你不怕路远，
直至长风沙[⑥]。	一直走到遥远的长风沙。

注释

①长干：南京街巷名。《方舆览胜》：“建康府有长干里，去上元县五里，在秦淮南。”

②抱柱：《庄子·盗跖》云，“尾生与女子期于梁下，女子不来，水至不去，抱柱而死。”

③望夫台：各地多有望夫台、望夫山、望夫石之类名胜，均伴有夫外出不归，妻登山望夫而化石故事，此处应为泛指。

④瞿塘为三峡之一，旧名夔峡；滟滪堆为险滩，当瞿塘峡口，其状如马。在今四川奉节县。

⑤三巴：泛指今四川中、东部。《华阳国志》：“献帝建安六年，改永陵为巴郡，以固陵为巴东，安汉为巴西，是为三巴。”《小学绀珠》：“三巴，巴郡，今重庆府；巴东，今夔州；巴西，今合州。”

⑥长风沙：地名。《太平寰宇记》：“长风沙，在舒州怀宁县东一百九十里。”怀宁在今安徽西南部，位长江北岸，距南京五百余里。

孟郊

列女操

作者 孟郊（约751—814），字东野。湖州武康（今浙江德清）人。生性耿介寡合，四十六岁始中进士，曾任溧阳尉、协律郎等职。一生穷愁潦倒，人称“寒酸孟夫子”。诗多愁苦之辞、不平之鸣，感情朴素真挚，而又句凝语炼。苏轼称其“诗从肺腑出，出辄愁肺腑”。长于五古，诗风苦涩古拙，与贾岛同为苦吟派诗人的代表。有《孟东野诗集》。

题解 这首诗颂扬烈女的节操，封建味道很浓。唯末二句“波澜誓不起，妾心古井水”，表现爱情的坚贞，比喻较贴切。

梧桐相待老，	两棵梧桐相守到老，
鸳鸯会双死。	鸳鸯从来都同生共死。
贞妇贵殉夫，	烈妇的美德是跟随逝去的丈夫，
舍生亦如此。	舍弃自己的生命本应如此。
波澜誓不起，	我的心贞静得像古井中水，
妾心古井水。	波澜无论如何也不会涌起。

孟郊

游子吟

题解 这首诗描写慈母为游子缝制衣衫，针针线线都织入无限的爱意、细腻深微的关心和体贴。它歌唱人类最深挚、最无私的感情——母爱，选取的生活事件极平常，表现的思想情感却十分博厚。“谁言寸草心，报得三春晖”两句，抒写儿子对母亲恩情的感激与不能报母爱于万一的心情，同样感人肺腑。比喻又极生动绝妙。这首诗语言质朴自然，感情真挚深刻，千多年来广为传诵，引起普遍的共鸣，堪称孟郊诗中最成功的一篇杰作。

慈母手中线，	慈母手中拿着针线，
游子身上衣。	为游子缝制出门的征衣。
临行密密缝，	临行时一针针缝得那么细密，
意恐迟迟归。	生怕他迟迟不归，衣衫变成蓝缕。
谁言寸草心，	谁说儿子的心，不想报答母亲的恩义？但就像细小的青草，
报得三春晖！	怎么能报答春天的太阳对它的慷慨赐予！

七言古诗

陈子昂

登幽州台歌[1]

作者 陈子昂（约659—700），字伯玉，梓州射洪（今属四川）人。出身于世代豪富之家，少年时使气任侠，成年后立志苦读，高宗末举进士，任麟台正字，迁右拾遗。直言敢谏，多次向武后上书进谏，曾下狱。曾两度随军出征。在武攸宜军中献奇策不被采纳，后又为武所嫉，被降职军曹，郁郁不得志，终以父老为由解职还乡。居父丧期间为权臣武三思迫害，冤死狱中。陈子昂是诗界革新的先驱者，理论上明确提出崇尚汉魏风骨、鄙弃齐梁绮靡诗风。其诗内容充实，风调雅正，以《感遇》三十八首为代表之作。其主张及创作实践受到后世推尊，影响深远，杜甫甚至赞曰："公生扬（扬雄）、马（司马相如）后，名与日月悬。"但其创作亦有不足，艺术风格较单一，对七言诗及近体诗认识不够。有《陈伯玉集》。

题解 陈子昂三十五岁时，任建安王武攸宜的参谋，随军东征，抵御契丹。到了燕京一带，在军中曾献奇策，未被采纳；又要求分兵万人为先锋，为武攸宜所憎恶，将他降职为军曹。陈子昂受到打击，满怀不能实现抱负的悲愤。当时他身居燕地，"因登蓟北楼，感昔乐生、燕昭之事，赋诗数首，乃泣然流涕而歌曰：前不见古人……"（卢藏用《陈氏别传》）这首诗抒发了一个有远大抱负的人因为遇不到可以识拔他、同他一起建立功业的知音，而感到孤单无助的悲愤。诗人独立苍茫，不由得感念宇宙的广漠无垠、时间的悠远长久和个人的渺小、生命的有限，因难以实现自己的雄心壮志而悲伤泣下。诗中表现的内容丰富深刻，感情苍凉慷慨，千百年来感动了无数怀才不遇的有志之士。

前不见古人，	后顾，看不到古代的才俊，
后不见来者。	前瞻，望不见未来的骅骝。
念天地之悠悠，	我感念宇宙的广漠无垠，时间又如此的悠远长久。
独怆然而涕下。	孤独的我呵，更难禁，悲从中来，涕泪交流。

注释 ①幽州台：即蓟北楼。故址在今北京西南。

李颀

古意

作者 李颀（690 — 757），祖籍赵郡（今河北赵县），长住颍阳（今河南登封市境），开元进士。曾任新乡县尉，因久不升调，去职隐居嵩山东川别业。与王维、高适、王昌龄等有诗歌往还，殷璠称其为“伟才”，长于五古及七言歌行，七律亦间有佳作。善以雄健诗笔表现边塞生活，刻画人物，描摹音乐。有《李颀集》。

题解 这首诗赞颂了北方健儿勇敢尚武、轻生报国的豪情壮志，以及他们处身边庭思念家乡的感情。情调昂扬慷慨。

男儿事长征，	男子本当从军去边疆，
少小幽燕客。	何况是幽燕之地的雄健儿郎。
赌胜马蹄下，	他们看重的是取胜在沙场，
由来轻七尺[1]。	自己的生命却往往抛在一旁。
杀人莫敢前，	杀敌时他们奋勇莫当，
须如猬毛磔[2]。	胡须竟像刺猬毛那样地开张。
黄云陇底白云飞，	骑着马像白云一样，在黄沙漫漫的原野上奔驰，
未得报恩不得归。	未报答君恩决不能返回故乡。
辽东小妇年十五，	那位年方十五的辽东少妇，
惯弹琵琶解歌舞。	琵琶弹得娴熟又善跳舞歌唱，
今为羌笛出塞声，	她用羌笛吹一曲凄凉的出塞曲，
使我三军泪如雨！	三军将士感动得一齐落泪，就像飞雨滂滂。

注释 ①七尺：古尺短于今尺（周尺约合今尺六寸九分一厘），七尺约合今四尺八寸四厘，相当于一个普通人的高度，故常以“七尺”代称身躯。

②猬毛磔（zhé）：《晋书·桓温传》载，“温眼如紫石棱，须作猬毛磔。”猬，刺猬。毛磔，羽毛四张。猬毛磔，形容人胡须稠密，如刺猬毛刚硬四张。

李颀

送陈章甫

题解 李颀善于塑造人物形象，他能抓住人物各方面的特征加以刻画，给人留下鲜明的印象。在这首诗里，诗人描写了陈章甫须眉浓密、前额宽阔威武的外形，又描写了他满腹经纶的才学、放达不羁的性格和孤高傲世的精神。然而，诗人所赞颂的这个出色形象，却是一个罢官回乡的不得志的人物。这就赢得了人们分外的同情。诗的末二句含义深长的问语，体现了诗人对朋友的一片真情，以及对于世态炎凉的无限感慨。

四月南风大麦黄，	四月里南风吹得大麦一片金黄，
枣花未落桐叶长。	枣花未落，桐叶又密又长。
青山朝别暮还见，	早上告别青山，到晚依然能够

	相见。
嘶马出门思旧乡。	策马去给友人送行，不觉把我的旧乡思念。
陈侯[①]立身何坦荡，	陈先生立身胸怀多么坦荡，
虬须虎眉仍大颡[②]。	他生着龙虎般的须眉前额宽广。
腹中贮书一万卷，	饱读过诗书上万卷，
不肯低头在草莽[③]。	怎能长久屈身埋没在草莽。
东门酤酒饮我曹，	他在东门买酒宴请我们，
心轻万事如鸿毛。	把世间万事看得轻如鸿毛。
醉卧不知白日暮，	有时他白日醉卧不知天色已晚，
有时空望孤云高。	有时他凝望孤云寄托内心的高傲。
长河浪头连天黑，	长河浊浪滔天，上下一片昏黑，
津吏停舟渡不得[④]。	舟子停船，欲渡不能，
郑国[⑤]游人未及家，	你这郑国游子不能早日回去，
洛阳行子空叹息！	我这洛阳行客空自思乡，叹息声声。
闻道故林[⑥]相识多，	听说你的故乡亲友众多，
罢官昨日今如何？	不知罢官回去，他们待你将会如何？

注释

①陈侯：指陈章甫。陈为楚人，开元进士。陈侯是美称。

②颡（sǎng）：前额。

③草莽：草野。《孟子·万章下》：“在野曰草莽之臣。”

④津吏句：据《列女传》，赵简子南击楚，至黄河渡口，渡口小吏醉卧，不能渡。简子怒，欲杀之。小吏女持楫而前，谓父乃为简子祷河神而醉，愿代父死。于是得免。此处活用此典，谓一津停舟而英才难渡。

⑤郑国：即郑都，亦称新郑，在今河南郑州南。李颀幼居颍阳（今河南许昌），近新郑，因称“郑国游人”。

⑥故林：故园，故乡。

李颀

琴歌

题解

这首诗记一次宴会听琴的情景。前半篇以室外凄清的秋景来反衬华堂上炉火融融、红烛高烧的温暖欢乐，后半篇以琴声一响万籁俱静，听者沉醉无言，并且引动诗人辞官归隐的念头，来表现音乐神奇的感染力量。

主人有酒欢今夕，	主人安排好了酒宴，请大家欢度今宵的时光。

请奏鸣琴广陵客[1]。	那位擅长琴艺的人，就要把鸣弦拨响。
月照城头乌半飞，	明月高照城头，栖息的乌鸦半被惊飞。
霜凄万木风入衣。	寒露凄冷草木凋零，秋风吹来寒沁人衣。
铜炉华烛烛增辉，	堂上的铜炉生起融融炭火，华烛高烧增添了宴会的欢欣。
初弹《渌水》后《楚妃》[2]。	那客人弹完著名的《渌水》，又弹了一曲美妙的《楚妃》。
一声已动物皆静，	琴声一响万籁立刻归于寂静，
四座无言星欲稀。	大家屏息凝神，直听到夜半星稀，
清淮奉使千余里，	我离乡千里来到这淮北之地，琴声引动我的乡情，
敢告云山从此始。	真想从此辞官归去。

注释

①广陵客：表面指“广陵（江都）来客”，实指善于演奏古琴者。《晋书·嵇康传》载，“康将刑东市，顾视日影，索琴弹之，曰：‘昔袁孝尼尝从吾学《广陵散》，吾每靳固之不与，《广陵散》于今绝矣！’”

②渌水、楚妃：皆琴曲名。《乐府诗集》：“齐明王歌辞七

曲…… 三曰《渌水曲》。”《歌录》云，“石崇《楚妃叹》曰：歌辞莫知其所由，楚之贤妃能立德著勋，垂名于后，唯樊姬焉，故今叹咏之声，永世不绝。”

李颀

听董大弹胡笳兼寄语弄房给事

题解 玄宗天宝前期，李颀听当时著名琴师董庭兰弹奏按胡笳声所翻琴曲《胡笳弄》，写下此诗。这首诗先从胡笳弄的由来，蔡琰作《胡笳十八拍》琴曲写起，生动地描绘了琴曲的哀怨感人，渲染了浓厚的历史气氛。继而一气转折，直联结到董大弹奏此曲的动人情景，以自然界的种种变化来比况琴曲所表现的艺术形象，使人如闻其声，如临其境，如感其情。诗中并将汉乌孙公主、唐文成公主远托异国的哀怨与蔡琰琴曲所吐露的情感连成一片。继而诗人又用各种自然界的声响来形容琴曲，赞美董大神妙高超的技艺。因董大系房琯门客，篇末称颂房琯高才脱略不重名利，而重视艺术，为董大得遇知音而表示钦羡。

蔡女昔造胡笳声， 往昔才华出众的蔡琰采笳调谱成琴曲，

一弹一十有八拍[①]。	写下哀怨动人的《胡笳十八拍》。
胡人落泪沾边草，	听了此曲胡人也泪湿边草，
汉使断肠对归客。	汉使面对归来的文姬更是满怀感慨。
古戍苍苍烽火寒，	透过神妙的琴声，人们看到苍莽的古代边城，连烽火都带着胡地的寒冷。
大荒阴沉飞雪白。	阴沉的塞外荒原，大雪纷飞白茫茫一派。
先拂商弦后角羽[②]，	如今听董君拨动那一根根琴弦，
四郊秋叶惊摵摵。	忽如惊风吹落，四野的木叶秋声凄清。
董夫子，通神明，	他的琴声感召了神灵，
深松窃听来妖精。	深山的妖精悄悄地前来偷听。
言迟更速皆应手，	忽快忽慢弹奏得多么自如，
将往复旋如有情。	手指往复回旋，凝聚着深情。
空山百鸟散还合，	琴声好像空山的百鸟飞去又飞回，
万里浮云阴且晴。	万里阴云笼罩忽又云散天晴。
嘶酸雏雁失群夜，	一会儿像失群的雏雁在黑夜里哀叫，

断绝胡儿恋母声[3]。	一会儿像离母的胡儿断断续续的哭声。
川为静其波，	江河不再翻起波浪，一片澄净，
鸟亦罢其鸣。	百鸟不再歌唱，潜心听琴鸣。
乌珠部落家乡远[4]，	琴声传达了乌孙公主思乡的愁怨，
逻娑沙尘哀怨生[5]。	文成公主远嫁异邦的苦情。
幽音变调忽飘洒，	弦音本来是凄凉幽咽，忽然转调又变得飘洒轻灵。
长风吹林雨堕瓦，	就像一阵阵大风吹得林涛汹涌，又像屋瓦上清脆的滴雨之声，
迸泉飒飒飞木末，	时而轻快如山泉在树梢飞泻，
野鹿呦呦走堂下。	时而像山中的野鹿在堂前呦呦长鸣。
长安城连东掖垣，	房公长安城的官署在宫廷东面，
凤凰池对青琐门[6]。	就面对着天子的宫门。
高才脱略名与利，	怀抱极高的才情，却不受名利羁绊，
日夕望君抱琴至。	日夜只盼着抱琴的董先生。

注释

①蔡女两句：蔡琰，字文姬，蔡伯喈女。汉献帝兴平中，大乱，琰为胡骑所虏，归南匈奴左贤王。琰在胡中十二年，生二子。后为曹操赎归，嫁陈留董祀。琰文才出众，传世有《悲愤诗》二首。世传蔡琰曾作《胡笳十八拍》，此二句即指此。当代学者考《十八拍》押韵、体式、流传著录情况等，多认为为南朝以后人伪托。

②先拂句：琵琶四弦为宫、角、商、羽，每弦七调，共可奏二十八调。中国古乐有五声音阶——宫、商、角、徵、羽和七声音阶——宫、商、角、变徵、徵、羽、变宫。五音阶约相当于今西乐自然大音阶之do、re、mi、so、la。

③断绝句：谓琵琶奏出文姬归汉与胡儿诀别之情。《胡笳十八拍》："嗟别稚子兮会无因"，"抚抱胡儿兮泣下沾衣"，"号失声兮谁得知，与我生死兮逢此时。愁为子兮日无光辉，焉得羽翼兮将汝归"。

④乌珠句：写琵琶之声如诉乌孙公主思乡之情。"珠"当作"孙"。据《汉书·西域传》，乌孙国王昆莫请与汉为婚姻，武帝以江都王刘建女细君为公主妻之。乌孙在今新疆伊犁河流域。

⑤逻娑句：写琵琶声如诉唐公主远嫁吐蕃之哀怨。逻娑即拉萨。唐曾遣文成公主、金城公主嫁吐蕃王。

⑥长安两句：写房琯居处。房为给事中，属门下省。唐中书、门下两省在宫禁中左右掖。长安，帝京。东掖，左掖。凤凰池，中书省所在地。青琐门，南宫门。

李颀

听安万善吹觱篥歌[1]

题解 这首诗歌出色地描绘了欣赏吹奏觱篥曲时的感受。诗人把不易传达的音乐语言、不易捕捉的音乐形象，用种种具体的自然现象的变化来表现，使我们如闻其声，使我们如在诗歌所表现的悲欢错杂的音乐海洋中浮沉。只有李颀这样一位音乐修养极深、悟性极强的诗人，才会把奇妙的音乐形象描绘得如此动人，如此真切。

南山截竹为觱篥，	采伐南山的青竹做一支觱篥，
此乐本自龟兹[2]出。	这神妙的乐器来自遥远的龟兹。
流传汉地曲转奇，	流入汉地后曲调更繁复更新奇，
凉州[3]胡人为我吹。	一位西凉的胡人为我吹奏乐曲。
傍邻闻者多叹息，	邻居听到凄怆的乐曲深深叹息，
远客思乡皆泪垂。	天涯行客触发了乡情纷纷哭泣。
世人解听不解赏，	世人只不过妄听音乐，却并不懂得其中的妙谛。
长飙风中自来往。	觱篥的乐音犹如狂飙，在天地之间呼啸来去。
枯桑老柏寒飕飗，	像严冬的枯桑老柏在寒风中发

	出哀吟，
九雏鸣凤④乱啾啾。	又像凤凰携同九只雏鸟争相喧啼。
龙吟虎啸一时发，	觱篥声时而像豪雄的龙吟虎啸，
万籁百泉相与秋。	时而像万物萧条，大自然一派秋意。
忽然更作《渔阳掺》⑤，	觱篥忽又奏出悲壮的渔阳鼓曲，
黄云萧条白日暗。	天空里只见黄云飘飘，太阳却早已藏匿。
变调如闻杨柳春⑥，	一会儿乐声欢乐，如春风中杨柳依依，
上林⑦繁花照眼新。	上林绚丽的繁花，耀花了游人的双眼。
岁夜高堂列明烛，	我在明烛高照的华堂当此除夕，
美酒一杯声一曲。	饮一杯美酒，听着这奇妙的乐章，一曲又一曲……

注释 ①觱篥（bìlì）：管乐器，汉时传于西域，形状类今唢呐。以芦为首，以竹为管，九孔。《明皇杂录》："觱篥本龟兹国乐，亦曰悲栗。"其声高昂、悲怆。

②龟兹（Qiūcí）：汉西域国名。位于天山南麓，汉通西域交通线上，在今新疆维吾尔自治区中西部轮台至阿克苏一带。

③凉州：州名。据《晋书·地理志》，汉改周之雍州为凉州。地当今甘肃、宁夏、青海北部、内蒙古西部一带。凉州一带少数民族多善乐舞，唐天宝间有大曲《凉州》。杜牧《河湟》："唯有《凉州》歌舞曲，流传天下乐间人。"

④九雏鸣凤：《晋书》载，"穆帝升平四年，凤凰将九雏见于丰城。"《古乐府》："凤凰鸣啾啾，一母将九雏。"

⑤渔阳掺：鼓曲。《后汉书·祢衡传》："曹操闻衡善击鼓，乃以为鼓吏。因大会宾客，阅试音节。衡为渔阳参挝，蹀而前，声节悲壮。"掺，掺（参）挝（cànzhuā）之省，击鼓之法。

⑥杨柳春：指古曲《折杨柳》，又用其字面意义。

⑦上林：上林苑，汉代名苑，此处乃泛指。

孟浩然

夜归鹿门歌①

题解 这首诗类似纪行之作。诗人在鹿门山有别业，曾两度在那里隐居。诗中写他黄昏时从渔梁渡口乘舟回山的情景，以渡口行人熙熙攘攘的热闹场面，衬托他独自入山的恬静悠然。纯用白描手法，诗风清疏简淡，很有情致。

山寺鸣钟昼已昏，	山中的寺院敲响了疏落的晚钟，
渔梁渡头争渡喧。	渔梁渡口争渡的人们笑语声喧。
人随沙岸向江村，	人们沿着两岸的平沙走向村庄，
余亦乘舟归鹿门。	我也乘舟返回鹿门山。
鹿门月照开烟树，	鹿门山上升起一轮皓月，烟霭迷离的树色变得清晰分明，
忽到庞公[2]栖隐处。	不知不觉来到庞公栖隐的地方，
岩扉松径长寂寥，	山崖上的屋门前总是那样清冷，松间小路也是长久地寂静，
唯有幽人自来去。	来来去去独有我这幽居的人。

注释

①鹿门：山名，在湖北襄阳东南。据《襄阳记》，襄阳侯习郁立神祠于山，刻二石鹿夹神道口，因谓之鹿门山。

②庞公：《后汉书·逸民传》载，“庞德公者，襄阳人也。居岘山之南，未尝入城府。躬耕田里。荆州刺史刘表数延请，不能屈。后携妻子登鹿门山采药，不返。”

李白

庐山谣寄卢侍御虚舟

题解 这是肃宗上元元年（760）李白在庐山写给友人卢虚舟的诗。诗一开头直呼孔子的名讳，嘲笑他的迂腐、不知进退，表现了诗人的叛逆精神和幽愤心情。之后，诗人描绘了庐山神秀雄奇的湖光山色，抒写了他在从政失败后想要寄情山水、纵情遨游和求仙学道，以此来安慰自己受伤的心灵，排遣内心的愤懑。尽管诗人用明快的笔调歌唱他游山寻仙的惬意，但我们不难听出在欢乐的曲调中鸣响着悲怆的弦外之音。从本篇的开头，我们就可以体味到那种佯狂愤世的精神了。

我本楚狂人，	我本是楚国的狂人接舆，
凤歌笑孔丘①。	高唱着凤歌嘲笑迂腐的孔丘，
手持绿玉杖，	拿起碧玉镶嵌的名贵手杖，
朝别黄鹤楼②。	晨曦中辞别了黄鹤楼。
五岳③寻仙不辞远，	去五岳寻访神仙不怕路远，
一生好入名山游。	我一生最爱到名山漫游。
庐山秀出南斗傍④，	秀美的庐山，分野靠近天上的南斗，
屏风九叠⑤云锦张，	九叠屏风就像云霞锦绣般开张，

影落明湖青黛光。	山影倒映在澄净的鄱阳湖，闪出青黛色的光芒。
金阙前开二峰长[6]， 银河倒挂三石梁[7]。	石门山前矗立着香炉、双剑二峰，三石梁瀑布像银河倒挂，直下数千丈。
香炉瀑布[8]遥相望，	它和香炉峰瀑布遥遥相望，
回崖沓嶂凌苍苍。	山势迂回，峰峦重叠，上凌穹苍。
翠影红霞映朝日，	朝阳映着苍翠的山色泛出鲜红的霞光，
鸟飞不到吴天[9]长。	小鸟飞不到山顶，吴天辽阔无疆。
登高壮观天地间，	我登上高处四望寰宇，
大江茫茫去不还。	大江茫茫东去不再回还。
黄云万里动风色，	长风吹送着万里黄云，天色变幻不定，
白波九道流雪山[10]。	九派白浪卷起一重重雪山。
好为庐山谣，	我喜欢为庐山歌唱，
兴因庐山发。	我的诗兴为庐山激扬。
闲窥石镜[11]清我心，	对着石镜悠闲地照影使我清心，
谢公[12]行处苍苔没。	感慨谢灵运当年的足迹，被苍苔遮没难寻。
早服还丹无世情，	我愿早服仙丹断绝世情，

琴心三叠[13]道初成。	心和神悦，学道功成。
遥见仙人彩云里，	我仿佛看见神仙就在彩云里，
手把芙蓉朝玉京[14]。	手持着莲花飞向玉京。
先期汗漫九垓上，	我已和不可知之神相约在九天，
愿接卢敖游太清[15]。	我愿迎接卢敖，去同游最高的仙境。

注释

①我本两句:《论语·微子》载,“楚狂接舆歌而过孔子，曰：‘凤兮，凤兮！何德之衰？往者不可谏，来者犹可追。已而，已而！今之从政者殆而！’”晋皇甫谧《高士传》称接舆名陆通。

②黄鹤楼：在今湖北武昌市。《太平寰宇记》:“费文祎登仙，驾鹤憩此。”故名黄鹤楼。

③五岳：古以泰山、华山、衡山、恒山、嵩山为东西南北中五岳。

④南斗：见綦毋潜《春泛若耶溪》注②。庐山为南斗分野，故云“庐山秀出南斗傍”，亦形容其高接星斗。

⑤⑥⑦⑧屏风九叠、金阙二峰、三石梁、香炉峰、瀑布（三石梁瀑布、康王谷瀑布、开元禅院瀑布等）：均为庐山胜景。

⑨吴天：庐山在江南，古为吴地，故云。

⑩白波九道：白波，长江浪花；九道，九条支流。《文选》郭璞《江赋》:“流九派乎浔阳（今九江）。”李善注引应劭《汉书注》:“江自庐江浔阳分为九。”雪山：形容浪涛翻滚，犹如雪峰重叠。

⑪石镜：谢灵运《入彭蠡湖口》云，“攀崖照石镜，牵叶入松门。”《清一统志》：“石镜峰在南康府西二十六里，有一圆石悬崖，明净照见人影，隐现无时。”

⑫谢公：指谢灵运。

⑬琴心三叠：道家术语。琴，和也；叠，积也；心和则神悦。见《黄庭内外景经》。

⑭玉京：神话中之“无为之天”。众神所居之处。道教谓元始天尊居于玉京。

⑮先期两句：据《淮南子·道应训》载，秦博士卢敖游至北海，见一神人，卢约其同游，神人谓已“与汗漫（不着边际、不可知）期（约会）于九垓（九重天）之外”，不能久留。遂入云而去。太清：最高一层太空。道家以玉清、上清、太清为三清，是神仙所居之处。

李白

梦游天姥吟留别①

题解　李白一生热爱自由，但在龌龊的现实社会里，他没有得到真正的自由，于是诗人把自己的身心投向大自然，到大自然中去呼吸清新自由的空气。有时诗人把这种理想寄之于梦境。这首诗就抒写他对神奇的天姥山的向往，用浪漫手法描绘他梦中游历的情景，描绘他飞升到一个光怪陆离的神仙世界，在那里自由地遨游。诗人把美好的神仙世界作为黑暗现实的对立物，表现他对光明理想的追求和对丑恶现实的厌弃。当诗人从梦中的理想境界重新跌入现实生活时，他不是哀叹、消沉，而是把高度的蔑视投向权贵、投向世界：“安能摧眉折腰事权贵，使我不得开心颜！”这是何等豪迈的气势，何等高尚的人格的呼声！有着惊心动魄的伟力。

海客谈瀛洲②，	海上来客谈论起海上仙山，
烟涛微茫信难求。	烟涛迷茫，实在是难以寻见。
越人语天姥，	越中人向我描绘天姥的奇景，
云霓明灭或可睹。	我仿佛看见它在云霞中时隐时现。
天姥连天向天横，	天姥横绝半空与青天相连，
势拔五岳掩赤城③。	比五岳更加高峻，远胜过赤城仙山。
天台④四万八千丈，	天台山山高四万八千丈，
对此欲倒东南倾。	也只得向它拜倒倾向东南。
我欲因之梦吴越，	我想梦游吴越，去到越人赞誉的天姥，
一夜飞渡镜湖⑤月。	趁着月光一夜间飞渡了镜湖。
湖月照我影，	湖上明月照亮我的身影，
送我至剡溪⑥。	伴送我来到剡溪。
谢公宿处今尚在，	谢灵运当年住过的地方，

渌水荡漾清猿啼。	依旧是渌水荡漾清猿哀啼。
脚著谢公屐[7]，	我穿着谢公游山的木屐，
身登青云梯[8]。	登上高入青云的石径。
半壁见海日，	半山中我看到红日从海上升起，
空中闻天鸡[9]。	听见半空里报晓的天鸡。
千岩万壑路不定，	千山万壑道路曲折迷离，
迷花倚石忽已暝。	山花烂漫使我留连难去，我斜倚着山石稍事休憩，不知不觉夜晚已经来临。
熊咆龙吟殷[10]岩泉，	黑暗中听见熊咆龙吟，在岩石和山泉间轰鸣。
栗深林兮惊层巅。	幽深的丛林在战栗，重峦叠嶂都受到震惊。
云青青兮欲雨，	黑云沉沉大雨将要来临，
水澹澹兮生烟。	水波摇荡升起烟霭。
列缺[11]霹雳，	雷电交加，
丘峦崩摧。	山丘崩裂，
洞天石扉，	神仙洞府的石门，
訇然[12]中开。	“訇”的一声忽然敞开。
青冥浩荡不见底，	我看见洞府的天地是那样浩渺辽阔，

日月照耀金银台。	日月的光辉照耀着神仙居住的金银台。
霓为衣兮风为马，	彩霞是他们的衣衫，长风是他们的骏马，
云之君[13]兮纷纷而来下。	云中君带领着众仙，纷纷从天空中降下。
虎鼓瑟兮鸾回车[14]，	老虎弹瑟，鸾凤驾车，
仙之人兮列如麻。	迎接我的神仙排列得密密麻麻。
忽魂悸以魄动，	忽然间我的心魂震颤，
恍惊起而长嗟。	迷惘中起身长叹。
惟觉时之枕席，	醒来后只见枕头和床席，
失向来之烟霞。	神奇的梦境都已经烟消云散。
世间行乐亦如此，	人间的赏心乐事也像这梦幻，
古来万事东流水。	自古万事都如东流的江水去而不还。
别君去兮何时还，	今天同你相别几时才能重返？
且放白鹿青崖间[15]，	我暂且把白鹿放牧在青青的山崖，
须行即骑访名山。	想要出游就骑着它去寻访名山。
安能摧眉折腰事权贵，	我怎能低首弯腰去侍奉权贵，
使我不得开心颜。	使我的心怀得不到舒展！

注释

①天姥：山名。在浙江嵊州市、新昌县之间。

②瀛洲：传东海中有三仙山——蓬莱、方丈、瀛洲，为神仙所居之地。

③赤城：山名。在天台县北六里，为天台山余脉。

④天台：山脉名。在浙江天台县西北，为仙霞岭山脉东支。

⑤镜湖：一称鉴湖、庆湖，在今浙江绍兴南。

⑥剡（Shàn）溪：水名。出天台山，为曹娥江上游，在浙江嵊州市南，嵊州市原即名剡县。剡溪两岸，名山甚多，风景清幽，晋以来为名士隐居之所，戴逵、谢灵运均曾游驻，李白亦早有“自爱名山入剡中”之愿望。

⑦谢公屐（jī）：《南史·谢灵运传》谓谢灵运好游览山水，岩嶂数十重，莫不尽登，故自制木屐，前后有活齿，上山则去前齿，下山则去后齿，以便保持身体平衡。

⑧青云梯：用谢灵运《登石门最高顶》诗“惜无同怀客，共登青云梯”意。

⑨闻天鸡：《天中记》云，“桃都山有大树曰桃都，枝相去（距）三千里，上有天鸡。日初照此木，天鸡即鸣，天下鸡皆随之。”

⑩殷：巨大。

⑪列缺：闪电。《通雅》谓：“阳气从云中决裂而出，故称‘列缺’。”

⑫訇（hōng）然：声音宏大状。

⑬云之君：泛指众仙人。

⑭虎鼓瑟句：张衡《西京赋》形容京都百戏歌舞盛况称“总会仙侣，戏豹舞罴。白虎鼓瑟，苍龙吹篪。”又《楚辞·离骚》：“扬云霓之晻蔼兮，鸣玉鸾之啾啾。”此处活用其意，而

指神仙仪仗。

⑮白鹿:《楚辞·哀时命》云,“浮云雾而入冥兮,骑白鹿而容与。”

李白

金陵酒肆留别

题解 这是李白离开南京东游扬州时留赠友人的篇章,表现了诗人热情奔放的性情。篇末用问句抒写离情别绪,诗味醇厚,豪迈而不哀伤。

风吹柳花满店香,	柳花在和风中轻轻飘荡,酒店里满是春天的芳香。
吴姬压酒劝客尝。	吴地的酒家女榨出新酿的美酒,殷勤地劝客人品尝。
金陵子弟来相送,	金陵子弟前来相送,
欲行不行各尽觞。	就要踏上征途的我,同大家尽情饮酒互诉衷肠。
请君试问东流水,	请你们问问那东流的江水,
别意与之谁短长?	离情别绪和它相比,哪个短,哪个更长?

李白

宣州谢朓楼饯别校书叔云[①]

题解 这首诗用跳跃的节奏展示了诗人复杂起伏的内心世界。一开头诗人对生活的不如意发出浩叹，继之说他打算饮酒消愁，忽而又称赞李云和自己诗文的高尚格调，接着又深深感慨内心忧愁的不可消释，终于爆发出要和现实世界决裂的呐喊。整首诗感情变化动荡，我们可以看到这位伟大的诗人在黑暗现实中是怎样地抑郁痛苦，他那愤激的呼声代表了多少不能一展宏图的志士的抗议不平！

弃我去者，	离我远去的，
昨日之日不可留。	往日我已无从挽留，
乱我心者，	使我心乱的，
今日之日多烦忧。	眼前时光有多少烦忧！
长风万里送秋雁，	万里长风吹送着鸿雁，
对此可以酣高楼。	面对这澄明秋色，激起我满腔豪情酣饮高楼。
蓬莱文章建安骨[②]，	你的文章有建安时代刚健的风骨，
中间小谢又清发。	我的诗篇又像谢朓那样清新峻秀。
俱怀逸兴壮思飞，	我们都怀有风起云飞的壮志，

欲上青天览日月。	想登上青天去把明月揽收。
抽刀断水水更流，	我抽出宝刀斩断流水，水却更加湍急地奔流。
举杯消愁愁更愁。	我举起酒杯借酒浇愁，忧愁却更加深厚。
人生在世不称意，	在这人世间我不能如意，
明朝散发弄扁舟。	明天就披散头发，驾起小舟去漫游。

注释

①宣州：地名，治所在今安徽宣城市。谢朓楼：谢朓所建，又称谢公楼或北楼，唐改名叠嶂楼，在宣城。谢朓（464—499）南朝齐诗人，字玄晖，与谢灵运并称“大小谢”，善写山水诗，清新秀丽。李白曾云“解道澄江静如练，令人长忆谢玄晖。”校书：官名，秘书省校书郎的略称。云：李云，李白族叔。

②蓬莱文章：对汉人著述的赞称。汉官家藏书之所东观藏书丰富，时人称之“老氏藏书室，道家蓬莱山”（蓬莱仙山，盛藏仙书秘录）。建安骨：建安风骨，建安为汉献帝年号（196—220），当时以曹氏父子（操、丕、植）为核心的邺下文人集团，诗风明朗刚健，内容清新充实，后世称为“建安风骨”。

岑参

走马川行

奉送封大夫出师西征[1]

题解 这首诗以高亢的声调、劲挺的笔调歌唱了艰苦而豪迈的边塞生活。一方面突出描写雪海的严寒，一方面表现将士们的勇敢乐观，满怀激情地赞颂他们积极的战斗精神。全诗句句用韵，三句一转，平仄交错，形成一种奇峭的、不平凡的气势，以急促昂扬的音调，配合对风雪交加飞沙走石的自然环境的渲染，以及战斗前的紧张气氛的描绘，有声有色，慷慨激烈，充满了积极浪漫主义精神，给人以鼓舞的力量。诗中描写的雪海奇寒的景象既惊人又真切，是“耳闻目见得之，非妄语也”（洪亮吉《北江诗话》）。形式上受民歌及民谣的影响，富有独创性。

君不见走马川行雪海边，	你们可看见，白茫茫的雪海边，荒凉的走马川，
平沙莽莽黄入天。	黄沙蔽天。
轮台[2]九月风夜吼，	还是凉秋九月，轮台的狂风就在半夜里怒吼，
一川碎石大如斗，	走马川的碎石巨大如斗，

随风满地石乱走。	狂风卷来便满地乱走。
匈奴草黄马正肥,	秋高草黄,匈奴的马匹养得肥壮,
金山[3]西见烟尘飞,	阿尔泰山的西边,侵略的烽烟正飞扬,
汉家大将西出师。	唐军大将率领着士兵出师西上。
将军金甲夜不脱,	将军通宵不脱铠甲,
半夜军行戈相拨,	半夜里行军默无声响,只听得戈矛相擦,
风头如刀面如割。	寒风扑面,一阵阵疼痛如刀刮。
马毛带雪汗气蒸,	飞驰的五花马身上的白雪融化,和汗水一起蒸发,
五花连钱[4]旋作冰,	顷刻间又在鬃毛上凝结成冰花。
幕中草檄[5]砚水凝。	在帐幕中起草讨敌的军书,砚池里的水一会儿就冻结。
虏骑闻之应胆慑,	料想敌人闻风胆怯,
料知短兵[6]不敢接,	不敢和唐军短兵相接,
车师[7]西门伫献捷。	我们在车师西门站立,等候着庆祝将士凯旋奏捷。

注释

①走马川:地名,位于雪海附近,地当今新疆天山脚下。封大夫:名常青,曾任安西四镇节度副使,北庭都护,伊西节

度使等。

②轮台：地名，唐北庭都护府属地，在今新疆米泉区（塔里木沙漠北侧另有轮台县，为汉轮台）。

③金山：阿尔泰山。突厥语“金”为阿尔泰。山横亘新疆北部、蒙古国一带，天山位其南麓。

④五花连钱：指名贵马匹。五花、连钱皆写马皮毛花纹形状。见《尔雅》及《名画要录》。

⑤檄（xí）：古征召、声讨类文书称“檄”。

⑥短兵：刀剑之类短武器。《九歌·国殇》：“操吴戈兮披犀甲，车错毂兮短兵接。”

⑦车师：西域国名，分前后两部，地当今新疆吐鲁番至吉木萨尔一带。一本作军师。

岑参

轮台歌

奉送封大夫出师西征

题解

这首诗同上篇作品一样，歌颂了唐军将士勇敢作战的精神。在敌情十分紧急、气候极其恶劣的形势下，将士们慷慨出征，气概排山倒海。尽管边关奇寒冻脱马蹄，沙场上荒草遍生，白骨累累，但为了净扫边尘报效君国，将士们坚毅勇敢，奋不顾身。诗人热情地赞颂了他们功冠古人的不朽业绩。“四边伐鼓雪海涌，三军大呼阴山动”，这种不同凡响的英雄气概，正是唐军克敌制胜的必要保证，它代表了盛唐时期蓬勃向上的时代精神。

轮台城头夜吹角，	轮台城头夜晚，响起了声声号角，
轮台城北旄头①落。	轮台城北看见旄头星从天空坠落。
羽书昨夜过渠黎②，	紧急的军书昨夜送过了渠黎，
单于③已在金山西。	报道敌人到达了金山以西。
戍楼西望烟尘黑，	戍楼上望见西进的唐军，扬起滚滚的烟尘，
汉军屯在轮台北。	他们驻守在轮台北城。
上将拥旄④西出征，	拥有节旄的上将威风地西征，
平明吹笛大军行。	黎明时大军在笛声中浩荡挺进。
四边伐鼓雪海涌，	兵士们敲起雄壮的战鼓，雪海顿时间涌起波涛。
三军大呼阴山⑤动。	三军高声呐喊，连阴山也被撼摇。
虏塞兵气连云屯，	敌营兵多将广，戾气上冲云天，
战场白骨缠草根。	沙场上，战死者的白骨缠结在草间。
剑河⑥风急云片阔，	剑河的风势急剧，云片特别宽阔，
沙口⑦石冻马蹄脱。	奇寒的沙口，石路冻裂，马蹄

	踏上就会脱落。
亚相勤王[8]甘苦辛，	为了保卫王室，亚相不辞辛勤。
誓将报主静边尘。	报答君王信托的厚恩，立誓净扫边尘。
古来青史[9]谁不见，	古来留名青史的英雄谁不知晓，
今见功名胜古人。	今人的功勋比古人更胜几分！

注释 ①旄头：星名，指昴宿（今称昴星团、七姐妹星团）。《史记·天官书》："昴曰旄头，胡星也。"《正义》："昴七星为旄头，胡星，亦为狱事。……摇动若跳跃者，胡兵大起。"旄头落，象征胡兵即将覆灭。

②渠黎：汉西域国名，一作"渠犁"。其地在今新疆轮台、尉犁之间。

③单于（chányú）：汉时匈奴称其君长为单于。

④旄：旄节。使臣和镇守一方的军政长官均拥有旄节，亦称旌节。节，竹制，以旄牛尾作饰。唐代节度使拥有双旌双节，作为天子授以节制军队、掌握赏罚权力的象征。

⑤阴山：山脉名。今河套以北，大漠以南诸山统称阴山山脉。

⑥剑河：《唐书·回鹘传》载，"青山东，有水曰剑河。"青山，即大青山，为阴山山脉中段，在今内蒙古土默川平原以北。

⑦沙口：地名。不详。按，作者选择剑河、沙口这类地名，未必是实指，主要取其名称——利剑、飞沙，以突出战场残酷紧张的气氛。

⑧亚相：汉制，御史大夫谓之亚相，言其位仅在丞相之后。封常清于天宝十三年，以节度使兼摄御史大夫，故岑参称之为亚相。勤王：为王事尽力，后特指出兵救援王朝的行动。

⑨青史：古以竹简记事，故称史书为“青史”。

岑参

白雪歌

送武判官归京

题解 这首诗绘出瀚海壮丽的雪景，天寒地冻的异域风光。“忽如一夜春风来，千树万树梨花开”，翻用南朝萧子显《燕歌行》“洛阳梨花飞如雪”及东方虬《春雪》“春雪满空来，触处似花开”等句意，表现北国严寒的奇景，画面壮阔，气魄宏大，成为传诵千古的名句。诗中所写的边塞军帐中的罗幕狐裘、胡琴羌笛，都富于异国情调。在一片辽阔无际、纷纷扬扬的白雪世界里，诗人着意描画了一面冻而不翻的红旗，运用色泽的对比、动静的对比，给人以鲜明突出的印象。篇末写友人离去，山路雪地上只留下远远近近的马蹄印，也使人觉得充满诗情画意，余味无穷。

北风卷地白草折， 北风席卷着大地，坚韧的白草都被吹折。

胡天八月即飞雪。	还是八月清秋，边塞却早已漫天大雪。
忽如一夜春风来， 千树万树梨花开。	好像是一夜之间，春风忽然吹过，满山遍野千万棵梨树，绽放出无数雪白的花朵。
散入珠帘湿罗幕，	雪花飘荡飞入了珠帘，沾湿了锦罗帐幕。
狐裘不暖锦衾薄。	名贵的狐皮袍不觉温暖，轻软的锦被也只嫌单薄。
将军角弓不得控，	将军的双手僵冻，拉不开铁硬的角弓。
都护[①]铁衣冷犹著。	都护的铠甲难以披挂，它像冰一样冷得使人害怕。
瀚海[②]阑干百丈冰，	广阔无边的沙漠，到处是百丈厚的寒冰。
愁云惨淡万里凝。	昏暗惨淡的天空，凝聚着万里阴云。
中军[③]置酒饮归客，	中军帐安排下酒宴，给回京的客人饯行。
胡琴琵琶与羌笛。	在这遥远的边庭，弦管只有琵琶、羌笛和胡琴。

纷纷暮雪下辕门④，	暮色冥冥，辕门外依然大雪纷纷，
风掣红旗冻不翻。	辕门上的那面红旗冻得坚硬，任凭劲风猛掣，它也不再翻飞。
轮台东门送君去，	在轮台的东门以外，我送你返回京都。
去时雪满天山路。	你临去的时候，白雪覆盖了天山道路。
山回路转不见君，	你越走越远，道路曲折地盘旋山间，我渐渐望不到你的身影，
雪上空留马行处。	远远近近的雪地上，只留有你坐骑行走的迹印。

注释

①都护：官名。汉置西域都护，唐置六大都护府，统辖边远诸国。

②瀚海：指沙漠。一说指今在蒙古高原东北之北海或内蒙古之呼伦、贝尔二湖。按，诗中说“轮台东门送君去”，轮台在今新疆境内，故瀚海当指戈壁沙漠。

③中军：古行军作战分左、中、右（或上、中、下）三军，主将居中军指挥。后引申称主将为中军。

④辕门：军营营门。古行军止宿处，以两车车辕相对以代表营门，称“辕门”。

杜甫

韦讽录事宅观曹将军画马图[①]

题解 这首诗赞美曹霸将军的画马图，由观图细细追叙玄宗在世时的盛况，最后以玄宗墓前只有乌鸦在风中哀鸣的凄凉情景作结，抒发了诗人对于国事无限的今昔盛衰之慨。笔势纵横变化，起伏跌宕。

国初已来画鞍马，	自从大唐开国后，画马的人不知有多少。
神妙独数江都王[②]。	唯独江都王李绪的技艺，超凡脱俗神奇又美妙。
将军得名三十载，	曹霸将军擅长丹青，三十年以来天下闻名。
人间又见真乘黄[③]。	人们见到了他的画卷，真相信人间又出现神骏。
曾貌先帝照夜白[④]，	先帝有一匹坐骑“照夜白”，曹将军曾经为它写真。
龙池十日飞霹雳[⑤]。	十日画成，就像真龙在天，内廷里都被震惊。
内府殷红玛瑙盘，	先帝诏谕宫中女官，索取珍贵

	的红玛瑙盘，
婕好传诏才人索[6]。	它来自皇帝的内府，赏赐给画家，荣宠实在不平凡。
盘赐将军拜舞归，	又赐上等丝绢无其数，
轻纨细绮相追飞。	曹将军谢恩归去心中多喜欢！
贵戚权门得笔迹，	不论皇亲国戚，还是文武权臣，全都看重他神奇的画笔，
始觉屏障生光辉。	屏障有了曹将军的真迹，堂上才辉煌无比。
昔日太宗拳毛䯄[7]，	从前太宗骑过的骏马，名字叫作“拳毛䯄”，
近时郭家狮子花[8]。	近世天子器重郭子仪，赐给他御马“狮子花”。
今之新图有二马，	曹将军新作画马图，把那两匹骏马入了画，
复令识者久叹嗟。	见过那两匹真马的人，看到这幅图画，全都长久地叹嗟。
此皆骑战一敌万，	那两匹骏马曾经在疆场征战，一匹胜过千万匹凡马，
缟素漠漠开风沙。	如今它们在画幅中挺立，仿佛依旧日行千里卷起尘沙。

其余七匹亦殊绝，	画中的其余七匹，也都不同凡响奇异非常。
迥若寒空动烟雪。	它们在原野上奔驰，就像风烟夹带着雪花，在寒空中弥漫、飘扬。
霜蹄蹴踏长楸间，	雪白的马蹄，在种满楸树的大道上腾踏、飞翔，
马官厮养森成列。	马官们精心饲养，骏马威风地排列成行。
可怜九马争神骏，	那九匹可爱的骏马，争相显示它们不同寻常的风韵和精神。
顾视清高气深稳。	我看它们都有清高的气质，又全是那么稳健深沉。
借问苦心爱者谁，	请问真正苦心赏爱良马的自古以来到底有几人？
后有韦讽前支遁⑨。	后有当今的韦讽，前有东晋的道人支遁。
忆昔巡幸新丰宫⑩，	回想从前的太平时候，先帝驾临新丰宫，
翠华⑪拂天来向东。	仪仗队高举翠旗走向东方，飘飘摇摇遮蔽了天空。

腾骧磊落三万匹，	三万匹骏马，一齐呼啸奔腾如风，
皆与此图筋骨同。	全都是少有的千里马，和这图画上的形貌相同。
自从献宝朝河宗[12]，	自从先帝飞升，
无复射蛟江水中[13]。	再不能在江河射杀蛟龙。
君不见金粟堆[14]前松柏里，	如今金粟山岗的松柏林中，
龙媒[15]去尽鸟呼风！	天马早已散尽，只有林鸟哀啼着秋风。

注释

①录事：官名，司监察。韦讽当时任阆州录事。曹将军：唐玄宗时名画家曹霸，善画马及人物，天宝末常被召入宫画御马及功臣。曹霸为魏高贵乡公曹髦的后代，官至左武卫将军。

②江都王：唐画家李绪。为霍王李元轨子，唐太宗侄，善画马。武后朝，官金州刺史。

③乘黄：传说中帝舜时的神马，其状如狐，背生角。

④照夜白：骏马名。唐玄宗时西域大宛国所献。

⑤龙池句：龙池为唐皇宫内池塘，武后垂拱年间积水而成，渐广至数百亩，深数丈，常有云气，传说见黄龙跃出。霹雳，急雷。真龙腾飞，常伴有雷电。此句极言曹霸画技神奇，所画马能惊动黄龙，龙飞十日，雷电轰鸣。

⑥婕妤（jiéyú）、才人：宫中女官。汉制，婕妤位视上卿，

秩比列侯；才人略低。

⑦拳毛骟（guā）：黄身黑嘴卷毛马。唐太宗六骏之一。曾身中九箭，其带箭像刻于昭陵北阙。

⑧郭家：郭子仪家。狮子花：马名，又名九花虬。《杜阳杂编》："代宗自陕还，命以御马九花虬并紫玉鞭辔赐郭子仪。"

⑨支遁：晋僧，字道林，世称支公、林公。本姓关，早年隐居余杭山，二十五岁出家。性好鹤、马。《世说新语》曾记其养马事。

⑩新丰宫：唐宫苑名，在骊山下。玄宗巡幸新丰宫在天宝七年（748）。

⑪翠华：指皇帝的仪仗队伍。以翠羽装饰的旗帜称"翠华"，为帝王专用。

⑫献宝句：玄宗去世的隐晦说法。据《穆天子传》，周穆王西游至阳纡之山，沉璧以敬河伯（黄河之神），河伯乃与穆王"披图视典"，以"观天子之宝器"；周穆王不久去世。朝河宗，河宗朝见玄宗；河宗即河伯。

⑬射蛟句：亦为玄宗死去的隐晦说法。《汉书·武帝记》："元封五年（前106），自浔阳浮江，亲射蛟江中，获之。"已死自然"无复射蛟"。

⑭金粟堆：指玄宗陵墓。唐明皇之泰陵在陕西奉先县东北二十里之金粟山。

⑮龙媒：指骏马。《汉书·礼乐志》载《天马歌》："天马徕，龙之媒。"谓天马能召唤神龙，后遂称骏马为"龙媒"。

杜甫

丹青引[1]

赠曹将军霸

题解 这首诗等于给曹霸作的一篇小传，从曹霸的门第写到他高深的艺术素养，写他献身绘画，乐此不疲，有轻视富贵的艺术家气质和高尚品节。之后突出地描写曹霸的盛极一时，描写玄宗对他的叹赏和恩遇。为玄宗画玉骢马一段最富神采，“斯须九重真龙出，一洗万古凡马空”，高度赞扬曹霸笔补造化的技艺，成为千古名句。继而插入对韩干的评论，称颂曹霸注重展示所画物象的内在精神，表现了诗人对艺术的真知灼见。后六句描述画家在战乱中漂泊流离，为了生计替人写真，坎坷贫贱遭到俗子白眼的悲惨境遇，和前面所写曹霸盛时的荣宠形成强烈对比，表现了诗人的深厚同情，并寓有对时代盛衰的感慨。“但看古来盛名下，终日坎壈缠其身”两句，不仅是为画家鸣不平，也是在为诗人自身的遭际鸣不平。诗中描写曹霸的绘画艺术，生动逼真，使人如见其画，能领会画中神理。整首诗感情激越，文笔酣畅淋漓。

将军魏武之子孙，	曹将军本是魏武帝子孙，
于今为庶为清门。	如今削籍，沦为清寒的贫民。
英雄割据虽已矣，	英雄割据的业绩早已变成陈迹，

文采风流今尚存。	曹家文艺的流风余韵却传袭至今。
学书初学卫夫人②,	你初学书法,追步有名的卫夫人,
但恨无过王右军③。	常恨自己的成就不能超过王右军。
丹青不知老将至,	沉浸在绘画生涯里,岁月悄悄地流逝不停,
富贵于我如浮云④。	你就这样乐而不疲,把富贵看得轻如浮云。
开元之中常引见,	往昔,在开元盛世,你常被召见,
承恩数上南薰殿⑤。	得到天子的恩宠,屡次走上南薰殿。
凌烟⑥功臣少颜色,	凌烟阁上的功臣群像,年深月久颜色已暗淡,
将军下笔开生面。	你奉命重新绘制,妙笔一下,别开生面。
良相头上进贤冠⑦,	文臣头上戴着朝冠,
猛将腰间大羽箭。	武将腰插长杆大箭。
褒公鄂公⑧毛发动,	褒国公段志玄,鄂国公尉迟敬德,他二人栩栩如生毛发飞动;
英姿飒爽来酣战。	雄姿豪迈英气勃发,像是在沙场陷阵冲锋。
先帝天马玉花骢,	先帝有匹心爱的御马玉花骢,

画工如山貌不同。	无数画师为它写生，神骏意态总是不同。
是日牵来赤墀[9]下，	那一天，玉花骢被牵到了宫门，
迥立阊阖生长风。	它在宫阶下扬首卓立，神气轩昂。
诏谓将军拂绢素，	先帝下诏叫将军你展开白绢来绘画，
意匠惨淡经营中。	你潜心凝神，运思巧妙。
斯须九重真龙出，	一会儿，飞龙一样的骏马出现在皇宫，
一洗万古凡马空。	在它面前，万古的凡马全失去光耀。
玉花却在御榻上，	玉花马竟然站立在御榻上，
榻上庭前屹相向。	和庭前的那匹相对屹立真假难分。
至尊含笑催赐金，	天子含笑催近侍赏给你金帛，
圉人太仆[10]皆惆怅。	宫中管马的人怅惘痴迷，你画的神骏过于逼真。
弟子韩干[11]早入室，	早年得到你真传的学生韩干，
亦能画马穷殊相。	也善于描画马匹的各种意态形状。
干惟画肉不画骨，	但他喜欢把马画得肥壮，却不表现筋骨的刚强，
忍使骅骝气凋丧。	致使千里马的气韵凋丧。

将军画善盖有神，	将军你的画妙在刻画精神，
必逢佳士亦写真。	遇到杰出的人物，你有时也为他们写真。
即今飘泊干戈际，	在如今战乱的年月你四处漂泊，
屡貌寻常行路人。	为了生活常常去画那些普通人。
途穷反遭俗眼白，	你一旦沦落，反遭到俗子的白眼，
世上未有如公贫。	世上没有谁像你现今的困顿。
但看古来盛名下，	你看古来享有盛名的人，
终日坎壈缠其身！	哪一个不是潦倒终身！

注释

①丹青：绘画。引：曲调名。

②卫夫人：名铄，字茂漪，晋汝阴太守李矩妻。著名书法家，王羲之曾师之。

③王右军：晋著名书法家王羲之，字逸少，官至右军将军。

④富贵句：《论语·述而》载，“子曰：‘饭疏食，饮水，曲肱而枕之，乐亦在其中矣。不义而富且贵，于我如浮云。’”

⑤南薰殿：唐兴庆宫主殿之一，在龙池南。

⑥凌烟：凌烟阁。在唐太极宫凝阴殿南，太宗贞观十七年（643），画功臣像于阁中。

⑦进贤冠：《后汉书·舆服志》载，“进贤冠，古之缁（黑色）布冠也，文儒者之服。”唐代百官朝服，皆戴进贤冠（见《唐书》）。

⑧褒公：段志玄，太宗时任辅国大将军、扬州都督，封褒国忠壮公。鄂公：尉迟敬德，太宗时任开府仪同三司，封鄂国公。二人画像在凌烟阁。
⑨赤墀（chí）：殿前阶，又称丹墀。墀，台阶；皇帝宫殿前台阶涂红漆，故称赤墀。
⑩圉（yǔ）人：古官名，掌养马放牧之事，见《周礼·夏官》。太仆：内廷九卿之一，掌皇帝舆马。
⑪韩干：唐画家，大梁人，官至太府寺丞。干初师曹霸，后自成一家；善画鞍马人物，马多肥壮。真迹留传至今。

杜甫

寄韩谏议注

题解 诗中的主人公原是一位功臣，后因感到国事不可为而归隐岳阳，诗人抒写了对这位友人的思念，因友人已是隐士，杜甫便以秋风洞庭的清景来衬托他高洁的情怀与生活，并以神仙之事作为比况。诗人虽然对故友的归隐表示叹赏，但仍满心希望他能重新为国出力，这是诗人积极用世思想的反映，恳挚动人。诗中对神仙世界的描绘富有浪漫色彩。

今我不乐思岳阳，　　我的心情郁悒思念着岳阳，

身欲奋飞病在床。	想要鼓翼奋飞却辗转在病床。
美人娟娟隔秋水，	远隔秋水的伊人是多么美好，
濯足洞庭望八荒。	你在洞庭湖边洗脚，一面向四方遥望。
鸿飞冥冥日月白，	鸿雁飞向邈远的高天，皓洁的日月放射光芒，
青枫叶赤天雨霜。	秋风染红青枫的绿叶，秋空中降下寒霜。
玉京群帝集北斗[①]，	玉京的天帝们聚集在北斗星宫，
或骑麒麟翳凤凰。	有的乘驾麒麟，有的骑着凤凰。
芙蓉旌旗烟雾落，	芙蓉装饰的旌旗招展，如烟雾漫天，
影动倒景摇潇湘。	旗影摇动那映着丽日的潇湘。
星宫之君醉琼浆，	星宫的帝君在那里畅饮美酒，
羽人[②]稀少不在旁。	可惜飞仙稀少，远在他方。
似闻昨者赤松子[③]，	听说你已经归隐，跟从仙人赤松子，
恐是汉代韩张良[④]。	像汉代的张良一样。
昔随刘氏定长安，	你曾经安邦定国，建立功绩，
帷幄未改神惨伤。	运筹决策的政务使你烦倦，神情惨伤。

国家成败吾岂敢，	你说你不能左右国家的命运，
色难腥腐餐枫香。	想去求仙访道，不愿留在污浊的尘世上。
周南留滞古所惜⑤，	太史公怅恨滞留洛阳，你又为什么隐居潇湘？
南极老人应寿昌⑥。	当天空出现老人星，世上就会太平、安康。
美人胡为隔秋水，	伊人呵，为什么同我远隔秋水不得相见？
焉得置之贡玉堂。	几时你才肯重新出山来辅佐朝堂？

注释

①玉京群帝：玉京为众天帝（传说有三十二天，各有其帝）所居之处。参见李白《庐山谣》注。北斗：古以北斗七星为人君之象，号令诸天，故说“玉京群帝集北斗”。

②羽人：飞仙。

③赤松子：传为神农时雨师。见《列仙传》。

④张良：字子房，其先韩人，佐刘邦统一天下，封留文成侯。《史记·留侯世家》：“张良曰吾以三寸舌为帝者师，封方户，位列侯，布衣之极，于良足矣。愿弃人间事，从赤松子游耳。”

⑤周南留滞：《史记·太史公自序》载，“是岁天子始建汉家之

封，而太史公留滞周南，不得与从事，故发愤且卒。”“执迁手而泣曰：余先周室之太史也……今天子接千岁之统，封泰山，而余不得从行，是命也夫，命也夫！”太史公，司马迁父司马谈；周南，洛阳。

⑥南极句：南极老人，星名，又称“老人星”，为天南半球最亮之星，中原地区仅秋夜于南地平线附近偶能见之。古人认为老人星主寿昌，见则天下太平。

杜甫

古柏行

题解

这首诗主要咏赞夔州孔明庙前的古柏，兼咏成都武侯祠前的古柏。诗人咏赞孔明庙前古柏的雄伟气象和它不露文章、不自炫才的高贵品质，并寄寓诗人的身世之慨。“古来材大难为用”是杜甫一生最感痛心的，它代表了有才之士坎坷不遇的愤慨的呼声。王嗣奭说：“公生平极赞孔明，盖窃比之意。孔明才大而不尽其用，公尝窃比稷契，而人莫之用，故篇终结出才大难用，此作本诗发兴于古柏者”。（《杜臆》）“霜皮溜雨四十围，黛色参天二千尺”，“云来气接巫峡长，月出寒通雪山白”几句，极言古柏的高大崔嵬、气象森然，十分精警，为后人所称赏。

孔明庙[1]前有老柏，	孔明庙前有一棵古老的柏树，
柯如青铜根如石。	根如磐石，枝干好像由青铜铸造。
霜皮溜雨四十围，	白如秋霜的树皮润泽光洁，四十人手拉着手才能将树身环抱，
黛色参天二千尺。	它的枝叶浓绿繁茂，身长二千尺，高耸入云天。
君臣已与时际会，	孔明和先主君臣相得，遗爱留在人间。
树木犹为人爱惜。	连庙前的树木也长存无恙，受到后人万分的珍惜。
云来气接巫峡[2]长，	古柏和巫峡的云气相接蔚为壮观，
月出寒通雪山[3]白。	皓月当空的冬夜，古柏的寒色连着西面的雪山。
忆昨路绕锦亭[4]东，	从前我走过锦江亭东边，
先主武侯同閟宫[5]。	见先主和武侯同祀在一座祠庙。
崔嵬枝干郊原古，	庙前的柏树高高矗立，郊原显得更加古老。
窈窕丹青户牖空。	祠堂寂静而幽深，彩绘雕漆韵致生动。

落落盘踞虽得地，	夔州山上出群的古柏，在孔明庙前龙盘虎踞得到好的地势，
冥冥孤高多烈风。	但它独自屹立高空，常常招致猛烈的大风。
扶持自是神明力，	它能挺立终古全靠神明的扶持，
正直原因造化功。	正直不屈的本性原是自然创造的奇功。
大厦如倾要梁栋，	假如大厦将倾要用它作梁栋，
万牛回首丘山重。	这重如丘山的古柏，一万头牛也会拖它不动。
不露文章世已惊，	古柏的纹理深藏不露，世上少有这样谦和的作风。
未辞剪伐谁能送？	它心甘情愿被人砍伐，可又有谁能将它运送？
苦心岂免容蝼蚁，	柏心虽苦，怎能避免蝼蚁咬蛀，
香叶曾经宿鸾凤。	芳香的树叶曾经栖息过鸾凤。
志士仁人莫怨嗟，	志士仁人也不必怨望嗟伤，
古来材大难为用！	古来材大的总难以派上用场。

注释

①孔明庙:《古柏行》为杜甫居夔州时作，故孔明庙当指夔州孔明庙，与刘备先主庙分立，为刘备伐吴失败，病死后，蜀

人所立。详见后《咏怀古迹》注。

②巫峡：三峡之一，四川巫山县至湖北巴东县之间，首尾一百六十里。

③雪山：即岷山，在成都平原西，峰顶终年积雪。

④锦亭：杜甫成都草堂之亭，靠锦江，故名。

⑤閟（bì）宫：本为周先祖庙，后泛指祠堂。

杜甫

观公孙大娘弟子舞剑器行（并序）

题解 这首诗的写作背景杜甫已在自序中讲得十分清楚，诗序本身是一篇充满诗意的优美散文。《剑器行》寄托了诗人对于时代今昔盛衰的无限感慨。诗中从回忆当年公孙绝妙的舞艺写起，五十年间唐室盛极而衰的情况，由梨园子弟的风流云散可以概见。诗人又写到流落西南的李十二娘，舞艺仍保存盛世的余韵，但身世萧条已如冬日的寒光，引起诗人深深的今昔之慨，转而自伤年老多病却仍在四海漂泊，前途茫茫，于是他更加怅惘悲愁。这首诗诉尽了诗人由观舞而触发的万端感慨，跌宕起伏，沉郁顿挫，哀婉动人。诗人有深湛的艺术修养，对舞蹈有极高的鉴赏力；诗中描绘公孙舞艺的段落，文字也像舞蹈一样矫健多姿、意态飞动。这首诗思想感情深刻感人，同时也是一篇评论艺术的佳作。

原文 大历二年十月十九日[1]，夔府别驾[2]元持宅，见临颍李十二娘舞《剑器》[3]，壮其蔚跂，问其所师，曰：“余公孙大娘弟子也。”开元三载[4]，余尚童稚，记于郾城观公孙氏舞《剑器》《浑脱》[5]，浏漓顿挫，独出冠时，自高头宜春、梨园二伎坊内人，洎外供奉[6]舞女，晓是舞者，圣文神武皇帝[7]初，公孙一人而已。玉貌锦衣，况余白首，今兹弟子，亦匪盛颜[8]，既辨其由来，知波澜莫二，抚事感慨，聊为《剑器行》。往者吴人张旭[9]，善草书书帖，数常于邺县见公孙大娘舞《西河剑器》，自此草书长进，豪荡感激。即公孙可知矣。

译文 大历二年十月十九日，在夔州别驾元持的府第，观看临颍李十二娘舞《剑器》，她那雄豪矫健的舞姿光彩照人，使我心中感佩。我问她是跟谁学的，她说是公孙大娘的学生。我想起在开元三年，当时我还是一个孩子，曾经在郾城观赏公孙大娘舞《剑器》《浑脱》，她那酣畅活泼、节奏鲜明豪宕的舞技，在当时首屈一指。从皇帝御前的宜春院、梨园的宫廷艺人到宫外供奉的舞伎，精熟这种舞蹈艺术的，在玄宗皇帝初年，只有公孙大娘一人而已。当年她容颜秀美，衣衫华丽，如今连她的学生也已不年轻，无怪我的头发这样斑白。弄清了她们的师承关系，知道她们的技艺、风格同出一源。抚今思昔，我不由得激动感叹，聊作《剑器行》以寄慨。从前吴郡人张旭擅长以草书写帖，他多次在郧县观看公孙大娘舞《西河剑器》，从此草书大有进步，吸取到一种意态飞动、充满激情的精神。公孙大娘的舞蹈艺术有多么高妙，也就由此可以想见了。

昔有佳人公孙氏，	从前有一位姓公孙的美人，
一舞《剑器》动四方。	她舞起《剑器》来声名震动四方。
观者如山色沮丧，	如山如海的观众被深深吸引，绝妙的舞技使他们惊异、迷惘，
天地为之久低昂。	天地也仿佛随着舞姿的起伏，长久地忽低忽昂。
㸌如羿射九日落[10]，	她回旋低舞，光焰闪动，犹如后羿射落了九个太阳。
矫如群帝骖龙翔。	她翩然高举，矫健轻捷，犹如天神们乘龙在太空翱翔。
来如雷霆收震怒，	当喧阗的鼓乐声歇，舞者登场，好像雷霆忽地收起了震响。
罢如江海凝清光。	当舞影剑光戛然中止，周围一片静寂，又好像江海的风浪停息，波光清亮。

绛唇珠袖两寂寞，	公孙大娘美妙的歌舞，在人间久已绝响。
晚有弟子传芬芳。	幸好后来有弟子李十二娘，继承她高超的才艺传播芬芳。
临颍美人在白帝，	临颍美人在白帝城，善舞《剑器》，
妙舞此曲神扬扬。	一如当年的公孙神采飞扬。
与余问答既有以，	同她问答了一番，得知她舞艺师传的端详。
感时抚事增惋伤。	感念时局追忆往事，我深深感慨，内心增添了无限哀伤。
先帝侍女八千人，	先帝的歌妓舞女曾经有八千，
公孙《剑器》初第一。	公孙的《剑器舞》原本是天下第一。
五十年间似反掌，	反掌之间五十年光阴飞逝而去，
风尘澒洞昏王室[11]。	战乱的烟尘漫天盖地，国运从此衰微。
梨园子弟散如烟，	梨园弟子早已经荡然无存，就像烟云般四散飘飞。
女乐余姿映寒日。	唯有李十二娘的舞蹈，保留着盛世风采，和这冬日的寒光相

	映成辉。
金粟堆[12]前木已拱。	金粟山前先帝的陵园，树木已长得高高，
瞿塘石城草萧瑟。	瞿塘峡中这白帝城，同我一般萧瑟的是荒草蓬蒿。
玳弦急管曲复终，	急管繁弦的歌舞终止了，
乐极哀来月东出。	乐极生悲，对着东升的月亮。
老夫不知其所往，	我四顾茫然，不知该去向何方，
足茧荒山转愁疾。	拖着长满厚茧的双脚，辗转漂荡在荒山，彷徨而忧伤。

注释

①大历：唐代宗年号。大历二年即公元767年。

②夔府：夔州府。辖今四川奉节、巫山、云阳一带，府治在奉节县。别驾：官名，州刺史助手。

③临颍：今属河南。剑器：舞蹈名。据《正字通》，剑器为武舞，女子雄装，空手而舞，音乐、舞姿皆刚健雄浑。下文《西河剑器》《剑器》《浑脱》皆剑器舞类舞蹈。谓《剑器》需持刀剑而舞者，误。

④开元：唐玄宗年号，开元三载为公元715年。

⑤郾（Yàn）城：今属河南。剑器浑脱：剑器舞与浑脱舞的结合。浑脱，高昌语“囊袋”；浑脱舞曲传自古高昌国（今新疆吐鲁番一带），舞者戴高冠，以囊袋装水相泼洒。据《唐书》

注，长孙无忌以乌羊毛为浑脱帽，后演为舞蹈。既以羊毛为帽，则应改变原舞泼水情节。

⑥高头宜春、梨园二伎坊内人：指供奉宫廷之歌舞艺人。高头，犹“上头”，指皇帝、内宫。伎坊：亦称教坊，教练歌舞的机构。玄宗好乐舞，设左右教坊教演歌舞。宜春、梨园为教坊名。《雍录》卷九：“梨园在光化门北。”“开元二年正月，置教坊于蓬莱宫，上自教法曲，谓之梨园弟子。至天宝中，即东宫置宜春北苑，命宫女数百人为梨园弟子。”内人：亦称内妓、前头人，居宫中，随时侍候皇帝。洎（jì）：及。外供奉：不居宫中，随时应召入宫表演的歌舞伎。

⑦圣文神武皇帝：唐玄宗尊号。

⑧玉貌锦衣……亦匪盛颜：疑传抄有误或有脱漏，高步瀛《唐宋诗举要》引李健人说，谓“况余白首”是“晚馀白首”之误。按，杜甫作诗时，公孙大娘已死多年，改“晚馀”亦未必洽切。

⑨张旭：唐著名书法家，善草书。《新唐书·文艺传》：“旭，苏州人。嗜酒，每大醉，呼叫狂走，乃下笔。或以头濡墨而书。既醒，自视，以为神。世号张颠，自言始见公主担夫争道，又闻鼓吹而得笔法意，观倡公孙舞《剑器》得其神。”

⑩㸌（huò）：闪动状。羿射九日：《淮南子·本经训》载，“尧之时，十日并出，焦禾稼，杀草木，尧乃使羿上射十日，万民皆喜。”

⑪风尘句：战争烟尘弥漫，按此谓王朝昏暗。指安史之乱。澒（hóng）洞：连接不断。

⑫金粟堆：即金粟山，玄帝陵，见杜甫《韦讽录事宅观曹将军画马图》注⑭。木已拱：言玄帝已死多年，墓上之树粗已合抱。《左传·僖公三十二年》："中寿，尔墓之木拱矣！"拱：双手合抱。

元结

石鱼湖上醉歌[1]（并序）

题解 这首诗歌唱了石鱼湖的风光，以奇异的想象抒写诗人醉饮的豪兴，并寓有天下扰攘，诗人的满怀忧愁只能在湖山与醉乡中消解的意思。

原文 **漫叟以公田米酿酒，因休暇载酒于湖上，时取一醉。欢醉中，据湖岸引臂向鱼取酒，使舫载之，遍饮坐者。意疑倚巴丘酌于君山之上，诸子环洞庭而坐，酒舫泛泛然触波涛而往来者，乃作歌以长之。**

译文 自号漫叟的我用公田的米来酿酒，休闲的时候就携酒游于湖上，时常酒醉。在沉醉的欢乐中，靠着湖岸伸手到石鱼中取酒，用小船运载，请所有在座的人喝。我觉得好像是神仙倚着巴丘山饮于君山，朋友们环绕洞庭而坐，载酒的船悠悠荡荡地乘着波涛来往，于是作诗记此胜事。

石鱼湖，似洞庭，	石鱼湖就像是洞庭，
夏水欲满君山[②]青。	夏日里湖水平岸，君山青青。
山为樽，	山是我的酒杯，
水为沼，	水是盛满了酒的池沼，
酒徒历历坐洲岛。	酒徒们团团环坐在洲岛。
长风连日作大浪，	连日风高浪阔，
不能废人运酒舫。	我们运酒的船只依旧来往不停。
我持长瓢坐巴丘，	我坐在巴丘山上，手持长瓢去酌取美酒，
酌饮四座以散愁。	和朋友们共饮,驱散烦愁的心情。

注释

①石鱼湖：元结《石鱼湖上作》诗序云，“漫泉南上（一作山）有独石在水中，状如游鱼。鱼凹处，修之可以（贮）酒。水涯四匝多攲石相连，石上堪人坐。水能浮小舫载酒，又能绕石鱼洄流，乃命湖曰石鱼湖。”下文“引臂向鱼取酒”，即取贮于石鱼凹处之酒。

②君山：洞庭湖中山岛，又名“湘山”。

韩愈

山石

作者

韩愈（768—824），字退之，河南河阳（今孟州市）人。祖籍河北昌黎。贞元进士。曾任四门博士、监察御史，后贬阳山令。复迁为国子博士、太子右庶子。随裴度平定淮西藩镇之乱，迁刑部侍郎。因上表谏迎佛骨，贬潮州刺史。后召为国子监祭酒，终吏部侍郎。韩愈为唐代古文革新的宗师，苏轼称其“文起八代之衰”。其诗亦独开流派，特点是“以文字为诗，以议论为诗”，诗风雄健奔放、奇崛险怪。对宋诗影响极大。有《昌黎先生集》。

题解

这首诗是韩愈游洛阳北面的惠林寺所作，犹如一篇山水游记。诗人描述了他此次出游的全过程，从傍晚入寺到次日进山独游，将他的所见所历一一摄入诗境：黄昏时低飞的蝙蝠，雨后更加肥壮的芭蕉、栀子，佛寺中依稀的壁画，明月清风、山红涧碧、十围松枥、山泉清音，这一切美好的事物充满了诗情画意，使诗人流连忘返。在自然的清景中，诗人体味到了自由的欢乐、生命的欢乐，由此生出想离开官场的羁勒终老于斯的念头。这首诗笔力雄健，挥洒自如，语言清新平易，表现了韩诗除险怪之外的另一特点。

山石荦确[1]行径微，	狭窄的山间石路险峻不平，
黄昏到寺蝙蝠飞。	黄昏时来到寺院只见蝙蝠低飞。
升堂坐阶新雨足，	走进庙堂我在石阶上休息，
芭蕉叶大支子肥。	新雨过后芭蕉叶大，栀子花开得更茂更肥，
僧言古壁佛画好，	僧人殷勤地告诉我，古壁的佛画十分精美。
以火来照所见稀。	手持灯烛观赏佛画，所见到的佛画模糊依稀。
铺床拂席置羹饭，	主人为我准备好床席，
疏粝[2]亦足饱我饥。	又安排晚饭，粗淡的饭菜也足以充饥。
夜深静卧百虫绝，	夜深时静静躺卧，四周一片静寂，所有的虫鸟全然悄无声息。
清月出岭光入扉。	皓洁的月亮升上山岭，把清光洒进了我的窗扉。
天明独去无道路，	晨雾中我独自去漫游，道路高高低低难以看清。
出入高下穷烟霏。	我一会儿上山一会儿下山，直到云雾散尽。

山红涧碧纷烂漫，	红的山花和绿的涧水，那明艳的色彩相互辉映。
时见松枥皆十围。	不时还看见古老的松树、枥树，粗大得足足有十围。
当流赤足踏涧石，	我踏着涧中的石块向前行走，凉爽的山泉流过我赤裸的双足，
水声激激风生衣。	流水发出悦耳的声音，风阵阵吹入我的衣服。
人生如此自可乐，	享受这样幽雅的景致，不就是人生的欢乐？
岂必局促为人鞿③。	为什么要去随人俯仰被人拘系？
嗟哉吾党二三子，	唉，我和同道的二三好友，
安得至老不更归！	怎么才能留在这里到老不再归去？

注释

①荦确（luòquè）：石头多、地不平的样子。

②疏粝（lì）：粗米饭。

③鞿（jī）：马缰绳。比喻受人束缚和牵制。

韩愈

八月十五夜赠张功曹

题解 德宗贞元十九年（803），关中天旱人饥。当时任监察御史的韩愈和张署，上书请求减免关中的徭役赋税，触怒权贵，韩愈被贬为阳山（今属广东）令，张署被贬为临武（今属湖南）令。贞元二十一年（805）宪宗即位，大赦天下，他们仍未被召回京师，韩愈改官江陵府（今湖北江陵县）法曹参军，张署改官江陵府功曹参军。这首诗是这年中秋时所作。诗中假设二人对歌，别开生面地抒情叙事。先由张署的歌淋漓尽致地描写了贬谪生活的艰辛危苦，以及获赦量移受到的压抑阻挠，表现出他们共同的命运和共同的幽愤心情；之后以诗人的短歌，故作放达的口吻，向对方表示无如命何的安慰，劝友人和他一起且赏明月，饮美酒，以弦外之音显示他内心的怨愤。这首诗形式活泼生动，感情深挚动人，不用比兴，不假修饰，淳厚古朴。笔力雄放恣肆，结构错综变化，开阖有序，首尾完整。

纤云四卷天无河，	澄净的天宇没有一缕微云，连银河也难以看得分明，
清风吹空月舒波。	清爽的秋风在高空吹送，明月向四方投射光影。

沙平水息声影绝，	平直的沙岸一片宁静，河水不再泛起波澜，没有半点声音。
一杯相属君当歌。	我敬你一杯美酒，倾耳听你歌唱。
君歌声酸辞正苦，	你的歌，曲调多么酸楚，歌辞又多么悲苦。
不能听终泪如雨。	一曲未终，已使我泪落如雨。
“洞庭连天九疑[①]高，	“洞庭湖水连接着青天，九疑山高耸入层云。
蛟龙出没猩鼯号。	水中只看见蛟龙出没，山间只听到猩猩鼯鼠的哀吟。
十生九死到官所，	一路上历尽千辛万苦，九死一生才来到这贬谪的场所。
幽居默默如藏逃。	幽居在荒僻的地方我敛声屏息，好像是逃犯悄悄藏躲。
下床畏蛇食畏药，	举起杯筷我疑心是吃下毒药，下床走动又害怕遇见蛇蝎。
海气湿蛰熏腥臊。	海上蒸腾起郁热的湿气，腥臊的气味令人窒息。
昨者州前捶大鼓，	前几天州署门前鼓声震天，发布大赦天下的命令。
嗣皇继圣登夔皋[②]。	新帝继位又选用了贤臣，

赦书一日行千里，	赦书一日就飞送万里路径。
罪从大辟[3]皆除死。	连死罪的人也免于极刑，
迁者追回流者还，	迁谪、流放的都被召还。
涤瑕荡垢清朝班[4]。	洗净身上的污垢，重新进入清贵官的朝班。
州家申名使家抑[5]，	刺史申报了我的姓名，观察史却存心压制不肯奏请。
坎轲只得移荆蛮。	我坎坷辗转不能如愿，只被量移到荆楚蛮荒之境。
判司[6]卑官不堪说，	身为判司官职微贱，其间的苦衷我难以说尽。
未免捶楚尘埃间。	有时还要遭受上司鞭打，置身尘埃羞辱痛心。
同时流辈多上道，	同时遭贬的人都已上路回京，
天路幽险难追攀。”	朝天的道途险阻遥远我无从追寻。”
君歌且休听我歌，	你的歌不必再唱，请听听我的歌曲，
我歌今与君殊科。	我的歌可不像你的那么哀怨欲绝。
“一年明月今宵多，	“一年中能有多少团圆的明月，

	只有今宵的月光才分外皎洁。
人生由命非由他，	人生一切全由命运，并非由别的，
有酒不饮奈明何！”	我们要是不畅饮美酒，怎么对得起今宵的明月！”

注释

①九疑：山名，亦作“九嶷”。在今湖南宁远县南。《史记·五帝纪》：“（舜）葬于江南九疑。”

②嗣皇句：写唐顺宗继位起用贤臣。《旧唐书·顺宗纪》：“贞元二十一年正月丙申继位，二月甲子大赦。”嗣皇：继位的皇帝，一称嗣君；亦可指太子。继圣：继承皇位。登，使动词，使……登，使……进升。夔皋：夔（Kuí），舜帝乐官；皋，皋陶（Gāoyáo），舜帝刑官。皆古之名臣。

③大辟：死刑。

④朝班：朝官排列的位次。

⑤州家：刺史，州最高行政长官。使家：观察使，唐置，位仅次于节度使，辖一道或数州，并常兼领刺史职，权任甚重。当时湖南观察使为杨凭。

⑥判司：唐州郡长官属下的判官。当时韩愈任江陵府法曹参军，张署为功曹参军。

韩愈

谒衡岳庙遂宿岳寺题门楼[1]

题解 这首诗是韩愈由阳山量移江陵，途经衡山所作，主要抒发诗人仕途坎坷的幽愤心情。诗人以雄奇的笔调描绘了衡山的险峻神异，使人惊心动魄。中间写他潜心默祷“感通”正直的神明，大有深意。正如苏轼在《潮州韩文公庙碑》一文中所说，“公（指韩愈）之精诚，能开衡山之云，而不能回宪宗之惑”。诗人突出神明的正直，就是对天子昏庸的隐微讥刺。后面诗人叙述了占卜的细节，寓庄于谐，以自嘲的方式大发牢骚，表示对不公平遭遇的极度不满。这首诗不同于一般以描写山水为主的纪游作品，它将写景、叙事，抒情融为一体而以抒情为主，描写景物也带有强烈的主观感情色彩。诗的境界开阔，意象新奇，语言极腾挪跌宕之致。

五岳祭秩皆三公[2]，	古时候帝王祭祀五岳的盛典，礼仪如同祭祀爵位最高的三公。
四方环镇嵩当中[3]。	雄伟的山岳分镇四方，嵩山被它们环围在正中。
火维[4]地荒足妖怪，	衡山是赤帝统领的火乡，妖魔鬼怪在这荒僻的地方出没。

天假神柄专其雄。	上天赐给衡山无上的权柄，让它雄镇南方。
喷云泄雾藏半腹，	半山腰不时喷泻出深藏的云雾，
虽有绝顶谁能穷？	虽有山顶，又有谁能够攀得上。
我来正逢秋雨节，	正当秋雨连绵的时节，我来到这衡岳之峰，
阴气晦昧无清风。	天色阴霾，云气昏暗而沉重，没有一丝清凉的风。
潜心默祷若有应，	我在心底默默地祷祝，这虔诚的祷祝似乎真有了效验，
岂非正直能感通？	难道不是正直的神明受到感应，满足了我的心愿？
须臾静扫众峰出，	一会儿清风忽然把乌云吹散，群山显露出各自的容颜。
仰见突兀撑青空。	抬头忽见高峻突兀的山峰，巨柱般支撑着青天。
紫盖连延接天柱⑤，	紫盖峰绵延伸展和天柱峰接连，
石廪⑥腾掷堆祝融⑦。	石廪峰腾跃起伏和祝融峰相挨相牵。
森然魄动下马拜，	奇险的山峰令人魄动魂悸，我赶忙下马揖拜，表明我敬畏的

	诚意。
松柏一径趋灵宫。	沿着植满松柏的山路，我急急奔上衡山之神的庙宇。
粉墙丹柱动光彩，	那雪白的粉墙和朱红的漆柱闪动光彩，
鬼物图画填青红。	青红色的图像画的都是些鬼怪。
升阶伛偻荐脯酒，	登上石阶我弯腰呈献美酒和肉干，
欲以菲薄明其衷。	想借这菲薄的祭品表达我的衷情。
庙令老人识神意，	掌管神庙的老人洞悉神明的意志，
睢盱侦伺能鞠躬[8]。	他睁大双眼观察我，一边鞠躬致敬。
手持杯珓导我掷[9]，	他手里拿着占卦的杯珓，应当怎样投掷，他亲自教导。
云此最吉馀难同。	看过卜象，他对我说是上上大吉，很少有人得到这样的吉兆。
窜逐蛮荒幸不死，	我被远谪来蛮荒的地方，活到今天已是莫大的幸运。
衣食才足甘长终。	简陋的衣食能得到保证，我甘愿就此度过余生的光阴。
侯王将相望久绝，	登身王侯将相的奢望，早已不存于我的胸中。

神纵欲福难为功。	就是神明有心赐福于我，只怕也难以成功。
夜投佛寺上高阁，	夜晚在佛寺留宿，我独自走上高阁。
星月掩映云朣朦。	轻云掩蔽了星月，朦胧的光影是那样微弱。
猿鸣钟动不知曙，	猿鸣和钟声我全都不曾听见，安然一觉直睡到天明。
杲杲⑩寒日先于东。	醒来时只见太阳升起在东方，放射出寒冷的光晕。

注释

①衡岳庙:《元和郡县志》载,“衡岳庙在衡山县（今属湖南）西三十里。”为祀南岳衡山而建。岳寺：衡岳所属庙宇。

②五岳句：言祭祀五岳的礼仪、牺牲与祭祀三公同。《礼记·王制》:“天子祭天下名山，五岳视三公。”伪《孔传》:“谓五岳牲礼视三公。”五岳，见李白《庐山谣寄卢侍御虚舟》注③。三公：汉制大司徒、大司马、大司空为三公。

③四方句：中岳嵩山在河南登封市，居五岳之中，东西南北四岳环镇四方。

④火维：衡山在五岳中居南方，南方于五行属火。《南岳记》:“下踞离（八卦之“离”）宫，统摄火帅，故号南岳。赤帝馆其巅，祝融（火神）宅其阳。”维：角落、方隅。火维犹言

“火方”。

⑤⑥⑦紫盖、天柱、石廪、祝融：皆峰名。据《长沙记》，“衡山七十二峰，最大者五：芙蓉、紫盖、天柱、石廪、祝融为最高。”

⑧睢盱（huīxū）：仰视貌。侦伺：观察。

⑨杯珓（jiào）：占卜用具。以两片蚌壳投于地，视其俯仰，以定吉凶。亦有竹、木、玉等雕为蚌状者。

⑩杲杲（gǎogǎo）：明亮貌。《诗·卫风·伯兮》：“杲杲日出。”

韩愈

石鼓歌[1]

题解 《元和郡县志》载，“关内道凤翔府天兴县：石鼓文在县南二十里许，石形如鼓，其数有十。盖纪周宣王畋猎之事，其文即史籀之迹也。贞观中吏部侍郎苏勗纪其事云，虞（世南）、褚（遂良）、欧阳（询）共称古妙。”韩愈的这首诗考证了石鼓的来历，大力肯定石鼓文的学术价值和艺术价值。他回忆当年发现石鼓时，如遇神明，如获至宝，庄重欣喜地向上司报告，希望能把石鼓献入太庙，或是放在太学，好让学生研究上面的古文字。谁知当局不重视保存这珍贵的文物，以至岁月迁延，任随石鼓被轻易地损坏、毁弃。为此，韩愈感到极其痛心，在诗中写出他的叹惋和愤激的心情。本诗体现了韩愈以文字为诗、以议论为诗、奇崛险怪的风格特点，铺张扬厉，宏伟恣肆，气势极盛。

张生手持石鼓文，	张籍手捧着石鼓文，
劝我试作石鼓歌。	劝我尝试作一首石鼓歌。
少陵无人谪仙死，	杜甫已不在人间，李白又早死去，
才薄将奈石鼓何？	我才情微薄怎能写好这石鼓之歌？
周纲陵迟[②]四海沸，	周朝纲纪渐渐衰落，天下扰攘如同水沸。
宣王愤起挥天戈。	宣王奋起中兴，为治平海宇挥动了干戈。
大开明堂[③]受朝贺，	天子大开明堂，接受四方朝贺，
诸侯剑佩鸣相磨。	诸侯们比肩而至，身上的佩剑相撞相磨。
蒐于岐阳[④]骋雄俊，	春天，周天子狩猎在岐阳，夸示他雄壮的声威精娴的武艺。
万里禽兽皆遮罗[⑤]。	万里之内布下了天罗地网，所有的禽兽都无处逃匿。
镌功勒成告万世，	为了刻石纪功昭告万世，
凿石作鼓隳嵯峨[⑥]。	开采巨大的山石凿成石鼓。

从臣才艺咸第一，	宣王的从臣才艺是天下第一，
拣选撰刻留山阿。	他们选好石鼓刻上文字，把它长期留在山谷。
雨淋日炙野火燎，	石鼓经受了多少雨淋日晒野火烧烤，
鬼物守护烦㧑呵[7]。	鬼神不让人们毁坏石鼓，将它牢牢地守护。
公从何处得纸本，	先生从哪里得来了拓本？
毫发尽备无差讹。	石鼓文全都印出，没有丝毫谬误。
辞严义密读难晓，	辞义严密、深奥，难于读懂，
字体不类隶与蝌[8]。	字体既不像隶书，又不像蝌蚪古文。
年深岂免有缺画，	年深月久，有的笔画难免被磨蚀得缺损。
快剑斫断生蛟鼍[9]。	字体却十分生动，就像是利剑斩断的蛟鼍，
鸾翔凤翥众仙下[10]，	又像是鸾凤飞舞群仙降临，
珊瑚碧树交枝柯[11]。	红珊瑚和碧玉树枝条缠绕。
金绳铁索锁钮壮[12]，	笔画金绳铁索般粗壮遒劲，
古鼎跃水龙腾梭[13]。	犹如织梭化成龙，从古鼎的水中飞升腾云。

陋儒编诗不收入，	鄙陋的儒者编辑古代的诗文， 却没把石鼓文收在其中，
二雅褊迫无委蛇[14]。	《大雅》和《小雅》篇幅狭小迫促，竟然遗漏了石鼓文的泱泱大风。
孔子西行不到秦，	孔子周游天下，未能西行到秦邦，
掎摭星宿遗羲娥[15]。	他拾取了点点的星辰，却把光明的日月遗忘。
嗟余好古生苦晚，	我好古博雅，可惜生得太晚，
对此涕泪双滂沱。	今天对着石鼓文，我禁不住伤心得涕泪滂沱。
忆昔初蒙博士征，	回想当初我被征为国子监博士，
其年始改称元和。	正当年号改称为元和。
故人从军在右辅，	我的故友从军在右扶风，
为我度量掘臼科[16]。	为我探测挖掘出石鼓。
濯冠沐浴告祭酒[17]，	我沐浴净身穿戴着清洁的衣帽， 隆重地向上司报告发现了珍贵的文物。
如此至宝存岂多。	这样古老的国宝，留存到今天的能够有多少！
毡包席裹可立致，	石鼓用毡席包好，

十鼓只载数骆驼。	只消几匹骆驼就能把它们运到。
荐诸太庙比郜鼎[18]，	应当像古时候把郜的大鼎荐入太庙那样把石鼓进献，
光价岂止百倍过。	那光彩和价值会胜过百千。
圣恩若许留太学，	假如皇恩浩荡，准许把石鼓留在太学，
诸生讲解得切磋。	大家可以研究学习，为学生把刻文讲解。
观经鸿都尚填咽[19]，	汉灵帝曾经下达诏命，镌刻五经的文字立在太学门外，前来觐见摹写的人，车马都填塞了街陌。
坐见举国来奔波。	假如今天展览出石鼓，想见举国上下将争先跑来观摩。
剜苔剔藓露节角，	应当剜去石鼓上的苔痕藓斑，露出原来的棱角和模样，
安置妥帖平不颇。	把它们安置在妥帖的场所，以免左右倾斜上下摇晃。
大厦深檐与盖覆，	在大厦深檐的覆盖之下，
经历久远期无佗。	历时久远，石鼓也不会有半点儿损伤。

中朝大官老于事,	朝中的大官老于政事,
讵肯感激徒媕婀[20]。	不肯采纳我的建议,迁延彷徨。
牧童敲火牛砺角,	牧童在石鼓上打石取火,牛羊在上面摩擦双角,
谁复著手为摩挲。	有谁肯将它们珍惜爱护。
日销月铄就埋没,	我担心石鼓这样一天天毁坏,很快就会彻底埋没。
六年西顾空吟哦。	六年来我西望右扶风,空自叹息吟哦,
羲之俗书趁姿媚,	王羲之的俗字姿态妩媚,
数纸尚可博白鹅[21]。	几张纸就换了道士一群白鹅。
继周八代争战罢,	周朝之后历经八代,国家归于一统,
无人收拾理则那。	竟然没有人收拾石鼓,实在于理不可。
方今太平日无事,	现在天下太平无事,
柄任儒术崇丘轲。	以儒术治国,尊崇孔丘、孟轲。
安能以此上论列,	我愿借辩士的悬河之口,
愿借辩口如悬河。	将石鼓的事向朝廷禀告论说。
石鼓之歌止于此,	石鼓之歌到此结束,
呜呼吾意其蹉跎!	可叹我搜求宝藏石鼓,愿望竟这样蹉跎!

注释

①石鼓：唐初发现于陕西天兴（今凤翔）南二十里，时称“猎碣”，因石形似鼓，韦应物、韩愈各作《石鼓歌》，后乃称“石鼓”。石鼓共十座，宋王厚之《石鼓文跋》谓：石鼓初散于郊野，韩愈请运置太学，不从。后郑余庆迁之于凤翔孔子庙。经五代之乱而散失。宋司马池知凤翔，复蒐集于府学庑下，时已亡其一鼓。仁宗皇祐四年（1052），向傅师得佚鼓于民家，已毁为石臼，每行仅存四字。宋南渡后，金人迁置燕京，元、明、清置于国子监。今存故宫博物院。十鼓各刻一诗，文字为大篆，称籀文。制作年代众说不一，今多数专家认为作于秦襄公前后。石鼓文字南宋时已多磨损，传世北宋《先锋》《中权》《后劲》三拓本流入日本，下落不明。郭沫若《石鼓文研究》影印三本照片，为唯一传世珍本。

②陵迟：衰落。

③明堂：古帝王宣明政教之处，国家大典多在此举行。后宫室渐备，乃别于京城东南郊专设明堂，以存古制。

④岐阳：岐山南麓。凤翔在岐山之阳。

⑤遮罗：阻拦网罗。

⑥隳（huī）：毁坏。嵯峨：山势高峻。此处指山。

⑦捣（huī）呵：挥驱呵斥。“捣”通“挥”。

⑧隶：隶书。此处当指古隶，无明显波磔之势者。蝌：蝌蚪书。古以漆书于竹木简上，笔划多上粗下细，形如蝌蚪，故称。汉鲁恭王坏孔子壁，得古文经，所用古文，即被称为“蝌蚪书”。

⑨快剑句：形容石鼓文字字势奇崛、盘曲者如快剑斩断之蛟

龙，笔划似在痛苦中颤动。蛟，蛟龙；龙类，似蛇，大者十数围，能吞人。鼍（tuó），猪婆龙，即扬子鳄。

⑩鸾翔句：形容字势飘逸、清扬者如众仙乘鸾飞降。翥（zhù），飞举。

⑪珊瑚句：形容笔画古朴、沉着，如珊瑚，如古树攀枝。

⑫金绳句：形容笔画刚劲如金绳铁索，笔划交接处如锁钮之重拙、结实。

⑬古鼎句：形容字体之古奥、不可捉摸，有如古鼎出水而复没，神龙变化为织梭那样，难以意料。据《水经注》，周显王四十二年（前327），九鼎没于泗渊。秦始皇时鼎现，使数千人下水取之，未及出，龙啮断系绳，鼎复没。又据《晋书·陶侃传》，侃少时渔于雷泽，得一梭，挂之于壁。有顷雷雨，梭化龙飞去。

⑭二雅句：二雅指《大雅》《小雅》。褊（biǎn）迫，狭窄。委蛇（yí）：雍容自得状。

⑮掎摭（jǐzhí）：取拾。羲娥：指日月。传说日御为羲和，月中居嫦娥。

⑯臼科：指石鼓出土之土穴。臼，窠臼；科，物体中空。

⑰祭酒：国子监首脑。

⑱郜（gào）鼎：《左传·桓公二年（前710）》载，“取郜大鼎于宋，戊申，纳于太庙。”

⑲观经句：据《后汉书·灵帝记》，“熹平四年，蔡邕等请正定六经文字。邕自书丹于碑，使工镌刻，立于太学门外。观者、摹者，车乘日千辆，填街塞陌。”鸿都：东汉宫门名（洛阳北

宫门），太学、书库在其中。填咽：堵塞交通如填塞咽喉。

⑳媕婀（ān'ē）：无主见。

㉑羲之两句：据《晋书·王羲之传》，“羲之性爱鹅。山阴一道士有好鹅，羲之往观，甚悦，固求之。道士请写《道德经》，写毕，笼鹅而归。”

柳宗元

渔翁

题解 诗中描写一位渔翁的生活情景，他悠然自得，在天地间独来独往，这清高而孤独的形象，正是柳宗元自己的写照。“欸乃一声山水绿”一句，语意奇绝，形容宁静的水面上传来咿呀的摇橹声，使人感到悦耳清心，顿觉山水也绿得更加可爱，诗人把这种由乐音所引起的视觉和心理的新异感，用十分精练的语言表现出来，诗味极浓，令人赞叹。这首诗的风调清朗疏淡。

渔翁夜傍西岩宿，	夜晚渔翁住宿在西山陲，
晓汲清湘燃楚竹，	早上他汲取了清清的湘江水， 燃起了楚地的竹枝。
烟销日出不见人，	烟雾消散后红日东出，不见了

	他的身姿。
欸乃[①]一声山水绿。	他正悠然地摇着船橹，咿呀声里山水更绿得清心悦目。
回看天际下中流，	回头见渔船仿佛从天际驶向中流，
岩上无心云相逐。	山岩上无心的白云追随它飘游。

注释

①欸乃（ǎinǎi）：行船摇橹声，一作暧迺、霭迺、袄霭。或以为渔人号子声。

白居易

长恨歌

作者

白居易（772—846），字乐天，号香山居士、醉吟先生。下邽（今陕西渭南）人，祖籍太原。早岁家境贫困，又历藩镇之乱，流离播迁，对社会现实、民间疾苦有较深体察。贞元十六年中进士，授秘书省校书郎，历官翰林学士、左拾遗、左赞善大夫。因上表乞捕刺杀宰相武元衡凶手，得罪权贵，贬江州司马，移忠州刺史。后任杭州、苏州刺史。又入朝为太子宾客、太子少傅。终刑部尚书。白居易为李、杜之后最重要的诗人，存诗三千余首。其诗论核心主张为政治服务；“文章合为时而著，歌诗合为事而作”，“惟歌生民病”，“但伤民病痛”，反对“嘲风雪，弄花草”。理论虽嫌片面，但对推动当时新乐府诗发展有很大促进作用。其诗歌主要成就，一是以《新乐府》《秦中吟》为代表的讽喻诗，一是以《长恨歌》《琵琶行》为代表的长篇叙事诗。近体诗亦间有佳作。有《白氏长庆集》。

题解 这是白居易三十五岁任周至尉时所作，与此同时，陈鸿写了一篇《长恨歌传》，都以唐玄宗和杨贵妃的爱情故事为题材。因这爱情是悲剧结局，于是以“长恨”标题。诗人的用意是“不但感其事，亦欲惩尤物，窒乱阶，垂于将来者也”。诗的前一部分对玄宗的荒淫、沉湎歌舞酒色与贵妃的媚上邀宠、恃恩而骄，因此招致祸乱有所讽刺批判。后半篇则对贵妃的死、玄宗对她缠绵悱恻的相思，回宫后晚景的凄凉，以及他们天上人间生离死别的深长痛苦，表示了极大的同情；并用浪漫主义的手法把他们的爱情理想化，因之本诗的主题思想是复杂而矛盾的。从全篇来看，对悲剧主人公的同情成为主要倾向。这首诗情节曲折多变，描写细致，委婉情深，首尾完整，语言流畅清丽，音韵匀称和美，抒情气氛十分浓厚，诗中很少用典，佳句极多。赵翼《瓯北诗话》说：“《长恨歌》一篇，其事本易传，以易传之事，为绝妙之辞，有声有情，可歌可泣。文人学士既叹为不可及，‘妇人女子’，亦喜闻而乐诵之。是以不胫而走，传遍天下。”由此可见这首诗巨大的艺术魅力。

汉皇重色思倾国[1]，	汉朝的皇帝看重美色，希望得到一位倾国倾城的绝代佳人。
御宇多年求不得。	他统治邦国已经多年，却总也找不到中意的人。
杨家有女初长成，	杨家有一位姑娘刚刚长大，
养在深闺人未识。	养在深深的闺阁还没有被人赏识。
天生丽质难自弃，	天生美丽的姿质，她不甘心埋没自弃，
一朝选在君王侧[2]。	终于有一天选在君王的近侧。
回眸一笑百媚生，	她回过头来微微一笑，便生出百般妩媚。
六宫粉黛无颜色。	同她相比，后宫所有的嫔妃，全都黯淡得没有光辉。
春寒赐浴华清池[3]，	春寒时君王赐予恩典，让她到华清池里去沐浴。
温泉水滑洗凝脂。	温泉的水温润又滑爽，洗濯她那柔嫩细腻的身躯。
侍儿扶起娇无力，	宫女将她慢慢地扶起，她是多么娇柔乏力。
始是新承恩泽时。	那是她生平第一次，受到君王

	的恩义。
云鬓花颜金步摇④,	她有乌云一样的头发，鲜花一样的容貌，鬓边戴着金的首饰一步一摇。
芙蓉帐暖度春宵。	在温暖的芙蓉帐底，她和君王共度欢娱的春宵。
春宵苦短日高起，	苦恨春宵太短，不作美的太阳已挂在中天，
从此君王不早朝。	从今后君王再不曾早早去上朝。
承欢侍宴无闲暇，	她陪同君王寻欢作乐，侍奉大小宴会没有半点儿闲暇。
春从春游夜专夜。	春天随君王去郊游，夜夜只有她一人伴驾。
后宫佳丽三千人，	后宫的美女足有三千人，
三千宠爱在一身。	宠爱都集中在她一身。
金屋⑤妆成娇侍夜，	在那豪华的皇宫内院，她悉心修饰，夜夜对君王刻意奉承，
玉楼宴罢醉和春，	玉楼上酒宴之后，她的醉态更加妖艳动人。
姊妹弟兄皆列土⑥，	姊妹兄弟全都分封了官爵，
可怜光彩生门户。	无限光彩辉耀着她家的门楣，

遂令天下父母心，	使得天下父母的心里，
不重生男重生女。	不重视生儿反重视生女。
骊宫高处入青云，	骊山上头的华清宫，宏伟高耸插入云霄，
仙乐风飘处处闻。	宫中音乐像来自仙境，随风飘散，四处都能够听到。
缓歌慢舞凝丝竹，	舒缓的歌唱柔曼的舞蹈，配合着细细的管弦，
尽日君王看不足。	君王整天地观赏，没有一点儿烦厌。
渔阳鼙鼓[⑦]动地来，	忽然间叛军从渔阳进发，战鼓声动地惊天。
惊破《霓裳羽衣曲》[⑧]。	美妙的《霓裳羽衣曲》，被惊得散碎如云烟。
九重城阙烟尘生，	京城里到处弥漫着战尘，
千乘万骑西南行。	千军万马向西南投奔。
翠华摇摇行复止，	君王的车驾忽然被迫停住。
西出都门百余里，	那时才出了都门百余里路程。
六军不发无奈何[⑨]，	六军不肯向前，君王也无可奈何，
宛转蛾眉马前死。	只好让美人在马前缢死。
花钿委地无人收，	她头上戴的翠翘金雀玉搔头，

翠翘金雀玉搔头。	统统遗落在尘埃，没人去收拾。
君王掩面救不得，	既然无法救她活命，又怎么忍心看着她死去，
回看血泪相和流。	君王只好用衣袖遮住自己的面庞。回头怅望，血和泪交相流淌。
黄埃散漫风萧索，	黄尘漫天飞舞，秋风萧瑟凄凉。
云栈萦纡登剑阁。	走过回环曲折高入云端的栈道，君王登上了剑阁。
峨嵋山下少人行，	峨眉山下行人稀少，
旌旗无光日色薄。	旌旗无光，日色黯淡寒薄。
蜀江水碧蜀山青，	蜀江的水是多么清绿，蜀地的山是多么苍碧。
圣主朝朝暮暮情。	每一个早晨，每一个夜晚，君王都怀着对她深深的眷爱和思念，
行宫见月伤心色，	在行宫望见月轮，惨淡的光华只令人伤心。
夜雨闻铃肠断声。	夜雨中听到风摇檐铃，声声都像是催人肠断的哀音。
天旋地转回龙驭，	天旋日转，时局改变，君王的车驾要返回京华。
到此踌躇不能去。	途经马嵬坡下，他不忍离去，久

	久地缓步徘徊。
马嵬坡下泥土中，	这一片泥土之中，
不见玉颜空死处。	美人已无处寻觅，空自留有她惨死的场地。
君臣相顾尽沾衣，	君臣们彼此默默对视，全都伤痛得泪下沾衣。
东望都门信马归。	再没有心思快马加鞭，任随车马慢慢地朝东，向皇都走去。
归来池苑皆依旧，	回来后宫中池沼和花园依然如旧，
太液芙蓉未央柳[10]。	太液池中灼灼的芙蓉，未央宫里依依的杨柳。
芙蓉如面柳如眉，	芙蓉就像她娇艳的面容，柳叶就像她那弯弯的蛾眉。
对此如何不泪垂。	对着这样的景物，如何能够不伤心落泪。
春风桃李花开日，	每当春风和煦、桃李花开的日子，
秋雨梧桐叶落时。	每当秋雨凄清、梧桐叶落的时候，对她的一片思情，更是萦绕心头。
西宫南内[11]多秋草，	太极宫和兴庆宫里秋草萋萋，
落叶满阶红不扫。	红叶落满了石阶也无人打扫。

梨园弟子白发新，	梨园的艺人们白了头发，
椒房阿监青娥老[12]。	后宫的女官容颜已衰老。
夕殿萤飞思悄然，	黄昏时流萤环绕着宫殿飞舞，伴着他静静地思念。
孤灯挑尽未成眠。	夜晚独自守着孤灯，直到天明也不能成眠。
迟迟钟鼓初长夜，	钟鼓声他听来分外迟缓，黑夜是何等寂寥而又漫长。
耿耿星河欲曙天。	明亮的星河逐渐黯淡，终于捱过长夜到了拂晓。
鸳鸯瓦冷霜华重，	鸳鸯瓦上覆盖着浓重的秋霜，冷得像冰块一样，
翡翠衾寒谁与共。	独自拥着翡翠锦被无人相共，只觉得越睡越冷。
悠悠生死别经年，	生离死别一年又一年，
魂魄不曾来入梦。	她的魂魄并不曾来到君王梦境。
临邛道士鸿都客[13]，	有一位客居京城的临邛道士，
能以精诚致魂魄。	能以精诚招致死去者的魂灵。
为感君王辗转思，	被君王绵绵的思念所感动，
遂教方士殷勤觅。	那道士殷勤地多方去寻觅。
排空驭气奔如电，	他驾驭着清气在空中闪电般飞驰，

升天入地求之遍。	上天入地到处都搜遍。
上穷碧落下黄泉[14]，	向上找到高高的青天，向下走遍了深深的地底，
两处茫茫皆不见。	两处茫茫然，找不见她的踪迹。
忽闻海上有仙山，	忽然听说海上有一座仙山，
山在虚无缥缈间。	山在虚无缥缈的云端。
楼阁玲珑五云起，	玲珑精巧的楼阁缭绕着五色彩云，
其中绰约多仙子。	里面住着许多美丽的神仙。
中有一人字太真，	其中有一位仙女，名号叫作太真。
雪肤花貌参差是。	白雪般的肌肤，鲜花般的容貌，仿佛就是君王想念的那个人。
金阙西厢叩玉扃，	道士来到金碧辉煌的仙宫，去叩打西厢殿堂的玉门，
转教小玉报双成[15]。	辗转地请求侍女小玉和双成，再去禀报她们的主人。
闻道汉家天子使，	听说汉家派来了使者，
九华帐里梦魂惊。	她从华美的帷帐中惊醒。
揽衣推枕起徘徊，	披上衣服推开枕衾她起身徘徊，
珠箔银屏迤逦开。	一重重珠帘和银屏先后打开。
云髻半偏新睡觉，	她刚刚睡醒，鬓发松松地偏垂，
花冠不整下堂来。	来不及整理花冠就走下堂来。

风吹仙袂飘飘举，	清风吹动她的衣袖飘摇轻举，
犹似霓裳羽衣舞。	好像她还在跳着优美的霓裳羽衣舞。
玉容寂寞泪阑干，	她秀艳的容颜显示出孤寂，脸上泪水纵横流布，
梨花一枝春带雨。	犹如春雨中开放的一枝梨花，沾带着点点的水珠。
含情凝睇谢君王，	她含情脉脉地凝视着来使，请他向君王转达心中的感情。
一别音容两渺茫。	自从那一次和君王分别，生和死两下茫茫，不能见面也难通音讯。
昭阳殿[16]里恩爱绝，	从前在宫中与君王的种种恩爱，到如今早已一一断绝。
蓬莱宫[17]中日月长。	我独自在蓬莱宫中，度着悠长的岁月。
回头下望人寰处，	回头向人间下望，
不见长安见尘雾。	望不到长安只看见迷蒙的尘雾。
唯将旧物表深情，	唯有拿出旧物来表达我的深情，
钿合金钗寄将去。	请把这钿合金钗带着回去。
钗留一股合一扇，	我已将钿合金钗用手擘开，

钗擘黄金合分钿[18]。	我和他各留下金钗一股钿合半边。
但教心似金钿坚,	只要爱心像金钿一样牢固,
天上人间会相见。	天上人间总有一天能够再见。
临别殷勤重寄词,	临别时她殷勤地叮嘱再三,
词中有誓两心知,	说是有几句誓言她与君王都能够会意。
七月七日长生殿,	七月七日一同在长生殿上,
夜半无人私语时:	夜半无人时我俩曾窃窃私语:
在天愿作比翼鸟,	"在天上愿意化作比翼双飞的鸟雀,
在地愿为连理枝[19]。	在地下愿意变成连根并蒂的花枝。"
天长地久有时尽,	天长地久总会有完结的时候,
此恨绵绵无尽期!	这样的生离死别呵!那幽恨永无尽期。

注释

①汉皇:借指唐玄宗。倾国:指绝色美女。《汉书·外戚传》:"李延年善歌,侍武帝,歌曰:'北方有佳人,绝世而独立。一顾倾人城,再顾倾人国。宁不知倾城与倾国,佳人难再得。'上叹息曰:'善!世岂有此人乎?'平阳主因言延年有女弟,上

乃召见之。实妙丽善舞，由是得幸。”

②杨家有女四句：据《新唐书·后妃传》，玄宗贵妃杨氏（小名玉环，杨玄琰女），隋梁郡通守杨汪四世孙，徙居蒲州永乐。幼养于叔父家。初为玄宗子寿王之妃。开元二十四年（736）玄宗武惠妃死，人言玉环资质超群，遂召纳禁中。为掩人耳目，先出为女道士，为寿王另娶韦氏，然后杨氏入宫得幸。杨玉环晓音律，善歌舞，聪明警颖，善察人意。玄宗得杨妃，六宫妃妾、才人，遂无亲近者。

③华清池：温泉，在陕西临潼骊山华清宫。后文“骊宫”即指华清宫。

④金步摇：首饰名，后妃所戴，金制，上有串垂珠，行步则摇。

⑤金屋：谓特别华美的居室。《汉武故事》：“帝为胶东王数岁，长公主抱置膝上，问曰：‘儿欲得妇否？’曰：‘欲得。’长公主指左右长御百余人，皆云不用。指其女：‘阿娇好否？’笑对曰：‘好！若得阿娇作妇当作金屋贮之。’”“金屋藏娇”典出此。

⑥列土：封侯。杨妃得玄宗专宠，叔父兄弟皆封侯，姐妹封国夫人，富比王室。

⑦渔阳鼙鼓：指安禄山叛乱。天宝十四年（755）十一月，安禄山反于范阳。渔阳在今北京大兴区，古称蓟州，天宝中改渔阳郡，隶属范阳节度。安禄山反，渔阳从之。白居易托古讽今，以“汉皇”代指玄宗，借汉彭宠据渔阳反汉事代指安禄山反唐。鼙（pí）鼓：军鼓、战鼓。

⑧霓裳羽衣曲：舞曲名，旧传为玄宗所作，宋王灼《碧鸡漫

志》详加考订，“断之曰：西凉创作，明皇润色，又为易美名。”此曲本为西曲调，开元间西凉府都督杨敬述进呈，后明皇赏月有感，据此曲改制，名为《霓裳羽衣曲》。杨妃进见日，曾奏此曲。

⑨六军两句：天宝十五年（756），安禄山率兵入关，唐玄宗仓皇奔蜀，至马嵬驿（在今陕西兴平市），六军不进，请杀杨氏兄妹。玄宗乃被迫下令杀杨国忠，命高力士缢死杨贵妃。蛾眉：语出《诗·卫风·硕人》“螓首蛾眉”。蚕蛾之眉长而弯，以之形容女子秀眉。此处代指杨妃。

⑩太液：池名。汉武帝建于建章宫北，周四十顷，中起三山，以像蓬莱、瀛洲、方丈三仙山。遗址在今陕西长安区西。唐代亦建太液池于大明宫内，遗址在今长安区北。未央：宫名。汉高祖建。遗址在今西安市西北。

⑪西宫南内：唐宫城在皇城北，谓之西内（西宫）；兴庆宫在皇城东南，谓之南内。

⑫椒房：汉后妃居室以椒粉涂壁，取其清香及花椒多子的吉利。阿监：侍奉帝妃的女官、奴仆。青娥：原称少女，引申指青春容颜。

⑬临邛（qióng）句：说四川道士客居京城。临邛：今四川邛崃市。鸿都：洛阳北宫门，此处借指京城。

⑭碧落：指天空。黄泉：指地下。

⑮小玉：吴王夫差女名小玉。双成：西王母座前玉女。这里均借指杨玉环在仙山的侍婢。

⑯昭阳殿：汉宫殿名，赵飞燕曾居。借指唐内宫。

⑰蓬莱宫：传说中仙山宫殿名。

⑱钗留两句：言所寄金钗及钗盒均自留半扇，以示信。擘（bāi）：用手把东西分开。合：盒。钿（diàn）：盒上镶嵌的金花片。

⑲连理枝：两树异根而枝干缠合为一体。

白居易

琵琶行（并序）

题解 唐宣宗《吊白居易》诗说“童子解吟长恨曲，胡儿能唱琵琶篇”，可见这两篇作品流传之广、影响之大，它代表了白诗成就的一个重要方面。这首诗的写作由来，白居易在诗序中说得很清楚，但夜遇琵琶女的事情，前人早就认为只是虚构，是借以抒发自己天涯流落之恨的。然而诗中塑造的琵琶女的形象，正是真实生活里这类人物的高度典型化。诗中通过琵琶女弹奏技艺的高妙惊人、她对自己身世今昔盛衰的叙述和由此产生的悲叹嗟伤，概括了旧时代中被侮辱与被损害的艺妓们的不幸遭遇，使人们读了为之泪下。而“同是天涯沦落人，相逢何必曾相识”两句，说出了诗人内心最为深刻的感触，成为千古名句。虽然诗人因正直敢谏被谪，与歌女年老色衰而见弃，在本质上并不是同一回事，但失意的命运却有相似之处。诗人为歌女和自己发出不平之鸣，千载以下还引起人们深深同情。诗中描写音乐片段的手法极其高明，一连串绘声绘色的妙喻再现了丰富多彩变化万千的音乐形象，使人如闻其声，如临其境，给人艺术欣赏的无限欢愉。这首诗情节曲折，层次分明，描写细致，韵律和谐流动，笔调凄婉悲凉，如泣如诉，有极强的艺术感染力。

原文

元和十年[①]，余左迁九江郡司马[②]。明年秋，送客湓浦口[③]，闻舟中夜弹琵琶者。听其音，铮铮然有京都声。问其人，本长安倡女，尝学琵琶于穆、曹二善才[④]，年长色衰，委身为贾人妇。遂命酒，使快弹数曲。曲罢悯然。自叙少小时欢乐事，今漂沦憔悴，转徙于江湖间。余出官二年，恬然自安，感斯人言，是夕始觉有迁谪意。因为长句，歌以赠之。凡六百一十二言[⑤]，命曰《琵琶行》。

译文

元和十年，我被贬作九江郡的司马。第二年秋天的一个晚上，我去湓浦口为朋友送行，听见一条船上有人在弹琵琶，那乐声铿锵有力，弹的是京都流行的曲调。向那人询问，才知道她原来是长安的乐妓，曾经跟穆、曹两位著名的琵琶师学艺。年纪老大，姿色衰退，只好嫁给了一个商人。于是我吩咐备酒，请她痛痛快快地弹上几支曲子。她弹奏完毕含愁不语，她追叙年轻时候欢乐的生活情景，现在却漂泊沉沦，面容憔悴，在江湖上辗转流徙。我自从被贬出京城，至今已有两年的光景，一直随遇而安，心情恬淡宁静。听了她的话，这天晚上才感受到被贬谪的那种凄凉况味。因此作了这首诗送给她，共计六百一十二字，命题为《琵琶行》。

浔阳江头夜送客，	夜晚的浔阳江岸上，我为即将远去的朋友送行，
枫叶荻花秋瑟瑟。	红枫叶白芦花摇摇摆摆，在秋风里发出凄凉的哀吟。
主人下马客在船，	我们下马上船，举杯想喝别离酒，
举酒欲饮无管弦。	可惜没有音乐为我们消忧解愁。
醉不成欢惨将别，	沉闷地喝得有几分醉意，眼下的别离使我们心情凄切。
别时茫茫江浸月。	分手时看见白茫茫一片，江水里浸着澄明的秋月。
忽闻水上琵琶声，	忽然间水上传来了声声琵琶，
主人忘归客不发。	我忘记回转，友人也不催船出发。
寻声暗问弹者谁？	顺着音乐的方向寻问是谁在弹奏，
琵琶声停欲语迟。	琵琶声停止后久久没听见回答。
移船相近邀相见，	我们把船儿靠拢，请弹奏者出来会面，
添酒回灯重开宴。	添上酒菜，燃起灯火，重新安

	排下酒宴。
千呼万唤始出来，	千万声呼唤她才走出来相见，
犹抱琵琶半遮面。	还抱着琵琶遮住了半边脸面。
转轴拨弦三两声，	她拧动弦轴试弹了三两声，
未成曲调先有情。	没弹出曲调就已经满含着感情。
弦弦掩抑声声思，	每一声弦索都低沉哀怨，蕴涵着忧思，
似诉生平不得志。	像是在诉说她平生如何不得志。
低眉信手续续弹，	她低下眉头信手弹拨，
说尽心中无限事。	说尽了自己无限的心事。
轻拢慢捻抹复挑⑥，	她慢慢地揉弦轻轻地捻，一会儿顺手下拨，一会儿又反手回挑。
初为霓裳后六幺⑦。	先弹有名的《霓裳羽衣曲》，再弹一曲流行的《绿腰》。
大弦嘈嘈如急雨，	大弦的声音沉重舒长，有如狂暴的急雨。
小弦切切如私语。	小弦的声音细碎急促，像是在窃窃私语。
嘈嘈切切错杂弹，	弦音的高低快慢交错着变换，
大珠小珠落玉盘。	就如大珠小珠落进了玉盘。
间关⑧莺语花底滑，	一会儿弦音流滑，像是黄莺婉

	转歌唱在花间，
幽咽流泉水下滩[9]。	一会儿弦音沉滞，像冰下泉水艰难地流动，低声地呜咽。
水泉冷涩弦凝绝，	最后仿佛是水流不通，
凝绝不通声渐歇。	弦音也暂时断绝。
别有幽愁暗恨生，	停顿中却含着另一种幽愁暗恨，
此时无声胜有声。	此时的无声内涵幽微更胜过有声。
银瓶乍破水浆迸，	忽然间又像银瓶破裂后水浆迸涌，
铁骑突出刀枪鸣。	琵琶弹出了清越的亮音，紧接着乐声雄壮而铿锵，犹如带甲的骑兵正突破重围刀枪齐鸣。
曲终收拨当心划，	乐曲终了时她用弦拨在中心用力一扫，
四弦一声如裂帛。	四根琴弦发出裂断丝帛般清脆的声音。
东船西舫悄无言，	左右的船上都悄无声息，
唯见江心秋月白。	只见皎洁的秋月映照在江心。
沉吟放拨插弦中，	她一边叹息，一边把拨子插入琴弦，
整顿衣裳起敛容。	整理好衣裳现出严肃恭敬的神情。

自言本是京城女，	她说：“我本是京城的女子，
家在虾蟆陵[10]下住。	居住在虾蟆陵。
十三学得琵琶成，	十三岁就学成了琵琶，
名属教坊第一部。	名字排在教坊第一部。
曲罢常教善才服，	我的演奏是那样高超，连名手也深深悦服。
妆成每被秋娘[11]妒。	我的容貌又是那么美丽，梳妆好了常常惹得姐妹们嫉妒。
五陵年少争缠头[12]，	五陵的贵家子弟争着送给我财物，
一曲红绡不知数。	每弹一曲得到的红丝绡不知其数。
钿头银篦击节碎，	镶着花钿的发篦，高兴时用来打拍子不怕将它敲碎，
血色罗裙翻酒污。	泼翻酒染污了红色罗裙也毫不在乎。
今年欢笑复明年，	年复一年总是那么欢乐，
秋月春风等闲度。	岁月就轻轻易易地度过。
弟走从军阿姨死，	弟弟从军阿姨又死去，
暮去朝来颜色故。	我的容颜日复一日地衰老。
门前冷落车马稀，	门前冷冷清清车马渐渐稀少，

老大嫁作商人妇。	年纪老大只好嫁给商人为妻。
商人重利轻别离，	商人看重盈利，夫妇别离他并不在意，
前月浮梁买茶去。	上月又到浮梁去贩运茶叶。
去来江口守空船，	他走后我在这江头守着空船，
绕船明月江水寒。	四周只有寒冷的江水明亮的秋月。
夜深忽梦少年事，	深夜里忽然梦见欢乐的往事，
梦啼妆泪红阑干。	不由得从梦中哭醒，匀过脂粉的脸上沾满泪迹。”
我闻琵琶已叹息，	我听了琵琶曲已伤感叹息，
又闻此语重唧唧。	又听见这一番话更感慨不已。
同是天涯沦落人，	我和她同样是流落在天涯的人，
相逢何必曾相识！	今日相遇何必在意是否曾经相识？
我从去年辞帝京，	我从去年离别了京都，
谪居卧病浔阳城。	贬居卧病在浔阳城。
浔阳地僻无音乐，	浔阳荒凉偏僻没有音乐，
终岁不闻丝竹声。	整年都听不到弦管之声。
住近湓城地低湿，	住所靠近湓地又低又湿，
黄芦苦竹绕宅生。	黄芦苦竹在宅边丛生。

其间旦暮闻何物，	这地方朝朝暮暮听到些什么？
杜鹃啼血猿哀鸣[13]。	只有杜鹃声声啼血，清猿凄切哀鸣。
春江花朝秋月夜，	每当春江花开的早晨，秋月皎洁的夜晚，
往往取酒还独倾。	我往往举酒对着良辰美景自斟自饮。
岂无山歌与村笛，	难道没有山歌和村笛？
呕哑嘲哳[14]难为听。	那声音嘈嘈杂杂实在难听。
今夜闻君琵琶语，	今夜听了你弹奏的琵琶曲，
如听仙乐耳暂明。	好像听到仙乐两耳骤然又清又明。
莫辞更坐弹一曲，	请不要推辞再坐下弹上一曲，
为君翻作琵琶行。	我按照曲调为你写成歌辞《琵琶行》。
感我此言良久立，	我的话使她感动，她呆呆地站了好一会，
却坐促弦弦转急。	随后退入座位把琴弦拧得更紧弹得更急。
凄凄不似向前声，	弹出的曲调凄楚哀怨不像先前的弦音，
满座重闻皆掩泣。	满座的人重新听乐全都掩袖哭泣。

座中泣下谁最多？	座中是谁的眼泪流得最多？
江州司马青衫湿[15]。	我这江州司马青衫已被泪水浸湿。

注释

①元和十年：元和十年为公元815年。元和：唐宪宗年号。

②左迁：降级、贬官。九江郡：隋郡名，唐称江州或浔阳郡。司马：官名。唐为州郡佐吏，无实权。

③湓浦口：即湓口，在今江西九江西湓江汇入长江处。

④善才：唐时对琵琶艺人及曲师的通称。

⑤六百一十二言：全诗八十八句，当为六百一十六言。

⑥拢、捻、抹、挑：皆琵琶弹奏手法。拢，左手指按弦向里推，后世称“推”；捻（niǎn），左手揉弦，后世称“揉”“吟”；抹，右手指向左拨弦，后世称“弹”；挑，右手指向右拨弦，后世亦称“挑”。

⑦霓裳:《霓裳羽衣曲》，注见前诗。六幺：唐大曲，又称《录要》《绿腰》《乐世》。

⑧间关：黄莺叫声。

⑨水下滩：据清段玉裁考订《经韵楼文集》，当作“冰下难”。“莺语花底，泉流冰下，形容涩滑二境，可为工绝。”

⑩虾蟆陵：长安街巷名，正称“下马陵”，在城东南，临近曲江，为当时有名娱乐区。地今仍存，在西安市和平门内西侧。

⑪秋娘：唐歌舞伎常用名；泛称歌伎。

⑫五陵年少：汉高、惠、景、武、昭五帝陵在长安西，后迁

豪贵居五陵地区，世人遂称富贵人家子弟为“五陵少年”。缠头：以钱帛赠歌舞伎，称“缠头”。典出唐鱼朝恩宴请郭子仪，以锦三十四赏歌舞伎，歌舞伎缠置头上出谢事。

⑬杜鹃啼血：蜀后主杜宇，号望帝，被迫让位；传其死化为鹃，春月昼夜悲鸣，口吻带血。猿哀鸣：《水经注·江水二》载，“每至晴初霜旦，林寒涧肃，常有高猿长啸，属引凄异，空谷传响，哀转久绝。故渔者歌曰：‘巴东三峡巫峡长，猿鸣三声泪沾裳’。”

⑭呕哑嘲哳（zhā）：杂乱细碎的声音。呕哑，小儿语或鸟叫声；嘲哳，一作啁（zhāo）哳，繁细嘈杂之声。

⑮江州司马：作者时任江州司马，见诗序。青衫：唐八、九品文官服青色官服。白氏位为州司马，实职则仅为九品将仕郎，故着青衫。

李商隐

韩碑

作者

李商隐（公元813—858年），字义山，号玉溪生，又号樊南生。郑州荥阳（今属河南）人。祖籍怀州河内（今河南沁阳）。幼年丧父，以文才为太平军节度使令狐楚（牛党重要成员）所赏识，引为幕府巡官，使子绹与之游。二十五岁中进士，次年入李党成员王茂元幕，并娶其女。牛李党争激烈，李党失势。令狐绹为相十年，始终排抑打击李商隐，李处于党争夹缝中而被牺牲，终身不得志，只做过幕僚等职。他是晚唐独树一帜、最有成就的诗人。写有大量政治诗，针砭时弊，反映现实，触及面广而深。其咏史、怀古之作多陈古刺今、托古讽今，寓意深刻。其爱情诗最为出色，华丽典雅、深情绵邈，工于比兴，巧于用典，千锤百炼，垂范于后世。诗众体兼备而以七律最佳。有《李义山诗集》《樊南文集》。

题解

这首诗热情地歌颂平定淮西藩镇叛乱的宪宗和裴度，借以赞美平定河北叛乱的武宗和李德裕。韩愈撰《平淮西碑》，突出叙述裴度的决策之功,《旧唐书·韩愈传》载:“时先入蔡州擒吴元济，李愬功第一。愬不平之。愬妻（唐安公主女）出入禁中，因诉碑文不实。诏令磨愈文。宪宗命翰林学士段文昌重撰文勒石。”对于裴度、李愬二人在平叛中谁应居首功，看法不同。韩愈认为裴度运筹帷幄的功劳比李愬出奇制胜的战功更大，是有眼光的；而段文昌重撰碑文，观点与此相反。李商隐竭力推崇韩碑，对推倒韩碑极表不满，扬韩抑段的倾向十分明显。诗中热情地一再称颂裴度的统帅之功，他认为削平藩镇的关键在于宰执大臣的贤否，这同韩愈的观点完全一致。本诗表现了李商隐热烈、坚决地维护统一，反对国家分裂的进步立场。诗人凡叹古必为咏今，有很强的现实针对性。会昌年间，李德裕在武宗的信任和支持下，力排众议，坚决讨平河北藩镇叛乱，并取得胜利。这与宪宗信用裴度的情形十分相类。诗人尽情褒扬裴度，也正是借以称颂李德裕，而暗寓对宣宗君臣贬抑李德裕等人深深的不满。本诗在艺术上有意学习韩愈《石鼓歌》一类篇章的硬语盘空、多发议论、诗体散文化的特点。屈复评曰:“生硬中饶有古意,甚似昌黎(韩愈)而清新过之。”(《玉溪生诗意》)

元和天子神武姿,	宪宗皇帝有多么神武的威仪,
彼何人哉轩与羲[①]。	他是什么人呵,真可比上古的圣帝轩辕和伏羲。
誓将上雪列圣耻,	他发誓要把列祖列宗蒙受的耻辱洗雪干净,
坐法宫中朝四夷。	好安坐在正殿让四夷八方前来朝觐。
淮西有贼五十载,	叛国的逆贼在淮河之西,盘踞当地足足有五十个年头,
封狼生貙貙生罴[②]。	就如巨狼生貙,貙又生罴。
不据山河据平地,	他们不占山林,不居江河,却霸占了州县城池。
长戈利矛日可麾。	他们兵强势大,举起长戈和利矛能把太阳挥斥。
帝得圣相相曰度,	君王得到了一位圣相,圣相的名字就叫作裴度,

贼斫不死神扶持[③]。	逆贼派人刺杀他，竟没能把他杀害，因为他受着神灵的保护。
腰悬相印作都统，	他腰间挂着相印，又兼作领军的都统。
阴风惨澹天王旗。	出征时天子的旌旗飘展，氛围多么肃穆庄重。
愬武古通作牙爪，	李愬、韩公武、李道古、李文通，都是裴度麾下的战将，
仪曹外郎载笔随。	礼部员外郎李宗闵和一批文官，做他的文书，追随在军帐。
行军司马智且勇，	还有行军司马韩愈，可称得上智勇双全，
十四万众犹虎貔[④]。	十四万虎豹一样的大军，个个勇猛善战。
入蔡缚贼献太庙，	一举攻到蔡州，擒住叛贼首领吴元济，带回京城后献入太庙，
功无与让恩不訾。	隆重地向祖先告祭，裴度的功劳天下无双，皇帝的恩惠不可计量。
帝曰汝度功第一，	皇帝说："裴度你功居第一，
汝从事愈宜为辞。	你的下属韩愈可以为纪功碑撰文。"

愈拜稽首蹈且舞，	韩公连连拜舞叩首，回答说：
金石刻画臣能为。	“撰写刻石纪功的文字我能胜任，
古者世称大手笔，	古例却不把这种煌煌大文
此事不系于职司。	交给侍从小臣；
当仁自古有不让，	但是自古当仁不让于师，我愿担起这神圣的重任。”
言讫屡颔天子颐。	天子听了这番回答，屡次点头表示赞许。
公退斋戒坐小阁，	韩公下朝回家斋戒又沐浴，洁身静心端坐在小楼上，
濡染大笔何淋漓。	他那支濡染大笔，写出好的文字多么淋漓酣畅。
点窜《尧典》《舜典》[5]字，	笔意追摹上古庄重的典诰，
涂改《清庙》《生民》[6]诗。	仿效《清庙》《生民》那些篇章的体制。
文成破体[7]书在纸，	写好文章用变体行书抄录，
清晨再拜铺丹墀。	清晨去拜见天子，把文章铺展在殿前的阶石。
表曰臣愈昧死上，	上表说：“臣冒死呈上这
咏神圣功书之碑。	歌颂神圣功德的刻碑文字。”

碑高三丈字如斗，	碑文刻上了石碑，石碑高有三丈，上面每个字大得像斗一样。
负以灵鳌蟠以螭[⑧]。	一只巨大的石龟背负着石碑，碑的上端刻着盘绕的螭龙。
句奇语重喻者少，	文句奇特新颖，用语深奥庄重，一般的人很难读懂。
谗之天子言其私。	有人在皇帝面前进谗言，说韩愈怀着私心碑文写得不公。
长绳百尺拽碑倒，	皇帝于是传下诏令，叫人用百尺长绳把石碑拽倒在埃尘，
粗砂大石相磨治。	随即用粗糙的砂石把镌刻的文字磨尽。
公之斯文若元气，	韩公的碑文就如天地浩然的元气，
先时已入人肝脾。	早已深入人们的心里。
汤盘孔鼎有述作，	商汤的盘，孔丘先祖的鼎，都有古人铭刻的文字，
今无其器存其辞。	盘和鼎早已荡然无存，铭文却传流万世。
呜呼圣王及圣相，	啊，圣明的君王，圣明的宰相，
相与烜赫流淳熙[⑨]。	他们的声威显赫相互照映。
公之斯文不示后，	要是不让后人读到韩公的碑文，

曷与三五[10]相攀追？	天子的功业怎能同三皇五帝来比并，
愿书万本诵万遍，	我愿将韩碑抄写千万卷，诵读它上千遍上万遍，
口角流沫右手胝。	哪怕唇干舌燥，右手长出了老茧。
传之七十有二代，	愿韩碑流传七十二代，
以为封禅玉检[11]明堂基。	韩碑可以告功封禅，作为天子明堂的基石，传示后代，永远，永远！

注释

①轩与羲：轩辕氏、伏羲氏，传说中之古圣王。轩辕，即黄帝，传说姓公孙，居轩辕之丘；胜炎帝于阪泉，胜蚩尤于涿鹿，后人以之为中华民族祖先。伏羲，即太昊，姓风，始为渔牧，画八卦；又作庖牺等。

②封狼句：封，大。貙（chū），《尔雅·释兽》："貙似貍"。《注》："今貙虎也，大如狗，文如狸。"羆（pí），《尔雅·释兽》："羆，如熊，黄白文。"《注》："似熊而长头高脚，猛憨多力，能拔树木。"俗称"人熊"。柳宗元《羆说》："鹿畏貙，貙畏虎，虎畏羆。"

③贼斫句：据《唐书·裴度传》，王承宗、李师道伏盗刺用事大臣。击裴度，刃三进，断靴、中单（内衣）、伤首，堕沟中而未死。

④貔（pí）：豹类猛兽，或曰似熊，辽东称为"白羆"。

⑤《尧典》《舜典》:《尚书》篇名。

⑥《清庙》《生民》:《诗经》篇名。《清庙》属《周颂》,《生民》属《大雅》。

⑦破体：行书别称。徐浩《论书》:“钟善真书，右军行法，稍令破体，皆一时之妙。”

⑧鳌（áo）：海中大鳖。蟠（pán）：盘曲。螭（chī）：无角龙。

⑨烜赫：声威盛大。淳熙：巨大的光明。

⑩三五：三皇五帝。指古代传说中的帝王，说法不一，通常称伏羲、燧人、神农为三皇。或者称天皇、地皇、人皇为三皇。五帝通常指黄帝、颛顼、帝喾、唐尧、虞舜。

⑪封禅：帝王祭天地之典礼，于泰山举行。(在泰山顶祭天，泰山脚下梁父山祭地）传古封泰山梁父者七十二家。玉检：玉制书函盖，封泰山用之。

乐府

高适

燕歌行（并序）

作者 高适（704—765），字达夫，一字仲武。渤海蓨（今河北沧州）人。早年随父旅居岭南。二十岁后浪游长安、蓟门、梁、宋等地，长期居于河南商丘，生活潦倒。天宝八年始中有道科，授封丘尉。不久弃官，至河西节度使哥舒翰幕下，为掌书记。安史乱后，历任谏议大夫，淮南、剑南节度使，彭州、蜀州刺史，官至散骑常侍，封渤海县侯。《旧唐书》本传称：“开元以来，诗人之达者，唯适而已。”高适是盛唐边塞诗派代表诗人，然其诗歌艺术成就与政治上的升沉恰成反比。优秀篇章大都写于开元年间，有边塞、咏怀、悯农等内容，尤以边塞诗成就最高。后期亦偶有佳作。长于歌行，多用对偶，音节浏亮，沉郁悲壮，流转自如。有《高常侍集》。

题解　诗人有感于张守珪对奚族作战打败仗还“妄奏克获之功”，因此写了这首诗。这是和作，原诗已佚，作者是张守珪的幕僚。据《唐书·张守珪传》记载，这次战争是因张的部将无端侵扰奚族引起的，从全诗来看并不完全是描写这次战役，而是结合诗人自己对边塞生活的体验，刻画了征战的各个方面：描绘了汉将出征的威风；揭露了将帅的骄傲轻敌和酣歌醉舞的荒淫生活，以及因为他们不恤士卒而造成战争中的惨重伤亡。诗中歌颂了普通士兵奋不顾身的报国感情，与将帅的昏庸腐败、只知邀功请赏成为鲜明对比。诗人又倾诉了征人久战不归与闺中少妇两地相思的哀怨，注入深挚的同情。对塞外荒凉图景的描绘，则渲染了战争场面的悲壮惨烈。这首诗表现的思想内容和感情复杂矛盾，错综交织，情调苍凉悲壮。诗人吸取了今体诗的韵律，多用排比对偶，音调和谐婉转，抒情气氛极其浓郁。

原文　开元二十六年，客有从元戎[①]出塞而还者，作《燕歌行》以示适。感

征戍之事，因而和焉。

译文 开元二十六年（738），有朋友跟随大将出征边塞而返回，写了《燕歌行》给我看。我有感于征戍之事，因而作此和诗。

汉家烟尘在东北，	战争的烟尘弥漫在汉家的东北边境，
汉将辞家破残贼。	汉家大将辞别家人去扫荡贼兵的残余。
男儿本自重横行，	男子汉本来重视沙场上纵横驰骋，
天子非常赐颜色。	天子对武将特别垂青厚加礼遇。
摐金伐鼓下榆关②，	大军敲钲击鼓，威风凛凛地走出山海关，
旌旗逶迤碣石③间。	旌旗在绵延的碣石山间飘展。
校尉羽书飞瀚海，	校尉的紧急军书飞过浩瀚的大漠，
单于猎火照狼山④。	敌军的烽火已经照亮了狼山。
山川萧条极边土，	边地的山川荒凉而辽远，
胡骑凭陵杂风雨。	敌人的骑兵发动猛攻如骤雨狂风。
战士军前半死生，	士兵在沙场上拼命杀敌伤亡过半，
美人帐下犹歌舞。	将帅营帐里美人们歌舞正浓。

大漠穷秋塞草衰，	萧瑟深秋大漠上一片枯黄的边草，
孤城落日斗兵稀。	落日斜照着孤城，士兵越战越少。
身当恩遇常轻敌，	将帅仗着天子的恩遇常常轻敌，
力尽关山未解围。	在边关用尽兵力依然没能够解围。
铁衣远戍辛勤久，	战士们身穿着铁甲长期远戍，
玉箸[5]应啼别离后。	闺中的妻子别离后每日眼泪双垂。
少妇城南欲断肠，	少妇在城南思念远人愁肠欲断，
征人蓟北空回首。	征人在关塞空自想望苦念家园。
边风飘飘那可度，	边风飘飘，僻远的边地
绝域苍茫更何有。	苍苍茫茫空无所有。
杀气三时作阵云，	白日里疆场上杀气腾腾天昏地暗，
寒声一夜传刁斗[6]。	寒夜中军营戒备森严，彻夜敲着刁斗。
相看白刃血纷纷，	战士们在刀光剑影下血雨纷纷，
死节从来岂顾勋？	誓死报国哪里是为了个人功勋！
君不见沙场征战苦，	谁不知沙场征战有多么艰苦，
至今犹忆李将军[7]。	至今人们还怀念着爱护士卒的李广将军。

注释 ①元戎：主帅。

②摐（chuāng）：撞击。金：金鼓并提时，金指钲（zhēng）、

铙（náo），皆军中乐器，似钟、铃有把；钲平口，铙凹口，以槌敲击，以节制行军步伐。伐鼓：击鼓。《诗·小雅·采芑》“钲人伐鼓”，《传》“钲以静之，鼓以动之”。故俗谓“击鼓进攻，鸣金收兵”。榆关：山海关。

③碣石：古山名。《书·禹贡》：“太行、恒山至于碣石，入于海。”在今河北昌黎县西北。

④狼山：山名，在今河北易县西，亦称“郎山”。

⑤玉箸：玉制筷子，以喻双泪。

⑥刁斗：古行军用具。状如斗勺，铜制，日为炊具，夜击之以警戒。一说如宫中传夜铃。

⑦李将军：汉将军李广。李广勇毅无伦，匈奴称之“飞将军”；又爱兵如子，“广之将兵，乏绝之处（缺水绝粮之处），见水，士卒不尽饮，广不近水；士卒不尽食，广不尝食。宽缓不苛，士以此爱乐为用。”

李颀

古从军行

题解 这首诗反对统治者的穷兵黩武，对战争造成无数军士的牺牲表示极大的不满。“闻道玉门犹被遮”句，借汉代故事对玄宗长期用兵西北进行讽刺。尤其难得的是“胡雁哀鸣”两句对少数民族无辜遭罹兵祸，寄予深刻的同情。诗的格调悲凉沉郁。

白日登山望烽火，	白昼登上高山瞭望敌军的烽火，
黄昏饮马傍交河[①]。	傍晚时饮马在交河岸边。
行人刁斗风沙暗，	昏暗风沙里我听到军中报夜的刁斗声，
公主琵琶幽怨多[②]。	还有琵琶声传达出许多幽怨。
野营万里无城郭，	边地荒无人烟，只有野云万里，
雨雪纷纷连大漠。	迷蒙的雨雪和大漠连成一片。
胡雁哀鸣夜夜飞，	胡地的鸿雁每夜都哀叫着飞向南方，
胡儿眼泪双双落。	胡兵的眼泪不断洒落，一串又一串。
闻道玉门犹被遮，	听说玉门关依旧被朝廷的重兵阻隔，
应将性命逐轻车。	我只有拼着性命跟随主帅去血战。
年年战骨埋荒外，	战士尸骨一年年白白地埋葬在荒野，
空见葡萄入汉家。	不过是看着葡萄的种子传进汉家宫苑。

注释

①交河：古城名。汉时为车师前国首府，后为高昌政权首府，因河水分流环绕城下得名。在今新疆吐鲁番西北。

②公主句：以乌孙公主远嫁事，喻边地荒凉，戍人哀怨。汉武帝以江都王刘建女为公主，遣嫁乌孙国王，世称乌孙公主。《宋书·乐志》引傅玄《琵琶赋》："汉遣乌孙公主嫁昆弥，念其行道思慕，故使工人裁筝筑，为马上之乐。欲从方俗语，故名曰琵琶，取其易传于外国也。"按，琵琶乃西域乐器，汉时始传入中国，非中土创制而传于外国者。

王维

洛阳儿女行

题解 这首诗是王维少年时代的作品，题下原注"时年十六"，一作"十八"。诗中描绘了贵族妇女骄奢豪华同时又苍白空虚的生活，对她们的沉迷不悟表示讽刺和悲悯。篇末"谁怜越女颜如玉，贫贱江头自浣纱"，对世事的不公平、人生贵贱的偶然性，发出深沉的感慨，正如沈德潜《唐诗别裁》所说："结意况君子不遇也。"本诗词采华艳，多用对句，音调谐婉，寄意幽远。

洛阳女儿对门居，
才可颜容十五余。

洛阳有一位女子住在我家对门，正当十五六的芳年，容颜非常美丽。

良人玉勒乘骢马，	她的丈夫骑一匹青白相间的骏马，马具镶嵌着珍贵的美玉。
侍女金盘脍鲤鱼。	她的婢女捧上黄金的盘子，里面盛着烹制精细的鲤鱼。
画阁朱楼尽相望，	她家彩绘朱漆的楼阁一幢幢遥遥相望。
红桃绿柳垂檐向。	红桃绿柳在廊檐下排列成行。
罗帏送上七香车，	她乘坐的车子是用七种香木做成，绫罗的帷幔装在车上。
宝扇迎归九华帐。	仆从们举着羽毛的扇子，把她迎回绣着九花图案的彩帐。
狂夫富贵在青春，	她的丈夫青春年少正得志，
意气骄奢剧季伦[①]。	骄奢更胜过石季伦。
自怜碧玉[②]亲教舞，	他亲自教授心爱的姬妾学习舞蹈，
不惜珊瑚持与人。	名贵的珊瑚树随随便便就送给别人。
春窗曙灭九微火[③]，	他们彻夜寻欢作乐，窗上现出曙光才熄去灯火，
九微片片飞花琐。	灯花的碎屑片片落在雕镂的窗棂。
戏罢曾无理曲时，	她成天嬉戏游玩，竟没有温习

	歌曲的空暇，
妆成只是熏香坐。	打扮得整整齐齐，只是熏着香成天闲话。
城中相识尽繁华，	相识的全是城中的豪门大户，
日夜经过赵李家[④]。	日夜来往的都是些贵戚之家。
谁怜越女颜如玉，	有谁怜惜貌美如玉的越女，
贫贱江头自浣纱[⑤]。	身处贫贱，只好在江头独自浣纱。

注释

①季伦：石崇。晋石崇，字季伦，豪富骄奢无比。《世说新语》记其与王恺斗富事，晋武帝赠王恺珊瑚，高二尺许。恺以之示崇，崇以铁如意击之粉碎。恺怒怨，“崇曰：‘不足恨，今还卿。’乃命左右悉取珊瑚树，有三尺四尺，条干绝世，光彩溢目者六七枚”。下文“不惜珊瑚持与人”典出此。

②碧玉：泛指侍妾。碧玉原为南朝梁汝南王侍妾。梁元帝《采莲曲》：“碧玉小家女，来嫁汝南王。”诗句一出，遂使“碧玉”“小家碧玉”成为成语、泛称。

③九微火：灯火。九微，灯名。

④赵李家：权贵家。赵李所指，说法不一。《文选·阮嗣宗咏怀十七首》李善注引颜延之说，谓指汉成帝后赵飞燕和汉武帝后李夫人家族，近是。

⑤谁怜二句：活用西施事。西施注见前王维《西施咏》。

王维

老将行

题解 本篇描写一个身经百战的老将，少年时武艺高强奋勇莫当，后被弃置，闲散的生活使他因苦闷而迅速衰老，但当他听到边烽燃起，仍怀着报国热情想去请缨杀敌。通过这位老将不公平的际遇，诗人揭露了统治者的赏罚不明、刻薄寡恩，同时满怀激情赞扬老将高度的爱国心。这首诗受鲍照《代东武吟》很深的影响，但比鲍诗思想内容更复杂深刻，格调更悲凉慷慨。

少年十五二十时，	在不到二十岁的少年时光，
步行夺得胡马骑[①]。	我徒步行走，就夺得胡兵的战马。
射杀山中白额虎[②]，	射死过山中最凶猛的白额虎，
肯数邺下黄须儿[③]！	武艺比邺下的黄须儿丝毫不差。
一身转战三千里，	南征北伐我转战过三千多里，
一剑曾当百万师。	英勇无敌，单枪匹马抵挡过雄师百万。
汉兵奋迅如霹雳，	麾下的军士出击时有如迅雷般神奇，
虏骑奔腾畏蒺藜。	敌人的骑兵遭上布下的铁蒺藜。

	顿时惊慌逃窜。
卫青不败由天幸，	卫青临阵不败，是靠着天赐的幸运，
李广无功缘数奇[4]。	李广命运不济，屡次战胜却没得到应有的功名。
自从弃置便衰朽，	自从被抛弃不用，我迅速衰老，
世事蹉跎成白首！	头发已经白尽，在这无所事事的岁月中。
昔时飞箭无全目[5]，	从前一箭能射中飞鸟的眼睛，
今日垂杨生左肘[6]。	如今左边的手臂像生了疡瘤又僵又硬。
路旁时卖故侯瓜[7]，	只好像东陵侯那样自己种瓜，自己到路旁叫卖，
门前学种先生柳[8]。	像陶渊明那样在门前栽上柳树，隐居田园。
苍茫古木连穷巷，	苍茫的古木掩映在深僻的里巷，
寥落寒山对虚牖。	冷寂的门窗面对着寥落的寒山。
誓令疏勒出飞泉[9]，	深心却依然希望能请缨杀敌，发誓要像耿恭驻守疏勒城，让枯井涌出清泉。
不似颍川空使酒[10]。	绝不愿学颍川的莽灌夫，徒然

	酗酒，在酒后乱语胡言。
贺兰山[11]下阵如云，	贺兰山下战阵密布如云涛，
羽檄交驰日夕闻。	紧急军书传来传去每天都令人惊心。
节使三河[12]募年少，	天子派人到三河去招募青年，
诏书五道出将军[13]。	将军们受了诏命从五路向敌人进军。
拭拂铁衣如雪色，	且把铠甲擦拭得白雪样洁净，
聊持宝剑动星文。	试舞起尘封的宝剑，剑上的七星花纹仍闪耀光明。
愿得燕弓射大将，	愿能得到燕地的劲弓，去射杀敌军首领，
耻令越甲鸣吾君[14]。	耻于让敌兵惊动朝廷。
莫嫌旧日云中守[15]，	请不要嫌弃旧日的云中太守，
犹堪一战立功勋！	我还能奋勇战斗再立大功！

注释

①步行句：用李广典。《史记·李将军列传》："胡骑得广，广睨其旁有一胡儿，骑善马，广暂腾而上胡儿马，因推堕儿，取其弓，鞭马南驰。"

②射杀句：用周处典。《世说新语》："周处少年时，凶强侠气，为乡里所患。"与义兴水中蛟、山中虎，并称三害。后周处上

山杀虎，入水击蛟，改过自强，“终为忠臣孝子”。

③肯数句：言怎肯向曹彰服输。曹操封魏王，都邺（今河南安阳北）。操次子曹彰，黄须，为人刚勇。彰曾北征破乌丸，而听太子言，不自夸，归功于诸将。操喜，“持彰须曰：‘黄须儿竟大奇也！’”数，借为“许”，称赞；肯数，怎肯轻易赞许。

④卫青二句：以卫青（当为霍去病）、李广之遭遇，喻老将不能建功立业全因命运不济。卫青甥霍去病为汉大将，善骑射，曾六次出击匈奴，涉沙漠，远至狼居胥山，而从未挫败，人称“天幸”。李广与匈奴七十余战，匈奴称之“飞将军”，战功卓著，而终未封侯。元狩四年（前119），广随卫青击匈奴，因迷失道路受责罚，自杀。缘，因；数，命运；奇，单数不吉。

⑤飞箭无全目：言箭法精熟，箭发则鸟无全目。“帝羿有穷氏与贺北游，贺使羿射雀，羿曰：‘生之乎？杀之乎？’贺曰：‘射其左目。’羿引弓射之，误中右目。羿仰首而愧，终身不忘。”（《文选·鲍明远拟古诗三首》李善注引《帝王世纪》）

⑥垂杨生左肘：言久不被用，武功已经生疏。活用《庄子·至乐》典，“支离叔与滑介叔观于冥伯之丘，昆仑之墟。俄而柳生其左肘”。成玄英云：“柳易生之木”。言支离、滑介全神凝注，柳生肘旁而未觉。一说柳为瘤之假借。此句以垂杨代柳（格律的要求），而取肘生瘤之意，表示肘臂已僵化。

⑦故侯瓜：《史记·萧相国世家》载，“召平者，故东陵侯。秦破为布衣，贫种瓜于长安城东，瓜美。故世俗谓之‘东陵瓜’。”

⑧先生柳：陶潜《五柳先生传》云，“先生不知何许人也，亦

不详其姓氏。宅边有五柳树，因以为号焉。”

⑨疏勒出飞泉：据《后汉书·耿恭传》，恭因疏勒城旁有涧水，驻兵据守。匈奴阻绝涧水，恭于城中穿井十五丈，不得水。吏士渴饮马粪汁。恭仰天长叹，向井拜祷，“有顷，水泉奔出”。

⑩颍川空使酒：灌夫，颍川人，为人刚直，使酒（酗酒任性），不好面谀，终因借酒使性，于武安侯座上骂临汝侯，被捕，罪至族。详见《史记·魏其武安侯列传》。

⑪贺兰山：山名，在今宁夏境内。

⑫三河：河南（今河南南部和湖北北部）、河东（今山西）、河内（今河南北部）。

⑬五道出将军:《汉书·常惠传》载，“五将军分道出。”颜师古注:“祁连将军田广明、蒲类将军赵充国、武牙将军田顺、度辽将军范明友、前将军韩增。”

⑭耻令句：据《说苑·立节篇》，越甲至齐，雍门子狄请死之（为此而自杀）。曰:“昔者王田（打猎）于囿，左毂鸣，车右（卫士）请死之。曰，‘为其鸣吾君也。’遂刎颈而死。今越甲至，其鸣吾君也，岂左毂之下哉？车右可以死左毂，而臣独不可死越甲也?”遂刎颈而死。是日越人引甲而退七十里。

⑮云中守：据《史记·冯唐传》，魏尚为云中（内蒙古托克托）守，爱兵，抗敌，匈奴远避，因“一言不相应”，汉文帝“削其爵”，“下之吏（逮捕问罪）”，冯唐抗颜直谏，责文帝“虽得廉颇、李牧，弗能用也”。文帝乃“令冯唐持节赦魏尚，复以为云中守”。

王维

桃源行①

题解 这首诗是王维十九岁时所作，取材于陶渊明的散文《桃花源记》，描绘了一幅世外桃源的美丽图景。诗中虽然写景、叙事并行，但仍以写景最为突出。从一开头，那悠悠摇荡的渔舟、夹岸的红桃、苍翠的春山、澄澈的青溪，就将人带到一个充满了美和诗意的境界。诗人由远及近地描绘了桃源美好的自然景色，浸透了浓厚的生活气息。松月下庭院的幽静，使人感到恬然忘机，而云中日出时鸡犬的喧闹，又使人感到蓬勃的生机，尽管诗中把桃源说成仙境，实际上表现的是诗人理想中宁静和平的田园生活。诗的末几句抒写渔人出山后试图再寻桃源而不得的怅惘之情，加上景色的渲染，更是意境迷离，余味无穷。

渔舟逐水爱山春，	因为喜爱春天的山景，渔人沿溪流悠悠地荡舟。
两岸桃花夹古津。	灼灼的桃花开遍两岸，掩蔽了方才离去的渡口。
坐看红树不知远， 行尽青溪忽值人。	一路贪看红花，不觉越走越远， 来到青溪尽头已不见人烟。

山口潜行始隈隩[②]，	进入幽曲的山口他蹑足潜行，
山开旷望旋平陆。	山开处视野空旷很快到了一片平原。
遥看一处攒云树，	远方高大的树木攒聚云间，
近入千家散花竹。	近处千百户人家遍栽着繁花修竹。
樵客初传汉姓名，	渔人通报姓名讲述了汉朝的事情，
居人未改秦衣服[③]。	这里的居民还穿着秦代的衣服。
居人共住武陵源[④]，	他们一同住在武陵源，
还从物外起田园。	建立起这世外的田园。
月明松下房栊静，	夜晚，明月在松间高照，庭户是多么幽静。
日出云中鸡犬喧。	清早，一轮红日升上云空，鸡犬就争相喧鸣。
惊闻俗客争来集，	惊怪来了世俗的客人，居民们聚拢在一起。
竞引还家问都邑。	争着邀渔人回家，仔细探问各自的乡邑。
平明闾巷扫花开，	黎明时他们清扫巷中的落花，
薄暮渔樵乘水入。	黄昏时渔樵的人们从水路返回闾里。
初因避地去人间，	当初他们避难离开了人间，

更问神仙遂不还。	在这儿成了神仙就不再回去。
峡里谁知有人事,	有谁知山峡里竟别有天地,
世中遥望空云山。	世上人遥望中只看见云雾缭绕着深山,
不疑灵境难闻见,	渔人不懂得仙境的难遇,
尘心未尽思乡县。	他凡心未断还思念自己的家园。
出洞无论隔山水,	出了山洞和桃花源隔着山山水水,
辞家终拟长游衍。	总想有一天会离开家再到这里长期游玩。
自谓经过旧不迷,	满以为旧地重访绝不会迷路,
安知峰壑今来变。	哪知道如今峰壑已变化万端。
当时只记入山深,	当初只记得走进了深山,
青溪几度到云林?	顺着青溪就到那入云的山林。
春来遍是桃花水⑤,	如今春雨霏霏,春水盈盈,桃花已开遍,
不辨仙源何处寻!	桃源仙境再不知到何处去找寻!

注释

①桃源:即陶渊明《桃花源记》所拟设的世外桃源。今湖南省桃源县,为旧武陵郡治,有桃源,传说即《桃花源记》所写之处。

②隈隩(wēiyù):山水曲深处。

③居人句：《桃花源记》谓桃源中人“男女衣著，悉如外人”，“自云先世避秦时乱，率妻子邑人来此绝境，不复出焉”。则桃源中人所服当为战国楚装，王维“居人未改秦衣服”是对陶文原意的发展。

④武陵源：即桃花源。

⑤桃花水：桃花开时，冰化雨盛，水势壮阔，称“桃花水”或“桃花汛”，亦称“春汛”。

李白

蜀道难

题解

这首诗是天宝三载（744）以前诗人未入长安时所作。孟棨《本事诗》说：“李太白……至京师，舍于逆旅。贺监知章闻其名，首访之。既奇其资，复请所为文。出《蜀道难》以示之。读未竟，称叹者数四，号为谪仙。”本诗运用高度夸张的手法，织入神话传说和诗人奇妙的想象，突出地描绘了蜀地山川的雄伟险峻，全诗多用感叹语，反复嗟叹蜀道的艰险，令人惊心动魄。诗中又写出对于蜀中可能出现军阀割据叛乱的忧虑，表现诗人政治上的远见卓识。这首诗语言雄奇奔放，气势磅礴，句式参差错落、韵散兼用，极富变化，艺术感染力极强，是李白浪漫主义代表作之一。

噫吁嚱[1]，	啊！噢！
危乎高哉！	多么高峻，多么惊险！
蜀道之难难于上青天。	蜀道的艰难难于上青天。
蚕丛及鱼凫[2]，	上古的蚕丛和鱼凫是蜀国祖先，
开国何茫然。	他们的事迹已是万分渺远。
尔来四万八千岁，	他们之后又过了四万八千年，
不与秦塞通人烟。	蜀道和秦地还不曾互通人烟。
西当太白有鸟道，	只有小鸟从太白山西面横飞，
可以横绝峨眉巅。	才能到达峨眉的山巅。
地崩山摧壮士死[3]，	地崩山塌压死了五位壮士，
然后天梯石栈方钩连。	修成了栈道和险峻的山路互相勾连。
上有六龙回日之高标[4]，	上边有日神驾着六龙也难以到达的高峰，
下有冲波逆折之回川。	下边有冲波激浪曲折回旋的河川。
黄鹤之飞尚不得过，	高翔千里的黄鹤都不能飞渡，
猿猱[5]欲度愁攀缘。	轻捷的猿猱想要经过也愁于攀援。
青泥[6]何盘盘，	青泥岭多么纡曲盘桓，
百步九折萦岩峦。	绕着山岩行走一百步倒有九道

	弯弯。
扪参历井[7]仰胁息，	一伸手摸到天上的星辰，不能不屏住呼吸，
以手抚膺坐长叹！	只好坐下来抚胸长叹。
问君西游何时还，	请问你去西方何时才能够回返?
畏途巉岩不可攀。	危险的道路，陡峭的山岩，攀登是多么艰难！
但见悲鸟号古木，	只看见鸟儿在苍莽的古树上悲号，
雄飞雌从绕林间。	雄的雌的一前一后环绕在林间。
又闻子规啼夜月，	又听见杜鹃在月夜里声声哀啼，
愁空山。	空谷传响，令人无限忧悒。
蜀道之难难于上青天，	蜀道的艰难难于上青天，
使人听此凋朱颜！	此话叫人听了会顿时憔悴青春的容颜。
连峰去天不盈尺，	绵延的山峰离天不到一尺远，
枯松倒挂倚绝壁。	倒挂的枯松斜倚着悬崖绝壁。
飞湍瀑流争喧豗，	山上的瀑布和山下的急流争相喧闹奔腾，
砯崖转石万壑雷。	冲击山崖，转动巨石，万山如响着霹雳。
其险也若此，	蜀道既然是这样艰险，

嗟尔远道之人胡为乎来哉！	可叹你远方人为什么来到此间。
剑阁[8]峥嵘而崔嵬，	剑门关突兀险峻，
一夫当关，	一人把守，
万夫莫开[9]	万人也难以入关。
所守或匪亲，	守关的假如不是可靠的人，
化为狼与豺。	就会化成豺狼，造成祸患。
朝避猛虎，	早上要躲避猛虎的袭击，
夕避长蛇，	晚上要躲避长蛇的咬啮。
磨牙吮血，	它们磨响着牙齿吸人鲜血，
杀人如麻。	杀人如同斩断乱麻。
锦城[10]虽云乐，	在锦城虽然能享乐，
不如早还家。	也不如早早还家。
蜀道之难难于上青天，	蜀道的艰难难于上青天，
侧身西望长咨嗟！	回身西望我禁不住久久吁嗟感叹！

注释

①噫吁嚱（xī）：叹词。“蜀人见物惊异，辄曰‘噫吁嚱’。”（宋祁《宋景文公笔记》）

②蚕丛、鱼凫（fú）：传说中的蜀王。《文选·蜀都赋》刘渊林注引扬雄《蜀王本纪》：“蜀王之先名蚕丛、伯濩、鱼凫、

蒲泽、开明，是时，人萌椎髻（发髻高而尖），左言（言语异于中原），不晓文字，未有礼乐。从开明上到蚕丛，积三万四千岁。”

③地崩句：《华阳国志·蜀志》载，“惠王（秦惠王）许嫁五女于蜀，蜀遣五丁（据《蜀王本纪》，“天为蜀王生五丁力士，能徙山”）迎之，还到梓潼，见一大蛇入穴中，一人揽其尾掣之不禁，至五人相助大呼拽蛇，山崩时压杀五人。”

④六龙回日之高标：传“日乘车驾以六龙，羲和御之……至此而回六螭（螭龙）”（《初学记》引《淮南子》注）。高标，高耸之物足为标志者，指蜀峰。

⑤猿猱（náo）：猿猴类动物。善于攀援。

⑥青泥：山名。在甘肃徽县南，陕西略阳县西北，古为入蜀要道。

⑦扪参（ménshēn）历井：参、井，星宿名，属二十八宿。古人以天上星宿与地上州国相配，称“分野”；参之分野为益州（陕南、川、滇），井之分野为雍州（陕甘交界处）。李白自陕入川，历经井、参分野。“扪”“历”既写出所经之地，又形容路之高险；高入云天，人可抚摸星辰。

⑧剑阁：栈道名。在今四川剑阁县东北大剑山、小剑山之间，相传为诸葛亮所修筑，为川陕间主要通道。

⑨一夫当关，万夫莫开：言地势险要，易守难攻。语出左思《蜀都赋》“至于临谷为塞，因山为障……一人守隘，万夫莫向。”

⑩锦城：成都别称。《元和郡县志》：“剑南道成都府成都县，锦城在县南一十里，故锦官城也。”古人诗文因而常以锦城、锦官城称成都。

李白

长相思（二首）

其一

题解 这首诗是李白离开长安之后作，诗人用香草美人的比兴手法，抒写对于远在长安的一位“美人”刻骨的相思，以及阻隔重重、不能相见、连梦魂也不能飞去的苦情，借以表现诗人想念朝廷、渴望从政的心情，和政治抱负得不到实现的深沉苦闷。语言奔放酣畅，同时又意旨含蕴，凄婉动人。

长相思，	我久远的思念，
在长安。	在那迢遥的长安城，
络纬秋啼金井阑，	秋夜从井边传来纺织娘哀切的鸣声。
微霜凄凄簟色寒。	霜风凄凉，竹席已觉得有些寒冷，
孤灯不明思欲绝，	守着孤灯，思念的心弦像要碎断。
卷帷望月空长叹。	卷起窗帘遥望天边的明月，我空自长叹。
美人如花隔云端！	美人像花朵一样鲜妍，可是她远隔在云端。

上有青冥之长天，	上有青苍幽渺的高天，
下有渌水之波澜。	下有澄澈碧绿的波澜。
天长地远魂飞苦，	我的梦魂苦苦地追寻天长地远，
梦魂不到关山难。	梦魂啊难以飞越关山，去到她身边。
长相思，	这久远深长的相思，
摧心肝！	摧伤着我的心肝！

其二

题解 这是一首思妇诗。诗人以浓淡相间的笔墨，描绘一位女子在春天的月夜里思念远人的情景，刻画相思之情十分细腻缠绵。“昔时横波目”几句极有韵味，写出女子的一片天真、一片痴绝的深情。

日色欲尽花含烟，	薄暮时分，花树仿佛笼罩着轻烟。
月明如①素愁不眠。	在明月皎洁的夜晚，我满怀愁绪不能成眠。
赵瑟初停凤凰柱②，	刚才停止了鼓瑟，
蜀琴欲奏鸳鸯弦③。	又拨动琴弦来诉说思念。

此曲有意无人传，	曲中深含着情意，却没有人为我传到他耳边。
愿随春风寄燕然[④]。	愿这乐曲能跟着春风，飞送到他所在的燕然。
忆君迢迢隔青天！	远隔青天的爱人，我思念你！
昔时横波目，	从前流盼如横波的眼睛，
今作流泪泉。	如今变作了源源不绝的泪泉。
不信妾肠断，	假若你不相信我的柔肠已断，
归来看取明镜前！	回来请对着明镜，看看我憔悴的容颜。

注释

①如，蘅塘退士《唐诗三百首》本作“欲”，误；据《全唐诗》改为“如”。

②赵瑟、凤凰柱：出自南朝梁吴均诗。杨齐贤《集注李太白诗》注引《西京杂记》：“赵后（赵飞燕）有宝瑟，曰‘凤凰’，皆以金玉隐起为龙螭、鸾凤、列女之状。”

③蜀琴、鸳鸯弦：杨齐贤《集注李太白诗》载，“《蜀都赋》‘巴姬弹弦’。鸳鸯弦，以雌雄也。或曰：成都雷氏善琢琴，故曰‘蜀琴’。”

④燕然：山名。今蒙古国境内的杭爱山。此处泛指边地。

李白

行路难（选一）

题解 《行路难》共四首，写在李白离开朝廷之初。天宝元年（742）李白被召入京，供奉翰林，但他既不能安于御用文人的地位，高傲狂放的个性又使他不能见容于权贵，连玄宗本人也难于容忍，他于是请求离开宫廷。之后他写了许多诗篇对自己不被重用反受排挤的遭遇表示愤慨不平。在这首诗里，他以行路的艰难比喻世路的险阻，抒发他内心的愤懑。同时又在诗中表明他依然坚持追求理想、终将有所作为的抱负和心志。“欲渡黄河”两句，以极度的夸张显示诗人命运的坎坷乖舛，给人鲜明深刻的印象。

金樽清酒斗十千，	金杯里的美酒是多么名贵，
玉盘珍羞直万钱。	玉盘中珍奇的菜肴价值万钱。
停杯投箸不能食，	我放下酒杯扔下筷子，没心思饮食，
拔剑四顾心茫然。	拔出宝剑四下张望心中一片茫然。
欲渡黄河冰塞川，	我想东渡黄河但冰封河川，
将登太行雪满山。	想要登上太行却积雪满山。

闲来垂钓碧溪上[①]，	吕尚闲置时曾经在碧溪垂钓，
忽复乘舟梦日边[②]。	伊尹有一天忽然梦见乘舟路过太阳旁边。
行路难，行路难！	行路难，行路难，
多歧路，今安在？	岔路多，我要走的路而今何在？
长风破浪[③]会有时，	但总有一天，我将乘长风破巨浪，
直挂云帆济沧海。	高挂云帆横渡沧海，到达理想的彼岸。

注释

①垂钓碧溪上：姜太公吕尚未遇周文王时曾垂钓于磻溪（在今陕西宝鸡市东南）之上。碧，一作“坐”。

②乘舟梦日边：伊尹受聘于商汤前，曾梦乘舟过日边。

③长风破浪：《宋书·宗悫（què）传》载，宗悫少年时，叔父宗炳问其志，悫曰：“愿乘长风破万里浪。”

李白

将进酒

题解

诗中抒写李白在仕途失意之后，企图以纵酒狂欢来消释内心的苦闷。虽然表现了浮生若梦应当及时行乐的消极情绪，但正如李阳冰《草堂集序》所说，李白在长安因“丑正同列，害能成谤，格言不入，帝用疏之。公（指李白）乃浪迹纵酒，以自昏瞶”，李白的沉溺醉乡并不是真的沮丧颓唐，而是以此作为对黑暗现实的反抗和获得宽慰排遣的手段。诗中还表现了鄙弃世俗、蔑视富贵的傲岸精神，同时高唱“天生我材必有用”，仍然充满豪情壮气。诗篇开头对万里黄河壮阔景象的描绘创意出奇，成为流传千古的名句。

君不见黄河之水天上来，	你可知道，黄河之水从天上流下来，
奔流到海不复回！	奔流到大海，一去不复回。
君不见高堂明镜悲白发，	你可知道，高堂的明镜里看着自己的头发，
朝如青丝暮成雪！	早上还黑如青丝，晚上就变成白雪，怎能不令人悲从中来。
人生得意须尽欢，	人生得意的时候就应当纵情快乐，
莫使金樽空对月。	不要让酒杯空空枉然地对着明月。
天生我材必有用，	天生成我这栋梁之材总会有用，
千金散尽还复来。	千金挥尽了还会再来。
烹羊宰牛且为乐，	让我们烹羊宰牛，共享欢宴，
会须一饮三百杯。	应该痛痛快快喝上它三百杯。
岑夫子、丹丘生[①]，	岑夫子，丹丘生，
将进酒，杯莫停。	喝酒吧，莫停杯，

与君歌一曲，	我且为你们高歌一曲，
请君为我倾耳听。	请你们细心倾听。
钟鼓馔玉何足贵，	钟鸣鼎食的富贵并没有什么希奇，
但愿长醉不愿醒。	但愿长久在醉乡不必清醒。
古来圣贤皆寂寞，	古代的圣君贤相都已寂然无声，
唯有饮者留其名。	只有善饮的人留下了美名。
陈王昔时宴平乐②，	以前陈王设宴在平乐观，
斗酒十千恣欢谑。	一斗美酒值万钱，开怀畅饮多么尽兴。
主人何为言少钱，	主人为什么说钱少，
径须沽取对君酌。	尽管去买来美酒我们对饮。
五花马③、千金裘，	名贵的五花马、狐皮袍，
呼儿将出换美酒。	叫我的侍儿拿去换美酒，
与尔同销万古愁！	和你共饮，消解万世的忧愁。

注释

①岑夫子、丹丘生：李白友人岑勋、元丹丘。

②陈王：曹植。魏明帝太和六年（232），封曹植为“陈王”。植谥“思”，史称“陈思王”。平乐：观名。曹植《名都篇》：“归来宴平乐，美酒斗十千。”

③五花马：见前岑参《走马川行》注④。

杜甫

兵车行

题解 这首诗是杜甫天宝十四载（755）前留居长安时作，诗歌的主旨在于反对唐玄宗时的穷兵黩武。写作背景前人说法不一，单复说："此为明皇用兵吐蕃而作，故托汉武以讽，其辞可哀也。"（《杜少陵集详注》引）钱谦益则说："天宝十载（751），鲜于仲通讨南诏蛮，士卒死者六万。杨国忠掩其败状，反以捷闻。制大募两京及河南、北兵，以击南诏。人闻云南瘴疠，士卒未战而死者十八九，莫肯应募。国忠遣御史分道捕人，连枷送军所。于是行者愁怨，父母妻子送之，所在哭声震野。"（《钱注杜诗》）杜甫在诗中写出他在咸阳桥畔亲闻亲见的情形，并假托与役夫问答的话，诉说了百姓的苦难与愤恨。这是一首"即事名篇"的新题乐府，杜甫学习汉乐府民歌"感于哀乐，缘事而发"的现实主义精神，自创新题以写时事，以便使标题与内容完全一致，也给人耳目一新的感觉。这首史诗般的作品展示了一幅当时社会生活图画的长卷，不仅有很高的思想价值和艺术价值，同时有着非常宝贵的史料价值。

车辚辚，	听，那辚辚的响声是兵车在滚动，
马萧萧，	那萧萧的哀音是战马嘶鸣，向

	着青天。
行人弓箭各在腰。	看从军的青年，腰里全都挂着弓箭，
耶娘妻子走相送，	父母妻子跑着来相送，
尘埃不见咸阳桥[1]。	烟尘蔽天，咸阳桥难以望见，
牵衣顿足拦道哭，	送行的和出征的拦住了道路，牵着衣裳跺着脚哀哀哭号，
哭声直上干云霄。	哭声震响，直上云天。
道旁过者问行人，	过路的人向征夫询问，
行人但云点行频。	征夫只说是征兵太勤，
或从十五北防河，	有的从十五岁就去北边驻防河西，
便至四十西营田[2]。	到四十岁还得去西面屯田。
去时里正[3]与裹头，	去的时候年龄太小，里长给他裹头，
归来头白还戍边。	头发白了才回来，还要接着去戍边。
边庭流血成海水，	战士在边疆流的血汇成了汪洋大海，
武皇[4]开边意未已！	武皇开边拓土的心愿还没有改变。
君不闻汉家山东[5]二	你没有听说华山以东广大的

百州，	沃土，
千村万落生荆杞。	千万个村庄都长满了野草荆棘。
纵有健妇把锄犁，	虽然有壮健的妇女努力耕作，
禾生陇亩无东西。	垄亩上的庄稼横七竖八不成行列。
况复秦兵[6]耐苦战，	何况北方的士兵能耐苦战，
被驱不异犬与鸡。	被人驱使简直就跟鸡狗无异。
长者虽有问，	老先生啊，虽然劳您动问，
役夫敢申恨？	征夫又怎么敢诉说怨愤？
且如今年冬，	就说今年冬天吧，
未休关西卒。	关西一直是打仗不停。
县官急索租，	县官催逼我们交租，
租税从何出。	想想这租税能从哪儿出？
信知生男恶，	现在才知道生儿子真是糟糕，
反是生女好。	不如生个女孩儿倒更好。
生女犹得嫁比邻，	生女还能嫁给近邻，
生男埋没随百草。	生男白白去送死，埋没在荒郊。
君不见，青海头，	你没听见在青海的那边，
古来白骨无人收，	古来征人的尸骨没有人去收。
新鬼烦冤旧鬼哭，	新鬼在烦冤旧鬼在哭，
天阴雨湿声啾啾。	阴雨天只听那一片哭声啾啾。

注释

①咸阳桥:《元和郡县志》载,“便桥在县(咸阳县)西南十里。”《清一统志》:“西渭桥在咸阳西南,一名‘便桥’。《县志》,一名‘咸阳桥’。”

②营田:犹今之军垦;驻军边疆,平日垦田、训练,战时拿起武器。《新唐书·食货志》:“唐开军府以扞要冲,因隙地置营田,有警则以兵若夫千人助收。”

③里正:《通典·食货志》载,“大唐令诸户以百户为里,五里为乡,每里置正一人,掌按比户口,课植农桑,检察非违,催驱赋役。”

④武皇:唐人诗称玄宗(明皇)多称“武皇”,乃因不敢直称,而以汉武帝(武皇)代称。

⑤山东:华山以东皆称山东。

⑥秦兵:即关中之兵,坚劲耐战。

杜甫

丽人行

题解

这也是一首即事名篇的新题乐府。唐玄宗晚年宠幸杨贵妃,杨氏兄弟姐妹都因裙带关系而显贵。杨贵妃的大姐封韩国夫人,三姐封虢国夫人,八姐封秦国夫人。贵妃从兄杨国忠于天宝十一载(752)为左丞相,这首诗可能作于次年春天。诗中描绘了杨氏兄妹荒淫奢侈的生活,以及他们恃恩而骄、不可一世的嚣张气焰，从而揭露了统治阶级的腐败和时政的黑暗。施补华说：“《丽人行》，前半竭力形容杨氏姐妹之游冶淫佚，后半叙国忠之气焰逼人，绝不作一断语，使人于意外得之，此诗之善讽也。”（《岘傭说诗》）浦起龙说此诗：“无一刺讥语，描摹处，语语刺讥。无一慨叹声，点逗处，声声慨叹。”（《读杜心解》）—— 这些评论都是十分精到的，这首诗好就好在诗人对人物事件不作正面议论批评，而是让人们从情节、场面的描述中自己去体味，得出必然的结论，讽喻的力量因而更强更深。

三月三日[①]天气新，	三月三日，天朗气清，
长安水边多丽人。	众多丽人到曲江水边去踏青。
态浓意远淑且真，	她们姿色浓艳，神态那样高雅又娴静。
肌理细腻骨肉匀。	皮肤白皙细腻，身材适度而匀称。
绣罗衣裳照暮春，	轻罗绣衣在暮春烟景中，更显得光彩晶莹。
蹙金[②]孔雀银麒麟。	那上面有金线绣制的孔雀，配着银线的麒麟。
头上何所有？	头上插戴的什么？
翠微㔩叶垂鬓唇[③]。	翡翠的发簪垂在鬓边。

背后何所见？	从背后看见的是什么？
珠压腰衱[4]稳称身。	镶着宝珠的后襟多么合身。
就中云幕椒房亲[5]，	丽人中有后妃的亲眷，
赐名大国虢与秦[6]。	尊贵的虢国、秦国两夫人，封号是天子赐赠。
紫驼之峰出翠釜[7]，	翠玉锅里烹制出紫色驼峰，
水精之盘行素鳞[8]。	水晶盘盛的是雪白的鲜鱼。
犀箸厌饫[9]久未下，	她们用纤手将象牙筷慢慢举起，久久也不屑动一动丰美的佳肴，
鸾刀缕切空纷纶。	山珍海味早就使她们厌腻。御厨们刀环上饰有鸾铃，把菜肴切得那么精细，忙忙乱乱白费了苦心。
黄门飞鞚[10]不动尘，	太监乘着飞马又快又稳，不扬起半点灰尘，
御厨络绎送八珍[11]。	皇家的厨房往来不断传送着名贵八珍。
箫鼓哀吟感鬼神，	箫鼓声清越美妙能感动鬼神，
宾从杂遝[12]实要津。	宾客随从多得阻塞了通衢要津。
后来鞍马何逡巡，	最后骑马来的那人是多么大模大样趾高气扬，

当轩下马入锦茵。 到了门口才下马踏上织锦的地衣。
杨花雪落覆白蘋[13]， 杨花像雪片般飞落水中覆盖了白蘋，
青鸟飞去衔红巾[14]。 青鸟衔着红色的彩巾暗传消息。
炙手可热势绝伦， 他的气焰灼人，权势无人可比，
慎莫近前丞相嗔！ 当心别上前去偷看，惹得丞相大发脾气。

注释

①三月三日：上巳节。原定农历三月上旬巳日；魏以后，习惯以三月三日为上巳节而不论是否巳日。

②蹙（cù）金：用金丝银线刺绣成起皱的织物。

③翠微㔩（è）叶：镶以翡翠的花叶状发饰。微，一本作"为"。鬓唇：鬓角边。

④腰衱（jié）：《尔雅·释器》"衱谓之裾"，郭璞《注》"衣后襟也"。"珠压"句谓后襟镶以珠饰使其下坠，以显露腰身之匀称。一说衱指腰带。

⑤云幕椒房亲：外戚。云幕、椒房皆汉宫殿名，为后妃所居。

⑥赐名句：据《唐书》，太真姐三人，皆有才貌，并封国夫人。大姐封韩国夫人（嫁崔氏）、三姐封虢国夫人（嫁裴氏）、八姐封秦国夫人（嫁柳氏）。

⑦紫驼：单峰骆驼；出西域。翠釜：华美的鼎锅。

⑧素鳞：指名贵的海鱼。王廙《笙赋》"舞灵蛟之素鳞"。

⑨犀箸：犀角箸；实指象牙筷子。厌饫（yù）：饱足。

⑩黄门：在宫中给事之宦官。鞚（kòng）：马勒。此处代指马。《明皇杂录》载，“虢国夫人出入禁中，常乘紫骢，使小黄门为御。紫骢之骏健，黄门之端秀，皆冠绝一时。”“黄门飞鞚”即指此而言。

⑪八珍：《周礼》云“膳夫珍用八物”，《注》云“淳熬、淳母、炮豚、炮牂、捣珍、渍肝、熬、肯也”。此处泛指一切山珍海味。

⑫杂遝（tà）：众多纷乱貌。

⑬杨花句：《梁书》载，“杨华少有勇力，容貌雄伟。魏太后逼通之。华惧及祸，乃率其部曲降梁。太后思之，为作《杨白华歌》，使宫人连臂蹋足歌之。声甚悽惋。”《杨白华歌》曰：“阳春二三月，杨柳齐作花。春风一夜入闺闼，杨花飘荡落南家。含情出户脚无力，拾得杨花泪沾臆。春去秋来双燕子，愿衔杨花入窠里。”杜甫化用此典，暗示杨国忠与虢国夫人堂兄妹淫乱。杨花如飞雪，故曰“雪落”。隋炀帝《江南曲》：“絮飞晴暖风时”。《广雅》：“杨花入水化为萍。”萍之大者曰蘋 。

⑭青鸟：据《汉武故事》，青鸟为西王母使者。红巾为妇人之饰。此处亦隐示杨国忠与虢国夫人事。

杜甫

哀江头

题解

安史乱中，杜甫被胡兵俘获，解到长安。他亲身感受了亡国的痛苦，目睹了侵略者的暴行，他深痛于故都的残破、故国繁华的一去不返，写下了这首盛世的挽歌。诗中追述了江头宫殿昔日的繁丽、帝妃们游冶的欢娱，与目前的荒凉冷落形成强烈的对比，对玄宗贵妃由骄奢淫逸招致祸乱，最后酿成自身的悲剧结局。诗篇一方面表达了诗人的伤悼之情，同时又寓有深刻的教训意味。篇末写出诗人对胡尘满目的现实之愤恨，以及痛极而迷惘的情状，十分真切感人。整首诗如泣如诉，凄婉动人。

少陵野老[①]吞声哭，	少陵野老我无声地哭泣，
春日潜行曲江曲[②]。	春日里悄悄来到曲江的江湾。
江头宫殿锁千门，	江头的宫殿千门万户都紧紧闭锁，
细柳新蒲为谁绿？	细细的柳叶和初生的蒲草，为谁染上了新绿？
忆昔霓旌下南苑[③]，	往昔，每当天子旌旗招展驾临芙蓉苑，
苑中万物生颜色。	苑中万物仿佛变得更加光辉鲜艳。
昭阳殿里第一人，	昭阳殿里最受宠幸的那个人儿，
同辇随君侍君侧。	和君王同车陪侍在君王身边。
辇前才人带弓箭，	天子车前的宫中女官带着弓箭，
白马嚼啮黄金勒[④]。	白马咬着黄金的马嚼。
翻身向天仰射云，	女官翻身向云天射出一箭，

一箭正坠双飞翼。	射落了比翼双飞的鸟雀。
明眸皓齿[5]今何在，	这精彩的技艺，博得了那人一笑开颜，明眸皓齿的美人今在何方？
血污游魂归不得。	鲜血溅污的游魂再不能回到人间。
清渭东流剑阁深，	清清的渭水向东流去，西边的剑阁是多么迢远。
去住彼此无消息。	一死一生，彼此永不能互通消息。
人生有情泪沾臆，	有情的人抚今感昔涕泪沾衣，
江水江花岂终极！	江水日日东流，江花年年开放，循环不已。
黄昏胡骑尘满城，	黄昏时胡人的骑兵耀武扬威满城飞灰，
欲往城南望城北。	我想去城南却迷惘地走向了城北。

注释

①少陵野老：杜甫自称。汉宣帝陵在杜陵县，宣帝后许氏葬杜陵南园，称“少陵”。在今陕西西安市南。杜甫在长安时，曾居少陵西，自称“少陵野老”。

②曲江：苑名，即曲江池，在今陕西西安市东南。《太平寰宇记》谓“汉武帝所造，名为宜春苑。其水曲折，有似广陵之江，故名”。据《剧谈录》，“曲江在秦为宜春苑，在汉为乐游

园，开元疏凿，遂为胜境。其南有紫云楼、芙蓉苑，其西有杏园、慈恩寺。”

③南苑：即芙蓉苑一带。

④嚼啮（juénié）：咬着。黄金勒：黄金制的马勒。［梁］何逊《拟轻薄篇》：“柘弹隋珠丸，白马黄金勒。”极言奢侈。

⑤明眸皓齿：明丽的眼睛、洁白的牙齿。指杨贵妃。语出曹植《洛神赋》“皓齿内鲜，明眸善睐”。

杜甫

哀王孙

题解 天宝十五载（756）六月九日，潼关失守。杨国忠怂恿玄宗逃奔西蜀，命陈玄礼点调军马，假传要御驾亲征。十三日黎明，玄宗同少数亲贵出延秋门西去，长安大乱。连许多皇亲国戚，事前也不闻消息，未及跟随御驾。安禄山部将孙孝哲占领长安后，大肆搜捕百官，杀戮宗室。前后杀戮皇孙、公主、驸马以下百余人。王孙们隐匿逃窜，十分狼狈凄惨。杜甫以《哀王孙》命题，对王孙的不幸命运表示深切的同情和哀伤，同时又安慰他们家国复兴指日可待，希望他们善自保重。情真意切令人感动。

长安城头头白乌， 白了头的乌鸦聚集在长安城上，

夜飞延秋门①上呼。	夜晚飞到了延秋门，哀哀啼鸣。
又向人家啄大屋，	一会儿又飞上高屋大厦，
屋底达官走避胡。	大厦的主人，达官们纷纷走出躲避胡兵。
金鞭断折九马②死，	敲断了多少金鞭，累死了多少骏马，
骨肉不待同驰驱。	为了要急忙赶路，等不及一家骨肉相随逃命。
腰下宝玦青珊瑚③，	腰里系着玉佩和青色珊瑚，
可怜王孙泣路隅。	王孙可怜地哭泣在路边。
问之不肯道姓名，	问他时他不肯讲出真名实姓，
但道困苦乞为奴。	说是家境困苦，只求给人为奴。
已经百日窜荆棘，	百多天在荆棘丛中逃窜，
身上无有完肌肤。	他身上已没有一块完好的肌肤。
高帝子孙尽隆准④，	高帝的子孙都是鼻梁高高，
龙种自与常人殊。	龙种自然和平常人大不相同。
豺狼在邑龙在野⑤，	可叹豺狼盘踞在都市，蛟龙却投身荒野的草丛。
王孙善保千金躯。	王孙请你好好保重你千金之体，
不敢长语临交衢，	大路上不敢倾心交谈，
且为王孙立斯须。	且为你稍稍站立片时。

昨夜东风吹血腥，	昨夜东风吹来一阵阵血腥，
东来橐驼满旧都。	东来的满载财宝的骆驼充塞了旧京。
朔方健儿⑥好身手，	朔方军的健儿个个有高超的武艺，
昔何勇锐今何愚。	从前是多么勇猛，如今又是何等痴愚。
窃闻天子已传位，	听说天子已传位给东宫太子，
圣德北服南单于⑦。	巍巍圣德降服了北方的南单于。
花门剺面⑧请雪耻，	回纥人割面流血，恳求替我们报仇雪耻。
慎勿出口他人狙。	千万别把这消息告诉他人，免得被人算计。
哀哉王孙慎勿疏，	可怜的王孙，你千万小心不能疏忽，
五陵佳气无时无。	请记住，五陵无论何时都笼罩着佳气。

注释

①延秋门：唐宫西南门。《长安志》："苑中宫亭凡二十四所，西面二门，南曰延秋门，北曰玄武门。"《旧唐书·玄宗纪》："十五载六月九日，潼关不守。十二日凌晨，上自延秋门出，微雨沾湿。国忠与贵妃及亲属拥上出。亲王、妃、主、皇孙

以下，各从之不及。”皇族多流落市井间。杜甫以白头乌啼飞于延秋门象征此惨痛之事。

②九马:《西京杂记》谓汉文帝自代郡获良马九匹。此处指皇帝御马。

③腰下句：言仍为贵族装饰。《汉书·陈平传》:“船人疑其亡将，腰下当有宝器金玉。”《西京杂记》:“飞燕女弟遗飞燕珊瑚玦、玛瑙弧。”

④隆准：高鼻梁。《汉书·高帝纪》:“高帝隆准而龙颜。”言有真龙天子象。此处“高帝子孙”实借指唐皇族子弟。

⑤豺狼在邑：指安史乱军盘踞长安。龙在野：言唐皇流亡外地。一说指流窜民间的王孙们。

⑥朔方健儿：当时哥舒翰领河陇朔方兵及蕃兵二十万守潼关，为安史军击破。昔日哥舒将朔方兵御吐蕃，号称“精兵”，今竟败于安史，使安史乱军如入无人之境，故下文说“昔何勇锐今何愚”。

⑦南单于：据《后汉书·光武纪》,“匈奴薁鞬日逐王比自立为南单于。建武二十五年（49），南单于遣使诣阙贡献，奉藩称臣。”此处实指回纥。肃宗立，遣使与回纥和亲，二年，其首领入朝。回纥（hé），一作回鹘（hú），我国古代民族，主要分布在今鄂尔浑河流域。

⑧花门剺面：花门指回纥。《新唐书·地理志》:“陇右道甘州宁寇军东北有居延海，又三百里有花门山堡，又东北十里至回鹘牙帐。”剺（lí）面，割脸。《后汉书·耿秉传》:“匈奴闻秉卒，举国号哭，或至梨面流血。”“梨”通“剺”。

五言律诗

唐玄宗

经鲁祭孔子而叹之

作者 唐玄宗李隆基（685—762），睿宗李旦第三子。中宗死后，韦后乱政，其起兵诛除韦氏及其党羽，拥立睿宗。不久受禅即位，是为玄宗。即位初期励精图治，任用贤臣，改革弊政，经济发展，国力强盛，史称“开元之治”。晚年重用李林甫、杨国忠、安禄山等奸佞，沉湎声色，朝政废弛，终于酿成“安史之乱”，唐王朝从此一蹶不振。精音律，能诗文，《全唐诗》录其诗一首。

题解 《新唐书》载玄宗“开元十三年（725）十一月庚辰，封于泰山。丙申幸孔子宅，遣使以太牢祭其墓”，写下这首诗赞颂孔子“知其不可为而为之”的用世精神，对他生前不能行其道深致叹息，篇末对他表示崇高的敬意。

夫子何为者？	孔夫子到底要做什么？
栖栖一代中①。	一生都奔走不息。
地犹鄹氏邑②，	他的出生地是鄹氏的封邑，
宅即鲁王宫③。	他的住宅曾做鲁恭王的宫室。
叹凤嗟身否④，	凤鸟不至，他嗟叹命运不好，
伤麟怨道穷⑤。	哀公获麟，他悲怨“吾道穷矣”。

今看两楹奠，	试看如今他端坐两楹间，受人奠祭。
当与梦时同[⑥]。	料想是和他生前的梦境一致。

注释

①栖栖：奔走劳碌。《论语·宪问》载，“微生亩（人名）谓孔子曰：‘丘何为是（这样）栖栖者与？无乃为佞乎？’孔子曰：‘非敢为佞也，疾固也！’”

②鄹（Zōu）氏邑：鄹为春秋时鲁国城邑，在今山东曲阜。孔子父叔梁纥曾为鄹大夫，定居于此，故人称孔子为“鄹人之子”（《论语·八佾》）。

③宅即句：汉景帝子刘馀初封淮阳王，后徙于鲁，谥恭王。曾坏孔子宅以扩大其宫室，于孔宅壁中得古文经。

④叹凤句：《论语·子罕》云，“子曰：‘凤鸟不至，河不出图，吾已矣夫！’”否（pǐ）：不通达，命运不好。

⑤伤麟句：据《孔丛子》，叔孙氏获麟，孔子往观之，泣曰：“麟出而死，吾道穷矣！”

⑥当与句：《礼记·檀弓上》载，“孔子曰：‘……予畴昔之夜，梦坐奠于两楹之间。’”

张九龄

望月怀远

题解

这首诗以清丽的语言抒写了诗人心中似水的柔情。诗人因见月而怀远，由怀远转又长久地望月，并生出要捧一掬清光寄赠情人的奇想，这奇想不能付诸实现，于是诗人将满怀相思寄托于梦幻。写来层次分明，愈转愈深。“灭烛怜光满，披衣觉露滋”两句，写诗人对秋月之夜清景的叹赏，和因良辰美景而激发的对于情人更加强烈的渴念，因之步入中庭久久地徘徊、伫望，言简意繁，委婉情深。

海上生明月，	一轮明月升起在海上，
天涯共此时[①]。	你与我天各一方，望着同一个月亮。
情人怨遥夜，	有情人怨恨长夜，
竟夕起相思。	整夜深深地将你怀想。
灭烛怜光满，	灭掉灯烛后，满屋月光更令人爱赏，
披衣觉露滋。	披衣出房去望月，露水沾湿了我的衣裳。
不堪盈手[②]赠，	不能捧一掬清光赠给你，
还寝梦佳期。	不如仍回到卧床，梦中或许还能够同情人欢聚一堂。

注释

①天涯句：［南朝·宋］谢庄《月赋》云，“美人迈兮音尘阙，隔千里兮共明月。”

②盈手：［晋］陆机《拟明月何皎皎》诗云，“安寝北堂上，明月入我牖。照之有余辉，揽之不盈手。”

王勃

送杜少府之任蜀州①

作者

王勃（649—676），字子安，绛州龙门（今山西河津）人。六岁能文，十四岁应幽素科试，中第，授朝散郎。后为沛王李贤侍读，因故被逐。咸亨三年补虢州参军，因擅杀官奴获罪，除名。其父受牵连贬交趾（现越南北）令，王勃渡海省亲，落水，惊悸而死。与杨炯、卢照邻、骆宾王并称“初唐四杰”，为其中之佼佼者，诗文俱佳，骈文《滕王阁序》极负盛名。诗以五律最见功力，词采清华，风格健朗。有《王子安集》。

题解

这是王勃的名篇，是他供职长安时写的一首送别诗。开头两句把秦地的长安遥接蜀中的五津，绘出一幅风烟迷离的壮阔图画，同时寓有离别之意。客中送客的况味本是令人凄伤的，但诗人用豪健的言语安慰友人并自慰，一扫通常送别之作的哀愁之气，显出大丈夫洒落的胸襟。“海内存知心，天涯若比邻”化用曹植《赠白马王彪》“丈夫志四海，万里犹比邻。恩爱苟不亏，在远分日亲”句意，语言更精炼概括，成为传诵千古的名句。

城阙辅三秦[②]，	三秦环卫着长安的城郭宫殿，
风烟望五津[③]。	遥望你将去的五津，只见风烟迷漫。
与君离别意，	在这分别的时刻，怀着同样的感情。
同是宦游人。	你我同是远离故土宦游他乡的人。
海内存知己[④]，	只要四海之内有知心朋友能互相存问，
天涯若比邻。	纵使天各一方，也觉亲如近邻。
无为在歧路[⑤]，	千万不要学那些小儿女，
儿女共沾巾。	在离别之际泪下沾巾。

注释

①少府：县尉。蜀州：唐属剑南道，治所在今四川崇州市。

②三秦：泛指当时长安附近，京畿之地。《史记·秦始皇本纪》："（项羽）灭秦之后，各分其地为三，名曰'雍王''塞王''翟王'，号曰'三秦'。"

③五津：岷江五大渡口，即白华津、万里津、江首津、涉头津、江南津。此处借以泛指蜀地。

④海内句：言挚友虽天各一方，然能时时关心、问候。存，存问；有解存为"存在"者，误。

⑤歧路：岔路，指分手处。

骆宾王

在狱咏蝉（并序）

骆宾王（约626—684），婺州义乌（今属浙江）人。七岁能诗，有“神童”之誉。高宗朝，由长安主簿入朝为侍御史，因事被诬下狱。次年被赦，曾北游幽燕。武后时，任临海县丞，快快不得志，弃官而去。武后废中宗，徐敬业起兵扬州讨武，宾王参与其谋，为记室，所作《讨武曌檄》传诵一时。敬业兵败，骆宾王亡命不知所终。一说被杀。与王勃、杨炯、卢照邻并称“初唐四杰”。长于七言歌行，名作《帝京篇》当时即被称为“绝唱”，五律亦多有佳作。有《骆临海集》。

题解

这首诗是高宗仪凤三年（678）秋，骆宾王在狱中所作。系狱事据胡应麟《补唐书骆诗御传》说骆宾王为侍御史时，“高宗孱不君（懦弱不能自掌政权），后曌（则天）擅国，宾之睹唐运且密移，数上书言天下大计。后曌怒，诬以法，逮系狱中。”蝉居高树，吸风饮露，被认为是高洁的象征，此诗以蝉自喻，为自己高洁而不能取信于人，抒发深沉的哀怨与感愤。“露重”“风多”两句，形容恶势力对诗人的打击和迫害，语意极沉痛。由于本诗比兴手法用得十分高明，不断为后代诗词家模仿学习。

原文

余系所禁垣西，是法厅事也，有古槐数株焉。虽生意可知，同殷仲文之古树[1]；而听讼斯在，即周召伯之甘棠[2]。每至夕照低阴，秋蝉疏引，发声幽息，有切尝闻。岂人心异于曩时，将虫响悲于前听？嗟乎！声以动容，德以象贤。故洁其身也，禀君子达人之高行；蜕其皮也，有仙都羽化之灵姿。候时而来，顺阴阳之数；应节为变，审藏用之机。有目斯开，不以道昏而昧其视；有翼自薄，不以俗厚而易其真。吟乔树之微风，韵姿天纵；饮高秋之坠露，清畏人知。仆失路艰虞，遭时徽纆。不哀伤而自怨，未摇落而先衰。闻蟪蛄之流声，悟平反之已奏。见螳螂之抱影，怯危机之未安。感而缀诗，贻诸知己。庶情沿物应，哀弱羽之飘零；道寄人知，悯余声之寂寞。非谓文墨，取代幽忧云尔。

译文

我被囚禁处所围墙的西边，是法曹的庭院。院中有好几棵古槐树，虽然枝叶婆娑，但犹如殷仲文所顾叹的老槐，恐怕生气将尽了。而既然处理狱讼在这里，它也就算是周召伯听讼后，在树荫下歇息的甘棠吧。每当夕阳照着低垂的浓荫，秋蝉断断续续地哀鸣，声音幽深一如叹息，有别于从前所听到的。难道是人心不同于从前，使虫鸣也比往昔更为悲凉么？啊！高蝉之声足以使人动情，高蝉之德宛如古代圣人的品节。因此它使身体洁净，以禀承君子达人崇高的品行；蜕掉它的皮壳，有弃俗羽化飞升仙都的灵姿。它看准时机而来，能顺应阴阳转化的定数；它根据节令而变化，善于掌握“用行舍藏”的时机。有目则开，不因世道的昏暗而闭起双眼；有翅而薄，不因世俗尚厚重而改变它的本真。它迎风高唱于乔木，神韵得之于大自然；它畅饮秋天的露水，清高不愿为人所知。我因迷失了道路，受到这难以预料的磨难；遭逢世变而被诬加罪名。虽不哀伤却难免自怨命运不济，枝叶未落而感慨树已先衰。听到蝉儿悠长的鸣声，猜想平反我这冤狱的奏章已经奉上；看见螳螂刀臂的影子，又害怕危机仍然还没消除。有感而赋诗，留赠于知己。期望人们的同情之心因我的诗篇而产生，怜惜那一只飘零的雏鸟；把我这篇诗章投之于道路，人们就能理会其中的深意，怜悯我悲苦的心已发不出响亮的声音。我不是为了卖弄文墨，只不过用以寄寓我深深的忧思而已。

西陆[③]蝉声唱，	秋天来临，寒蝉不住地哀鸣，
南冠[④]客思深。	被囚系的我，满怀着思乡的愁情。
不堪玄[⑤]鬓影，	怎么禁得住双翼乌黑的蝉儿，
来对白头吟。	来对我这白头之人悲切地歌吟！
露重飞难进，	霜露浓重，它难以向前飞行，
风多响易沉。	秋风凄紧，它的歌声也容易消沉。

无人信高洁，　　没有人相信我像蝉儿一样高洁，
谁为表予心！　　有谁能为我表白这一片冰心！

注释

①殷仲文之古树:《晋书·殷仲文传》载,“仲文因月朔，与众至大司马府。府中有老槐树，顾之良久而叹曰：此树婆娑，无复生意。”

②召伯之甘棠:《诗经·甘棠》郑玄解释为“召伯听男女之讼，不重烦劳百姓，止舍小棠之下，而听断焉。”

③西陆：代指秋。《太平御览·秋上》:“日行西方白道曰西陆。”

④南冠：春秋时楚冠名。《左传·成公九年》载,“晋侯观于军府，见钟仪，问之曰:‘南冠而絷者，谁也?’有司对曰:‘郑人所献楚囚也。’”因以“南冠客”指囚徒。

⑤玄鬓：蝉鬓。古代妇女发式。蝉身黑而光润，故称。[晋]崔豹《古今注·杂注》:“魏文帝宫人绝所爱者，有莫琼树……制蝉鬓，缥缈如蝉。”

杜审言

和晋陵陆丞早春游望①

作者

杜审言（645—708），字必简，洛州巩义市（今属河南）人。祖籍襄阳（今属湖北）。高宗朝进士，曾任洛阳丞，坐事贬吉州，被诬系狱。其子杜并救父被杀，事为武后所闻，召见

审言，授著作佐郎，迁膳部员外郎。后因阿附张易之兄弟，流配峰州，不久召还。审言系杜甫祖父，杜甫尝称“吾祖诗冠古”。与苏味道、李峤、崔融合称“文章四友”。晚年与沈佺期、宋之问唱和，致力律诗创作，对律诗的定型有一定贡献。有《杜审言集》。

题解 这首诗写出杜审言由北方去到江南，气候景物的变化带给他这客子的特别感受。诗人用华美工致的语言描绘了江南美好的春光，同时抒发自己因物候变化和友人诗章引起的思乡愁情。这是初唐较早而完整的一首五律，王夫之《薑斋诗话》说：“近体，梁、陈已有，至杜审言而始叶于度。”

独有宦游人，	独有奔走仕途的天涯游子，
偏惊物候[②]新。	偏能对时令节物的变化感到惊心。
云霞出海曙，	远望黎明的云气蔚成彩霞，和旭日一起从海上东升。
梅柳渡江春。	江南的梅树和柳树，已经显露一派春意，
淑气[③]催黄鸟，	和暖的春光，催促黄莺早早鸣啼。
晴光转绿蘋。	太阳照着水面，水中蘋草很快变成了深绿。
忽闻歌古调，	忽然听到你唱起古雅的歌曲，

归思欲沾巾。　　引发我无限乡思,禁不住泪下沾衣。

注释

①晋陵：地名，今江苏武进区。据《元和郡县志》，常州晋陵县，本春秋之延陵，晋改称晋陵。陆丞，陆元方，晋陵人，武后时曾为相。

②物候：自然景物。因景物随季节而变异，故称“物候”。

③淑气：温和的气候。

沈佺期

杂诗

作者

沈佺期（656—714），字云卿，相州内黄（今属河南）人。上元二年（675）进士。武后时累迁考功郎、给事中。中宗朝，因谄事张易之兄弟，流放州。后召拜起居郎、修文馆直学士。迁中书舍人、太子少詹事。与宋之问齐名，称“沈宋”，均为宫廷诗人，多应制奉和之作。诗风华丽，格律精严，对近体诗的定型有一定贡献。有《沈佺期集》。

题解

沈佺期是武后朝有名的宫廷诗人，诗作大多是应制、奉和之作，有少数篇章富有真情实感，这首《杂诗》是其中之一。

唐代自太宗以来对外战争频繁，征戍成为社会生活很重要的一个部分。这首诗抒写征人和少妇的两地相思，以及他们希望能有良将净扫边尘，使他们得以过和平生活的心愿，情调凄婉缠绵，但仍透露出雄健的气势，殊觉哀而不伤。

闻道黄龙戍①，	那遥远的黄龙城，
频年不解兵。	战事总没有尽期。
可怜闺里月，	往昔在闺中共赏的明月，
长在汉家营！	如今却在汉营里照着离去的人。
少妇今春意，	少妇春来怀远的情感，
良人昨夜情。	正如丈夫长年思归的心。
谁能将旗鼓，	哪里有善于领兵的良将，
一为取龙城②？	能一举攻克敌人的城池？夫妇啊，再不用离分。

注释

①黄龙戍：黄龙，地名，在今辽宁朝阳市，又名“龙城”。东晋时，冯跋据黄龙称“天王”，世称“黄龙戍”。见《宋书》。此处泛指边地。

②龙城：匈奴大会诸部，祭天之处，一称“龙庭”，在今柴达木湖附近。与前注黄龙戍为二地。

宋之问

题大庾岭北驿[1]

宋之问（655 — 712），一名少连，字延清。汾州（今山西汾阳）人。一说虢州弘农（今河南灵宝）人。上元二年（761）进士。历任洛州参军、尚方监丞、左奉宸内供奉。因谄事张易之兄弟，贬泷州参军。后任考功员外郎，又谄事太平公主，以他罪贬越州长史。睿宗即位，流放钦州，赐死。宋之问与沈佺期齐名，世称"沈宋"，为宫廷诗人，多应制之作，曾受武后夺袍以赐的荣宠。贬斥生涯中写过一些有真情实感的诗篇。其诗格律严整，对五言近体诗的成熟有一定贡献。有《宋之问集》。

题解 宋之问是与沈佺期齐名的宫廷诗人，因阿附武后的宠臣张易之，而为士林所鄙夷。武后死后，张易之被杀，宋之问两度贬徙岭南，在贬谪生涯中，他写出了一些情真意切的诗篇。此诗是他第一次贬往岭南将度大庾岭时所作，抒发了他被谪的凄楚哀伤和思乡的心情，诗中描绘的景物，富有地方色彩。

阳月南飞雁[2]，　　十月里鸿雁向南方飞去，
传闻至此回[3]。　　一到这里就要返身北回。
我行殊未已，　　我却走啊走啊没有尽头，

何日复归来！	不知何日才能够归来。
江静潮初落，	江潮退去后江水十分寂静，
林昏瘴不开。	山林被瘴气缭绕，昏暗而迷蒙。
明朝望乡处，	明朝登上岭头再望一望我的故乡，
应见陇头梅[④]。	或许能寄一枝岭上的梅花赠我亲朋。

注释

①大庾岭：山名，一名“梅岭”，在今广东、江西交界处。

②阳月:《尔雅》云,“十月为阳”。

③传闻句:《方舆览胜》载,“回雁峰在衡阳之南，雁至此不过，遇春而回。”大庾岭更在回雁峰南，故云。

④陇头梅：大庾岭山头的梅花。大庾岭气候暖湿，十月梅花遍开，故称“梅岭”。

王湾

次北固山下[①]

作者

王湾，生卒年不详。洛阳人。玄宗先天间进士，授荥阳主簿。开元间参与编撰《群书四部录》，书成，授洛阳尉。其后行迹不详。与綦毋潜交好，早有文名。惜今存诗仅十首。

题解

这首诗描写江上行舟的感触。“潮平两岸阔，风正一帆悬”的春江行舟图，给人以宁静和平的美感，语言十分精警。“海日生残夜，江春入旧年”一联更是传诵一时的名句，张说认为“诗人已来少有此句”，“手题政事堂，每示能文，令为楷模”（殷璠《河岳英灵集》引），这两句描写了在昼夜和节令的交替过程中，诗人感受新生事物的惊异和喜悦，蕴含着一种自然的理趣，意味深厚，气魄宏大。诗中透露的客游时淡淡的乡愁，与江南山青水绿秀色的渲染非常和谐。

客路青山下，	我客游在青青的北固山下，
行舟绿水前。	碧绿的江水环绕着行船。
潮平两岸阔，	春潮平岸，两岸显得更宽。
风正一帆悬。	和顺的轻风，吹送着端正的航帆。
海日生残夜，	残夜未尽，已看见朝阳从江心升起。
江春入旧年。	岁暮的余寒中，在江上感到了融融的春意。
乡书何处达？	怎样才能给家人寄去我的消息？
归雁洛阳边。	那北归洛阳的鸿雁，或者肯为我把书信传递？

注释

①次：停留，暂时泊靠。北固山：在江苏镇江，倚长江而立。

常建

题破山寺后禅院[①]

题解 唐人殷璠激赏常建“山光悦鸟性，潭影空人心”二句，编唐诗选《河岳英灵集》，以这篇诗为卷首。尤袤《全唐诗话》载欧阳修语云：“我尝爱建‘曲径通幽处，禅房花木深’，欲效其语作一联，竟不可得，始知造意者难为工也。”前人所以对这些佳句称赞不已，主要因为它们得之于生活中真实的闻见和感受，出语天然而又诗味醇浓。

清晨入古寺，	清晨我走进古老的禅寺，
初日照高林。	初升的太阳照耀着高高的山林。
曲径通幽处，	弯弯曲曲的小路通向幽静的处所，
禅房花木深。	禅房在茂密的花木丛中深隐。
山光悦鸟性，	寂寂山林是小鸟喜爱的自由天地，
潭影空人心。	临潭顾影，澄澈的潭水洗尽了我的尘心。
万籁此皆寂，	整个世界是这样宁静，
惟闻钟磬音。	只听见回荡着钟磬的声音。

注释 ①破山寺:《清一统志》载,“兴福寺在虞山(在今江苏常熟),齐郴州刺史舍宅为寺。唐常建‘曲径通幽处’即此。”

岑参

寄左省杜拾遗[1]

题解 肃宗至德二年(757)至乾元元年(758)岑参任右补阙,属中书省,居右署,杜甫任左拾遗,属门下省,居左署。这首诗写出诗人虽然位列朝官,但却过着空虚无聊的生活,诗人悲叹年光蹉跎而不能有所成就,羡慕宫廷以外的自由天地。末二句故意使用反话对自己身为谏官,却不能裨补时政的可悲现实,表示深隐的讥刺。纪昀说:“五六寓意深微,末二句语尤婉至。圣朝以为无阙,则谏书不得不稀矣。非颂语乃愤语也。”(《瀛奎律髓》卷二)

联步趋丹陛,　　我们一同走上殿前红色的石阶,
分曹限紫微[2]。　　分列朝班被隔在两厢。
晓随天仗入,　　早上随天子的仪仗去朝觐,
暮惹御香归。　　傍晚归来衣袖上沾带着御香。
白发悲花落,　　看见花飞花落,我悲叹两鬓生霜。
青云羡鸟飞。　　看见青云飘荡,我羡慕小鸟自由飞翔。

圣朝无阙事，	我进呈的谏书越来越少，
自觉谏书稀。	圣明的朝廷没有失政的地方。

注释

①左省：门下省。唐高宗龙朔年间改称门下省为东台，东位居左手，故称“左省”。杜甫曾为门下省属官左拾遗。

②分曹：台省之下管理具体事务的办事机构称曹，分曹犹说“分口”“分部门”。紫微：指中书省，唐改中书省为紫微省。岑参当时任右补阙，属中书省（左补阙属门下省）。

李白

赠孟浩然

题解

孟浩然是唐代少有的以布衣终老的诗人，他青壮年时很希望能为朝廷所用，由于始终未得到仕进机会，他才渐渐灰心，渐渐安于山林隐逸生活。李白这首诗赞颂孟浩然清超的品节，赞颂他不屑仕官，与孟的思想不完全相合，但诗中塑造的高士形象是十分鲜明、概括性很强的。

吾爱孟夫子，	我深深敬爱孟夫子，
风流天下闻。	他超逸的人品天下闻名。
红颜弃轩冕[①]，	还是一位青春少年时，他就鄙弃富

	贵和虚荣。
白首卧松云。	老来高卧林泉，赏玩白云与松风。
醉月频中圣②，	皓月当空的清夜，他往往沉醉酣饮。
迷花不事君。	不愿做官，只迷恋繁花似锦的山林。
高山安可仰，	巍峨的高山，怎么能奢望登攀。
徒此揖清芬。	对他芬芳的品格，我只有深深礼拜。

注释

①轩冕：高官。轩，车；冕，冠。

②中圣：酒醉。中，音zhòng。《三国志·徐邈传》："魏国初建，为尚书郎。时科酒禁，而邈私饮，至于沉醉。校事赵达问以曹事，邈曰：'中圣人。'达白之太祖，太祖甚怒，鲜于辅进曰：'平日醉客谓酒清者为圣人，浊者为贤人。邈性修慎，偶醉言耳。'"

李白

渡荆门送别

题解

这首诗是李白离蜀后在荆门外所作。"山随平野尽，江入大荒流"的壮阔景象，"月下飞天镜，云生结海楼"的瑰丽观瞻，这些描写堪称濡染大笔，显示了诗人倜傥超逸的个性、洒脱开朗的胸怀，和他妙擅丹青的艺术造诣。篇末用拟人化的手法描写有情的江水伴送诗人舟行万里，借以抒发他对故乡深挚的眷恋，现出一片天真。

渡远荆门外[1]，	我乘舟远渡荆门以外，
来从楚国游。	想去古时的楚国一带游览。
山随平野尽，	船行向东，高山渐隐，无边无际的平野在眼前展现。
江入大荒流。	大江汹涌奔流，仿佛流入了辽阔的莽原。
月下飞天镜，	水中摇荡的月亮宛如天上飞来的明镜。
云生结海楼[2]。	奇丽的海市蜃楼是空中变幻的云彩结成。
仍怜故乡水，	我爱怜故乡深情的江流，
万里送行舟。	万里迢迢伴送着我的行舟。

注释

①荆门：山名，在湖北宜都市西北，北与虎牙山夹江相望。

②海楼：海市蜃楼，一种大气折射现象。

李白

送友人

题解 这首送别诗写得情意深长，笔力却很豪健。“浮云游子意，落日故人情”，形容行者的飘荡无定与居人的依恋不舍，用以取譬的景物意境雄阔。班马的萧萧长鸣，既增加了别离的惆怅，同对又给白水青山的画面添几分生气。李白生性豪迈洒脱，临歧分别从不作小儿女态，此诗也可见出这一特点。

青山横北郭，	苍翠的山峦横卧在北郊外，
白水绕东城。	澄清的河水环绕着东城流淌。
此地一为别，	在这里和你一旦分离，
孤蓬万里征。	你将如孤独的蓬草万里飘荡。
浮云游子意，	行踪不定的你是天上悠悠的浮云。
落日故人情。	迟迟不去的落日如同我依依的离情。
挥手自兹去，	挥手告别后我们将各自东西，
萧萧班马①鸣！	临别的马匹留恋地萧萧长鸣。

注释 ①班马：离别之马。《左传·襄公十八年》：“有班马之声，齐师其遁”。《注》：“班，别也。”

李白

听蜀僧濬弹琴

题解 这首诗不像一般听乐的作品那样，使用许多巧妙的比喻将音乐描摹得十分细致具体，它只是抒写诗人内心的特殊感受：万壑松涛般雄壮的琴声洗涤了诗人的心灵，使他感到愉悦而清新，他觉得整个世界都被音乐所浸润，寺院的晚钟融和了鸣琴的余韵，那暮色中的碧山和秋云，也映衬着诗人敏感的心对于音乐的妙悟。

蜀僧抱绿绮[①]，	一位蜀中高僧，怀抱着绿绮琴，
西下峨眉峰。	从峨眉山西面下来。
为我一挥手，	他为我挥手弹奏，
如听万壑松。	我如同听到千山万壑雄奇的松涛声。
客心洗流水，	我的心像被流水洗过愉悦而清新。
余响入霜钟[②]。	鸣琴的余韵应和着寺院的晚钟。
不觉碧山暮，	不知不觉中暮色已笼罩青山，
秋云暗几重。	灰暗的云层布满了秋空。

注释 ①绿绮：琴名。傅玄《琴赋》序：“司马相如有绿绮，蔡邕有焦尾，皆天下名琴也。”

②霜钟：丰山有九耳钟，霜降则钟鸣。见《山海经》并郭璞《注》。此处言深秋之寺钟如知客心、琴音。

李白

夜泊牛渚怀古

题解 李白夜泊牛渚山下，对着青天皓月，发思古之幽情，他自然而然地想起袁宏曾在这里幸运地受到谢尚赏识的古事，由此产生对斯人的追慕以及知音不可遇的叹息，篇末更用凄迷的秋色渲染自己内心的怅惘，整首诗纯是天籁，一片神行。这首五律八句均无对偶，却如严羽《沧浪诗话》所说“皆文从字顺，音韵铿锵”，表现了李白豪放飘逸的风格。

牛渚西江夜[1]，　夜晚泊船在牛渚山下，
青天无片云。　澄明的天宇万里无云。
登舟望秋月，　登上行舟凝望玲珑的秋月，
空忆谢将军[2]。　心中徒然追忆谢尚将军。
余亦能高咏，　我也像袁宏一样善于吟咏，
斯人不可闻！　当年的谢将军却难以相遇。
明朝挂帆去，　明朝我将要扬帆离去，
枫叶落纷纷。　枫叶纷纷飘落，秋色正一片凄迷。

注释 ①牛渚：山岩名。《太平寰宇记》："牛渚山在太平州当涂县北三十五里，突出江中，谓为牛渚矶，古津渡处也。"当涂在今安徽省。

②谢将军：东晋谢尚（字仁祖，官镇西将军）。谢尚镇守牛渚，秋夜乘月泛舟，遇袁宏咏诗，尚请宏登舟长谈达旦。从此袁宏名声大振。

杜甫

春望

题解 此诗是肃宗至德二载（757）三月，杜甫陷于长安所作。面对被安史叛军焚掠一空的荒城，诗人发出忧时伤世的深沉感慨。司马光在《续诗话》中说："古人为诗，贵于意在言外，使人思而得之……'国破山河在'，明无余物矣；'城春草木深'，明无人迹矣。花鸟平时可娱之物，见之而泣，闻之而悲，则时可知矣。"这些诗句的感情是沉痛之至的。杜甫的喜怒哀乐总是和国家的盛衰得失，和时代脉搏紧密相连的，因而特别深挚感人。这首诗"语语沉著，无一毫做作，而自然深至"（纪昀语），格律精严，音韵铿锵，是脍炙人口的名篇。

国破山河在， 国家已经残破，山河依然如昔。
城春草木深。 春天来临，只见林木莽莽，杂草丛

	生，荒城一片空寂。
感时花溅泪，	忧念时局，看见繁花烂漫，反令我泪下沾襟。
恨别鸟惊心。	怨恨别离，听到春鸟和鸣，只觉得心悸魂惊。
烽火连三月，	烽火已接连三月不曾停息，
家书抵万金。	家人的书信珍贵如万两黄金。
白头搔更短，	满怀愁绪我频频地搔首，
浑欲不胜簪。	稀疏的白发简直戴不住发簪。

杜甫

月夜

题解 杜甫独自困居沦陷的长安城中，在月夜里思念妻子，写下这首深情的诗。诗人不写自己的乡情，而设想妻子在月下思念丈夫的情状，以“遥怜小儿女，未解忆长安”这样清奇深刻的诗句，来表现妻子独自望月、独自思夫的愁苦。诗人体贴入微地设想妻子在月下久久伫立久久徘徊，以至头发和双臂被秋雾夜寒浸透的情景，显示他们夫妇间深笃的爱情，篇末设想日后会面对月舒愁之状，词旨婉切，诚挚感人。

今夜鄜州[①]月，	鄜州今夜的明月，
闺中只独看。	她一人在闺中独自观看。
遥怜小儿女，	可怜我那幼小的儿女，
未解忆长安。	还不懂妈妈正忆念长安。
香雾云鬟湿，	雾气沾湿了她浓密的鬓发，
清辉玉臂寒。	月光给她莹洁的双臂洒上清寒。
何时倚虚幌，	何时才能够返回家园，和她相倚在柔薄的帷幔。
双照泪痕干！	那时团圆的皓月。将照着团圆的我们，在重逢的欣喜中，拭去点点的泪痕。

注释 ①鄜州：今陕西富县。

杜甫

春宿左省

题解 这首诗是杜甫在肃宗朝任左拾遗时所作。诗中刻画了一个勤于国事的正直官员的形象，他寝不安席，时刻惦念着明天一早要向天子上疏的事情。诗中描绘左省的夜景十分清丽，“星临万户动，月傍九霄多”一联精警异常，意象奇俊清超。

花隐掖垣暮，	左省的墙垣映着暮色，依稀地看见朦胧的花草。
啾啾栖鸟过。	小鸟鸣叫着飞过，急急地寻找自己的归巢。
星临万户动，	巍峨的宫阙插入云空，临近月亮和星星。当群星在夜幕上闪耀，千门万户也在微微地动摇。
月傍九霄多。	当皓月从东方升起，这里的清光比别处更多更好。
不寝听金钥，	长夜不眠，我仿佛听见钥匙开启宫门。
因风想玉珂①。	风吹檐铃，我觉得那像是百官上朝时叮当的马铃。
明朝有封事②，	明早我要把奏章向天子进呈，
数问夜如何。	我心绪不宁，多少次询问：“现在是什么时辰？”

注释

①玉珂：朝马勒饰，马行则响，称鸣珂。唐制五品官以上有珂饰，三品九子、四品七子、五品五子。

②封事：密奏。唐制，拾遗、补阙掌讽谏，大事廷争，小事则上封事。

杜甫

至德二载，甫自京金光门出，间道归凤翔。乾元初，从左拾遗移华州掾，与亲故别，因出此门，有悲往事①

题解 肃宗至德二载（757），杜甫从沦陷的长安城逃出，一路历尽艰辛跑到凤翔，拜见肃宗，肃宗任他为左拾遗。当时房琯为宰相，房琯自请带兵讨贼，谋恢复两京，兵败，被罢相。杜甫上疏救房琯，得罪肃宗，次年被贬为华州司功参军。此诗是杜甫将赴华州任离京门所作，诗中追忆了当年九死一生从胡尘中间道逃往凤翔的情景，痛定思痛，感慨万千。当年是“麻鞋见天子，衣袖露两肘。朝廷悯生还，亲故伤老丑。涕泪授拾遗，流离主恩厚”，本以为从此可以效忠王室、裨补国政，谁知却因正直敢言，遭奸佞诽谤、天子疏远，从政一年多就被贬斥。诗人内心的怨望很深，却以“不怨之怨”的委婉笔法写出。篇末抒发自己眷念京国的深情，更加衬托出统治者的黑白不辨、冷酷无情。

此道昔归顺，	往昔我从这里逃出，去追随天子的车驾，
西郊胡正繁。	西郊遍地是胡兵横行。

至今犹破胆，	回想起来依旧心惊胆战，
应有未招魂。	或许至今还有未曾招全的神魂。
近侍归京邑，	荣任君王的近侍，我回到了京城。
移官岂至尊？	如今移官华州，这哪里是君王的本心？
无才日衰老，	多半因为我没有才能，而又日渐衰老，
驻马望千门[2]。	我只能立马稍停，眷恋地凝望着宫门。

注释

①金光门：《长安志》载，“唐京师外郭城西面三门，北曰明远，中曰金光，南曰延平。”华州：今陕西华县。掾（yuàn）：属官、副职。

②千门：千门万户。本用以形容屋宇广大、人口众多。可用指帝宫。《史记·孝武记》：“于是作建章宫，度为千门万户。”望千门：望帝宫；表示对朝廷的依恋。

杜甫

月夜忆舍弟

题解

这首诗是杜甫于乾元二年（759）流寓秦州时所作。杜甫有四弟：颖、观、丰、占，此时只有杜占与诗人相随，其余三弟分散在山东、河南，洛阳故家已毁于安史之乱的兵火中。诗人漂泊到秦州，在白露之夜的月光下，感物伤怀，思念诸弟。

这首诗所表现的忆弟的感情，比通常的思亲篇章要来得深挚凝重，其中包含了对于战乱的痛恨、无家可归的悲哀和对于故乡的无限眷恋。正如仇兆鳌《杜诗详注》引周篆注云：“伤心折肠之语，令人读不能终篇。”“月是故乡明”是传诵人口的名句，它揭示了诗人热爱乡土的心理状态，并且代表了我们民族的普遍心理，语淡而情浓。

戍鼓断人行，	戍楼传来沉重的更鼓声，道路上已不见行人踪影。
秋边一雁声。	深秋里在荒凉的边城，静寂中只听见孤雁哀鸣。
露从今夜白，	今夜的霜露分外地洁白，
月是故乡明。	故乡的月亮比别处的更觉光明。
有弟皆分散，	兄弟都分散在天南地北，
无家问死生。	失去了家园，到哪里去问清各人的死生？
寄书长不达，	远隔千里，常恨书信难以寄递。
况乃未休兵。	何况遍地刀兵，一直还没有休停。

杜甫

天末怀李白

题解 这首诗是杜甫在秦州怀念李白所作。诗中抒写了对流放西南的李白恻恻系念、对他命运的极度关切和忧虑。杜甫深知李白从永王璘是出于爱国心，爱国而反遭流放，是令诗人最感痛切的事，因此诗中把李白的冤枉和屈原的冤枉相提并论。“文章憎命达”句不仅是为天才诗人李白鸣不平，也是自鸣不平，并为一切文才卓绝而命途多舛的人鸣不平。这首诗与《梦李白》二首一样感情深挚，读之令人泣下。

凉风起天末，	萧瑟的西风起自遥远的边地。
君子意如何？	我怀念着的故人啊，不知你是怎样的心境？
鸿雁几时到，	鸿雁几时才能带来你的消息？
江湖秋水多。	江湖的秋水浩渺，风波又十分险急。
文章憎命达，	文才卓绝的人常常是时运不济。
魑魅喜人过[①]。	要当心水怪山精，它们喜欢吞食过往行人。
应共冤魂语，	你是否将同沉冤千古的屈子共语？
投诗赠汨罗[②]。	向他投赠诗章，诉说你们一样的厄运。

注释 ①魑魅（chīmèi）：山神、精怪。过：经过，读平声。

②汨（mì）罗：水名，在湖南东北部。屈原怀石自杀于汨罗江，此处即以汨罗、冤魂代指屈原。

杜甫

奉济驿重送严公四韵

题解 代宗宝应元年（762），严武赴召入朝，杜甫从成都一直送至绵州，在绵州城外的奉济驿分手，本诗即作于此时。杜甫与严武是世交，严武任成都尹、剑南节度使时，杜甫曾依附他，得到他许多照顾，二人情谊很深。严武离蜀入京，不仅使杜甫失去一位知友，也失去了政治上和生活上的靠傍，因而这首诗里所表现的惜别之情，比一般的送友诗更加深沉。

远送从此别，	远送到此你就要离去，
青山空复情。	空留下苍莽的青山，使我更觉惆怅。
几时杯重把？	何时才能够和你重见，我们依然开怀畅饮欢聚一堂？
昨夜月同行。	还好像就在昨夜，你我曾一同将月色观赏。

列郡讴歌惜，	州郡的百姓为你歌唱，表现他们对你深深的敬爱与无限惜别的感情。
三朝出入荣[①]。	你历仕三朝出入宫禁，得到多么巨大的荣名。
江村独归处，	告别了你我将独自返回江村，
寂寞养残生。	在寂寥中度我的余生。

注释 ①三朝句：严武在唐玄宗、肃宗、代宗三朝为官。

杜甫

别房太尉墓（阆州）①

题解 房琯与杜甫曾是布衣之交，房琯在肃宗朝为相，因陈陶斜兵败被贬，杜甫上疏谏诤，遭肃宗厌恶，次年也被贬谪，于是他们成为了政治上同进退的难友，感情因而格外深厚。代宗宝应二年（763，即广德元年），诏拜房琯为刑部尚书，房在赴任途中病卒于阆州寺院。杜甫将离阆州还归成都，行前到房琯墓前凭吊、告别，临风怀想，徘徊不忍去。诗中写出诗人对友人的哀悼、平昔相与的欢乐情景，以及知己难再寻觅的悲痛，篇末以景物的凄凉衬托孤坟的冷落寂寞，更添内心的凄怆，写得声泪交并，一往情深。

他乡复行役，	我又要远游他乡，与故人告别，
驻马别孤坟。	驻马在他的孤坟前面。
近泪无干土，	我的泪水沾湿了近处的土地，
低空有断云。	低空中唯有片云在徘徊留连。
对棋陪谢傅②，	回想当初我同他下棋，他就像儒雅风流的谢安。
把剑觅徐君③。	如今他在哪里？我纵有季子的宝剑，却到何处去寻觅徐君？
唯见林花落，	四野无人，只看见林花纷纷地飘零。
莺啼送客闻。	林间也只有一声声送客的啼莺。

注释

①阆（làng）州：今四川阆中市。

②对棋句：谢傅，东晋谢安。谢安卒后追封太傅，故称谢傅。《晋书·谢安传》载，苻坚率兵百万驻淮水、淝水一线，东晋加封谢安为征讨大都督抗苻坚。即将赴任，亲朋毕集，安与谢玄围棋，以别墅为赌注。至夜乃还，指派将帅，各得其所。后谢玄等破苻坚兵，战报送谢安处，安正与客围棋，一阅便置床上，了无喜色。其镇定如此。

③把剑句：《新序·节士篇》载，延陵季子将西使于晋，带剑过徐君，徐观剑不言，而心欲得之。季子因出使，未能赠剑，然心中已默许。季子归，徐君已死，遂挂剑于徐君墓树而去。

杜甫

旅夜书怀

题解 代宗永泰元年（765），严武死于成都，杜甫失去了依靠，便带领全家乘舟南下，经戎州（今四川宜宾）、渝州（今四川重庆）到达忠州（今四川忠县），这首诗写于旅途中。头两句写出旅况的凄清，“星垂平野阔，月涌大江流”两句描绘江上夜景，一静一动，开阔雄壮，十分精警。后四句抒发旅夜的感慨。杜甫不甘心只做一介文士，因此并不看重文名，而休官实不为老病，而是由于忠于国事正直敢言，颈联两句故意用“岂、应二字，反言以见意”（顾炎武注），表现心中的愤激不平；尾联二句以漂泊天地间的沙鸥自比，也见出愤慨之深。

细草微风岸，	微风轻轻地吹拂着岸边的细草。
危樯独夜舟。	高高竖起桅杆的孤舟，在夜晚的江边停靠。
星垂平野阔，	群星低垂，平野显得更加空阔。
月涌大江流。	水中明月，随着大江涌流起落。
名岂文章著，	我的名声岂是因文章而昭著，
官应老病休。	解除官职全由于老病，我理应退休。
飘飘何所似？	我这样转徙漂流，到底像个什么？
天地一沙鸥。	不过是广漠天地间一只小小的沙鸥。

杜甫

登岳阳楼

题解 代宗大历三年（768）冬，杜甫从湖北江陵、公安一带漂泊到湖南岳州（今岳阳），登上洞庭湖边的岳阳楼，即景抒情写下此诗。诗人独立苍茫，面对浩渺无边气吞云梦的洞庭，不禁在寥廓的宇宙间痛切地感到自己的老病孤单和漂泊无依，继而想到兵戈未息的可悲现实，不由得伤心已极涕泗滂沱。黄生《杜诗说》："前半写景，如此阔大，转落五六，身世如此落寞，诗境阔狭顿异，结语凑泊极难，不图转出'戎马关山北'五字，胸襟气象，一等相称，宜使后人搁笔也。"这首诗气象闳放，含蓄深远，纵横捭阖，极变化之妙。其中"吴楚东南坼，乾坤日夜浮"一联与孟浩然"气蒸云梦泽，波撼岳阳城"两句同样雄伟，方回《瀛奎律髓》说："尝登岳阳楼，左序毬门壁间大书孟诗，右书杜诗，后人不敢复题。"

昔闻洞庭水，	早就向往有名的洞庭湖，
今上岳阳楼。	今天才登上了岳阳楼。
吴楚东南坼，	广阔的洞庭把东南分成了吴楚，
乾坤日夜浮。	宇宙在浩渺的湖上日日夜夜飘浮。
亲朋无一字，	亲朋们消息隔断，得不到只字片言。
老病有孤舟。	衰老多病的我，终年驾着一叶孤舟。

戎马关山北，	北边的关山至今兵戈未休，
凭轩涕泗流。	倚定窗栏，我禁不住涕泪交流。

王维

辋川闲居赠裴秀才迪①

题解 这首诗描写辋川别墅秋日黄昏的幽雅风景、诗人闲逸的生活情趣，以及友人裴迪狂放不羁的神态。“渡头余落日，墟里上孤烟”一联为写景名句。诗人捕捉到红日傍渡头冉冉欲下、村落中一缕青烟直上云天这一刹那特殊的动景，描绘出一幅色彩明丽的图画。“余”和“上”这两个动词用得十分精妙。

寒山转苍翠，	暮色已降临，苍翠的寒山更加浓郁深青。
秋水日潺湲。	秋水日夜不息地流淌，发出潺潺的乐音。
倚杖柴门外，	我斜倚手杖站在柴门外，
临风听暮蝉。	临风谛听晚蝉的歌吟。
渡头余落日，	河上的渡头增添了一轮落日，低低地压在水面。

墟里上孤烟。	村落中一缕孤独的炊烟，笔直地升上云天。
复值接舆[2]醉，	接舆般疏狂的你，又酒醉酣歌，
狂歌五柳[3]前。	正放声歌唱在我这五柳先生的门前。

注释

①辋（wǎng）川：地名，在今陕西蓝田县。王维有别墅在辋川。
②接舆：春秋楚隐士。见李白《庐山谣寄卢侍御虚舟》注①。
③五柳：陶渊明自称“五柳先生”。见王维《老将行》注⑧。

王维

山居秋暝

题解

诗人描绘了秋山一个雨后的月夜，恬静而充满生意的美好景象。山 中的秋夜是这样富有诗意，无论是松间明月还是石上清泉，无论是浣女还是渔人，都是这幅美丽图画中的美丽形象，诗人由衷地咏赞山居的惬意，从侧面表现他对官场生活的厌弃。诗人一反文人通常悲秋的调子，歌唱秋光秋色，使人感到特别新鲜。

空山新雨后，	刚刚被新雨洗净，山谷分外地空寂幽深。

天气晚来秋。	晚来天气是这样爽朗，充满了秋意的清新。
明月松间照，	明月照在如盖的松林，月色也透出一片苍青。
清泉石上流。	晶莹闪亮的泉水在山石上流泻，不时发出淙淙的清音。
竹喧归浣女，	竹林里传来阵阵喧闹，是洗衣回家的姑娘们在一路嬉戏。
莲动下渔舟。	小河中莲叶纷披，是顺流而下的渔舟正戴月归去。
随意春芳歇，	尽管芳菲的春光早已消敛，秋景秋色却一样使人眷恋。
王孙自可留①。	谁说山中不可以久待？我偏喜欢在此长久地留连。

注释

①王孙句:《楚辞·招隐士》云,“王孙兮归来，山中兮不可以久留。”这里反用其意，言山居特别恬适，隐者自可久留。王孙，这里为王维自指。

王维

归嵩山作[①]

题解 这是一首有意学陶（渊明）的作品，抒写诗人还归嵩山居处的闲适心情。车马的悠悠、秋景的清寂萧疏和他心情的恬静取得和谐的统一。

清川带长薄，	清清的河川夹带着两岸丛生的草木。
车马去闲闲。	马车载我前行，安逸而闲舒。
流水如有意，	有情的流水远送我东还，
暮禽相与还。	暮色中小鸟呼伴飞回栖身的林间。
荒城临古渡，	荒凉的城池临近古老的渡口，
落日满秋山。	落日的余晖，涂满秋天的山丘。
迢递嵩高下，	从千里之外来到这嵩山，
归来且闭关。	我要紧闭自家的门扇。

注释 ①嵩山：在河南登封市北，为五岳之一。参见李白《庐山谣寄卢侍御虚舟》注③。

王维

终南山

题解 这首诗从大处落墨，突出描写终南山的高大，绵延的山峦伸展到遥远的海边，一山之中分野不同，阴晴明暗各异，云气变化不定；诗人从各个角度展示了终南山雄伟壮阔的图画。其中“白云回望”两句，表现了诗人对于自然景物深细的观察和精微的刻画。

太乙近天都[①]，	巍峨的终南山高入云霄，与天帝的都城临近。
连山到海隅。	绵亘不绝的山峦，延伸到遥远的大海之滨。
白云回望合，	我在深山前行，缭绕的云雾分向两边。回头望去，白云又已在身后合成了茫茫一片。
青霭入看无。	我朝蒙蒙的青霭走去，一到面前却杳然不见。
分野[②]中峰变，	终南山是这样雄阔，不同的星域以中峰划线。
阴晴众壑殊。	阳光照耀群山，千岩万壑或明或暗，

	深深浅浅。
欲投人处宿，	我想在山里找一个人家去投宿，
隔水问樵夫。	隔着涧流询问林中的樵夫。

注释

①太乙：终南山别名。天都：传说天帝居所。

②分野：以天上星宿配地上州国称分野。参见李白《蜀道难》注⑦。

王维

酬张少府

题解

这首诗作于玄宗开元二十九年（741），王维四十一岁。王维早年有积极用世的政治抱负，张九龄为相时，他曾是张的政治主张的拥护者，并受到张的提拔和器重。张为李林甫排挤罢相，代表着玄宗开明政治的终结。“九龄既得罪，自是朝廷之士，皆容身保位，无复直言。”（《资治通鉴》）张被远贬，王维十分沮丧，曾寄诗九龄，表示对朝政失望，从此将归隐山林。此后他虽然依旧在朝做官，官职还有所升迁，但他的内心是矛盾而痛苦的，他过着半官半隐的生活，并更加笃信佛教，以此求得精神的慰藉和解脱。本诗就反映了他的这种精神状态。“自顾无长策，空知返旧林”两句涵义是非常深永的。他没有回天之力，又不愿同流合污，只能洁身隐遁。他又故意用轻松的笔调描写隐居之乐，并对友人说“君问穷通理，渔歌入浦深”，大有深意，似乎只有在山林生活中他才领悟了人生的真谛，表现了诗人不愿与统治者合作的态度，语言含蓄有致，发人深思。

晚年惟好静，	晚年我爱好的惟有清静，
万事不关心。	世间万事全不挂心。
自顾无长策，	深知自己没有补天的良方，
空知返旧林。	只懂得我的出路是返回旧日的山林。
松风吹解带，	松林中吹来清凉的好风，我敞开衣襟，任凭衣带飘飘地飞动。
山月照弹琴。	山间的明月同我相伴，投下清光，照我把鸣琴拨弄。
君问穷通理，	你问我穷通的道理，
渔歌入浦深。	那道理或许在河浦深处的渔歌声中。

王维

过香积寺[①]

题解 这首诗描写诗人走进深山寻访香积寺，沿途所见清幽景色。

远处传来的晚钟更加衬托出山林的寂静。“泉声”两句绘出一幅有声有色清疏淡雅的图画。末二句入佛寺见潭水因而赞颂佛法无边，同时表明自己断绝尘念的心迹，正是入乡随俗，扣紧题目。

不知香积寺，	不知香积寺究竟在何处，
数里入云峰。	走了几里我攀上入云的高峰。
古木无人径，	古木参天的山间小路，没有行人的踪影。
深山何处钟。	从深山的什么地方，传来了疏落的晚钟。
泉声咽危石，	清泉拍击高大的山石，呜咽着向前流去。
日色冷青松。	照进松林的日光，透出一片青色的寒意。
薄暮空潭曲，	暮霭中寺旁的潭水显得更加空明而幽深。
安禅制毒龙[②]。	如佛法制服毒龙，洗净了我的俗念尘心。

注释

①香积寺：故址在今陕西长安区南。

②安禅：僧人打坐入静称“安禅”。毒龙：《法苑珠林》载，“西方山中有池，毒龙居之。昔五百商人止宿池侧，龙怒，泛杀商人。”槃陀王“就池咒龙，龙悔过向王，王乃舍之”。佛家以毒龙比喻邪念妄想，安禅则可制服邪妄。

王维

送梓州李使君[①]

题解 这是一首送友人去四川做官的赠别诗。诗人依据丰富的想象描绘出一幅蜀中山川的壮丽图画，大笔挥洒，神韵俊迈。诗人又描写了当地的风俗民情，勉励友人为当地的文化教育做出贡献，情调十分明朗刚健。前四句写景语言奇俊，纪昀说是“高调摩云”（《唐宋诗举要》引纪昀语），王士祯说是“兴来神来，天然入妙，不可凑泊”（《古夫于亭杂录》），为传诵千古的名句。

万壑树参天，　千山万壑中古木参天，
千山响杜鹃。　处处回荡着杜鹃的鸣唱。
山中一夜雨，　山中下了一夜的透雨，
树杪百重泉。　百道飞泉像是挂在树梢上。
汉女输橦布[②]，　嘉陵江边的女子缴给官府的布匹用

	橦花织成。
巴人讼芋田[3]。	巴蜀的农人因为芋田常常引发起纠纷。
文翁翻教授[4]，	你一定会继承文翁的事业，发展文化和教育。
不敢倚先贤。	绝不会一无所为，只是依赖先贤的政绩。

注释

①梓（zǐ）州：治所在今四川三台县。使君：对刺史的尊称。

②输：纳税。橦（tóng）布：橦树花纤维织成之布，产梓州一带。

③巴人：犹如说蜀人、川人。巴，古国名，故都在今重庆市。讼芋田：因争芋田而诉讼。蜀中盛产芋魁，时人以为主粮之一。

④文翁：西汉庐江舒（今安徽舒城县）人，景帝末，为蜀郡守，兴教化，设学官，遣县吏有才者赴京学习，使蜀郡文化极大提高，比于齐鲁。

王维

汉江临眺[1]

题解

诗人以豪健的笔力绘出汉江水面宽广、水势翻腾和远山迷蒙的雄伟壮丽的景色，气魄宏大，意境开阔，荡涤人们的胸襟。“江流天地外”二句极得后世文人及诗评家爱赏，权德舆、欧阳修融化句意入诗词，王世贞说此二句“是诗家俊语，却入画三昧”（《弇州山人四部稿》），王国维誉之为“千古壮观”（《人间词话》），表现了王维工于丹青，可寸人豆马，可作千丈松，艺术造诣无施不可。

楚塞三湘接②，	广阔的三湘，紧接着楚国的边塞。
荆门九派通③。	汉江流入荆门，贯通了长江九派。
江流天地外，	江水滔滔汩汩，奔涌到天地之外。
山色有无中。	远望中两岸青山时隐时现迷迷茫茫。
郡邑浮前浦，	水势盛涨，城郭仿佛漂浮在宽阔的江面上。
波澜动远空。	波光接天，涛翻浪滚，远空仿佛也在摇荡。
襄阳好风日，	襄阳是这样风和日丽，
留醉与山翁。	我真想伴同山翁留醉此地。

注释

①汉江：即汉水。临眺一作临泛（泛舟）。

②楚塞：楚国边界。三湘：泛称今湖南一带。湘潭、湘乡、湘阴称“三湘”，见《太平寰宇记》。一说指湘水与澧、潇、蒸三水相会。

③荆门：荆门山。参见李白《渡荆门送别》注。九派：长江至浔阳分为九支。参见李白《庐山谣寄卢侍御虚舟》注。

王维

终南别业

题解 开元末张九龄被贬后，王维的思想渐趋消极。安史乱中他又被迫接受伪官，乱平后虽只受到很轻的处分，但他内心却愧疚难平，曾说："一生几许伤心事，不向空门何处消"。加之不愿与统治者合作，晚年得到宋之问的蓝田别墅，便于"退朝之后，焚香独坐，以禅诵为事"，并写了大量山水田园诗歌唱自己的隐逸生活，表现对仕途的厌倦。这首诗很能代表王维的思想情绪。诗中极言隐居山林的自然之趣和恬静自适的快乐。胡仔《苕溪渔丛话》引《后湖集》云："此诗造意之妙，至与造物相表里，岂直诗中有画哉？观其诗知其蝉蜕尘埃之中，浮游万物之表者也。"这首诗可以说是一片化机，神与物游。

中岁颇好道，　　中年时我就很爱好佛理，
晚家南山陲。　　晚年时家住在终南山底。
兴来每独往，　　兴致一来我往往独自漫游，
胜事空自知。　　只有我自己的心能够领会其中的佳趣。

行到水穷处，　我任情闲步，不觉走到水流的尽头。
坐看云起时。　悠闲地坐下来，仰看飞云在天空浮游。
偶然值林叟，　偶尔和林中的老叟相遇，
谈笑无还期。　同他谈笑竟忘了归期。

孟浩然

临洞庭上张丞相

题解　这首诗前四句将洞庭秋色写得气势磅礴，雄浑壮美，有如一幅泼墨画。其中“气蒸云梦泽”一联与杜甫“吴楚东南坼”一联同为咏洞庭名句，有后人不敢复题之誉。后四句写自己希望张九龄援引的心情，不卑不亢，运用比兴十分惬当，纪昀说：“以望洞庭托意，不露干乞之痕。”（方回《瀛奎律髓》引）

八月湖水平，　八月里秋水猛涨，满湖碧波与两岸平齐。
涵虚混太清[①]。　浩瀚的洞庭涵容了天宇，水天相连和太空浑然一体。
气蒸云梦泽[②]，　蒸腾的水气笼盖了云梦泽广大的地域。
波撼岳阳城。　浪涛汹涌，岳阳城也仿佛被震撼得

	摇曳。
欲济无舟楫，	我想要出仕却没有人援引，犹如要渡湖而没有舟楫。
端居耻圣明。	生在这样的太平盛世，闲居无事真感到惶愧不已。
坐观垂钓者，	我在湖边看着垂钓的人，
徒有羡鱼情[3]。	徒然怀有羡慕的心意。

注释

①虚、太清：均指天空。

②云梦泽：上古大湖，地当今湖北、湖南交界的广大地区，今两湖交界地区遍布的湖沼，据说均为云梦遗迹。

③羡鱼：《淮南子·说林训》载，“临河而羡鱼，不如归家织网。”

孟浩然

与诸子登岘山[1]

题解

《晋书·羊祜传》载：“祜性乐山水，每风景必造。岘山置酒，言咏终日不倦。尝慨然太息，顾谓从事中郎邹湛等曰：‘自有宇宙，便有此山。由来贤达胜士登此远望，如我与卿者多矣，皆湮灭无闻，使人悲伤！’湛曰：‘公令闻令望，必与此山俱传。至若湛等，乃当如公言耳！’祜卒，襄阳百姓建碑于山，见者堕泪。”孟浩然与友人登上岘山，凭吊古迹，怀念羊祜，并暗用羊祜登临时所发感叹，寄寓自己遭际不遇之慨。羊祜为江山留下胜迹，自己则岁月迁延一事无成，因而感到悲愁难遣，末句“泪沾襟”，一是切合羊公堕泪碑的典实，二是自伤身世。

人事有代谢，	人事不断地新旧交替，
往来成古今。	春往秋来，时光从古代循环到今，
江山留胜迹，	江山长留着佳胜的遗迹。
我辈复登临。	前人登临过后，我辈复又登临。
水落鱼梁②浅，	天寒水落，鱼梁洲浅露水面。
天寒梦泽深。	草木凋零，眺望云梦泽更加深远。
羊公碑③尚在，	纪念羊公的石碑依然屹立在山间。
读罢泪沾襟！	我读罢不由得感怀古今泪满襟前。

注释

①岘（Xiàn）山：在今湖北襄州区南。

②鱼梁：地名，指鱼梁州。《水经注·沔水》：“沔水中有鱼梁州，庞德公（东汉隐士）所居”。此处鱼梁与下文梦泽（云梦泽）皆诗人想象中景物，非岘山所能实见。

③羊公碑：襄阳百姓为羊祜所立碑，在岘山。

孟浩然

宴梅道士山房

题解 诗人宴于道士山房，因而诗中全用仙家典故或道家语。

林卧愁春尽，	闲卧在山林，忧虑着春光将尽，
搴帷览物华。	拉开窗帘，我依然看见百草千花。
忽逢青鸟使，	忽逢仙人派来传信的青鸟，
邀入赤松家。	邀我去赤松子家。
金灶①初开火，	他房里炼丹的灶火刚刚升起，
仙桃正发花。	屋外盛开着灼灼的桃花。
童颜若可驻，	青春的容颜若能够久驻，
何惜醉流霞！②	我不惜醉饮仙家的流霞。

注释 ①金灶：仙家炼丹的丹炉。

②醉流霞：河东项曼斯好道，去乡三年而返，曰："去时，有数仙人引其上天，离月数里而止。月之旁甚凄寒。饥时，仙人辄以流霞一杯饮之，数月不饥。"见《论衡》。

孟浩然

岁暮归南山

题解 孟浩然早年有用世之心，“年四十游京师，应进士不第”（《旧唐书》）。《新唐书》引《唐摭言》采录故事，说在长安，孟被王维私邀入内署，恰遇玄宗，因问新作，浩然诵《岁暮归南山》诗，玄宗闻其中有“不才明主弃”句，不悦，说：“卿不求仕，朕未尝弃卿，奈何诬我?”所以不得仕进。这一故事不一定可靠，但说明浩然西游长安未被朝廷器重，不得志只好归隐。本诗就抒发了这种无可奈何的失望情绪，语意虽委婉，怨忿之情却昭然可见。

北阙[①]休上书，	不必到朝堂去上书，
南山归敝庐。	还是返回我终南山破败的小屋。
不才明主弃，	我没有才干，圣明的君主将我抛开。
多病故人疏。	长年多病，故人也同我来往稀疏。
白发催年老，	时光催人老去，头发转眼斑白如霜。
青阳[②]逼岁除。	和暖的新春一到，旧岁就被迫收场。
永怀愁不寐，	我总是满怀忧愁，终宵也不能成寐。
松月夜窗虚。	看明月的清光洒上松枝，洒上我空寂的窗扉。

注释 ①北阙：指皇宫。古宫殿北门楼称“北阙”，为大臣等候朝见或上书奏事之所，后通称帝王宫禁为“北阙”。

②青阳：春天。《尔雅·释天》：“春日青阳”。《注》：“气青而温阳”。

孟浩然

过故人庄

题解 诗人用简淡的笔墨绘出普通农村美丽的清景，描写农家生活的恬静安乐，以及诗人与农家亲密无间的感情。表现了一种田园牧歌式的淳朴的美，又有浓厚的生活气息。语言淡而有味。

故人具鸡黍，	故人预备丰盛的饭菜，
邀我至田家。	邀请我去到农家。
绿树村边合，	村庄四面围绕着绿树，
青山郭外斜。	青山在远处郊野中横斜。
开轩面场圃，	推开窗子，面对着菜园和谷场。
把酒话桑麻。	一边饮酒，一边谈论桑麻的生长。
待到重阳节，	等到重阳登高的日子，
还来就菊花。	我还要再来和你共赏菊花。

孟浩然

秦中寄远上人①

题解 这首诗当是诗人滞留长安时作，抒写求仕不得、归隐不能，进退两难的苦情，以及旅况的凄凉贫苦和对方外友人的怀念。词情凄婉。一说此诗为崔国辅作，从诗中所言贫穷之状看来，不合孟浩然的实情。孟有产业，游长安之前及之后均过着优游的生活，他有诗说："先人留素业，老圃作邻家"（《田家元日》），又说："敝庐在郭外，素业惟田园"（《涧南即事》），何得言"三径苦无资"？或者故意危言耸听夸张自己不得志的愁情，也未可知。

一丘常欲卧，	我常常想要归卧丘山，
三径②苦无资。	苦于没有资财把庭院经营。
北土非吾愿，	滞留西秦不是我的夙愿，
东林③怀我师。	我向往那高僧所在的东林。
黄金燃桂④尽，	囊中黄金已在羁旅中用尽，
壮志逐年衰。	壮志一年年渐渐地消沉。
日夕凉风至，	早晚吹来凄冷的秋风，
闻蝉但益悲！	听到寒蝉声我更觉伤情。

注释 ①上人：对僧人的敬称。

②三径：指家园。西汉末，王莽专权，兖州刺史蒋诩告病辞官，隐居乡里，院中辟三径，唯与求仲、羊仲往来。后陶潜《归去来兮辞》有“三径就荒，松菊犹存”句，世人遂以“三径”指家园、庭院。

③东林：指高僧居所。《高僧传》载东晋高僧慧永居庐山西林（寺），同宗高僧慧远入庐山，慧永请刺史桓伊于山东更建房殿，使慧远居住，名东林（寺）。慧远为佛教净土宗始祖。

④燃桂：《战国策·楚策三》载，“苏秦之楚，三日乃得见乎王。…… 曰：‘楚国之食贵于玉，薪贵于桂，谒者难得见如鬼，王难得见如天帝。今令臣食玉炊桂，因鬼见帝。’”后遂以“燃桂”表生活，特别是旅居生活的艰辛。

孟浩然

宿桐庐江寄广陵旧游①

题解 这首诗是孟浩然离开长安东游时作。发端两句笔力劲健，与谢朓诗句“大江流日夜，客心悲未央”用意相同，表现诗人内心的不平静。“风鸣”一联，极言旅况寥落，情景如绘，意境清远。后四句抒写对友人的思念，情深语挚。从这首诗的凄怆情调，可以体会到诗人失意后的愤激不平和世罕知音的深深的孤独感。

山暝听猿愁，　　苍茫中听深山猿啼，引起我无限客愁。
沧江急夜流。　　夜晚的沧江，急遽地奔向东流。
风鸣两岸叶，　　风吹两岸木叶，飒飒作响。
月照一孤舟。　　惨淡的月光照着一叶孤舟。
建德②非吾土，　　建德并不是我的故乡，
维扬③忆旧游。　　我怀念着扬州旧日的知友。
还将两行泪，　　愿把我的相思化两行清泪，
遥寄海西头。　　让它随江流寄到遥远的大海西头。

注释

①桐庐江：水名，在浙江桐庐县，桐庐今为杭州市郊县。广陵：今江苏扬州。

②建德：县名，在今浙江省。汉时，建德、桐庐同属富春县。此处以建德代指桐庐。

③维扬：扬州古名“维扬”，即“广陵”。

孟浩然

留别王维

题解

孟浩然离开长安时将这首诗留赠王维。此篇与《岁暮归南山》内容相近，抒写的都是自己的落寞失意。诗人有抱负有才干，

只因不愿卑躬屈膝、阿谀取容，所以得不到仕进机会，于是他的内心不能平静，直到归隐后才渐渐心境恬然。“当路谁相假”两句，不仅表现对朝廷和权臣的怨望，也隐含着对王维不肯真正为他出力的不满。

寂寂竟何待？	客中是这样枯寂无聊，我究竟还能等待什么？
朝朝空自归。	每天一无所获，孤孤单单回到寓所。
欲寻芳草[①]去，	我真想去寻求理想的境界，
惜与故人违。	惋惜的是要和老友分别。
当路[②]谁相假？	占据要津的人，没有谁肯帮我出力。
知音世所稀。	真正的知音，世上实在是寥寥无几。
只应守寂寞，	我唯有固守我的冷落寂寞，
还掩故园扉。	返回故园去紧闭门扉。

注释

①寻芳草：表示追求理想境界。《离骚》：“何所独无芳草兮，尔何怀乎故宇？”

②当路：居政府要职。《孟子·公孙丑上》：“夫子当路于齐，管仲晏子之功，可复许乎？”

孟浩然

早寒有怀

题解

这首诗抒写怀念故乡的深情。江上早寒，萧瑟的秋色秋声，更引起诗人的客愁。当鸿雁南飞，岁将暮矣，家人在盼望天际归舟的时节，诗人的乡泪越发难禁。而归期未定，诗人内心正如眼前的江水一样迷茫。全诗情景交融，语言含蓄自然。

木落雁南渡，	木叶纷纷飘落，鸿雁结伴南飞。
北风江上寒。	北风声声呼啸，行舟江上更增寒意。
我家襄水曲①，	我家在襄水的深曲处，
遥隔楚云端。	遥远遥远的楚天那一端。
乡泪客中尽，	思乡的眼泪在客游中早已流完。
孤帆天际看。	家人也在翘盼着天边归去的孤帆。
迷津欲有问②，	我想要寻问我的道路究竟在哪里，
平海夕漫漫。	黄昏中却只看见，平岸的江水浩漫无边。

注释

①襄水：在湖北襄阳西北。

②迷津句：津，渡口。问津，典出《论语·微子》，“长沮桀溺耦而耕。孔子过之，使子路问津焉。”

刘长卿

秋日登吴公台上寺远眺

寺即陈将吴明彻战场[①]

作者 刘长卿（约703—786），字文房，宣城（今属安徽）人，一说河间（今属河北）人。天宝进士。肃宗时任监察御史。因性格刚直，得罪权要，被贬往岭南，后再贬睦州。德宗时，任随州刺史。其诗以近体为主，尤工五言，自诩为“五言长城”，所作格律精严，气韵流畅，思致深婉。多写羁愁别情与悠远之趣。七律亦不乏佳篇。有《刘随州集》。

题解 刘长卿长于五言，有“五言长城”之称。这首诗描写诗人登上古台远眺，面对荒落凄凉的景物，吊古、伤秋、怀乡的种种愁思袭上心头，于是发出深长的慨叹，末二句化用王勃《滕王阁诗》“阁中帝子今何在，槛外长江空自流”句意。全诗句句扣紧题目，步步照应，语言清疏淡远。

古台摇落后，	草木摇落的时节，我登上吴公台。
秋入望乡心。	悲秋思乡的愁绪，一齐涌上心来。
野寺来人少，	荒野的古寺来人稀少，
云峰隔水深。	云山阻隔着深深的流水。

夕阳依旧垒，	夕阳依依欲下，傍着旧时的壁垒。
寒磬满空林。	空寂的树林，回荡着寒磬的声响。
惆怅南朝事，	南朝多少伟业已变为陈迹，吊古伤情我不觉满怀惆怅。
长江独自今。	至今依然日夜奔流的，唯有台外滔滔的长江。

注释 ①吴公台：在扬州城北，原为南朝宋沈庆之所筑工事，陈将吴明彻重修，故名。

刘长卿

送李中丞归汉阳别业

题解 诗人送别一位曾身经百战建立殊勋的老将，赞颂他当年忠勇轻生、净扫边尘的英雄气概和伟烈丰功，为他老迈而遭弃置的不公平的待遇，为他的穷愁潦倒，为他前途的渺茫，表示深深的同情和悲愤，隐约地谴责了统治者的冷酷无情。词情真挚诚恳，慷慨激烈。

流落征南将，	流落无依的征南将领，
曾驱十万师。	你曾经指挥过十万雄师。

罢归无旧业，	罢职归来后没有一点产业，
老去恋明时。	年纪老迈还留恋升平的盛世。
独立三边[①]静，	你曾经独对强虏、净扫边尘，
轻生一剑知。	只有你的佩剑知道你怎样忠勇、不惧生死。
茫茫江汉上，	在这茫茫的汉江之上，
日暮欲何之！	天色迟暮，你将去何处存身？

注释

①三边：泛指边疆。《后汉书·鲜卑传》："幽、并、凉三州缘边诸郡，岁被寇抄杀略。"

刘长卿

饯别王十一南游

题解

这首送别诗写得情深意挚、动人心弦。通篇叙别情，极有层次，从别时的凄伤想象别后的孤单、友人所到之地的春色，进而设想日后的相思，自己在苹洲伫望的情景，缠绵悱恻，愈转愈深。语言清丽，意境浑融。

望君烟水阔，	你登上行舟，我遥望着你，只见烟水迷离一片空阔。
挥手泪沾巾。	频频挥手同你告别，泪水沾湿了我的巾帕。
飞鸟没何处，	你像小鸟高飞，不知隐没在何方，
青山空向人。	只留下这无知无觉的青山和我相望。
长江一帆远，	你的船帆从浩渺的长江远去，
落日五湖[①]春。	去到落霞辉映的五湖，那里正春光明丽。
谁见汀洲上，	有谁知道我将长久地伫望，在这开满花的小洲，
相思愁白蘋[②]。	怀着相思的惆怅。

注释

①五湖：即太湖。

②白蘋：水中浮草。按，白蘋当作白薠（fán），一种秋草。《九歌·湘夫人》："登白兮骋望，与佳期兮夕张。""相思愁白"典出于此。

刘长卿

寻南溪常道士

题解 刘长卿多与方外之人交往，集中有许多寄赠和尚道士的篇章。这首诗写他寻访道士不遇，而在闲静的自然环境中，他领悟了清净的禅理，感到一种与道士神交、与大自然默契的愉悦。意境颇类王维诗。

一路经行处，	为寻找他，我一路走去，
莓苔见屐痕。	只见深深的莓苔印着木屐的痕迹。
白云依静渚，	白云低飞，依依地傍着寂静的洲渚，
芳草闭闲门。	他的门扉紧闭，门外芳草萋萋。
过雨看松色，	我信步闲行，欣赏雨后格外青翠的松树。
随山到水源。	循着山路走到了溪水的发源地。
溪花与禅意，	面对着溪边自开自落的花朵，我领悟了禅理，
相对亦忘言。	不再需要任何的言语。

刘长卿

新年作

题解 刘长卿生性刚直，不愿依附权贵。肃宗至德年间，他被大官僚吴仲孺诬害，下苏州狱，后贬潘州南巴（今广东茂名南）县尉，这首诗当作于此时。诗中抒写诗人在新年新岁时思乡心切的愁情，并以委婉的语言对自己坎坷的遭遇表示愤愤不平；凄凉的自然风物的描绘，渲染了诗人的索寞孤寂；篇末以贾谊自况，抒发心中极深的悲愤。全诗造语自然深婉，了无雕琢痕。

乡心新岁切，	我思乡的感情更加深切，当此新岁新年。
天畔独潸然。	独自在天涯伤怀，清泪洒落胸前。
老至居人下，	年纪老大还屈居人下，
春归在客先。	春光又依旧早早来到了人间。
岭猿同旦暮，	朝朝暮暮，只是山中的猿猴同我相伴。
江柳共风烟。	所见的唯有江上的柳树含烟。
已似长沙傅[①]，	我的命运就像当年的贾谊，
从今又几年？	不知厄运还要持续到何年？

注释 ①长沙傅：贾谊。贾谊二十岁时，汉文帝召以为博士，迁大中大夫。后遭谗毁，出为长沙王傅。年三十三，卒。

钱起

送僧归日本

作者 钱起，生卒年不详，字仲文，吴兴（今属浙江）人。曾任蓝田县尉、司勋员外郎、司封郎中、考功郎中。"大历十才子"之一，与刘长卿齐名，也与郎士元并称。其诗多五七言近体，擅长写景，精工秀丽，颇多佳句。有《钱考功集》。

题解 唐时与日本国际交往频繁，有许多日本人来中国学习或做官，唐人集中多有寄赠日本人的篇章。这首诗写送别日本僧人归国，写出海上行舟来去如梦似幻的情景，赞颂日本僧人精通佛法，连水月鱼龙都受到感化，极有韵味。诗中句句用佛家语，末二句叙送别之情仍以佛家语意含双关。

上国①随缘住，	你随缘来我中国，
来途若梦行。	在如梦的海波中一路行舟。
浮天沧海远，	而今你的法舟又离开尘世，
去世法舟②轻。	在流向天外的沧海上浮游。

水月通禅寂，	水中月影通晓寂灭的禅理，
鱼龙听梵声[3]。	鱼龙侧耳倾听你诵经的声音。
惟怜一灯影[4]，	我依恋地望着你，你就像照临众生的一盏青灯，
万里眼中明。	远行万里，还是感到一样的光明。

注释

①上国：对外域称中国为“上国”。随缘：佛家语，应机缘而动作，谓之随缘。

②法舟：佛家所乘船。

③梵声：诵经之声。佛经原以古梵文书写；高僧诵经，当用梵音。

④一灯影：佛家语。言佛法如灯，可照亮大千世界。《维摩诘经》：“譬一灯然百千灯，冥者皆明，明终不尽。”

钱起

谷口书斋寄杨补阙

题解

诗人盛情邀请一位朋友来作客，为他绘出一幅自家环境的图画，有远景，有近景，大到泉壑云霞，小到竹木花鸟，闲静幽美，令人神往。末二句写出扫径以待的殷切感情。全篇语言清丽，风格淡雅。

泉壑带茅茨，	清泉和幽谷映带着我的茅舍，
云霞生薜帷。	彩云缭绕着帷帐般的薜荔。
竹怜新雨后，	新雨过后，青竹更加苍翠欲滴，
山爱夕阳时。	夕照中的山景又多么绚烂美丽。
闲鹭栖常早，	悠闲的白鹭早早地栖息在沙洲，
秋花落更迟。	秋花开得长久迟迟地不会凋零。
家僮扫萝径，	家僮扫净了满是松萝的小径，
昨与故人期。	我已和故人相约，等待着他的来临。

韦应物

淮上喜会梁州故人①

题解　德宗建中四年（公元783年），韦应物从尚书比部员外郎出为滁州刺史，这首诗当作于任上。诗人淮上遇见同在江汉间客居的梁州故友，追忆当年的赏心乐事，如今重逢，旧情依旧，十年光阴却匆匆流逝，彼此的头发都已斑白，在重逢的喜悦中又带有几分感伤。末二句回答友人的话大有深意，与李白《山中问答》诗有异曲同工之妙，李白说：“问余何事栖碧山，笑而不答心自闲。桃花流水窅然去，别有天地非人间。”李白回答得繁详，而韦应物的答言简略，都表现出一种对官场的厌弃和对自由生活的向往，以及自甘淡泊的心境。

江汉曾为客，	你我曾一同客居在江汉，
相逢每醉还。	我们相聚畅谈，常常酣醉方还。
浮云一别后，	自从分手像浮云一样东西飘荡，
流水十年间。	十个春秋飞逝而去，就如流水一样。
欢笑情如旧，	今天我们依旧，像当年那样执手欢笑，
萧疏鬓已斑。	容颜却早已老去，两鬓白发萧萧。
何因不归去？	你问我为何至今还没有回还，
淮上有秋山。	我沉默不语，遥指着淮上的秋山。

注释 ①淮：淮河。梁州：今陕西汉中市。

韦应物

赋得暮雨送李曹

题解 这首诗抒写雨中送别友人的情景，全篇紧扣“暮雨”二字，“漠漠帆来重”四句，以疏淡有致的笔墨，绘出一幅动静相生、富有情味的江上烟雨图，表现诗人对自然景物细致的观察和精微的刻画，凄凉的景色很好地渲染了离情别绪，描景中笔笔写情。最后以散丝比别泪，仍归结到“雨”，即景取譬，真切而新奇，前后呼应，章法井然。

楚江微雨里，	楚江上落着绵绵细雨，
建业[①]暮钟时。	建业城又传来声声晚钟。
漠漠帆来重，	迷蒙中行舟高挂的船帆，雨湿后变得多么的沉重，
冥冥鸟去迟。	暮色里寻找归巢的小鸟，在雨中难以振翅迅飞。
海门[②]深不见，	海门望不见，遥远又遥远，
浦树远含滋。	江岸上远树含着浓重的烟水。
相送情无限，	我怀着无限惜别的感情为你送行，
沾襟比散丝[③]。	洒上衣襟的清泪，正像那绵绵雨丝，无尽无穷。

注释

①建业：今南京市。

②海门：县名，治所在今江苏海门区境内。

③散丝：指细雨。[晋]张协《杂诗》："腾云似涌烟，密雨如散丝。"

韩翃

酬程近秋夜即事见赠

作者 韩翃，生卒年不详，字君平，南阳（今河南沁阳附近）人。天宝进士。曾先后入侯希逸、李希烈等节度使幕。德宗称赏其《寒食》诗，亲选为中书舍人。“大历十才子”之一。其诗多为送行赠别、流连光景之作，语言精丽。有《韩君平集》。

题解 这首诗描写了秋天月夜清远疏淡的景色，意境开阔，同时写出时序更迭引起诗人心事未了的惆怅。末二句赞扬友人寄赠的诗章，感情真挚，不是一般的套语。

长簟迎风早[①]，	修长的竹枝早早迎接着秋风，
空城澹月华。	淡淡的月华洒满了空城，
星河秋一雁，	一只鸿雁向银河飞去，
砧杵夜千家。	寂静的夜里传来千家万户捣衣的砧声。
节候看应晚，	季节飞快地推移，转眼已秋冬，闲散里，
心期卧已赊。	我空怀着未曾了却的心意。
向来吟秀句，	我反复吟诵你秀美的诗句，

不觉已鸣鸦。　　不觉天色将晓，已听见早鸦乱啼。

注释

①簟（diàn）：竹名。《南越志》载，“博罗县东洲足簟竹。铭曰：‘簟竹既大，薄且空中。节长一丈，其长如松。’”

刘眘虚

阙题

作者

刘眘（shèn）虚，生卒年不详，江东人。八岁能文，召拜童子郎。开元进士。曾任洛阳尉、夏县令。仕宦不得意，年寿亦不永。孟浩然、王昌龄等有诗唱酬。其性颇高逸，不汲汲于荣利，多与僧道往还。诗风清幽淡远，为盛唐时重要诗人，可惜作品大多散佚，今仅存诗十余首。

题解

这首诗题目早已失落，盛唐人殷璠《河岳英灵集》辑录此诗时便没有题目，后人因以“阙题”名之。诗中描写了深山里一座别墅和周围的自然环境，由远及近，将人带到一个幽静美丽的所在，表现了诗中主人公闲雅的生活情趣和怡然自得的心情。

道由白云尽，　　那高峻的山路起自白云的尽头。

春与青溪长。	伴随它的是一道曲折的溪流。溪边有看不尽的花草，春光和青溪一样悠悠。
时有落花至，	花片不时从我的襟前飘落，
远随流水香。	溪水带着落花的芳香流向远方。
闲门向山路，	清寂的门户开向山路，
深柳读书堂。	重重杨柳掩隐着读书堂。
幽映每白日，	山林中白日里也是这样幽静，
清辉照衣裳。	太阳透过浓荫把光辉洒在我的衣裳。

戴叔伦

江乡故人偶集客舍

作者

戴叔伦（732—789），字幼公，一说字次公。润州金坛（今属江苏）人。贞元进士。曾任东阳县令，继入湖南、江西军幕。后任抚州刺史、容州刺史兼容管经略使。晚年上表自请为道士。其诗多写农村题材，即事命题，在一定程度上揭示了社会矛盾，亦有边塞之作。其抒情篇章往往婉转清丽。他主张诗应有余味远韵，对后来神韵派的理论有影响。有《戴叔伦集》。

题解 诗人于一个秋月之夜在他乡偶然与故人相逢，惊喜中疑为梦寐，于是殷勤挽留作长夜欢饮。末句写出无限留恋惜别的心意，语短情长。诗中对秋夜萧疏景物的描绘，烘托了旅况的凄清。

天秋月又满，	秋月又一度团圆，
城阙夜千重。	城中已夜色深沉。
还作江南会，	我们偶然在江南相遇，
翻疑梦里逢。	真怀疑彼此都是梦中之人。
风枝惊暗鹊，	晚风吹拂枝条,惊动了栖息的鹊鸟，
露草泣寒虫。	覆盖着啼泣的寒虫，是披满霜露的秋草。
羁旅长堪醉，	让我们长夜欢饮吧，驱散这羁旅的愁情，
相留畏晓钟。	我真怕响起晓钟，我们又将要各自西东。

卢纶

送李端

作者 卢纶（748—800），字允言，河中蒲（今山西永济）人。屡举进士，不第。宰相元载爱其诗文，荐补阌乡尉，入朝为集贤学士、秘书省正字、监察御史。元载被杀，牵连贬职。后任昭应令、河中元帅判官。终户部郎中。“大历十才子”之一。诗多送别酬答之作。边塞诗及写景诗时有佳篇。有《卢户部诗集》。

题解 卢纶、李端同属“大历十才子”。他们年轻时适逢安史之乱，都曾有过颠沛流离的生活经历。二人交谊很深，乱世中结成的友谊更觉宝贵。这首送别诗就表现了卢纶对李端身世的真挚同情和对他深厚的情谊；在离情别绪的抒写中又交织了伤时悯世的感慨。全篇用白描手法绘景抒情，语言自然，哀婉动人。

故关衰草遍，	故乡郊野到处是衰草枯黄，
离别正堪悲。	严冬时同你分别，内心更觉得悲伤。
路出寒云外，	你将走上那寒云之外遥远的路途，
人归暮雪时。	送走了你，归来时又正当雪飞日暮。
少孤为客早，	你早早在天涯飘零，少小孤苦。

多难识君迟。 遭逢这艰难时世，我同你相识只恨太迟。
掩泣空相向， 掩面哭泣着我徒然地将你遥望，
风尘何所期。 风尘扰扰，重会当在何方？

李益

喜见外弟又言别

作者 李益（748—829），字君虞，陇西姑臧（今甘肃武威）人。大历进士。任郑县尉，以久不升迁，弃官游燕、赵。后任幽州节度使幕从事、秘书少监、集贤学士、散骑常侍、太子宾客等。终礼部尚书。中唐边塞诗代表诗人，作品多被谱入管弦歌唱。尤工七绝，几可与王昌龄比美。五七律亦时有佳作。有《李益集》。

题解 这首诗以自然明畅的语言叙谈家常，抒写诗人在他乡意外地遇见久别的表弟时惊喜的心情。“问姓惊初见”两句生动感人，不事修饰自成佳句，得之于真实的生活感受。后四句写出二人共话沧桑的亲切情景和诗人惜别的意绪。

十年离乱后， 少小时同你分离，经过了十年战乱，

长大一相逢。	长大后在他乡意外地重逢。
问姓惊初见，	询问你姓氏的时候，我以为是结识了一位新朋友，
称名忆旧容。	你说出名字，我才又喜又惊，回忆起你旧日的面影。
别来沧海事，	我们畅叙别后的种种变故，
语罢暮天钟。	不觉谈到寺院传来了声声晚钟。
明日巴陵[1]道，	明天你就要走上远去巴陵的道路，
秋山又几重。	一重重秋山又要将我们遥遥相阻。

注释 ①巴陵:《旧唐书·地理志》载,“岳州，天宝元年改为巴陵郡。”治所在今湖南岳阳市。

司空曙

云阳馆与韩绅宿别[1]

作者 司空曙（720—790），字文明，一说字文初，广平（今河北）人。天宝进士。大历初任左拾遗，与钱起、卢纶等相唱和。后贬长林丞。贞元初以水部郎中入剑南节度使韦皋幕。官终虞部郎中。“大历十才子”之一。诗歌题材较单调，多酬赠之作，辞情清婉，时有佳句。有《司空文明诗集》。

题解

这首诗叙写诗人与故友久别重逢复又分离的情景。“乍见”两句本自杜甫《羌村》诗“夜阑更秉烛，相对如梦寐”翻出，情景自不相同。杜甫生逢战乱，与家人团聚，庆幸生还，悲喜交集；司空曙与故友重逢，“翻疑梦”，见出惊喜，“各问年”表示彼此疏隔时久，跟和家人会面的感情自有深浅之别。同是佳句，意境各妙。

故人江海别，	同你在江海一别之后，
几度隔山川。	多年来阻隔着千山万水。
乍见翻疑梦，	今天我们意外地相逢，反倒疑心这是在梦寐，
相悲各问年。	悲叹着长久的别离，我们询问各自的年岁。
孤灯寒照雨，	青荧的孤灯映照着夜雨凄寒，
深竹暗浮烟。	幽深的竹林飘浮着暗淡的云烟。
更有明朝恨，	明朝又将要分手，
离杯惜共传。	让我们一同饮酒，珍惜这短暂的会面。

注释

①云阳：今陕西省泾阳县西北。秦汉时云阳在今陕西淳化西北。

司空曙

喜见外弟卢纶见宿

题解 司空曙也是“大历十才子”之一，与卢纶既是诗友又是表亲。司空曙生性耿介，不愿干谒权贵，诗中写出他至老依旧一贫如洗的苦况。在沉沦和孤寂中，卢纶频来探望给以安慰，使他感到格外温暖，感激之情溢于言表。“雨中黄叶树，灯下白头人”一联为传诵的名句，义兼比兴，以眼前景物衬托、比拟诗人的自我形象，十分鲜明贴切，同时透露无限凄楚的意味。

静夜四无邻，	我孤独简陋的旧屋在荒凉的城郊，
荒居旧业贫。	没有一个人同我毗邻，黑夜是一片寂寥。
雨中黄叶树，	看，雨中秋树凋零，黄叶纷纷，
灯下白头人。	昏黄摇曳的青灯下，唯有我这白头人。
以我独沉久，	我长久地落寞沉沦，
愧君相见频。	烦劳你常来探望，无限殷勤。
平生自有分，	你我有着知交的情分，
况是霍家亲[①]。	何况是表亲，这情谊更深。

注释 ①霍家亲:《全唐诗》《唐诗别裁》均作“蔡家亲”，是。用蔡伯喈为袁曜卿姑表兄弟，蔡外孙羊祜将进爵士，乞以赐舅子蔡袭事。

司空曙

贼平后送人北归

题解 安史之乱起自玄宗天宝十四载（755），代宗广德元年（763）才结束，历时八九年。乱中诗人曾往南方避难，这首诗是乱平后送友人北归时作。“他乡生白发”可见时间之久、忧愁之深，诗人凭借想象描写了敌骑过后北方的残破山河，表现出深重的感慨和哀伤。

世乱同南去， 乱离中我们一同来到南边，
时清独北还。 时世清明你却要独自北还。
他乡生白发， 他乡流落生出白发无数。
旧国见青山。 你会看到旧国的青山依然如故。
晓月过残垒， 你要走过残破的壁垒，当那晓月荒寒。
繁星宿故关。 繁星照夜，你将住宿在故乡的山川。
寒禽与衰草， 一路上只有寒禽哀鸣，衰草连天，
处处伴愁颜。 处处伴着你愁惨的容颜。

刘禹锡

蜀先主庙

作者　刘禹锡（约772—842），字梦得，彭城（今江苏徐州）人。一说洛阳人。祖籍中山（今河北定县）。贞元进士，曾任监察御史。顺宗即位，任用王叔文改革弊政，刘参与其事，为重要成员之一。改革失败，被贬为朗州司马，九年后被召回京，因玄都观题诗触怒执政者，再贬为连州刺史。后历任和州、苏州、汝州、同州刺史。入朝为太子宾客，官终检校礼部尚书。其诗前期多与柳宗元、后期多与白居易唱和，风格独特，白居易以“诗豪”誉之。其诗内容丰富，含蓄精炼，政治讽喻诗、怀古诗均达到很高成就。其学习巴、楚民歌的小诗更是独具特色。有《刘梦得文集》《刘宾客文集》。

题解　这首诗是刘禹锡任夔州刺史时作，诗人怀着无比敬仰的心情凭吊夔州的先主庙，以高度概括的语言赞颂刘备一生的业绩。对于刘禅的昏庸亡国，表示了深深的谴责和极大的惋惜。诗人陈古在于刺今，唐代曾经有过贞观、开元之治的鼎盛时期，安史乱后却国运衰微江河日下，唐宪宗宠信宦官打击贤良，与刘禅颇有相似之处。这首诗寓有极深的教训意义，使事用典浑化无迹。

天地英雄气①，	先主的英雄气概充塞天地，
千秋尚凛然！	留下的庙堂千载后人们依旧肃然敬仰。
势分三足鼎②，	他曾三分天下势成鼎足，
业复五铢钱③。	力图复兴汉室的家邦。
得相能开国④，	求得贤相开创了蜀汉，
生儿不象贤⑤。	生下的儿郎却未能效法先王。
凄凉蜀故伎，	蜀国故伎在魏宫前歌舞，后主竟嬉笑无知一如往常。
来舞魏宫前⑥。	可叹家国沦丧，先主的身后多么凄凉！

注释

①英雄气：《蜀志·先主传》载，“曹公从容谓先主曰：‘今天下英雄，惟使君与操耳。’”

②势分句：魏、蜀、吴鼎足而立，三分天下。

③业复句：喻复兴汉室。《后汉书·公孙述传》：“汉末谣‘黄牛白腹，五铢当复。’”汉武帝元狩五年（前118）始铸五铢钱，民以为便。王莽摄政，废五铢。东汉光武立，复用五铢。汉末董卓等又废五铢。于是，五铢的用废成为汉室兴衰的象征。

④得相句：指以诸葛亮为丞相而渐成鼎足之势。《诸葛亮传》：“先主解之曰：‘孤之有孔明，犹鱼之有水也。’”

⑤生儿句：言蜀后主刘禅庸懦无能，不能继承刘备事业。象

贤:《仪礼·士冠礼》载,“继世以立诸侯,象贤也。”象贤谓像先贤。

⑥凄凉两句:据《蜀后帝记》,魏钟会、邓艾率十万兵入蜀,刘禅出降。魏封刘禅为安乐公。一日与宴,作蜀技,旁人皆为之感怆,而禅喜笑自若。司马昭谓贾充曰:“人之无情,乃至于是,虽使诸葛亮在,不能辅之”。蜀故伎:指原蜀国官中歌舞伎。

张籍

没蕃故人

作者 张籍(767—830),字文昌,原籍苏州,移居乌江(今属安徽)。贞元进士,曾官太常寺太祝、国子监助教、秘书郎、国子博士、水部员外郎、国子司业等。与白居易交好,白赞其“尤工乐府诗,举代少其伦”(《读张籍古乐府》),备极推尊。其诗多描写民生疾苦,富于现实意义,乐府与王建并称“张王乐府”。近体诗亦时有佳作。诗风于平直中见深婉,王安石称其“看似寻常最奇崛,成如容易却艰辛”(《题张司业诗》)。有《张司业集》。

题解 诗人哀悼一位在和吐蕃的战争中壮烈牺牲的故友。“无人收废帐”两句真切地描写了战地荒凉惨烈的景象,令人触目惊心。

诗人听到故人阵亡的消息悲痛万分，但在悲痛中仍存着侥幸于万一的心理，希望消息不确实，这种且惊且痛且疑的复杂心情，诗中表现得非常细致深刻。

前年戍月支[1]，	前年你征戍到边地，
城下没全师。	城池沦陷，覆没了全师。
蕃汉断消息，	蕃汉两地消息断绝，
死生长别离。	一生一死竟同你永久别离。
无人收废帐，	疆场上一片荒凉，废败的营帐无人处理，
归马识残旗。	逃归的战马还认得残破的军旗。
欲祭疑君在，	我想祭奠你的亡魂，却满心期望你依然无恙，
天涯哭此时。	不知你究竟是存是亡，我只能遥望天涯痛哭一场。

注释

①月支：一作月氏（zhī），西域古族名。原游牧于敦煌一带，汉文帝时，受匈奴攻击，西迁至今新疆伊犁河一带，又称“大月氏”。

白居易

草①

题解 相传这首诗是白居易十六岁时作。唐张固《幽闲鼓吹》载白居易到长安应试，携诗作往谒顾况，顾以他的名字开玩笑说："米价方贵，居亦弗易"，看白的诗作第一首《草》，即嗟赏曰："道得个语，居即易矣"，"因为之延誉，声名大振。"白居易以原上草喻别情，想象别致，情味隽永。"野火"两句传诵千古，不仅突出了野草顽强的生命力，也表现了对于新生事物的赞颂。

离离原上草，	原野上碧草多么茂盛，
一岁一枯荣。	岁岁年年，枯黄了复又苏生。
野火烧不尽，	无论野火烧得多么猛烈，它总烧不尽草根草茎。
春风吹又生。	当春风轻轻吹来，遍地又一度芳草青青。
远芳侵古道，	碧草满天涯，遥远的古道弥漫着香馨，
晴翠接荒城。	阳光下无边绿色连接到荒城。
又送王孙去，	我又一次送别我的友人，
萋萋满别情。	春草萋萋如满怀的离绪别情。

注释

①诗题《唐诗别裁》作《赋得古原草送别》。赋得：诗体名，多为应制、科举试帖诗作。

杜牧

旅宿

作者

杜牧（803—852），字牧之，京兆万年（今陕西西安市郊）人。出身于高门大族。祖父杜佑曾任宰相。大和二年（828）进士。曾任弘文馆校书郎，左补阙，司勋员外郎，黄州、池州、睦州、湖州等地刺史等职。官终中书舍人。诗、文、赋并擅。与李商隐齐名，人称“小李杜”。古体诗受杜甫、韩愈影响，笔力雄健。近体诗清丽俊逸。咏史抒情、写景小诗最富情韵。有《樊川文集》。

题解

这首诗抒写旅况的索寞凄凉和对家乡的深切思念。“远梦”两句极言乡关的迢远，表现满怀的幽愁暗恨，语经千锤百炼。末二句用清丽明快的色调绘出家乡的美好风光，似乎从乡愁中跳出，实则描写了可望而不可即的梦想，内涵的忧愁十分深长。

旅馆无良伴，　　旅馆里没有知心朋友，

凝情自悄然。	我独自静静地沉思凝神。
寒灯思旧事，	对着寒灯回忆往事，
断雁警愁眠。	孤雁的叫声惊醒了凄寂梦魂。
远梦归侵晓，	乡关道路迢远，梦魂拂晓时才得归去，
家书到隔年。	家人的书信要等来年方能寄到此地。
沧江好烟月，	沧江上月色含烟，风光是多么美好，
门系钓鱼船。	钓鱼船就系在我家门前。

许浑

秋日赴阙题潼关驿楼[1]

作者 许浑，生卒年不详，字用晦，一作仲晦，润州丹阳（今属江苏）人。大和进士。历官当涂、太平县令，监察御史，润州司马，虞部员外郎，睦州、郢州刺史等。晚年退居润州。其诗皆为近体，五、七律最多，当时颇为杜牧、韦庄等所称重，句法圆熟工稳，以登临怀古之作见长。有《丁卯集》。

题解 这首诗是许浑赴京途中所作，描写他登上驿楼纵目四望看到的壮丽景象，山长水阔，有声有色，极其雄浑苍莽。末二句写出诗人淡泊的胸襟，许浑少时苦学劳心，体弱多病，入仕后常思归隐，富贵功名的念头较淡，集中多有表现这种思想的篇章，不是矫情。本诗对仗工稳，音律精严。

红叶晚萧萧，	晚风中红叶萧萧，
长亭酒一瓢。	在长亭，我饮下别酒一瓢。
残云归太华②，	残云飞回了太华山岫，
疏雨过中条③。	疏雨越过中条。
树色随关迥，	看苍莽树色随着城关远去，
河声入海遥。	听黄河咆哮奔向迢遥的海域。
帝乡明日到，	帝都明天就能够到达，
犹自梦渔樵。	我还在梦想故乡渔樵的生涯。

注释

①阙：宫阙，此处指帝都。潼关：在今陕西。

②太华：西岳华山。

③中条：山脉名。一名雷首山、首阳山，在今山西省西南部。

许浑

早秋

题解

这首诗句句写景，字字切中“早”字，用清丽的画笔绘出一幅初秋的美景。

遥夜泛清瑟，	长夜里一片清凉，
西风生翠萝。	绿色萝叶间吹起了西风。
残萤栖玉露，	残萤栖息在露珠晶莹的草间，
早雁拂金河①。	雁群掠过初秋的星空。
高树晓还密，	晨光里高大的树木依旧是枝繁叶密，
远山晴更多。	晴空下重叠的远山更显得分外清晰。
淮南一叶下②，	当枝头飘落下黄叶一片，
自觉洞庭波③。	我料想洞庭湖波浪涌起。

注释

①金河：即银河。《礼记·月令》："立秋，盛德在金。"故称秋之银河为金河。

②淮南句：《淮南子·说山》载，"以小明大，见一叶落，而知岁之将暮。""一叶知秋"典源于《淮南子》此句。

③洞庭波：屈原《湘夫人》云，"嫋嫋兮秋风，洞庭波兮木叶下。"

李商隐

蝉

题解

这首诗托物寄情，前四句写寒蝉栖高饮露，悲鸣欲绝，自喻高洁和因高洁而清贫的困境，以及哀哀无告的心情。"五更"一联刻画出蝉声凄断的神韵，显示环境的极度冷酷，蝉哀鸣欲绝而树油然自绿，毫无所感，毫无所动，表现了诗人一种特别的感受，语言虽似冲淡，内含的悲愤之情却极其强烈深沉。后四句直抒诗人的身世感慨，仍归结到蝉，隐显分合，章法灵活多变。咏物之作要做到物与人（事）若即若离、不即不离、托意深远才是上品，这首诗正是达到了神与物游、物我合一的妙境。

本以高难饱，	本来栖身在高高的地方，餐风饮露自然是难以温饱，
徒劳恨费声。	一声声啼鸣诉苦，也只是枉自辛劳。
五更疏欲断，	五更天它鸣声渐渐稀疏，仿佛已力竭声嘶，若续若断，
一树碧无情。	它栖身的那棵树枝繁叶茂，依旧碧绿得令人心酸。
薄宦梗犹泛①，	我这小官吏桃梗般四方漂流，
故园芜已平。	旧居的田园却早已荒芜不堪。
烦君最相警，	多谢你用鸣声将我提醒，
我亦举家清。	我想起自己同样是一家清寒。

注释

①梗泛：言身不由己，漂泊无定。据《战国策·齐策三》载，苏秦（当为苏代）说孟尝君曰："今者臣来，过于淄上，有土偶人与桃梗相与语。……（土偶曰）今子，东国之桃梗也，

刻削子以为人，降雨下，淄水至，流子而去，则子漂漂者将何如耳！”《说苑·正谏篇》引此事，谓“子东园之桃也，刻子为梗，遇天大雨，水潦并至，必浮子泛泛乎不知所止。”李商隐诗本于此。

李商隐

风雨

题解 李商隐早年受知于牛僧孺党的令狐楚，登进士第后又娶了李德裕党人王茂元的女儿。牛李党争激烈，李党失势，令狐楚的儿子令狐绹长期执政，排抑李商隐，使他成了党争中的牺牲品。虽然他自己并不愿攀附牛李集团的任何一个，但他却始终不能施展才具，实现政治抱负，一生四处漂泊寄迹幕府，穷愁潦倒。这首诗就抒写他凄酸的生活境遇，哀词苦调，唱出他内心的悲愤不平，千载以下仍能引起人们对于这位天才诗人的深深同情。

凄凉宝剑篇[①]，	昔人写了《宝剑篇》，曾经青云直上，建立功名，
羁泊欲穷年。	我却只能写下凄凉的怀抱和心中的愁情。

黄叶仍风雨，	我年复一年羁旅天涯、漂泊无尽，一如枯萎的黄叶，更遭到风雨的欺凌。
青楼自管弦。	高楼上有人兀自欢乐，歌舞管弦喧闹不停。
新知遭薄俗，	新交的朋友被浅薄的世俗恶意诽谤，
旧好隔良缘。	旧日的知己又阻隔重重会合无方。
心断新丰酒②，	难以求得新丰的美酒把忧愁排遣，
消愁又几千。	不知酒价贵到每一斗需钱几千？

注释

①宝剑篇：初唐将领郭震（字元振）所作诗，一作《古剑篇》。诗结尾云："何言中路遭弃捐，零落漂沦古狱边。虽复尘埋无所用，犹能夜夜气冲天。"故谓"凄凉《宝剑篇》"。

②新丰酒：新丰，汉置县，故址在今陕西临潼东，产美酒。王维《少年行》："新丰美酒斗十千"。

李商隐

落花

题解

这首诗作于武宗会昌六年（846），李商隐闲居永乐（今陕西米脂西）期间。李商隐二十五岁时因令狐楚拔擢得中进士，他的婚姻却使他无形中站到了牛党的对立面，于是备受令狐绚的诽谤压抑，说他“诡薄无行”“放利偷合”。李商隐的处境极不如意，这首情深调苦的咏物诗，借着对落花命运的怜惜，抒写他自己的身世之慨，唱出一腔幽怨。

高阁客竟去，	高阁里的客人都已经散去，
小园花乱飞。	小园中的落花一阵阵乱飞。
参差连曲陌，	飞满曲曲折折的道路，
迢递送斜晖。	送走了落日斜斜的余晖。
肠断未忍扫，	由于怜惜，不忍将它们扫除，
眼穿仍欲归。	我久久凝望，春天仍难以留驻。
芳心向春尽，	如今只剩有片片花瓣沾人衣服，
所得是沾衣。	一春里它们却已献出了生命的全部。

李商隐

凉思

题解 这首诗以白描的手法抒写诗人在一个清凉的秋夜独自凝神怀远的情思。诗人羁留天涯郁郁不得志，遥念长安而欲归无计，便将一怀愁绪宣泄无遗。末二句叙述借占卜来解释梦境表达疑虑，十分细腻真切，揭示了渴望中的人们一种普遍的心理。

客去波平槛，	客人走后，池水涨平到栏杆，
蝉休露满枝。	蝉鸣声歇，清露挂满了枝头。
永怀当此节，	此刻我正在沉思凝想，
倚立自移时。	独自凭栏多时，满怀着忧愁。
北斗兼春远[1]，	长安远如天上的北斗，离开它已有多少个春秋。
南陵寓使迟。	我孤单地羁留在南陵，托人带去了书信，却一直也没有得到回音。
天涯占梦数，	我这样流落天涯，只好多次用占卜来解释梦境。
疑误有新知。	你是否结识了新的友人，竟然把旧日的知交忘情？

注释 ①北斗句：北斗，借指帝京长安；兼春，两年。

李商隐

北青萝[1]

题解 诗人在暮色中去寻访一位山中孤僧，他描写了萧疏的秋景和孤僧清幽恬静的生活情调，以及他自己由此领悟了无爱无憎的禅理。李商隐是一个执着地追求生活理想的人，悟道与他风马牛不相及，诗中表现的想法不过是一时的感慨，并不能代表他的基本思想。

残阳西入崦[2]，	一缕残阳从山后西沉，
茅屋访孤僧。	我去寻访住在茅屋的孤僧。
落叶人何在，	满山黄叶纷纷，不知人在哪里，
寒云路几层。	寒云缭绕的小路幽深而盘曲。
独敲初夜磬，	入夜后，我听到他击磬的声音，
闲倚一枝藤。	走到近前看见他斜倚着一枝青藤。
世界微尘里，	大千世界不过是微末的尘土，
吾宁爱与憎[3]。	我心中何必缠结着什么爱与憎。

注释

①青萝：指山。江淹《江上之山赋》："挂青萝兮万仞，竖丹石兮百重。"

②入崦：《山海经·西山经》载，"崦嵫之山"，《注》云"日没所入山也。"

③世界两句：佛教认为三千大千世界全在微尘之中，只有智人（佛）才能"破彼微尘"。《愣严经》说："人在世间，直微尘耳。何必拘于憎爱而苦此心也。"

温庭筠

送人东游

作者 温庭筠（约812—866），本名岐，字飞卿，太原祁（今山西祁县）人。屡试不第，由于他经常流连歌楼妓馆，行为放荡不羁，又生性傲岸，曾得罪宣宗与宰相令狐绹，以至终身落魄。只做过方城县尉、国子助教等小官。诗与李商隐齐名，并称“温李”，成就远不如李。在词史上则有特殊重要的地位，他多才艺，精音律，“能逐弦吹之音，为侧艳之词”，是文人词的开山之人，“花间词派”的鼻祖。其诗风格浓丽，辞藻繁密，音韵和谐。述怀、羁旅、吊古、酬赠之作均有佳篇。有《温飞卿集》。

题解 这首送别诗意境开阔，词情慷慨，诗人只是如实地罗列了渡头所见景物，却自然壮丽，自成高格。后四句叙别离依依情深，却并不哀伤。

荒戍落黄叶，	荒凉的古堡黄叶飞舞，
浩然离故关。	胸怀大志你浩然远离故乡。
高风汉阳渡，	汉阳渡口高风飒爽，
初日郢门山[①]。	郢门山映照着初升的太阳。
江上几人在，	江东不知道还有几个亲友，

天涯孤棹还。　　他们正在盼望你天际的归舟。
何当重相见，　　何时才能够再次相见，
樽酒慰离颜。　　同饮杯酒消释这别绪离愁。

注释　①郢门山：郢为故楚都，在今湖北江陵县，郢门山泛指江陵一带群山。

马戴

灞上秋居

作者　马戴，生卒年不详，字虞臣，华州（今陕西华阴市）人。会昌进士。曾入太原幕府，因直言贬龙阳尉。官终太学博士。他是贾岛、姚合的诗友，擅长五律，题材、风格较贾、姚二人丰富。《全唐诗》录其诗二卷。

题解　纪昀《瀛奎律髓刊误》说“晚唐诗人，马戴骨格独高”，这首诗虽然抒写羁旅他乡、旷日持久、进身无路的凄清境况，但丝毫也不带酸腐气，风格清远。

灞原风雨定，　　灞陵原上刚刚停息了苦雨凄风，
晚见雁行频。　　暮色苍茫中频频飞过南去的雁群。

落叶他乡树，	纷纷飘落的是他乡的木叶，
寒灯独夜人。	一盏寒灯伴着我孤独的身影。
空园白露滴。	空寞小园中白露在涓涓滴响，
孤壁野僧邻。	萧条的四壁只有僧侣相邻。
寄卧郊扉久，	长久地寄居在荒郊之外，
何年致此身？	何年何月才得以致身青云？

马戴

楚江怀古

题解 宣宗大中初年（847），马戴因直言，自太原幕府掌书记贬为龙阳县（今湖南汉寿）尉。当他于秋风摇落的季节，黄昏月上时泛舟在洞庭、湘江一带，凄迷的景物引发他怀古的幽情，写下这动人的篇章。清秀淡远，含思深婉。

露气寒光集，	霜露凝聚着沉沉的寒光，
微阳下楚丘。	楚山横一抹惨淡的夕阳。
猿啼洞庭树，	洞庭树丛中清猿在哀哀啼泣，
人在木兰舟[①]。	我乘坐木兰舟顺流飘荡。
广泽生明月，	广阔水面上升起了皎皎明月，

苍山夹乱流。　　莽莽苍山夹带着奔泻的江流。
云中君[2]不见，　威灵的云神我仰望不见，
竟夕自悲秋。　　追念着屈子终夜里独自悲秋。

注释　①木兰舟：木兰树所制之舟，此为船之美称。《述异记》："木兰川在浔阳，江中多木兰树，鲁般刻为舟。"

②云中君：云神。《九歌·云中君》："灵皇皇兮既降，猋远举兮云中。"

张乔

书边事

作者　张乔，生卒年不详，池州（今安徽贵池）人。咸通进士。黄巢起义后，隐居九华山。《全唐诗》录其诗两卷。

题解　安史乱后，河西陇古诸州为吐蕃攻占，宣宗大中初，张议潮乘吐蕃内乱，起兵占领沙州，又收复瓜、伊、西等十州地，以十一州地图入朝，宣宗任张议潮为归义军节度使。大中十一年（857），吐蕃将尚延心以河湟降唐，自此，西部边塞一度出现和平安定的局面。这首诗以欣喜的笔调生动地绘出西部边地和平生活的景象，体现了诗人渴望民族团结国家安定的美好愿望。俞陛云说"此诗高视阔步而出，一气直书，

而仍顿挫，亦高格之一也。”（《诗境浅说》）

调角断清秋，　　悠扬的角声占尽了清丽的秋光，
征人倚戍楼。　　守边的将士斜倚在望楼上。
春风对青冢①，　　昭君墓草色青青，如同有春风长伴，
白日落梁州②。　　边关的原野徐徐地落下一轮夕阳。
大漠无兵阻，　　浩瀚的大漠没有兵戈阻挡，
穷边有客游。　　辽远的绝域任游客来来往往。
蕃情似此水，　　但愿吐蕃的心意如此地江水，
长愿向南流。　　永远永远地流向南方。

注释

①青冢（zhǒng）：昭君墓。《归州图经》：“胡中草多白，王昭君冢草独青，号曰‘青冢’。”

②梁州：古梁州（九州之一）约当今陕、甘、宁一带。

崔涂

除夜有怀

作者

崔涂，生卒年不详，字礼山，可能是今浙江桐庐、建德一带人。光启进士。久客巴、蜀、湘、鄂、秦、陇等地，多羁愁

别怨之作。《全唐诗》录其诗一卷。

题解 诗人曾因避乱入巴蜀，此诗抒写他在除夜分外深重地感受到的羁旅之愁，“乱山”一联与马戴的“落叶他乡树，寒灯独夜人”同妙。五、六两句语出王维《宿郑州诗》“孤客亲僮仆”，但抒情更细腻亲切。

迢递三巴[①]路，	三巴的道路多么迢远，
羁危万里身。	我走在万里艰危的征程。
乱山残雪后，	乱山上残雪在黑夜里闪光，
孤烛异乡人。	一支烛火陪伴着我这异乡的人。
渐与骨肉远，	离开亲人们已越来越远，
转于僮仆亲。	和僮仆的感情分外加深。
那堪正飘泊，	哪堪漂泊在天涯，
明日岁华新。	又适逢明朝岁华更新。

注释 ①三巴：巴郡（今重庆市巴南区、忠县一带）、巴东（今重庆云阳县、奉节县一带）、巴西（今四川阆中市）合称“三巴”。亦泛指今四川和重庆一带。参阅李白《长干行》注⑤。

崔涂

孤雁

题解 崔涂生当乱世，长期在巴、蜀、湘、鄂、秦、陇等地漂泊，多羁愁离恨之作。这首诗借咏孤雁，表现诗人在战乱的年月四处漂流、孤凄忧危的心情，体物言情极其深微精细，不断为后人所赞赏、模仿。

几行归塞尽，	一行行鸿雁已飞往边地，
念尔独何之。	不知你独自要飞向哪里。
暮雨相呼失，	凄苦的暮雨中你呼唤着离散的友伴，
寒塘欲下迟。	想下到寒塘栖息，却惶惑迟疑良久盘桓。
渚云低暗度，	你穿过洲渚上低垂的夜云，
关月冷相随。	和你相随的只有关塞上那一弯冷月。
未必逢矰缴①，	行程中不一定遭到暗箭袭击，
孤飞自可疑。	但你孤独地飞翔不能不满心疑惧。

注释 ①矰缴（zēngzhuó）：系有丝绳用以射鸟的短箭。《淮南子》："雁衔芦而飞，以避矰缴。"

杜荀鹤

春宫怨

作者　杜荀鹤（846—904），字彦之，号九华山人，池州石埭（今安徽石台）人。出身寒微，屡试不第。后得朱温保荐，中进士。入梁，为翰林学士，主客员外郎。诗名早著，所作多为近体，继承张籍、白居易风格，并将张、白《新乐府》的题材赋入近体诗，多反映民生疾苦，语言通俗浅近。有《唐风集》。

题解　这首宫怨诗抒写一位美丽的宫人不能得宠的幽怨。李白《妾薄命》诗说："以色事他人，能得几时好！"谴责了统治者的用情不专，薄幸寡恩，此诗进一步说"承恩不在貌"，而在于狐媚之道等等，这是更加悲愤不平的呼喊。诗人借以写出自己痛切的感慨，他早有诗名，却科场失意，不能一展宏图，因为统治者并不真正看重贤才。这首诗细腻地刻画了宫人的心理活动，并以明媚的春光反衬她内心的凄寂，"风暖"一联，精警生动，极得时人赞誉。末二句描写宫人对家乡的怀念，深婉地表现了对宫廷生活的怨恨，也即表现了诗人自己对自由生活的向往，托意高远。

早被婵娟[①]误，　　从小就生得容颜娟丽，长成后耽误

	在深宫。
欲妆临镜慵。	我本要好好地梳妆打扮，对着明镜不由得意懒心慵。
承恩不在貌，	君王的爱宠并不在于美丑，
教妾若为容？	我费心妆饰又有何用？
风暖鸟声碎，	和煦的春风阵阵拂面，树丛中鸟语声碎，唧唧哝哝。
日高花影重。	丽日高挂在天，繁密的花枝下清影重重。
年年越溪女，	若耶溪的风光多么美好，
相忆采芙蓉[2]。	女伴年年回忆着我同她们共采芙蓉。

注释　①婵娟：姿容美好。
②芙蓉：荷花。《方舆览胜》："若耶溪，一名'越溪'，西施采莲于此。"

韦庄

章台夜思[1]

作者　韦庄（836—910），字端己，长安杜陵（今陕西西安南郊）

人。远祖韦待价为武后时宰相，四世祖是著名诗人韦应物。韦庄多次应举，因兵乱及他故未第，五十九岁始中进士，任校书郎。后出仕西蜀，为王建所倚重。唐亡，助王建称帝，任前蜀宰相。以诗词名世。有长诗《秦妇吟》，因被称作“秦妇吟秀才”。所作诗词多富画意，情景交炼，清新流畅。温庭筠并称“温韦”，开启文人词着重抒情之一派，风格清新疏淡，是“花间派”词人中成就较高者。有《浣花集》。

题解 在一个秋夜，清瑟、楚角凄凉的哀音引起诗人无限情思，他怀念长安，感伤时序，怨故人不可见、音书无由寄，种种忧愁纷至沓来，难以排遣。

清瑟怨遥夜，	凄凉的清瑟回荡在寂寂夜空，
绕弦风雨哀。	弦柱间仿佛缭绕着苦雨凄风。
孤灯闻楚角，	孤灯下又听到楚角声哀，
残月下章台。	遥想一弯残月正沉下章台。
芳草已云暮[2]，	芳草已到了生命的尽头，
故人殊未来。	依然看不见故人的踪影。
乡书不可寄，	秋雁又已经飞回南方，
秋雁又南回。	不能再为我给家人传信。

注释 ①章台：宫名。汉长安章台下街名，此处代指长安。

②芳草句：淮南小山《招隐士》云，“王孙游兮不归，春草生兮萋萋。”

僧皎然

寻陆鸿渐不遇

作者 僧皎然，生卒年不详，俗姓谢，字清昼，长城（今浙江吴兴）人。出家为僧，久居吴兴杼山妙喜寺。自称是谢灵运、谢朓后代。为唐代文名最著之僧人，韦应物是其诗友。著《诗式》五卷，为我国诗论的重要著作之一。擅长五言诗，多写山水游赏及幽居情怀。

题解 诗人寻访隐士陆羽不遇，而描写了他的生活环境和生活情趣，他的隐士风度也就昭然如见。俞陛平《诗境浅说》评道：“此诗之潇洒出尘，有在章句之外，非务为高调者。”

移家虽带郭，	你的新居虽然依傍着城郭，
野径入桑麻。	原野上的小路却深入桑麻。
近种篱边菊，	最近你曾在篱边种菊，
秋来未著花。	秋天来临还不见开花。
扣门无犬吠，	敲门听不到一声犬吠，

欲去问西家。　只好去询问你西边的邻家。
报道山中去，　他们说你去向山中，
归来每日斜。　归来往往是红日西斜。

七言律诗

崔颢

黄鹤楼[①]

作者 崔颢（700—754），汴州（今河南开封）人。开元进士。曾出使河东军幕。天宝中历任太仆寺卿、为司勋员外郎等。年轻时性格轻薄，诗风浮艳。从军后，诗风改变，边塞之作慷慨豪迈，格调昂扬。七律《黄鹤楼》诗最负盛名，传说曾使李白搁笔。间有民歌风的小诗，淳朴生动。有《崔颢诗集》。

题解 元辛文房《唐才子传》卷一曰："崔颢游武昌，登黄鹤楼，感慨赋诗。及李白来，曰：'眼前有景道不得，崔颢题诗在上头。'无作而去，为哲匠敛手云。"李白曾模仿这首诗作《鹦鹉洲》及《登金陵凤凰台》，严羽《沧浪诗话》甚至不无偏激地说："唐人七律诗"，当以此为"第一"。由此可见历代文人对它的推崇。这首诗织入神话传说，抒写由怀古人而不见的惆怅，转到对异乡风物思念故土的愁情，一气转折，舒卷自如，格调苍莽高远。

昔人已乘黄鹤去[②]，	往古的仙家已经乘黄鹤飞去，
此地空余黄鹤楼。	此地只留有寂寥无人的黄鹤楼。
黄鹤一去不复返，	黄鹤一去永远不再复返，
白云千载空悠悠。	天边白云，千百年总一样飘荡

	浮游。
晴川历历汉阳树，	晴明里隔江的汉阳树色，清晰得如同近在眼前，
芳草萋萋鹦鹉洲[3]。	远处的鹦鹉洲上，遥望中是一片芳草芊芊。
日暮乡关何处是？	日落黄昏，我的家乡何在？
烟波江上使人愁！	一川烟波更令人忧思难遣。

注释

①黄鹤楼：相传始建于三国吴黄武二年（223），历代屡毁屡建，址在今湖北武昌蛇山黄鹄（鹤）矶。

②昔人句：据《齐谐记》，仙人子安曾骑黄鹤过黄鹤山，楼因此而建。

③鹦鹉洲：在今湖北汉阳西南长江中，后汉末，黄祖为江夏（今武昌）太守，祖长子射，大会宾客，有人献鹦鹉，祢衡作《鹦鹉赋》，洲因以得名。

崔颢

行经华阴

题解

诗人以劲健的笔力写出华阴雄奇壮阔的景象，从突兀奇特鬼斧神工的山峰，写到宽广平展的要路通衢，一高一下，一险一夷，波澜起伏，气象万千。诗人本是赴长安求取功名，面对充满神话灵异色彩的群山，却忽然发出对于奔竞名利的哀悯，和对于学道求仙的向往，表现了诗人的矛盾心情。这首诗语言奇丽，风格峻峭。

岧峣太华俯咸京[①]，	高峻的太华山俯视着咸阳，那是古秦汉有名的京城。
天外三峰[②]削不成。	插入天外的莲花、玉女、明星三峰，笔直陡峭，斧斤也刻削不成。
武帝祠[③]前云欲散，	汉武帝的石灵祠前，满天的乌云快要散尽，
仙人掌[④]上雨初晴。	仙人分擘的华山和首阳山间，刚好是雨过天晴。
河山北枕秦关险，	华阴的地形这般险要，河山北面枕靠着函谷古关。
驿路西连汉畤[⑤]平。	西边连接汉武祭祀五帝的北畤，大路是一望平展。
借问路旁名利客，	借问热衷名利的行客，与其终日里奔波长途，
何如此地学长生？	何如在这神奇的华山上，学得

长生不老的仙术？

注释

①岧峣（tiáoyáo）：高峻。咸京：即咸阳。秦汉建都于此，故称。

②三峰：太华山石壁峭立，多奇峰，最著名者为莲花、玉女、明星三峰。

③武帝祠：华山名胜。据《华山志》，汉武帝游华山，立巨灵祠，人称“武帝祠”。

④仙人掌：仙掌崖。与日月岩、苍龙岭并为华山奇景。

⑤汉畤（zhì）：祭天地、五帝之所曰“畤”，汉武帝于岐州雍县南立畤，称“汉畤”或“雍畤”。

祖咏

望蓟门①

作者

祖咏，生卒年不详，洛阳人。开元十二年（724）进士及第，然长期未得官职。后虽入仕，又遭贬谪。终归隐汝水一带。与王维交谊甚笃，诗风亦近。多咏自然山水，清新洗练。偶有边塞之作。如七律《望蓟门》，风格雄浑壮美。《全唐诗》录其诗一卷。

题解 诗人遥望蓟门关外，被边地的雄壮景色和边火紧急的状况所惊，激起投笔请缨立功疆场的报国热情，写景极辽阔壮伟，抒情极豪健慷慨。方东树《昭昧詹言》说：前六句“写蓟门之险，而以首句一‘望’字包之，收托意，有澄清之志。岂是时范阳（安禄山）已有萌芽耶？”安禄山兼领三镇节度使，招兵买马做叛乱准备，在天宝末，祖咏恐未及见，方东树的猜想未足为据。盛唐时对外战争频繁，诗人多抒写从军报国的壮志，这首诗当系开元间为抵御北方的契丹势力而发。

燕台[②]一去客心惊，	来到燕台，我的心被眼前的景象震惊，
笳鼓喧喧汉将营。	汉家军营里传来吹笳击鼓雄壮的乐声。
万里寒光生积雪，	瞭望远方，积雪正连绵万里，天地间满是照眼的寒光。
三边曙色动危旌。	抬头凝视，在边关的曙色中，高悬的旗帜猎猎飘扬。
沙场烽火侵胡月，	沙场上燃起了熊熊烽火，胡地的月光遥遥相映。
海畔云山拥蓟城。	渤海之滨云雾缭绕的群山，簇拥环卫着蓟城。
少小虽非投笔吏[③]，	少年时我虽然比不上班超投笔

	从军，
论功还欲请长缨[4]。	如今也愿向朝廷请缨，在疆场建立功勋。

注释

①蓟（Jì）门：蓟门关。在今北京市西直门北。“蓟门烟树”为燕京八景之一。

②燕台：黄金台。燕昭王建台，置千金于台上，以招天下之士，故称。

③投笔吏：用班超投笔从戎典。《后汉书·班超传》载，“（超）家贫，常为官佣书以供养。久劳苦。尝辍业投笔叹曰：‘大丈夫无他志略，犹当效傅介子、张骞立功异域，以取封侯，安能久事笔砚间乎?’”

④请长缨：《汉书·终军传》载，“军自请愿受长缨，必羁南越王而致之阙下。”

崔曙

九日登望仙台呈刘明府[1]

作者

崔曙，生卒年不详，又名崔署，宋州（今河南商丘）人。开元末进士。曾任河内尉，后隐居嵩山。今存诗仅十五首，意境多悲凉。

题解 这首寄赠应酬的诗不落俗套，没有一句对州郡长官的阿谀之词，前六句描写诗人登上望仙台远眺所见，意境雄阔。诗中连续使用有关的古事和传说，就地取材，惬当有味。最后归结到古人仙翁皆不可寻，不如在重九与刘明府一起赏菊，陶然共醉，表现了诗人洒脱的襟怀。

汉文皇帝有高台，	汉文帝在西山筑起了望仙的高台，
此日登临曙色开。	此刻我来登临，朝阳正放出万道霞彩。
三晋[②]云山皆北向，	三晋的云山一齐朝向北面，
二陵风雨[③]自东来。	夏后、文王二陵的风雨都来自东边。
关门令尹[④]谁能识，	函谷关的令尹早已成仙，谁还能同他相见，
河上仙翁去不回。	河上仙翁也一去没有回还。
且欲近寻彭泽宰[⑤]，	神仙古事渺茫难访，不如就近去把刘明府探望，
陶然共醉菊花杯。	我将同他一道开怀畅饮，陶然共醉在菊花旁。

注释 ①望仙台：传为汉文帝所筑，遗址在今陕西鄠邑区西三十里。葛洪《神仙传》："河上公，汉文帝时结草庵河上。帝读《老

子》，有不解，遣问之。曰‘道尊德贵，非可遥问。’帝幸其庵，问曰：‘普天之下，莫非王臣。不能自屈，无乃高乎！’公即冉冉在空曰：‘余上不至天，中不至人，下不至地，何臣之有？’帝乃下车稽首，公授素书一卷。”河上公既授书而去，失所在。文帝于西山筑台望之，称“望仙台”。

②三晋：春秋末，韩、赵、魏三家分晋，称“三晋”，地当今山西、河北西部、河南北部。

③二陵风雨：《左传·僖公三十二年》载，“晋人御师必于殽。殽有二陵焉。其南陵，夏后皋之墓也；其北陵，文王之所避风雨也。”

④关门令尹：周小吏，名君喜，有《关尹子》九篇，隋时已佚，今传本为宋人所依托者。《汉书·艺文志》：“为关吏，老子过关，喜去吏而从之。”后人传尹喜得道成仙，故诗人与河上公并提。

⑤彭泽宰：本指陶渊明（陶曾为彭泽令），此处借指刘明府。

李颀

送魏万之京

题解 诗人送友人魏万上京，赠以诗篇，首二句点出离别时节，用倒装句法强调离别之情，以下代对方抒写客愁，遥想长安景色，层次分明，意兴超远，篇末语含劝勉，亲切有味。

朝闻游子唱离歌，	昨天夜里寒霜初降，
昨夜微霜初度河。	萧瑟的清晨你渡过黄河，
鸿雁不堪愁里听，	听鸿雁声声哀鸣，旅人心中的愁思更多。
云山况是客中过。	云山迷茫，前路正未可知晓，他乡游子对此倍觉伤神。
关城曙色催寒近，	关城的曙色一片凄寒，预示严冬快要来临，
御苑砧声向晚多。	御苑捣衣的砧声，黄昏时响彻京城。
莫是长安行乐处，	不要只把长安当作游乐的场所，
空令岁月易蹉跎。	白白消磨掉你宝贵的光阴。

李白

登金陵凤凰台①

题解 李白这首诗是摹仿崔颢《黄鹤楼》之作。李白离开长安后心系朝廷，始终希望能真正见用于世，但其时玄宗已日渐昏聩，在奸邪小人的包围之中。李白登上金陵凤凰台，吊古伤时，由六代繁华一去不复，进而想到大唐国运即将中衰，自己空怀壮志报国无门，于是悲不可遏，发出深长的慨叹。此诗虽系仿作，但因寓意深远，思想意义胜过崔诗，艺术上则各有千秋，同为神品。“三山”一联气势雄伟，造语奇俊，是不可多得的佳句。李白不喜作律诗，集中七律仅十二首，不合律者居多。这首诗虽仍有失粘处，但对仗工整，是他律诗中的第一等作品。

凤凰台上凤凰游，	凤凰来游曾飞集在凤凰台上，
凤去台空江自流。	如今凤去台空，六朝繁华也一去无踪，唯有浩渺的江水，终古是这样奔流向东。
吴宫[2]花草埋幽径，	野花杂草埋没的幽僻小径。原本是吴国的旧宫，
晋代衣冠[3]成古丘！	东晋一代风流人物，也早已长眠在荒丘古冢。
三山[4]半落青天外，	三山一半被云雾屏障在天外，
二水中分白鹭洲[5]。	江心白鹭洲把江水两两分开。
总为浮云能蔽日[6]，	奸邪包围着君王，如浮云总是把太阳遮盖，
长安不见使人愁！	长安望而不见，使我心中充满了凄哀。

注释 ①金陵：今南京。凤凰台：据《清一统志》王琢崖引《江南通志》："凤凰台在江宁府（今南京）城之西南隅，犹有陂陀，尚可登览。"凤凰台的修建和台址，说法不一，大体认为修建于南朝宋元嘉年间，因几只状如孔雀之大鸟飞集该地，而众鸟群聚，乃称该地为"凤凰里"，并筑"凤凰台"。

②吴宫：指三国吴所修太初、昭明二宫。

③晋代衣冠：南京为东晋首都，豪门权贵云集于此。衣冠，指权贵。

④三山：《寰宇记》载，"三山在（江宁）县西南五十七里……其山积石滨于大江，有三峰南北接，故曰三山。"

⑤白鹭洲：《寰宇记》载，"白鹭洲在（江宁）县西三里……在大江中，多聚白鹭，因名。"

⑥浮云蔽日：指奸臣当道。陆贾《新语·慎微篇》："邪臣之蔽贤，犹浮云之障日月也。"

高适

送李少府贬峡中王少府贬长沙

题解 高适的两位友人一贬四川，一贬长沙，诗人为他们送行，诗中标举贬谪之地的两处凄清风物，代友人抒写失意的愁思，同时表现离情别绪。末二句安慰之词则显得苍白无力，言不由衷，与前面所写的关切之情不协调。这首诗分合有序，章法谨严。

嗟君此别意何如，	这次相别你二人心境如何？我只有为此频频地嗟叹。
驻马衔杯问谪居。	下马共饮几杯别离的水酒，且来把谪居的忧愁驱散。
巫峡啼猿数行泪[①]，	那巫峡凄厉的猿啼，将会催客子泪下沾衣，
衡阳归雁几封书[②]，	衡阳北来的归雁，会带给我友人的信息。
青枫江[③]上秋帆远，	青枫江上的秋帆将多么遥远，
白帝城[④]边古木疏。	白帝城边正当古木萧疏，
圣代即今多雨露，	当今圣代，天子是何等恩深，
暂时分手莫踌躇。	我们仅只是暂时分手，请不必满腹踌躇。

注释

①巫峡句:《水经注·江水》载,“巴东三峡巫峡长，猿鸣三声泪沾裳。”参见杜甫《古柏行》注②。

②衡阳归雁：衡阳有回雁峰，雁至此而不再南飞。参见宋之问《题大庾岭》注③。

③青枫江：在今长沙市南。浏水至长沙南称“青浦”，亦名

“双枫浦”，即“青枫江”。

④白帝城：在今四川奉节县城东瞿塘峡口。传东汉公孙述至鱼复，见白气如龙出井中，固改鱼复为白帝。

岑参

和贾至舍人早朝大明宫之作①

题解 贾至作《早朝大明宫呈两省僚友》诗，王维、杜甫皆有和作。贾至的原诗描写宫禁的富丽堂皇，早期时的庄严肃穆，皇帝近臣如何共承龙恩，这首和作也无非是同样的内容，在篇末把贾至赞美一番表示自谦，虽然格调庄雅，词采秾丽，意义却不大。

鸡鸣紫陌曙光寒，	雄鸡啼唱，大路上洒满黎明的寒光。
莺啭皇州春色阑。	黄莺鸟鸣声婉啭，京城处处是一派暮春景象。
金阙晓钟开万户，	宫里的晓钟敲过，千门万户一齐开敞。
玉阶仙仗拥千官。	天子的仪仗排列在玉阶两边，环拥着百官进入朝堂。

花迎剑佩星初落，	殿前花色与佩剑的闪光交加辉映，天边的晨星才刚刚消隐。
柳拂旌旗露未干。	飘扬的旌旗轻拂着柳枝，枝头还沾带着夜来的清露。
独有凤凰池[2]上客，	凤凰池上你歌一曲阳春白雪，
阳春[3]一曲和皆难。	谁想唱和可真会知难却步。

注释

①舍人：官名。贾至曾任中书舍人。大明宫：唐宫苑。太宗贞观八年（634）置永安宫，九年（635）改名大明宫，以备太上皇避暑；高宗龙朔三年（663）扩建，号“蓬莱宫”。故址在今陕西长安县东。

②凤凰池：亦称“凤池”，禁苑中池沼。魏晋南北朝设中书省于禁苑，故称中书省为“凤凰池”。

③阳春：曲名。宋玉《对楚王问》：“客有歌于郢中者，其始曰《下里》《巴人》，国中属和者数千；…… 其为《阳春》《白雪》，国中属而和者不过数十人。”

王维

和贾至舍人早朝大明宫之作

题解

王维这首和作仍是描绘早期的庄严华贵，只是比贾至诗显得更加壮丽。如第二联描写了异邦万国来朝的盛况，显示出大唐帝国的堂皇气派，向称名句。

绛帻鸡人[①]报晓筹，	戴着红巾的卫士在宫门报晓，
尚衣方进翠云裘[②]。	尚衣局向天子进上绣着翠云的皮袍。
九天阊阖[③]开宫殿，	层层叠叠的宫殿如九重天门迤逦打开，
万国衣冠拜冕旒[④]。	异邦万国的使臣一齐向着皇帝跪见朝拜。
日色才临仙掌[⑤]动，	日色刚刚照临到殿堂，仪仗已排列成扇形屏障。
香烟欲傍衮龙[⑥]浮。	御炉中香烟袅袅，缭绕着天子的龙袍浮动飘忽。
朝罢须裁五色诏[⑦]，	早朝过后你要退到凤凰池上，
佩声归到凤池头。	用五色彩纸起草皇上的诏书。

注释

①鸡人：古报晓官。《周礼·春官·鸡人》："鸡人掌供鸡牲，辨其物。大祭祀，夜呼旦以叫百官。"汉制，宫中不得养鸡，未明三刻时，卫士著深红色头巾绛帻（jiàngzé），于朱雀门外传鸡声以警百官。

②尚衣：内府官署名。唐设尚衣局，掌供帝王服饰。翠云裘：绣以云纹的皮衣。极言衣饰之华贵。宋玉《讽赋》：“主人之女，翳承日之华，披翠云之裘。”

③九天，极言天之崇高广阔。古人认为天有九野、九重，此处借指帝宫。阊阖（chānghé），天门，此处指皇宫正门。

④冕旒（liú）：皇冠，代指皇帝。

⑤仙掌：形如手掌的扇屏。泛指皇帝的仪仗。

⑥衮（gǔn）龙：龙袍。天子之服。代指皇帝。

⑦五色诏:《事始》载，“石季龙（后赵石勒字世龙）诏书，用五色纸，衔于木凤口而颁行。”后遂称帝王，诏书为五色诏。(《事始》不著撰人，所引皆唐以前书，或为唐人辑录者。则“季龙”当为避太宗“世”字讳而改。)

王维

奉和圣制从蓬莱向兴庆阁道中留春雨中春望之作应制①

题解 这首诗是奉命为天子诗歌所作的和诗，明明是天子春游，却偏要说得冠冕堂皇，说什么天子出行不是为了赏玩景物而是为了视察农事，这种虚伪地颂圣的作品，尽管辞藻华美，珠圆玉润，实在还是乏味得很。

渭水自萦秦塞曲，	弯弯曲曲的渭水萦抱着秦塞，
黄山旧绕汉宫斜。	河边的黄山盘绕旧日的汉宫。
銮舆迥出千门柳，	天子的车驾行走在半空中，远远高出宫门的柳丛。
阁道回看上苑花。	从阁道上回身望去，御苑里繁花姹紫嫣红，
云里帝城双凤阙，	云雾弥漫，一切都显得缥缈，独有帝城的一双凤阙高耸突兀，
雨中春树万人家。	春雨绵绵，树色葱茏，掩映着千家万户。
为乘阳气行时令，	天子出行并不是为了赏玩景物，
不是宸游玩物华。	乘着阳气要把农事的政令传布。

注释

①应制：应皇帝之命所作诗文。“从蓬莱……春望”是皇帝（唐玄宗）所作诗题。

王维

积雨辋川庄作

题解

这是王维田园诗的一首代表作。诗中描绘了夏雨过后田园清幽美丽的风光，以及乡村生活的怡静安乐，诗人并将自己勘破世情的禅寂思想和幽雅闲淡的生活情趣融合其中。“漠漠水田”一联写景如绘，在迷离苍茫的背景上，画出色泽鲜丽、动静有致、声色俱佳的图景。这首诗尽管染上了佛家的禅寂色彩，却依然掩饰不住诗人对美好的自然风光和田园生活由衷的喜爱和赞叹，富有浓厚的生活气息。

积雨空林烟火迟，	空寂山林中阴雨连绵，山下的炊烟从潮湿处缓缓地上升。
蒸藜炊黍饷东菑[①]。	农家忙着蒸藜烧黍，好送给东边田头上耕作的人。
漠漠水田飞白鹭，	广漠空蒙布满积水的稻田，雪白的鹭鸶翩翩飞起。
阴阴夏木啭黄鹂。	夏天茂密深碧的树荫，金色的黄鹂婉转地唱着歌曲。
山中习静观朝槿[②]，	我在山中习养静寂的心性，对着朝开暮合的木槿。
松下清斋折露葵。	悟到了人生的短促，在幽静的松林我采摘露葵，好供给我清斋的菜蔬。
野老与人争席[③]罢，	我早就离开红尘，甘居乡里，如

	同山野之人。
海鸥何事更相疑④？	海鸥为何还对我疑猜，不敢飞过来同我相亲？

注释

①藜：草名。又名莱。初生可食。菑（zī）：初耕地。《尔雅·释地》："田一岁曰菑。"这里泛指田地。

②朝槿：植物名。又称木槿。其花朝开夕凋。陆元恪《毛诗疏》云，"舜，一名木槿，今朝生暮落者是也。五月始花。故《月令》：'仲夏木槿荣。'王僧孺《为何库部旧姬上山采蘼芜诗》曰'君心逐朝槿'。"

③争席：争座次。典出《庄子·寓言》，老子西游秦，阳子居（朱）南至沛相遇于梁，老子批评阳朱骄矜。阳朱蹙然变容曰："敬闻命矣！"其往也，舍者迎将其家，公执席，妻执巾栉，舍者避席，炀者避灶。其反也，舍者与之争席矣。《注》"去其夸矜故也。"言再反而为熟客，已去矜持，免俗套。

④海鸥句：海鸥何故仍加猜疑？用《列子》典。《黄帝篇》云，"海上之人有好沤（鸥）鸟者，每旦之海上从沤鸟游。沤鸟之至者百往而不止。其父曰：'吾闻沤鸟皆从汝游，汝取来，吾玩之。'明日之海上，沤鸟舞而不下也。"《注》云，"心动于内，形变于外，禽鸟犹觉，人理岂可诈哉！"

王维

赠郭给事[1]

题解 这是一首应酬之作，前四句颂扬郭给事为官的闲静，由此表现太平盛世的光景。后四句描绘了郭给事地位的显要，并无谀辞；同时写出诗人自己对当朝贵官完全没有趋附的意思，并且抒发厌倦仕途的心情。

洞门高阁霭余晖，	重叠的宫门高峻的殿阁，沐浴着夕阳的余晖。
桃李阴阴柳絮飞。	庭院中桃李茂密成荫，柳絮在随风翻飞。
禁里疏钟官舍晚，	皇宫里晚钟疏落，官舍中清幽闲静。
省中啼鸟吏人稀。	门下省吏人稀少，听得见小鸟啼鸣。
晨摇玉佩趋金殿，	早晨你恭敬地快步走上金殿，身边佩玉发出叮咚的和音。
夕奉天书拜琐闱[2]。	黄昏时你捧着天子的诏书，拜辞宫廷去下达圣命。
强欲从君无那[3]老，	本想要勉力随着你，无奈我年

纪已经老去。

将因卧病解朝衣。 我不如脱下朝衣去归隐，颐养我多病的身躯。

注释

①郭给事：郭承嘏，字复卿。给事，即给事中，是唐代门下省的要职，常在皇帝周围，掌宣达诏令，驳正政令之违失，地位显赫。

②琐闱：雕刻连环形图案的宫中门。代指宫廷。

③无那（nuó）：犹“无奈”。无可奈何。

杜甫

蜀相

题解

七律本是从应制诗发展来的，杜甫之前以及他同时代的诗人所写的七律，大多是颂圣、唱酬和留连光景之作，内容较单薄，艺术上也没有表现出诗人鲜明的创作个性。杜甫把七律的表现内容扩展到前所未有的深广程度，艺术造诣也达到极致。他不仅用七律来描写自然景物，用于赠答唱酬，而且以大量的篇章抒写忧国忧民的情怀，以及个人漂泊流离的身世之感。即便是一首普通的怀古诗，杜甫也织入极其丰厚的内容，这首《蜀相》就是典型的例子。诗人怀着崇敬的心情去瞻仰诸葛亮的祠堂，并对“斯人不见”发出深长的叹喟。“映阶碧草”一联，以春光的枉自明媚，反衬他怀古人不见的惆怅；“三顾”两句则以简练的语言综括了诸葛亮一生的业绩；末二句深深痛惜诸葛亮大业未竟而身归泉壤，而这种遗恨不独诸葛亮有，千古未能成就功业的英雄皆有，其中也寄寓了杜甫对于自身遭遇深沉的感叹。这首诗有着极强的艺术感染力，中唐时王叔文实行政治改革失败，吟此诗末二句，“欷歔泣下”，南北宋之交抗金名将宗泽多次上书请求偏安江左的高宗还都（开封），受到排抑，忧愤成疾，临终时也吟诵“出师未捷”二句，真是令千古英雄同声一哭。

丞相祠堂何处寻，	丞相祠堂到哪里去找寻？
锦官城[①]外柏森森。	锦官城外的翠柏早已葱郁成林。
映阶碧草自春色，	祠宇中只有空寂一片，芳草枉自带着春色绿映阶前，
隔叶黄鹂空好音。	黄鹂也不管人事的代谢，在密叶间鸣声婉转。
三顾频烦天下计[②]，	当年先主三顾茅庐，曾向你征询安邦定国的大计。
两朝开济老臣心[③]。	你匡佐两朝君主，开创蜀汉的基业，扶持艰危的社稷，尽了老臣报国的耿耿忠心。
出师未捷身先死[④]，	可叹平定中原的大业未竟，你

	先已死去，
长使英雄泪满襟！	使古今英雄无限感慨，泪湿衣襟。

注释

①锦官城：成都。锦官谓主持织锦之官，成都旧有大城、少城，少城江水濯锦特鲜明，文翁治蜀，设锦里于少城，遂称少城为“锦官城”。后人泛称成都。

②三顾句：诸葛亮《出师表》云，“先帝不以臣卑鄙，猥自枉屈，三顾臣于草庐之中，咨臣以当世之事，由是感激，遂许先帝以驱驰。”参见刘禹锡《蜀先主庙》注④。

③两朝：诸葛亮先后辅佐刘备、刘禅两朝。开济：创业济时。

④出师句：《蜀志·诸葛亮传》载，“建兴十二年（234）春，亮悉大众由斜谷出，以流马运，据武功五丈原，与司马宣王对于渭南。分兵屯田，为久驻之计，相持百余日。其年八月，亮疾病，卒于军。”

杜甫

客至

喜崔明府见过

题解

这首诗首二句描写居处的自然景色，暗含交游冷淡、与世疏隔的落寞之慨。三四句表示对客人亲切的欢迎，不带一点谦卑的意味。后四句以家贫不能款待客人为歉，并以呼取田舍的邻翁来对饮，显示与客人之间无拘无束的情谊。

舍南舍北皆春水，	我的家舍南北环绕着盈盈的春水，
但见群鸥日日来。	每天只看见鸥鸟一群群飞来。
花径不曾缘客扫，	我没有为了迎接客人去打扫满是花草的小径。
蓬门今始为君开。	一向关闭的柴门，今天才特意为你敞开。
盘飧市远无兼味[①]，	街市遥远，我不能奉上丰盛的美餐。
樽酒家贫只旧醅。	家境贫寒，招待你的只有这陈年的旧酿。
肯与邻翁相对饮，	假如并不嫌弃，请让我隔篱呼唤邻居的老丈，来和我们对饮，
隔篱呼取尽余杯。	一起喝光剩余的酒浆。

注释

①盘飧（sūn）：菜肴。熟食曰飧。兼味：多种味道。无兼味，言菜饭简单。

杜甫

野望

题解 此诗是杜甫公元761年于成都作，其时诗人已五十岁，壮志不酬且流落天涯，家人天各一方音信难通，中原一带安史之乱尚未平定，边境又不时受到吐蕃侵扰，诗人忧虑时局，悲哀难禁，又自伤老病，得不到报国机会，写下了这篇感慨遥深的诗章。“惟将迟暮”两句语意沉痛，表现了诗人极其动人的爱国心肠。

西山白雪三城戍[1]，	终年积雪的西山护卫着三城，
南浦清江万里桥[2]。	万里桥横跨城南清澈的锦江。
海内风尘诸弟隔，	海内到处是战争的烟尘，兄弟们分散在遥远的他乡。
天涯涕泪一身遥。	我孑然一身漂泊天涯，思念亲人禁不住涕泪滂滂。
惟将迟暮供多病，	可叹我已到迟暮的年纪，却总是疾病缠身。
未有涓埃答圣朝。	惭愧自己并没有一点点劳绩，来报答朝廷的圣明。
跨马出郊时极目，	骑马到郊野极目瞭望，

不堪人事日萧条。　　日益萧条的人事令我伤心。

注释

①西山：在成都西，一名雪岭。三城：《杜诗详注》引唐汝询《诗解》谓“即松、维、堡三城”。又引《唐书·地理志》《注》：“唐兴有羊灌、田朋、笮绳桥三城。”钱谦益《笺》“西山三城，界于吐蕃，为蜀边要害。”三城戍，即戍三城。

②万里桥：《清一统志》载，“万里桥在成都府中和门外。”杜甫草堂即在万里桥西。

杜甫

闻官军收河南河北

题解

这首诗于代宗广德元年（763）春天在梓州作。此年正月史朝义自缢，他的部将李怀仙斩史朝义首级来献，并以幽州降，延续八年之久的安史之乱总算结束。诗人听到这一消息欣喜若狂，写下这首神来之作。前人称此诗为杜甫生平“第一快诗”，八句诗动荡流走、一气旋折，把诗人出自肺腑的真实情感宣泄无遗。千载以下我们诵读此诗，仿佛仍能形象地看到诗人手舞足蹈、喜极狂歌的生动神态。

剑外忽传收蓟北，　　官军收复蓟北的消息，忽然传

	到剑门关。
初闻涕泪满衣裳。	我乍一听见又悲又喜，热泪洒满了衣衫。
却看妻子愁何在，	回头看妻儿的脸上，原先的愁云一扫而光。
漫卷诗书喜欲狂！	胡乱地收拾书卷，我高兴得几乎发狂。
白日放歌须纵酒，	趁着这晴朗的日子，我要痛饮美酒放声歌唱。
青春作伴好还乡。	我将和阳春做伴，返回我的故乡。
即从巴峡穿巫峡，	快快从巴峡穿过巫峡，
便下襄阳向洛阳！	走下襄阳便去向洛阳。

杜甫

登高

题解 这是杜诗最有名的篇章之一。前四句描绘了一幅风急天高猿啼鸟飞、木叶纷纷凋落、江水奔腾涌流的壮阔而萧瑟的秋景，这凄凉动荡、色彩黯淡的自然景象，也可看作是当时社会生活图画的反映。在这样的背景上，后四句又抒写了诗人对于世乱时艰、个人流落不偶、暮年多病、百忧结心不可开解的种种感慨。“万里悲秋”两句十四个字包含了八九层意思，语言极精炼而内容极丰厚，向为诗评家赞誉不绝。本诗八句皆对仗，由于内容的深刻，艺术上炉火纯青的造诣，一点也不使人感到雕琢、堆垛、板滞，反而感到仿佛是妙手偶得，自然天成。这首诗充分体现了杜诗沉郁顿挫的风格，深挚浑厚，既悲且壮，格律精严，音韵铿锵。明代胡应麟推此为古今七言律诗第一。

风急天高猿啸哀，	秋风凄紧中蓝天高远，哀猿啼啸，一声声透着悲凉。
渚清沙白鸟飞回。	洁净的小洲白沙闪闪，群鸟不住地回旋飞翔。
无边落木萧萧下，	一望无边的落叶萧萧而下，
不尽长江滚滚来。	奔腾不息的长江滚滚涌来。
万里悲秋常作客，	常是在万里外漂泊为客，何况悲秋的愁绪壅塞心怀。
百年多病独登台。	更兼暮年多病，此刻我独自登上高台。
艰难苦恨繁霜鬓。	时世艰难，可叹我繁霜满鬓，
潦倒新停浊酒杯[①]。	潦倒中又不能再亲近酒杯。

注释 ①潦倒句：时杜甫因患肺病而停酒。潦倒：衰颓不振。

杜甫

登楼

题解 此诗于公元764年在成都作。《新唐书·吐蕃传》载："（代宗）宝应元年（762），吐蕃破西山合水城，明年（763，即广德元年）入长安，立广武王承宏为帝，留十五天乃走，十二月，代宗由陕州还长安。继而吐蕃又陷松、维、保三州及云山新筑二城，西川节度使高适不能救，于是剑南西山诸州亦入于吐蕃。"当时的唐朝始终处于内忧外患十分严重的艰危情势下。杜甫登上高楼远眺，面对大好的春光、壮丽的河山，想到兵戈遍地、国家多难，又想到古今世事如同浮云变幻难测，于是悲从中来发为吟咏。他一方面忧念时局，一方面却依然对大唐国运充满信心，感情是极其复杂矛盾的。末二句借讥刺宠信宦官昏庸失国的刘禅影射代宗，并感叹当今缺少诸葛亮式的人物，而有"亮才"的诗人自己，在昏昧的朝政下，也并不能为国效力，只能登登楼、吟吟诗、发发慨叹而已。这首诗寄意深远，"气象雄浑，笼盖宇宙"（沈德潜《唐诗别裁》语），叶梦得《石林诗话》极赞"锦江天地"一联"气象雄浑"，认为后人难乎为继。

花近高楼伤客心，	万方多难的时候，我独自登上高楼。
万方多难此登临。	高楼的附近繁花似锦，反使我这异乡客子触目惊心。
锦江春色来天地，	锦江流水挟带的明丽春色，来自遥远的天涯地垠。
玉垒浮云变古今。	玉垒山的浮云飘忽起灭，正像古往今来多少事变幻无定。
北极朝廷终不改，	圣朝的气运永不会改变，一如北极星亘古熠耀中天。
西山寇盗莫相侵。	西山寇盗空怀着觊觎，想要侵扰也终归是徒然费心。
可怜后主还祠庙，	可叹后主刘禅昏庸误国，竟也有祠庙留存到今。
日暮聊为梁甫吟[1]。	暮色苍茫时我登临怀古，只好学隆中孔明将心爱的诗篇反复诵吟。

注释

①梁甫吟：乐府篇名。《三国志·诸葛亮传》：“亮躬耕陇亩，好为《梁甫吟》。”

杜甫

宿府

题解 这首诗是杜甫于公元764年为严武幕府参谋时所作。杜甫本有济世志，他曾“窃比稷与契”，希望能“致君尧舜上，再使风俗淳”，却因敢言而遭弃，漂泊四方。沦落为他人帐下幕僚本不是他所甘愿，一来是为了报答严武的知遇之恩，二来也是无可奈何，只能暂时以此寄身。这首诗抒写了幕府的凄清秋景，诗人孤身独宿，所见所闻满目满耳悲凉，于是他思绪万端长夜难眠。

清秋幕府井梧寒，	清冷秋风里幕府井畔，梧桐叶落，瑟瑟生寒。
独宿江城蜡炬残。	在这江城我独自留宿，看着孤单的蜡炬将近烧残。
永夜角声悲自语，	长夜里响起了号角声声，像是在自言自语诉说悲凉。
中天月色好谁看！	高空中月色虽好，可有谁与我一同观赏。
风尘荏苒音书断，	在战争的烟尘中岁月迁延，亲人们已经很久是音信杳然了。

关塞萧条行路难。	关塞到处是萧条一片，返回故乡的道路险阻遥远。
已忍伶俜[1]十年事，	已经忍受了十年的孤独，奔波飘荡，
强移栖息一枝安[2]。	寄身幕府如鷦鹩暂栖林间。

注释

①伶俜（píng）：孤单。

②强移句：用《庄子》典。《逍遥游》："鷦鹩巢于深林，不过一枝；偃鼠饮河，不过满腹。"

杜甫

阁夜

题解

此诗公元766年冬作于夔州西阁，这时诗人的好友郑虔、苏源明、李白、严武已先后死去，四川一带内有军阀连年混战，外有吐蕃时常侵扰。杜甫以老病之身仍在不断迁徙飘荡，他忧时伤乱，心情十分沉重。这首诗与《登高》一样，八句皆对，是杜甫七律的名篇，其中"五更鼓角"一联气势磅礴，悲中见壮，绘景伟丽生动；"野哭"一联写出那个动乱时代人民生活的悲剧和诗人流落天涯的特殊感受；末二句借古人贤愚同归一尽聊以自慰，感慨深沉。

岁暮阴阳催短景，	日月交互更换昼夜，催逼着岁暮短促的时光。
天涯霜雪霁寒宵。	这荒远的天涯霜雪初霁，浸透了寒意的夜那样漫长。
五更鼓角声悲壮，	破晓时传来了军中鼓角，声音是多么悲壮。
三峡星河影动摇。	夜空澄净，银河倒映在三峡江水，星光在急流中闪烁荡漾。
野哭几家①闻战伐？	千家万户一听到战争的消息，四野立刻就响彻号啕的痛哭。
夷歌②数处起渔樵！	渔夫和樵子山歌阵阵，在这里那里时时传出。
卧龙跃马③终黄土，	诸葛亮和公孙述皆一时英杰，最终都只留下一抔黄土。
人事音书漫寂寥！	我何必管它眼前的人事萧条，更不必介意远方的音书寂寥！

注释

①几家：他本作“千家”。

②夷歌：夔州一带古为少数民族杂居地区，故称当地民歌为“夷歌”。杜甫《咏怀古迹》：“三峡楼台淹日月，五溪衣服共云山。”“五溪”即指“五溪蛮”而言。

③卧龙：诸葛亮。《蜀志》："诸葛孔明，卧龙也。"跃马：指公孙述。公孙述曾称帝于蜀。左思《蜀都赋》："公孙跃马而称帝。"

杜甫

咏怀古迹五首

其一

题解 《咏怀古迹》是七律组诗，这种形式系杜甫独创。这一首以庾信比况，自伤漂泊。庾信曾遭侯景之叛，后又被迫留仕北朝，不能返回故国，杜甫遇安史之乱流落西南，不能返回长安，尽管二人时代不同，地位迥异，却都有迁播之愁，都有深切的故国之思、乡关之念，诗人不禁生出同病相怜之叹。末二句不仅对两个人的生活遭遇发生感慨，同时表现了诗人对于文艺创作的真知灼见——在饱历忧患之后，诗人作品的内容风格将变得更加深沉，艺术上也会取得更大成就。庾信的《哀江南赋》和杜甫中年以后的作品就是最好的证明。

支离东北风尘际，　　战乱初起我流离东北，
飘泊西南天地间。　　漂泊到西南，仍旧在天地间不

	停地转旋。
三峡楼台淹日月，	三峡楼台中我经年累月地迁延，
五溪衣服[①]共云山。	和彩衣的异族同居，共对着重重云山。
羯胡事主终无赖[②]，	胡虏对汉族向来是没有信义，
词客哀时且未还。	诗人哀时伤世，却不能返回家园。
庾信平生最萧瑟，	庾信平生的遭际最是凄婉，
暮年诗赋动江关[③]。	晚年他哀苦的诗赋震动了江关。

注释

①五溪衣服：《后汉书·南蛮传》载，“武陵五溪蛮，皆槃瓠之后。槃瓠，犬也。得高辛氏少女，生六男六女，织绩皮衣，好五色衣服。”《水经注》：“武陵有五溪，谓雄溪、樠溪、無溪、酉溪、辰溪。”

②无赖：奸诈，不讲信义。

③庾信两句：《北史·庾信传》载，“信在周虽位望通显，常有乡关之思，乃作《哀江南赋》。其辞曰：‘信年始二毛，即逢丧乱，狼狈流离，至于暮齿。燕歌远别，悲不自胜；楚老相逢，泣将何及！’又云：‘将军一去，大树飘零；壮士不还，寒风萧瑟。’”

其二

题解 高步瀛《唐宋诗举要》引蒋绍孟曰："此因宋玉有感于平生著述之情也。盖谓自古作者用意之深，非俗人所解，今思宋玉摇落之感，具有深悲，惜未得与同时一为倾写耳。乃云雨荒台，本为讽谏，而至今行舟指点，徒结念于神女襄王，玉之心将有不白于千秋异代者，公诗凡此者多矣。故特于宋玉三致意焉。"今是之。

摇落深知宋玉悲[①]，	宋玉用诗章咏叹草木的摇落，我深深感知他内心的伤悲。
风流儒雅亦吾师。	他文采风流格调儒雅，不愧是我敬慕的师辈。江山如昨，他的故居也依然存在，他超群的文藻被后人深深宝爱。
怅望千秋一洒泪，	怅望古迹我临风怀想，斯人不见令我泪洒胸怀。
萧条异代不同时。	我与他萧条身世这样相近，却没能生在同一的时代。
江山故宅[②]空文藻，	他辞赋里的云雨荒台难道是梦幻?
云雨荒台岂梦思[③]。	谁能理解其中讽喻的深涵。

最是楚宫俱泯灭， 最叫人感慨的是楚国早已泯灭，

舟人指点到今疑。 至今船夫们还在指指点点费尽疑猜。

注释 ①摇落句：宋玉《九辩》云，“悲哉，秋之为气也！萧瑟兮，草木摇落而变衰。憭慄兮，若在远行；登山临水兮，送将归。”

②故宅：世传宋玉故宅有多处，《舆地纪胜》载，“荆湖北路江陵府，宋玉宅即庾信所居。”又“归州（湖北秭归县）宋玉宅在州东五里”。杜诗当指此。又陆游《入蜀记》：“宋玉宅在秭归县之东，今为酒家，旧有石刻宋玉宅三字。”《清一统志》又有“江陵县城西五里”和“归州东二里相公岭上”二说。

③云雨句：宋玉有《高唐赋》序云，楚顷襄王游高唐，梦遇神女“去而辞曰：妾在巫山之阳，高丘之阴。旦为朝云，暮为行雨，朝朝暮暮，阳台之下。”因为之立庙，号曰“朝云”。

其三

题解 昭君出塞身死异国的悲剧是历代文人吟咏的题材，杜甫此诗独以深刻感人而警动千古。诗人把自己去国离乡的愁恨寄寓其中，加深了诗歌的内涵。首二句发端突兀，气势极盛，“谓山水逶迤，钟灵毓秀，始产一明妃，说得窈窕红颜，惊天动地”。（吴瞻泰《杜诗提要》）三四句述昭君遭遇，不发议论而

感慨无穷。后四句指斥君王昏聩，致使昭君遗恨千古，“篇末归重琵琶，尤其微旨所寄，若曰虽千载已上之胡曲，苟有知音者聆之，则怨恨分明若面论也。此自喻其寂寥千载之感也”（《唐宋诗举要》引吴汝纶语）。

群山万壑赴荆门，	群山万壑随同湍急的江流，一齐向东方奔赴荆门。
生长明妃尚有村[①]。	在山川灵秀所钟的地域，还可见昭君生长的小村。
一去紫台[②]连朔漠，	可叹她离别了汉宫，从此踏入辽远的荒漠。
独留青冢向黄昏。	只留下细草长青的孤坟，在黄昏苍茫中独对广袤的天幕。
画图省识春风面[③]，	依据画像来辨识美丑，那君王是多么糊涂。
环珮[④]空归月夜魂。	因而使昭君遗骨塞外，魂魄空自在月夜飞回故土。
千载琵琶作胡语，	千百年来琵琶弹奏着胡地曲调，
分明怨恨曲中论[⑤]！	昭君的幽怨分明从曲调中传出。

注释 ①生长句：传明妃（王昭君）家在湖北秭归县东四十里，后

人命其地为昭君村。

②紫台：即紫宫。紫宫本指天帝居所，借指帝王宫殿。江淹《恨赋》“明妃去时，仰天太息。紫台稍远，关山无极。”

③画图句:《西京杂记》载,“元帝后宫既多，不得常见，乃使画工图形，案图召幸之。诸宫人皆赂画工，多者十万，少者亦不减五万。独王嫱不肯，遂不得见。匈奴入朝，求美人为阏氏（匈奴后）。于是，上案图，以昭君行。及去，召见，貌为后宫第一。善应对，举止娴雅，帝悔之，而名籍已定。帝重信于外国，故不复更人。乃穷案其事，画工皆弃市，籍其家，资皆巨万。”

④环珮：代指昭君。

⑤分明句:《琴操》谓王昭君“心思不乐，心念乡土，乃作《怨旷思惟歌》”。郭茂倩《乐府诗集》亦谓“琴曲有《昭君怨》”。今均不传，当为伪托。[晋]石崇《王明君辞》序:“王明君者，本是王昭君。以触文帝讳，故改之。匈奴盛，请婚于汉。元帝以后宫良家子明君配焉。昔公主嫁乌孙，令琵琶马上作乐，以慰其道路之思。其送明君，亦必尔也。其造新曲，多哀怨之声，故叙之于纸云尔。”后之所谓昭君有词曲，当本此。

其四

题解 这首诗咏怀蜀先主刘备，兼怀诸葛亮，对先主和孔明君臣遗爱长留人间，充满无限的敬慕。

蜀主窥吴幸三峡，	蜀主进袭东吴来到了三峡，
崩年亦在永安宫[①]。	不幸兵败死在永安宫。
翠华想象空山里，	想当年翠旗在空山飘展，先主的行仗该多么威风！
玉殿虚无野寺中。	如今殿堂已荡然无存，变为寺庙留在这荒野山中。
古庙杉松巢水鹤，	古庙里杉松亭亭兀立，水鹤在上面筑巢栖息。
岁时伏腊走村翁。	村民们举行隆重的祭祀，向来是按照一定的节气。
武侯祠屋常邻近，	邻近的武侯祠堂，
一体君臣祭祀同。	和先主一同享受着香火供养。

注释

①蜀主两句:《三国志·蜀志·先主传》载,“章武元年(221)，先主忿孙权之袭关羽，将东征。秋七月，遂率诸师伐吴。二年(222)二月，先主自秭归率诸将进军，缘山截岭，于夷道猇亭驻营。夏六月，陆逊大破先主军于猇亭。先主还秭归，收合离散兵，遂弃船舫，由步道还鱼复。改鱼复县曰永安县。三年(223)春，丞相亮自成都到永安。夏四月癸巳，先主殂于永安宫。”永安宫为公孙述所建，在夔州西七里。

其五

题解　这首诗咏诸葛孔明，吴汝纶说：“公（指杜甫）生平意量，初不屑以文士自甘，常有经营六合之慨。每咏武侯辄怅触不能自已，此其素志然也。前幅尤壮伟非常，淋漓独绝，全篇（指一组五首）精神所注在此，故以为结束。”（《唐宋诗举要》引）杜甫一生仰慕诸葛亮，这首诗等于为他所作传论，对孔明的高才亮节尽情赞颂，对他大业未竟呕尽心血劳瘁而死，表示极大的惋惜。杜甫怀着“时危思报主”“济时敢杀身”的经国大志，却始终未能一展素抱，诗中伤孔明也即自伤。

诸葛大名垂宇宙，	诸葛亮的大名传播海内千载流芳。
宗臣遗像肃清高。	一代宗臣遗像至今还令人肃然起敬，可想见他当年的亮节高风。
三分割据纡筹策，	只因他多方筹划谋略，才实现三国鼎立的局面。
万古云霄一羽毛。	他犹如鸾凤高翔，独步在万古霄汉。
伯仲之间见伊吕[①]，	他可比古代贤相，有伊尹、吕尚的才能品格，
指挥若定失萧曹[②]。	从容镇定地指挥军事，使萧何、

	曹参会相形失色。
运移汉祚终难复，	汉朝的国运已转移衰颓，纵有英明的诸葛也难以挽回，
志决身歼军务劳。	繁忙的军务反令他积劳成疾，怀抱坚定的志向身死名垂。

注释

①伊吕：指辅商汤王的名臣伊尹和辅周武王的名臣吕尚。彭漾《与诸葛亮书》："足下乃当今伊吕。"

②萧曹：汉初名臣萧何、曹参。萧何佐刘邦建汉，论功第一，任丞相，封酂侯。曹参佐刘邦灭项羽，封平阳侯；惠帝时，继萧何为相。

刘长卿

江州重别薛六、柳八二员外

题解

刘长卿曾因得罪权贵被诬下狱，后遇赦，贬为潘州南巴（今广东茂名南）县尉，旋即量移睦州（浙江建德）司马，此诗当是他赴睦州途经江州（江西九江）时作。诗中抒写了他量移沿海之地悲喜交集的心情，以及自伤老大的感慨，隐含着对于所受打击的愤懑不平。末二句才叙到离情，对友人的殷切关怀表示由衷的感谢。

生涯岂料承优诏，	多年沦落的生涯，谁知竟得到天子的厚恩。
世事空知学醉歌。	世间万事我都已参破，只想学醉饮狂歌的古人。
江上月明胡雁过，	江上的月色分外清明，胡雁从夜空飞掠而过。
淮南木落楚山多。	秋风吹起，淮南已树木凋尽，楚地山头的落叶想必更多。
寄身且喜沧州近，	且喜暂时可以寄身的地方，在那沧海近旁。
顾影无如白发何。	对着明镜来回照影，萧萧白发徒然地令人心伤。
今日龙钟人共老，	如今你们同我都已经老去，都一样是这般老态龙钟。
愧君犹遣慎风波。	你们还叮嘱我要留意风波险恶，真叫我深深惭愧无限感动。

刘长卿

长沙过贾谊宅[1]

题解 这首诗是刘长卿被贬，途经长沙，凭吊贾谊故宅而作。诗人吊古所以伤今，叹人亦是叹己，情感极悲凉凄怆，对萧条冷落秋景的描绘，更渲染了这种情感。“汉文有道”两句深得讽喻之旨，用意显豁。贾谊生当史称有道的汉文时代，尚被谗遭贬，诗人在昏庸的代宗治下，迁谪当然更不新鲜。千载之前贾谊吊屈原而湘水无知，如今自己又吊贾谊，推而论之，千百年后或许会有知音来吊自己吧？但彼时也一样会是流水、冤魂两无知的。语意极其沉痛。末二句为无罪而逐的贾谊和诗人自己发出不平的呼喊。

三年谪宦此栖迟，	整整三年你滞留在谪居的长沙，
万古惟留楚客悲。	从古只留有你这楚地客子的悲伤。
秋草独寻人去后，	主人一去不返，我踏着萧瑟的秋草独自去寻找你留下的房舍，
寒林空见日斜时。	只看见黯淡的斜阳，把寒冷的树林照射。
汉文有道恩犹薄，	汉文帝是一位有道君王，对贾谊尚且是这样义薄恩轻，

湘水无情吊岂知！	日夜东流的湘水无情无觉，又怎能知道人们凭吊的心情。
寂寂江山摇落处，	在这草木摇落的处所，我面对沉寂的江山，
怜君何事到天涯！	心中满怀着对你的哀悯，你有什么罪过，竟被贬到这遥远的天边！

注释 ①贾谊宅：贾谊因受谗被贬为长沙王太傅（见刘长卿《新年作》注①），居长沙；故宅在长沙濯锦坊（据《清一统志》）。

刘长卿

自夏口至鹦鹉洲望岳阳寄元中丞[①]

题解 此诗与前首作于同一时期，诗中抒写沿途所见景色，融入离愁别绪及迁谪的忧愤心情，情调凄清哀婉。

汀洲无浪复无烟，	放船时汀洲上多么晴朗，没有风浪也没有烟霭迷离，

楚客相思益渺然。	我这楚地客子的相思，就像江流浩渺无际。
汉口夕阳斜渡鸟，	在汉口的夕阳中不时可见渡江的鸟雀侧身奋飞。
洞庭秋水远连天。	洞庭湖满涨的秋水，和远天连成蔚蓝一气。
孤城背岭寒吹角，	背山的孤城响彻号角，一声声透出凄寒。
独树临江夜泊船。	临江的那棵独树，黑夜里停泊着我的小船。
贾谊上书忧汉室，	贾谊上书只因他心忧国事，为了汉室的长治久安，
长沙谪去古今怜！	他不幸远谪长沙，古往今来令人深深地哀婉。

注释

①夏口：镇名。在汉水入江处。汉水自沔阳以下称夏水，故汉水长江汇合处称“夏口”。

钱起

赠阙下裴舍人

题解 这是一首干谒诗，前四句描写宫禁清丽的春景，实际上是恭维裴舍人官职的显要，手法隐微巧妙。后四句写出自己希求对方援引的心情，词情卑谦，透出庸俗气。

二月黄鹂飞上林，	早春二月的上林御苑，成群的黄鹂飞舞蹁跹。
春城紫禁晓阴阴。	清晨的紫禁城内，春阴斑驳投洒在树间。
长乐[①]钟声花外尽，	长乐宫的钟声飘浮半空，余音缓缓地在花外散落。
龙池柳色雨中深。	龙池的柳色一新，雨中更显得苍翠葱茏。
阳和不散穷途恨，	和煦的春阳，不能驱走我穷途落魄的愁情，
霄汉常悬捧日[②]心。	我仰望苍穹，依然怀着崇拜太阳的热忱。
献赋十年犹未遇，	我不断呈献诗赋，整整十年还

	没有得到恩遇。
羞将白发对华簪。	面对插戴华簪的人士，满头白发的我真羞惭无比。

注释

①长乐：官名。汉高祖五年（前202），改秦兴乐宫建。

②日：代称皇帝。捧日：魏程昱少时，常梦两手捧日。魏太祖深为感动，谓“终为我腹心”。见《魏书》。

韦应物

寄李儋元锡

题解

这首寄赠友人的诗以其内容的深刻，得到后人不绝的称赞，诗中抒写了韦应物忧时念乱的沉重心情，以及对友人深深的思念。“身多疾病”一联，是一位正直官吏的内心独白，表现了他回天乏力的自责和歉疚心情，范仲淹叹为“仁者之言”（胡震亨《唐音癸签》），黄常明《溪诗话》说：“余谓有官君子当切切作此语，彼有一意供租，专事土木，而视民如仇者，得无愧此诗乎?”方东树说：“朱文公（熹）盛称此诗五、六好，以唐人仕宦多夸美州宅风土，此独谓身多疾病，邑有流亡，贤矣。”（《瀛奎律髓》）

去年花里逢君别，	去年百花盛开的时节，我和你依依相别。
今日花开又一年。	今天鲜花重又怒放，我们分手倏忽已过了一年。
世事茫茫难自料，	世事渺茫，未来的命运难以预料，
春愁黯黯独成眠。	春光明媚，独眠的我心情黯然。
身多疾病思田里，	一身多病，我真想归隐田园，
邑有流亡愧俸钱。	州郡有流亡的百姓，又惭愧未能尽责却领着俸钱。
闻道欲来相问讯，	你早说要来看我，
西楼望月几回圆。	我在西楼盼望，月亮已几度缺了又圆。

韩翃

同题仙游观

题解 这首诗描绘了仙游观外高远开阔、观内清幽绝俗的景色，并切合游道观，表示对道家仙境的企慕。

仙台初见五城楼[①]，	我第一次来到仙游观，看见了

	黄帝的五城楼，
风物凄凄宿雨收。	正当宿雨初收风物凄凄的时候。
山色遥连秦树晚，	暮霭中的山色，和秦地的树影遥遥相连。
砧声近报汉宫秋。	四近捣衣的砧声，报道汉宫进入了秋天。
疏松影落空坛静，	疏落的青松投下纵横的树影，道坛上空寂宁静。
细草香生小洞幽。	细草散发出阵阵芳香，小洞府多么幽深。
何用别寻方外[2]去？	何必再寻求什么世外宝地，
人间亦自有丹丘[3]。	人间自有永远光明的仙境。

注释

①五城楼:《史记·武帝记》载,“方士有言，黄帝时为五城十二楼以候仙人。”

②方外：尘世以外。本出《庄子·大宗师》,“孔子曰：彼游方外者也，用丘游方之内者。”后引申指神仙所居之地。

③丹丘：仙境。《楚辞·远游》:“仍羽人于丹丘兮，留不死之旧乡。”

皇甫冉

春思

作者 皇甫冉（716—769），字茂政，祖籍安定（今甘肃泾川县北），曾祖时移居润州丹阳（今江苏丹阳）。天宝进士，授无锡尉。大历初，入河南节度使王缙幕为掌书记。官至左拾遗、右补阙。《全唐诗》录其诗二卷，评曰："天机独得，远出情外。"

题解 这是一首思妇诗，诗人以温柔缠绵的笔触，抒写少妇在大好春光中思念征人的深情。"楼上花枝笑独眠"一句，是笑中含泪的写法，看似痴语，实则是少妇内心痛切的呼声，她渴望家人团聚，渴望过和平安宁的生活，末二句更直接地表明了这种心愿。

莺啼燕语报新年，	黄莺啼唱，燕语呢喃，迎来了新的春天。
马邑龙堆[①]路几千？	马邑和龙堆，不知路程有几千里？
家住层城邻汉苑[②]，	家住京城，邻近汉宫林苑，
心随明月到胡天。	心却跟随着明月，去到了遥远的胡天。
机中锦字[③]论长恨，	机中织锦织成诗篇，字字诉说

	离别的愁怨。
楼上花枝笑独眠。	楼上照眼的花枝，嘲笑我夜夜独自孤眠。
为问元戎窦车骑④，	我要请问窦宪，那统兵的将领，
何时返旆勒燕然。	何时才能得胜，刻石纪功班师回京？

注释

①马邑、龙堆：泛指边地。《搜神记》："秦筑长城于武川塞，有马驰走其地，依以筑城，因名马邑。"故址在今山西朔县西北。《汉书·西域传》："楼兰国最在东陲，近汉，当白龙堆。"其地在今新疆天山南麓。

②层城：指京师。汉苑：指帝宫。

③机中锦字：《晋书·列女传·窦滔妻苏氏》载，"窦滔妻苏氏善属文。苻坚时（前秦），滔为秦州刺史，被徙流沙。苏氏思之，织锦为回文诗寄滔，循环宛转以读之，词甚凄切。"

④窦车骑：窦宪。汉和帝母兄，官居待中，后获罪畏诛，自请击匈奴，领兵出塞三千余里，大破匈奴，登燕然山，刻石纪功而还，拜大将军。宪曾赐车骑将军衔，故称。

卢纶

晚次鄂州

题解 这首诗原注曰:“至德(756—758)中作”,其时正在安史乱中,又逢永王之变,《通鉴·唐纪》载:“至德元载(756)十二月,永王璘镇江陵,薛璆等为之谋主,以为天下大乱,惟南方完富,宜据江陵,保有江表,如东晋故事;璘擅引兵东巡,沿江而下,江、淮大震。”在这样的时代背景下,诗人由武昌发船汉阳,心情极其悒郁,田园庐舍已在战乱中丧尽,无家可归,客行江上又听见阵阵鼙鼓,伤时忧世,愁绪绵绵。其中“估客昼眠”一联,写出了对生活细致真切的感受。整首诗转折有致,风格沉郁。

云开远见汉阳城,	满天的浓云已经散开,依稀看见远处的汉阳城,
犹是孤帆一日程。	这孤独的航帆,还要走一天的路程。
估客[①]昼眠知浪静,	商客们白昼睡得安稳,知道江上是风平浪静,
舟人夜语觉潮生。	半夜里听船夫讲话,感觉到潮水上升。

三湘愁鬓逢秋色，	早已愁白了双鬓，满目又逢三湘凄凉的秋色，
万里归心对月明。	故乡遥隔万里，一片归心空对着明月。
旧业已随征战尽，	旧时的田园庐舍，在战乱中丧失净尽，
更堪江上鼓鼙声！	哪堪更听见江上，传来阵阵鼙鼓的声音。

注释 ①估客：商人。

柳宗元

登柳州城楼寄漳、汀、封、连四州刺史①

题解 唐顺宗李诵（805）时，任用王叔文进行政治改革，柳宗元参与其事，由于旧势力极大，王叔文执政一百四十多天即告失败，并遭迫害，柳宗元等八人同被贬为远州司马，这就是有名的“八司马事件”。柳宗元被贬为永州（湖南零陵）司马。十年后，柳宗元等人被召至京师，当时执政中有人怜惜他们的才能想加以任用，但阻力太大，结果他们仍被分发到更加荒远的地区。柳宗元被贬作柳州刺史。他连连遭到统治者的打击迫害，好朋友又天各一方，非但不能见面，抑且音信难通，他的心情极其忧悒悲愤。当他登上柳州城楼，满目是萧瑟凄凉的异乡风物，他把离京去国、人事沧桑的深沉感慨，贬来荒域的抑郁情怀，对于挚友的真挚思念，一齐宣泄出来，词情凄恻，委婉动人。

城上高楼接大荒，	城楼上放眼四望，高楼连接着广阔的荒原，
海天愁思正茫茫。	我心中的愁思，像高天远海茫茫无边。
惊风乱飐芙蓉水，	急风骤然吹来，荷花随着翻滚的波涛乱晃，
密雨斜侵薜荔墙。	一阵阵密雨斜飞，浸透了覆盖着薜荔的城墙。
岭树重遮千里目，	重重叠叠的山岭和林树，遮住我遥望千里之外的知友的目光，
江流曲似九回肠。	江流纡曲盘绕，就如我九转不解的愁肠。
共来百越文身地[②]，	我们全都来到了百越，在这个断发文身的地方，

犹自音书滞一乡！　　哪堪音问难通，各自独处在一乡。

注释

①漳：漳州，在今福建省。当时刺史为韩泰。汀：汀州，今福建长汀。刺史韩晔。封：封州，今广东肇庆。刺史陈谦。连：连州，今广东连州市一带。刺史刘禹锡。

②百粤文身地：古长江中下游以南，为越族聚居之地，称百越或百粤，其俗断发文身（在身上刺花），故云。

刘禹锡

西塞山怀古①

题解

刘禹锡这首诗咏叹历史兴亡，诗人选取了西晋灭吴的典型事例，说明山川形势不足恃，“千寻铁锁”防敌犹如儿戏，决定历史盛衰兴亡的是人事，由此引出六朝亡国的深刻教训。刘禹锡生活的时代，藩镇割据势力很大，多次发生对抗朝廷的叛乱，这首诗寓含对那些割据势力的警告，内容深刻，语言流利自然而又简洁洗练。

王濬楼船下益州②，　　名将王濬率领着高大战船，从益州顺流而下，

金陵王气③黯然收。　　金陵的赫赫王气，瞬间就黯然

	收起。
千寻铁锁沉江底，	千丈铁锁被大火烧熔，也终于沉入了江底，
一片降幡出石头。	东吴的降旗，在石头城上高高举起。
人世几回伤往事？	人世经历了多少盛衰兴亡，面对古迹只令人无限感伤，
山形依旧枕寒流。	西塞山却是年年依旧枕靠着寒碧的长江。
从今四海为家[④]日，	如今幸运地遇到这样的时代，天下归于一统，
故垒萧萧芦荻秋。	江上的营垒早已变成荒凉的废墟，只有芦荻萧萧在秋风中摇动。

注释

①西塞山：在湖北大冶市东。三国吴主孙策击黄祖处。

②王濬句：据《晋书·王濬传》，晋武帝谋伐吴，益州（今成都平原一带）刺史王濬（jùn）造连体大船，方百二十步，可载两千人，上修城楼，可驰马往来，吴人于长江险要处以铁锁横截，又以丈余铁锥暗置江中，以迎晋舰。王濬乃作大筏数十，各方百步，缚草为人，披甲持杖，令善水者以筏先行，铁锥遇筏，尽著筏上。又作巨大火炬，灌以麻油，在船前融

铁索，铁索尽熔沉江底，船无所碍。吴帝孙浩终奉表投降。王濬进据石头城（石头城在今南京市石头山，为三国吴孙权以后都城）。二、三、四句均因此事而发。第四句“石头”即“石头城”。

③金陵王气：据《建康实录》，秦始皇东巡，望云气，云五百年后金陵将有天子出。因凿钟阜山，断金陵长陇，开秦淮河。

④四海为家：指天下一统。《荀子·议兵》：“四海之内若一家，通达之属莫不从服。”

元稹

遣悲怀（三首）

作者

元稹（779—831），字微之，别字威明，河南洛阳人。贞元九年（793）十五岁时明经及第，初仕河中府。后登书判拔萃科，授校书郎，后任左拾遗，迁监察御史。因与宦官及旧官僚斗争，遭贬。后继起任祠部郎中、翰林学士承旨等职。穆宗初拜相，时论极为不满。出为同州刺史。官终武昌军节度使。与白居易齐名，并称“元白”。因所作多谱曲，传入宫禁，宫中称之为“元才子”。作新乐府诗早于白，成就则远不如白。古今体艳诗及悼亡诗艺术造诣较高。有《元氏长庆集》。

其一

题解 《遣悲怀》共三首，是元稹悼念他的亡妻韦丛所作。韦丛是元稹的原配，字茂之，比元稹小四岁，元和四年（公元809年）卒，年仅二十七岁。第一首感叹韦丛嫁给自己后事事不顺遂，但她却能安于贫贱，并对诗人百般体贴。中间四句写得极生动感人，形象地表现了韦丛的美德。末二句感伤目前富贵而亡妻不能共享，则显露出庸俗气。

谢公最小偏怜女[1]，	她是谢公最小最受偏爱的女儿，
自嫁黔娄[2]百事乖。	嫁给了黔娄般的贫士百事都不顺遂。
顾我无衣搜荩箧[3]，	见我身上没有替换的衣衫，她到处搜寻翻箱倒柜。
泥[4]他沽酒拔金钗。	我款款地缠着她买酒，她就拔下头上的金钗将酒换回。
野蔬充膳甘长藿[5]，	用豆叶一类的野蔬充饥，她却吃得十分甘美。
落叶添薪仰古槐。	没有柴薪，她就靠古槐的落叶作炊。
今日俸钱过十万，	今天我的俸钱已超过十万，独

	自享受着荣华富贵，
与君营奠复营斋！	却只能常请僧道来超度亡妻，
	多献丰厚祭品聊表我一片情意。

注释

①谢公句：谢公指东晋宰相谢安。谢安侄女谢道韫聪敏多才，安最爱之。后嫁王凝之。此处元稹以谢道韫喻指亡妻韦丛。韦氏为太子少保韦夏卿小女，美而贤，故云。

②黔娄：春秋时齐国贫士，鲁恭公闻其贤，欲以为相，辞不受；齐王重礼聘之为卿，又不受，著《黔娄子》。此处元稹借以自指。

③荩箧（jìnqiè）：草制衣箱。

④泥（nì）：软语缠磨。

⑤藿（huò）：豆叶。长藿，连叶豆藤。

其二

题解

这首诗以琐碎家常的叙述，抒写对亡妻深切的哀悼之情，真挚感人。“贫贱夫妻百事哀”是流传千古的名句。

昔日戏言身后意，	往昔我们戏言过身后的事情，
今朝都到眼前来。	今天都一一来到了眼前。

衣裳已施行看尽，	她穿过的衣裳施舍给别人，早已没剩下几件。
针线犹存未忍开。	她留下的针线，我封存起来不忍看见。
尚想旧情怜婢仆，	想着我们旧日的情意，对婢仆也格外爱怜。
也曾因梦送钱财。	感慨她跟我受尽贫苦，梦中我为她送去钱财。
诚知此恨人人有，	我知道夫妻永诀，人人都一样地伤怀。
贫贱夫妻百事哀！	像我们这样的贫贱夫妻，百样事便能有百种悲哀。

其三

题解 这首诗仍是抒写哀悼之情，词意明白恳挚，末二句表现对妻子的无限深情，恻恻动人。清蘅塘退士说："古今悼亡诗充栋，终无能出此三首范围者，勿以浅近忽之。"这种评论大体公允。

闲坐悲君亦自悲，	我独自闲坐愁思万端，悲叹她困顿的平生和我孤凄的目前；

百年多是几多时。	人寿有限，一生能有多少时间！
邓攸无子[①]寻知命，	行善的邓攸没有儿子，想来想去知道是命中注定。
潘岳悼亡[②]犹费词。	潘岳写下哀切动人的悼亡诗篇，可惜死者并不能知情。
同穴窅冥[③]何所望，	夫妇同穴的愿望是多么渺茫，要实现已没有什么希望；
他生缘会更难期。	若打算结缘于来世，更加是虚幻的梦想。
唯将终夜长开眼，	我只有终夜睁着双眼，苦苦地把她思念；
报答平生未展眉。	这样来报答她的厚恩，补偿她生前愁眉未展的遗憾。

注释

①邓攸无子：据《晋书·邓攸传》，河东太守邓攸（字伯道），永嘉末，被虏于石勒。后携妻、子而逃，遇贼，为救侄而弃子，后竟终身无子。时人哀之，谓“天道无知，使伯道无儿”。元稹慨叹与韦氏婚后无子，故用此典。

②潘岳悼亡：西晋诗人潘岳，字安仁，荥阳中牟（今河南中牟县）人，幼聪慧，辞藻清丽。潘岳有悼亡诗三首，情意凄切。元稹借以自比。

③同穴：夫妻合葬。《诗·王风·大车》："谷则异室，死则同穴。"窅（yǎo）冥：深暗状。

白居易

自河南经乱，关内阻饥，兄弟离散，各在一处。因望月有感，聊书所怀，寄上浮梁大兄、于潜七兄、乌江十五兄，兼示符离及下邽弟妹①

题解 白居易生在一个四方多难的时代，他的故家在下邽（陕西渭南），祖父又徙居河南新郑，他十二三岁时，淮西节度使朱泚、李希烈兴兵作战，他避乱越中，到处漂泊。德宗贞元末期，河南一带节度使相继叛乱，兵连祸结，又由于漕运受阻，关内连遭荒旱，饥馑十分严重。诗人伤时念乱，思亲思乡，写下此诗，纯用白描手法直抒胸臆，真挚感人。

时难年荒世业空，	世乱时艰，更遇上荒年，祖传的家业荡然一空。
弟兄羁旅各西东。	兄弟姐妹离乡背井，天涯漂泊各自西东。

田园寥落干戈后，	征战过后，故家的田园一片荒芜。
骨肉流离道路中！	骨肉流离失所，仓皇奔走在长途。
吊影分为千里雁，	只有形和影相依为伴，就像分飞千里的孤雁；
辞根散作九秋蓬。	又如同断根的蓬草，凄凉秋风中不住地飘转。
共看明月应垂泪，	此刻大家仰望团圆的明月，想是和我一样地落泪伤心；
一夜乡心五处同！	今夜分散在五处的亲人，相同的只有那思乡的深情。

注释 ①关内：函谷关西，西安一带称关内。浮梁：今江西浮梁县。于潜：今已并入浙江临安区。乌江：今安徽和县。符离：今安徽宿州符离集。下邽（guī）：今陕西渭南市。

李商隐

锦瑟

题解 此诗以锦瑟起兴，故以开头两字为题，非咏锦瑟之作。这首诗词采富丽、用典特多，词意晦涩难明，自宋以来众说纷纭，或说锦瑟是令狐楚婢女名，或说咏锦瑟之曲，或说是悼亡，或说是自序自伤之词，以最后一种说法较为接近。通篇追忆往事，从各个不同的角度反复抒写理想破灭、壮志成虚的无限感慨和遗恨，以迷茫的景物象征诗人无限迷茫的心境。

锦瑟无端五十弦①，	锦瑟无端有五十根弦，
一弦一柱②思华年。	音调哀怨如同对往昔深怀思念。
庄生晓梦迷蝴蝶③，	庄周在拂晓曾经梦见自己化身为翩翩蝴蝶，
望帝春心托杜鹃④。	古蜀帝思乡的心意托付给声声啼归的杜鹃。
沧海月明珠有泪⑤，	月明之夜，海上美人鱼眼泪滴落竟变成珍珠，
蓝田日暖玉生烟⑥。	艳阳天，蓝田的美玉更加晶莹，仿佛会燃炽生烟。
此情可待成追忆，	这情景至今也还能追忆，
只是当时已惘然。	当时却只是一片惘然。

注释

①锦瑟句：锦瑟，绘以锦纹之瑟。瑟为琴类拨弦乐器。古瑟弦数不定，有二十三弦或二十五弦（《文献通考》《周礼乐器图》）、三十五弦（《史记》）、四十五弦（《风俗通》）、

五十弦（《通典》《三才会图》）等说法。通常据《汉书·郊祀志》："秦帝使素女鼓五十弦瑟，悲，帝禁不止，故破其瑟为二十五弦。"（《通典》引《世本》作"黄帝使素女鼓瑟，哀不自胜，乃破为二十五弦。"）说法。无端：无缘无故。

②一弦一柱：犹言一音一阶。柱，枕弦木。

③庄生句：《庄子·齐物论》云，"昔者庄周梦为蝴蝶，栩栩然蝴蝶也。…… 俄然觉，则蘧蘧然周也。"后多以之喻生命、命运之变幻无常。

④望帝句：《十三州志》载，"独杜宇称帝于蜀"，号曰望帝，"使鳖冷凿巫山治水，有功。望帝自以德薄，乃委国禅鳖冷，号曰开明，遂自亡去，化为子规（即杜鹃，又名杜宇）。"

⑤沧海句：《博物志》载，"南海外有鲛人，水居如鱼，不废绩织，其眼泣则能出珠。"《文选注》："月满则珠全，月亏则珠阙。"

⑥蓝田句：蓝田在陕西长安区东南三十里，其山产美玉，传日照则玉气上腾。

李商隐

无题

题解 无题诗是李商隐所独创。他写了不少以"无题"名之的诗篇，一部分有政治寓意，相当多的部分并没有什么寄托，而只是抒写爱情。李商隐在政治上不如意，爱情生活上也有许多难言之隐。他所爱恋的人是不能结合的（有人说是女道士，有人说是令狐楚家的姬妾），由于这爱情有种种束缚，重重阻隔，因而诗人对它的渴望与追求就更加执着、更加痴狂，同时也常常伴随着深沉的痛苦。这首诗就抒写了诗人在这种秘密的爱情生活中所体验的种种甜蜜而又痛苦的感情。前四句回忆昨夜幽会的欢悦，"身无彩凤"一联是咏赞爱情的千古名句，揭示出心灵的感应、精神的相通，是两人相爱最为重要的因素，这是一种对于爱情高层次的深刻认识，诗句中使用的比喻巧妙而恰切。五六句抒写了诗人和他心爱的人在夜宴上的集体游戏中，暗暗传递感情的快乐。末二句在依依惜别的感情中寄寓了对于身世飘蓬的感慨。

昨夜星辰昨夜风，	昨夜的星光是多么明亮，昨夜的春风是多么温馨；
画楼西畔桂堂东。	在画楼西边桂堂的东面，曾经有过难忘的瞬间。
身无彩凤双飞翼，	身上没有彩凤的翅膀，不能比翼飞向晴空，
心有灵犀一点通[①]。	两颗心却像灵异的犀角，有一线永远相通。
隔座送钩[②]春酒暖，	隔着座位传送弯钩，春酒格外

	温暖，
分曹射覆[3]蜡灯红。	分组做猜谜的游戏，筵会上灯烛灿然。
嗟余听鼓[4]应官去，	可叹这晨鼓催人，我就要前去应差，
走马兰台[5]类转蓬。	犹如随风飘转的飞蓬，奔走在官府兰台。

注释

①灵犀一点通:《南州异物志》载,“犀有神异，表灵以角。”《抱朴子·登涉》:“通天犀角，有白理如线。”其线贯通犀角两端，即所谓“一点通”。

②送钩：据周处《风土纪》等，古有藏钩之戏，分人为两组，藏钩于手中暗相转递，而令对方猜测钩在谁手，不中者罚酒。传说始于汉武帝，钩弋夫人少时手拳，帝披其手得一玉钩，因为藏钩之戏。见《汉武故事》。

③射覆:《汉书·东方朔传》载,“上尝使诸数家射覆，置守宫盂下；射之，皆不能中。朔自赞曰：‘臣尝受易，请射之。’”《注》:“数家，术数之家也。于覆器之下置诸物，令暗射之，故云射覆。”有如今之猜物游戏。

④听鼓:《唐书·百官志》载,“宫门局，宫门郎二人，掌宫门管龠。凡夜漏尽，击漏鼓而开”，诸官闻漏鼓而上朝。

⑤兰台：汉代宫内藏书处。唐高宗改秘书省为兰台，李商隐曾任秘书省校书郎。

李商隐

隋宫[①]

题解 隋炀帝是历史上最突出的荒淫昏暴的皇帝，他在位十四年，留居京师不足一年，绝大部分时间出外巡游，变尽花样玩要取乐。这首诗讽刺炀帝穷奢极欲，昏顽不化，以至国灭身死，为天下笑。诗人所以刺古在于讽今，希望当朝统治者以古为鉴，吸取历史教训。此类篇章虽系咏古，现实意义是很强的。何焯《义门读书记》评此诗:“无句不佳，三四尤得杜家骨髓。前半展拓得开，后半发挥得足，真大手笔。”

紫泉[②]宫殿锁烟霞，	长安的殿阁千门闲闭，空自笼罩着一片烟霞；
欲取芜城[③]作帝家。	又想在繁丽的江都，把宫苑修建得更加豪华。
玉玺不缘归日角[④]，	若不是皇帝的玉印归到了李家，
锦帆[⑤]应是到天涯。	隋炀帝的锦帆或许会游遍天涯。
于今腐草无萤火[⑥]，	当年放萤的场所只剩下腐草，萤火早就断绝了根芽；
终古垂杨有暮鸦[⑦]。	多少年来隋堤寂寞凄冷，两边的垂杨栖息着归巢乌鸦。

地下若逢陈后主，　　他若是在地下与陈后主重逢，
岂宜重问后庭花[8]？　　难道能再去赏一曲《后庭花》？

注释

①隋宫：指隋炀帝于江都（今江苏扬州）所建行宫（江都宫、显福宫、临江宫等）。《通鉴纪事本末》："隋炀帝至江都，荒淫益甚，宫中为百余房，各盛供张，实以美人，日令一房为主人。"

②紫泉：本应作紫渊，避唐高祖（李渊）讳改。司马相如《上林赋》有"丹水更其南，紫渊径其北"句，因以紫渊代称长安。

③芜城：指江都。江都旧名广陵，南朝宋诗人鲍照作《芜城赋》叹广陵因战乱而荒芜，后遂以芜城为江都之别称。

④日角：指李渊。郑玄《尚书注》："日角，谓中庭骨起状如日。"占相者以为帝王之貌。李渊前额饱满，唐俭曾颂其"日角龙庭"，必得天下。故云。

⑤锦帆：指炀帝所乘龙舟。其帆均以锦缎制成。

⑥于今句：言萤火虫已被炀帝捉尽，如今只余腐草。《隋书·炀帝纪》载，"大业末，天下已盗起，帝于景华宫征求萤火数斛，夜出游山，放之，光照山谷。"《礼记·月令》："腐草为萤。"

⑦终古句：据《隋书·炀帝记》，炀帝开运河旁修御道，种垂杨，长一千三百余里。

⑧地下两句：陈后主名叔宝，宠张丽华，自制舞曲《玉树后庭花》，荒靡无度，终致亡国。《隋遗录》："炀帝在江都，昏

湎滋深，尝游吴公宅鸡台，恍惚与陈后主相遇。尚唤帝为殿下。后主舞女数十，中一人迥美，帝屡目之。后主云：'即丽华也!'乃以海蠡酌红梁新酝劝帝，帝饮之，甚欢。因请丽华舞《玉树后庭花》。丽华徐起，终一曲……后主问曰：'龙舟之游乐乎？始谓殿下致治在尧舜之上，今日复此逸游，大抵人生各图快乐，曩时何见罪之深耶?'帝忽寤。"

李商隐

无题（二首）

其一

题解 这首诗抒写对于爱人的渴念、一往情深的痴心和与爱人远隔天涯的怅恨。诗人积想成梦，但梦境本属虚幻，醒来后梦中人的余馨虽仿佛依然存在，实际上却只是一片更加宽阔幽深的空无。于是诗人在篇末发出深沉的悲叹。"蜡照"两句写梦后的恍惚之情，与杜甫《梦李白》"落月满屋梁，犹疑照颜色"同妙。这首诗辞采华丽，音韵优美，深情绵邈，凄婉动人。

来是空言去绝踪， 你来了，仿佛是梦中的幻影；
你去了，没留下半点迹印。

月斜楼上五更钟。	朦胧的斜月照着这空寂的楼台，远处传来了晓钟悠长的声音。
梦为远别啼难唤，	分离的苦痛时刻萦系，梦里也为着远别不住悲啼，
书被催成墨未浓。	磨墨未浓就草成了书信，急切地向你倾诉心曲。
蜡照半笼金翡翠，	蜡烛的微光映着绣有翠鸟的帷帐，一半幽暗，一半明亮，
麝熏微度绣芙蓉。	芙蓉绣被依稀地飘散着，你留下的兰麝余香。
刘郎已恨蓬山远[1]，	刘郎去重寻仙侣，怅恨着蓬莱遥远，
更隔蓬山一万重！	谁料更有一万重蓬山，阻隔在你我之间。

注释

①刘郎：《幽明录》载，汉明帝永平五年（62）刘晨、阮肇共入天台山，迷不得返。饥饿殆死，遥见山有桃树，乃奋力攀登。后见溪水，有胡麻饭糁置杯中流出，逆流出山，见溪边有二女子，如旧识，相邀还家。居半年，思乡欲归。既出，亲旧零落，邑屋改异。问讯得七世孙。蓬山：泛指仙境。

其二

题解 这首诗抒写一个幽闺中的女子对于爱情热切的追求和失意的痛苦，前两句以凄迷的春景衬托女主人公怀春的心情与惆怅的愁闷。三四句写她幽居的孤寂。五六句描述女主人公对爱情不可遏抑的追寻。末二句写爱情失意的痛苦与悲愤，比喻新奇，寓意深刻。本诗以典雅华丽的词语塑造了一个美丽热情的女性形象，她以整个心灵执着地追求爱情，最终却只能独饮自酿的苦酒。诗人同情她悲哀的遭遇，在客观上批判了给女子爱情带来无限痛苦的那个旧时代。

飒飒东风细雨来，	飒飒东风送来了蒙蒙细雨，
芙蓉塘外有轻雷。	芙蓉塘外响着一阵阵轻雷。
金蟾啮锁烧香入，	锁闭的金蟾香炉冉冉飘香，她寂寞地幽居在深闺，
玉虎牵丝汲井回。	手摇玉饰的虎形辘轳，她牵绳汲水独自返回。
贾氏窥帘韩掾少[1]，	对英俊的韩寿私下爱恋，贾氏在帘后悄悄窥探，
宓妃留枕魏王才[2]。	宓妃的玉枕送给曹植，是钦慕他过人的诗才。

春心莫共花争发，　　春心千万不要和春花争竞开放，
一寸相思一寸灰！　　寸寸相思终会化作寸寸尘灰。

注释

①贾氏句:《世说新语·惑溺》载,“韩寿美姿容，贾充辟以为掾（yuàn，属官）。充每聚会，贾女于青琐（窗格）中看，见寿，悦之。恒怀存想，发于吟咏”。后贾婢告寿，寿逾墙会女，家人莫知。后贾充见女悦畅异常而寿身有奇香，香为外国所贡而晋武帝赐己者，乃疑寿与女通。托言有盗，令人修墙，察知墙东北角如有人迹。考问婢女，事大白。“充秘之，以女妻寿”。

②宓（Fú）妃句：曹植《洛神赋·序》:“黄初三年，余朝京师，还济洛川。古人有言，斯水之神，名曰宓妃。感宋玉对楚王神女之事，遂作斯赋。”《文选》于“宓妃”下注：曹植求甄逸女不遂。曹操以甄氏予曹丕。植殊不平，昼思夜想，废寝忘食。后甄氏为郭后谗死，丕亦感悟，以甄氏枕赠植。植还，过洛水，思甄后，乃作《感甄赋》。后明帝改题《洛神赋》，云云。

李商隐

筹笔驿[1]

题解 这首咏赞诸葛亮的篇章受杜甫《蜀相》诗的影响，思想内容与艺术风格都十分相近。《蔡宽夫诗话》说王安石晚年爱读李商隐诗，认为“唐人知学老杜而得其藩篱者，惟义山一人而已。”何焯《义门读书记》评这首诗说：“议论固高，尤在抑扬顿挫处，使人一唱三叹，转有余味。”本诗将史论与抒情融成一体，在缅怀赞叹诸葛亮的才略事功的同时，流露出很深的感慨，婉曲有致。

猿鸟犹疑畏简书[2]，	猿鸟至今不敢靠近筹笔驿，依然畏惧诸葛亮森严的军令。
风云常为护储胥[3]。	四周风云长久屯聚，卫护着当年的壁垒藩篱。
徒令上将[4]挥神笔，	空教上将运筹策划，大挥神笔把文书草拟，
终见降王走传车[5]。	终于看见了后主败降，被驿车送往魏地。
管乐有才真不忝，	他的才干无愧于古人，真比得上管仲和乐毅，

关张无命欲何如？	怎奈关张命短，从此失去了羽翼。
他年锦里[6]经祠庙，	以前我经过成都，凭吊武侯的祠堂，
梁父吟成恨有余。	我写下感怀的诗篇，内心的怅恨无限深长。

注释

①筹笔驿：《方舆胜览》载，“筹笔驿在绵州绵谷县（今四川广元市）北九十九里，蜀诸葛武侯出师，尝驻军筹画于此。”又名朝天驿。

②鱼鸟句：“鱼”一本作“猿”，句谓猿鸟至今犹畏诸葛将令，意较佳。犹疑，即犹豫，徘徊不前。简书：古在竹简上书写，称“简书”，借指军书命令。

③储胥：军队驻扎时，设以防卫之木栅。

④上将：指诸葛亮。

⑤降王：指刘禅。刘禅降晋事见前注。传车：驿车。后主刘禅降晋后被车送洛阳。

⑥锦里：成都。见杜甫《蜀相》注①。

李商隐

无题

题解 这首诗抒写对情人执着的爱情和绵长的相思。第一句以平常的语言道出分别时真切、深刻的感受，继而以暮春的残败景象衬托离愁。“春蚕”句学习民歌手法，南朝乐府《作蚕丝》说：“春蚕不应老，昼夜常怀丝。何惜微躯尽，缠绵自有时”，这里化用其意，而语言更加凝练。“蜡炬”一句，形象鲜明，新警动人，这一联也是传诵千古的爱情诗名句。后四句想象情人在悠长的别离中对自己的相思，委婉情深，并写出对于相会的希望。

相见时难别亦难，	相见的机缘异常难得，别离时更觉难分难舍，
东风无力百花残。	东风柔弱无力，百花纷纷凋谢。
春蚕到死丝方尽，	春蚕直到生命终结，还要吐出最后一根丝。
蜡炬成灰泪始干！	红烛要到化成灰烬时，才会把“泪水”流尽。
晓镜但愁云鬓改，	清晨你对着妆镜顾影，生怕浓云般的鬓发改变了颜色青深。

夜吟应觉月光寒。	夜晚你在月下吟诗，一定感到寒气相侵。
蓬山此去无多路，	此地到蓬山路途不远，
青鸟殷勤为探看！	传信的青鸟会为我殷勤探问。

李商隐

春雨

题解 这首诗抒写春雨中对情人的怀念，以迷蒙的春雨象征绵绵不绝的相思和无尽的惆怅。“红楼隔雨”一联，不用典故，不加涂饰，以白描手法创造了一个美丽而充满诗情画意的艺术境界。后四句抒写两地相思的苦情，和无力冲破重重屏障的哀怨。

怅卧新春白袷衣[①]，	新春里我穿着白色的夹衫，怅然地在白门独自躺卧。
白门[②]寥落意多违。	寻访欢会的地方早已是一片寥落，看不到伊人的踪迹令我愁多。
红楼隔雨相望冷，	隔着无边的丝雨我凝望她住过的红楼，楼台清冷虚空，

珠箔飘灯独自归。	我举灯独自归来，春雨织成的珠帘在灯前闪烁飘动。
远路应悲春晼晚[③]，	暮春的黄昏是这样凄凉，远方的伊人一定会对景心伤。
残宵犹得梦依稀。	长夜将尽，我或许还能在短梦中依稀地见到她的面影。
玉珰缄札[④]何由达？	我想献上玉珰和书信，却不知怎样才能寄递，
万里云罗一雁飞。	一只孤飞的鸿雁，如何能冲破罗网般的阴云万里。

注释

①袷（jiá）衣：夹衣。

②白门：指南京。南朝宋都建康（今南京），西门曰白门（西方金，金气白，故称），后遂借指南京。

③晼（wǎn）晚：日将暮，引而指人迟暮。晼，日影。宋玉《九辩》“白日晼晚其将入兮，明月销铄而减毁。”

④玉珰缄札：玉珰，玉制耳饰。缄札，书信。古时常以玉珰为男女定情信物，与书信同寄，称“侑缄（yòujiān）”。

李商隐

无题（二首）

其一

题解 这首诗抒写一位女子对于爱情的渴望。她曾与所爱的人相遇，未通言语即匆匆分离，女主人公长久地相思，却终归失望，这是一种咫尺天涯会合无缘的怅恨，但这位女子依然在深情地等待、盼望。诗中描述女主人公的情态和心理活动十分生动细微，语言华美，委婉动人。

凤尾香罗薄[①]几重？	织着凤尾的香罗，一层层绵薄轻柔。
碧文圆顶[②]夜深缝。	我缝制着青碧花纹的圆帐，在这夜色深沉的时候。
扇裁月魄[③]羞难掩，	他的车子雷声殷殷匆匆走过，我与他竟然一语未通，
车走雷声语未通。	举起团扇也遮掩不住我娇羞的面容。
曾是寂寥金烬[④]暗，	挨过了多少长夜寂寥，蜡烛烧成灰烬后黯淡无光；

断无消息石榴红。	始终没有得到一点消息，石榴花却已经开得火红。
斑骓[⑤]只系垂杨岸，	青白相间的乘马，只系在岸边的垂杨，
何处西南待好风[⑥]？	到哪里去等待西南好风，将我吹送到他的身旁。

注释

①凤尾香罗：织以凤尾纹而有香气之罗纱。乃官宦人家用物。

②碧文圆顶：据《演繁录》，唐人婚礼多用百子帐，卷柳枝为圈以张之，犹今之圆顶蚊帐。

③扇裁月魄：班婕妤《怨歌行》云，“新裂齐纨素，皎洁如霜雪。裁成合欢扇，团团似明月。”魄，月。

④金烬：指蜡烛光。金指烛台；烬本义灰烬，蜡烛渐燃则成烬。

⑤斑骓：马苍黑杂白色为斑骓。《乐府·明下童曲》：“陆郎乘斑骓……望门不欲归。”斑骓系于岸边，意谓所思近在身边而无从相会。

⑥西南风：曹植《七哀》云，“君若清路尘，妾若浊水泥。浮沉各异势，会合何时谐？愿为西南风，长逝入君怀。”

其二

题解 此诗究竟有无寄托，很难确定，不宜穿凿附会，我们还是把它作为一首出色的爱情诗来看。诗中描写一位女子爱情生活的遭遇，她曾经有过一度幸福，但最终却如一场梦幻，只留下无限的愁恨。“神女生涯”一联连用两个典故，却出之以自然，浑化无迹。“风波”两句用比拟的手法写出女主人公在爱情上所遭到的挫折与打击。末二句直率地表明她的情愫，即便一无所获，她也甘愿忍受相思的痛苦，这种执着、痴狂的单恋带有极深的悲剧意味，却十分动人。

重帏深下莫愁[①]堂，	深闺少女幽居的地方，低垂着重重的幕帐，
卧后清宵细细长。	她独自在清夜愁卧，夜晚显得格外漫长。
神女生涯元是梦，	巫山神女和楚王欢会，原只是空幻无据的梦乡；
小姑居处本无郎[②]。	清溪小姑独处一室，本没有可托身心的情郎。
风波不信菱枝弱，	菱枝是多么柔弱，为何偏遭到风波摧折，

月露谁教桂叶香。	桂叶固有芬芳的资质，却没有月下露水好将它润泽。
直道相思了无益，	明知这相思无益，不可能得到报偿，
未妨惆怅是清狂。	却依然宁愿怀抱痴情，也不去计较会终生惆怅。

注释

①莫愁：[梁]萧衍《河中之水歌》云，“河中之水向东流，洛阳女儿名莫愁。”后遂以莫愁为少女通称。

②小姑句：《乐府·清溪小姑曲》云，“开门白水，侧近桥梁。小姑所居，独处无郎。”

温庭筠

利州南渡①

题解

这首诗由远及近又由近及远地描绘了渡头的景色，充满生气。“数从沙草”两句均用一多一少形成对比，十分生动有致。篇末由渡头的热闹景象，发出“天下熙熙，皆为利来；天下攘攘，皆为利往”（《史记·货殖列传》）的感慨，而以委婉出之。

澹然空水带斜晖，	空阔的水波摇荡闪动，映带着金色的斜阳，
曲岛苍茫接翠微。	水中岛屿曲折，连接着苍翠的山岗。
波上马嘶看棹去，	送行人的马儿嘶鸣，看行客从水上解舟离去，
柳边人歇待船归。	柳荫下有人歇息，等待着远帆返回乡里。
数丛沙草群鸥散，	沙草丛中栖身的群鸥，被惊得四处飞散。
万顷江田一鹭飞。	一只雪白的鹭鸶，在万顷江田上翔舞回旋。
谁解乘舟寻范蠡[②]，	有谁懂得乘一叶扁舟去追寻范蠡的踪迹，
五湖烟水独忘机？	忘掉世间的名利，沉浸于五湖的烟水迷离？

注释

①利州：州治在今四川广元市。

②范蠡（lǐ）：春秋楚人，仕越为大夫，辅佐越王勾践灭吴。吴灭，传蠡携西施乘舟入三江五湖，莫知所终。

温庭筠

苏武庙[1]

题解 这首诗咏赞苏武，起句就将人带入历史的画卷，苏武归汉时激动的神情如在目前。第二句一下跌入现实的描述，表现诗人怀古的感情。三四句凭借想象绘出一幅塞外牧羊图，赞颂苏武坚贞不屈的高尚品节。后四句抒写英雄皓首载誉归来，却再也看不见武帝的悲哀惆怅。全诗跌宕起伏，语言精工而自然。

苏武魂销汉使前，	面对着迎接他的汉使，苏武百感交集，神魂激荡。
古祠高树两茫然。	如今只留下古老的祠庙和树木，他本人已不知去向何方。
云边雁断胡天月，	遥想当年他夜夜仰望着胡天明月，看鸿雁飞入云间。
陇上羊归塞草烟。	每天在丘陇上牧羊，傍晚归来只见荒烟中塞草连天。
回日楼台非甲帐[2]，	回到故国后楼台依旧，再没有甲帐在他眼前；
去时冠剑是丁年[3]。	奉命出使时带着御赐的冠剑，

	正当他青春年少。
茂陵不见封侯印④,	武帝长眠在茂林，看不见他完节归来封侯受爵。
空向秋波哭逝川！	他对着秋水哭吊先皇，空自悼惜着流逝的岁月。

注释

①苏武：据《汉书·苏武传》，苏武（前140—前60），字子卿。武帝遣武以中郎将持节送匈奴使在汉者。单于欲逼武降，武不屈，乃徙武于北海无人处，使牧公羊，谓羊产仔乃得归。武持节牧羊十九年。昭帝即位，匈奴欲与汉和亲。汉使至匈奴，武原随从常惠夜见汉使，使汉使对单于言：汉天子射于上林，得雁，足系帛书，言武在某泽中。单于惊，乃放还苏武。

②回日句：回日，回到京城（以“日”指代京城，详见前注①）。甲帐：《汉武故事》载，“栾大言神尚清静。上于是于宫外起神明殿九间。……以白珠为帘，玳瑁押之；以象牙为蔑，帷幕垂流苏，以琉璃珠玉，明月夜光，杂错天下珍宝为甲帐，其次为乙帐：甲以居神，乙以自御。”此处以甲帐代指汉武帝，“楼台非甲帐”意谓楼台依旧而汉武已死。

③去时句：李陵《答苏武书》云“丁年奉使，皓首而归。”《注》：“丁年，谓丁壮之年也。”按苏武天汉元年（前100）出使，始元六年（前81）春归，去时三十九岁，正值壮年，归来已五十九岁。故云。

④茂陵句：茂陵为汉武帝墓，注详前。苏武归，“谒武帝园庙，拜为典属国（掌归属各族事务），秩中二千石”而已。燕王刘旦争位，所上书即以此事为不公，见《霍光传》。

薛逢

宫词

作者 薛逢，生卒年不详，字陶臣，蒲州（今山西永济）人。会昌进士。任万年尉。生性傲慢，对同榜进士居高位者时加讥讽，故两度被贬远县。官终秘书监。诗多率意而成，常失之浅露。《全唐诗》录其诗十卷。

题解 这首宫怨诗写得很别致，前六句用铺叙的手法描述了幽闭的宫门内，宫嫔们从早到晚多次梳洗打扮，盼望君王临幸的情景。末二句写到她们远远地看见宫人在正殿为君王打扫御床，于是她们一整天苦苦的等待又归于徒劳。诗人没有从正面去抒写她们心中的怨望，但哀怨之情分明地流露在字里行间。

十二楼中尽晓妆，	十二楼中的嫔妃，清晨都忙着刻意梳妆，
望仙楼[①]上望君王。	她们在望仙楼上翘盼，等候临

	幸的君王。
锁衔金兽连环冷，	兽形的门环冰冷，整天紧紧地锁上，
水滴铜龙[②]昼漏长。	铜龙缓缓滴水，白昼异样的漫长。
云髻罢梳还对镜，	梳理好乌云般的发髻，又对着明镜再三端详，
罗衣欲换更添香。	把罗衣重新更换，浓浓地熏得芳香。
遥窥正殿帘开处，	远远窥见正殿里掀开帘幕，
袍袴宫人扫御床。	穿着短袍绣袴的宫女在打扫御床。

注释

①望仙楼：唐武宗会昌五年（845）建。

②铜龙：古以铜壶滴漏计时，漏由数级铜壶（或斗）组成，水自上均匀依级下滴，以最下承水壶水位计时。此处铜龙为滴水中装饰。

秦韬玉

贫女

作者

秦韬玉，生卒年不详，字仲明，京兆（今西安）人。应进士不第，后从僖宗避乱至蜀，在宦官田令孜幕府为神策军判官。田荐为工部侍郎，特赐进士及第。《全唐诗》录其诗一卷，多为七律。

题解 这首诗通过一位未嫁的贫女的内心独白，寄寓诗人怀才不遇的忧伤。沈德潜说此诗“语语为贫士写照”（《唐诗别裁》），近人俞陛云说：“此篇语语皆贫女自伤，而实为贫士不遇者写牢愁抑塞之怀。”（《诗境浅说》）诗中所写的贫女，有着不同凡俗的“风流高格调”，有超群的才能和操守，但却冷落寂寞，没有知音赏识。这一形象象征了出身寒门的知识分子，“被褐怀珠玉”（阮籍《咏怀》诗句），却不能为世所用，而只好屈身幕僚的悲酸遭遇，这在旧时代具有普遍的社会意义，因而此诗得到广泛的传诵。其中“苦恨年年压金线，为他人作嫁衣裳”一联已被化用作成语。

蓬门未识绮罗香，	从小生长在贫寒的人家，没有穿过华丽的衣裳。
拟托良媒亦自伤。	想为终身去请托媒人，不由得自叹自伤。
谁爱风流高格调？	风姿娴雅脱俗，高尚的流品有谁欣赏，

共怜时世俭梳妆！	又有谁一同顾念时世艰难，崇尚简朴的梳妆。
敢将十指夸针巧，	只愿意夸示一双纤手，针线活做得巧妙精良。
不把双眉斗画长。	不去和别人竞美斗艳，
苦恨年年压金线，	苦恨一年年用金线刺绣，
为他人作嫁衣裳！	为他人做不尽新婚嫁妆。

乐府

沈佺期

独不见[①]

题解 这首诗虽用乐府旧题标目，却是完整的七律。七律在初唐还处于萌芽时期，作者寥寥，本诗是较早出现的优秀的七律，有较为充实的思想内容和精美的格律形式。诗中抒写闺中少妇思念征人长夜不寐的幽怨，她虽然身居华堂，却孤独寂寞，羡慕海燕犹能双栖。爱人久戍边地音信不通，她的思情离绪不可断绝。这首诗写得哀婉深情，语言工丽，音韵和美。

卢家少妇郁金堂，	卢家少妇居住的华堂，涂饰着名贵的郁金香。
海燕双栖玳瑁梁。	一对对海燕飞来，双栖在她玳瑁装缀的屋梁。
九月寒砧催木叶，	九月寒风中捣衣的砧杵声声，木叶纷纷随之凋零。
十年征戍忆辽阳②。	他出征辽阳已历十载，我的思情飞绕遥远的边境。
白狼河③北音书断，	他驻守在白狼河北面，多年来音信渺茫，
丹凤城④南秋夜长。	我在长安城南满怀着相思，凉秋的夜晚何其漫长。
谁知含愁独不见，	有谁能看见我这样含愁不寐，
更教明月照流黄⑤。	谁叫团圆的明月，偏偏照着我房中罗帷。

注释

①独不见：乐府旧题。《乐府解题》："独不见，伤思而不得见也。"

②辽阳：故城在今辽宁省辽阳市。

③白狼河：辽水支流，在今辽宁凌源县境。

④丹凤城：指长安。见前注。

⑤流黄：黄紫相间的丝织品。此处指帷帐。

五言绝句

王维

鹿柴[①]

题解 王维为蓝田辋川别墅的风景写了《辋川集》组诗二十首，鹿柴是一个风景点，本诗以远处传来的人语声和夕照在林中青苔上洒下的光影，来衬托山林的空寂幽静，有声有色，疏淡自然。

空山不见人，	深深的山谷空寂清冷，看不到一个行人，
但闻人语响。	隐隐约约地传来悠远的人语声。
返影入深林，	太阳已落下山岗，余辉照进幽深的树林，
复照青苔上。	又在林间的青苔上面，投下斑斑驳驳的光影。

注释 ①鹿柴（zhài）：鹿圈。柴本作砦，篱落；《广韵》云，“砦，羊栖宿处。”王维《辋川集·序》：“余别业在辋川山谷，其游止有孟城坳、华子冈、文杏室、斤竹岭、鹿柴、木兰柴、茱萸沜、宫槐陌、临湖亭、南垞、攲湖、柳浪、栾家濑、金屑泉、白石滩、北垞、竹里馆、辛夷坞、漆园、椒园等，与裴迪闲暇各赋绝句云。”

王维

竹里馆

题解 《唐音癸签》说："摩诘以淳古澹泊之音，写山林闲适之趣，如辋川诸诗，真一片水墨不着色画。"本篇正是以浅淡的笔墨，绘出一幅诗人月夜竹下弹琴图，表现他超凡脱俗的高雅趣味和陶然自乐的闲适心情。但是透过这幅自画像，我们似乎还可以窥见诗人不肯同流合污的孤傲的心灵。

独坐幽篁①里，	我独自坐在幽深的竹林里，
弹琴复长啸。	一会儿弹琴，一会儿又长啸。
深林人不知，	没有人与我同在，
明月来相照。	只有明月静静地将我照耀。

注释 ①幽篁（huáng）：幽深之竹林。《九歌·山鬼》："余处幽篁兮终不见天，路险难兮独后来。"

王维

送别

题解 这首送别诗不刻意描绘别离时的情景和心情，而着重抒写别后的相思。送走友人之后的惆怅寂寞，只从“掩柴扉”这一行动已充分体现；刚刚分别，诗人已在盼他归来，二人交谊之深已无须评述。“春草”二句化用《楚辞·招隐士》：“王孙游兮不归，春草生兮萋萋。”在这里既点明分离的时令，又写出无限惜别的深情，使人不觉得是用典。

山中相送罢，	山中送别了友人，
日暮掩柴扉。	黄昏时我关上自家的柴门。
春草年年绿，	春草一年年重新发绿，
王孙[①]归不归？	远游的朋友何时能走上归程？

注释 ①王孙：公子。对人尊称。

王维

相思

题解 这首诗借红豆咏相思之情，在唐代就广为流传。玄宗时宫廷著名歌手李龟年安史乱后流落江南，经常演唱此曲，听者为之动容。红豆一名相思子，传说一位女子在树下盼望丈夫，泪落染树结出红子，因称此树为相思树。这首小诗富有民歌风，借物起兴，又兼比义，语言清新自然，情味隽永。

红豆①生南国，	红豆生长在南国，
春来发几枝？	不知春来又生出多少新枝。
愿君多采撷，	我愿你多多地采摘，
此物最相思。	它最能表示无限的相思。

注释 ①红豆：名相思子（卢之颐《本草乘雅半偈》），多生于南方，树可高数丈，子荚生，椭圆形，色赤如血，其胚芽部乌黑者最为名贵。

王维

杂诗

题解 此诗抒写怀念故家的感情，诗中用家常絮语的方式向友人询问家乡的情况。一些细琐的生活小事，某一样特殊的景物，最能引起人们思乡的深情，本诗问到窗前的寒梅，就使人感到十分亲切有味。

君自故乡来，	你刚刚从故乡来到此地，
应知故乡事。	想必知道些故乡的事。
来日绮窗前，	你来时我窗前那一棵梅树，
寒梅著花未？	不知有没有花朵开在树枝？

裴迪

送崔九

作者 裴迪，生卒年不详，关中（今陕西一带）人。曾与王维、崔兴宗同居终南山，赋诗唱和。天宝后任蜀州刺史，与杜甫、李颀交善。其诗多写山水风景，风格清秀淡雅。

题解 这首送友入山的诗，劝友人尽情享受山林之美，不要浅尝辄止；言外之意，也就是劝他不要眷恋功名利禄，而要真正地自甘淡泊。

归山深浅去，	你回到山中，无论在深山峻岭，
须尽丘壑美。	愿你尽情地领受丘壑的奇峻幽美，
莫学武陵人，	不要学武陵的渔夫，
暂游桃源里。	仅仅在桃源暂时游历复又返回。

祖咏

终南望余雪

题解 这是一首应试诗，《唐诗纪事》载：“有司试《终南山望余雪》，咏赋四句，即纳于有司，或诘之，曰：‘意尽。’”试贴诗本应做六韵十二句的五言排律，祖咏只写成五绝就交卷，他不愿以词害意，画蛇添足，此事传为佳话。这首诗句句咏雪，句句从“望”字着眼，描写终南山的雪景和雪后增寒的感受。王世贞《渔洋诗话》说古今雪诗只有陶渊明“倾耳无希声，在目皓已洁”及王维“洒空深巷静，积素广庭宽”和本篇写得最佳。

终南阴岭秀，　　终南山北坡一片清丽，
积雪浮云端。　　皑皑积雪似白云飘浮在天际。
林表明霁色，　　林梢被初晴的阳光映照得分外透明，
城中增暮寒。　　黄昏的城里又增添了阵阵寒气。

孟浩然

宿建德江①

题解　此诗抒写客旅中淡淡的愁思，客愁本来存在于诗人心中，当日落黄昏，江畔烟霭迷离时，思乡的感情更切，所以说“客愁新”。后两句写景绝妙，平野空旷，远树似乎反比天高，江水澄清，水中月影更加分明，和旅人也更亲切。一方面写出了客中的孤独，同时又不无少许慰藉。语言清新，造景自然。

移舟泊烟渚，　　我把船只停靠在烟雾迷蒙的小洲，
日暮客愁新。　　沉沉暮霭增添了游子心中的客愁。
野旷天低树，　　平野广漠宽阔，四垂的天空显得比远树更低。
江清月近人。　　江水清澄见底，倒映的明月仿佛靠近着舟中的孤旅。

注释　①建德江：浙江建德市汉属富春县，建德江即富春江。为钱塘江上游。

孟浩然

春晓

题解　这是一首家喻户晓的佳作，是一首春天的奏鸣曲，春风春雨，鸟鸣雀噪，充满了生命的活力和生命的喜悦，诗中对于落花的怜惜也不带感伤的意味。四句诗不用丽辞华藻，不假涂饰，自然的语言描画了自然的美。

春眠不觉晓，	春季里酣睡中不觉天色已晓，
处处闻啼鸟。	听得见鸟雀在远近啼叫。
夜来风雨声，	一夜睡梦里风雨声声，
花落知多少？	不知芬芳的春花落下了多少！

李白

静夜思

题解 李白的五绝受南朝民歌和谢朓影响较大，诗的风格清新隽永，蕴藉含蓄，“只眼前景，口头语，而有弦外音、味外味，使人神远”（沈德潜《唐诗别裁》）。这首小诗即景抒情，表明霜月之夜的乡思，自然动人，含蓄有致，无意于工而自工，是脍炙人口的名篇。

床前明月光，	床前满洒着银色的月光，
疑是地上霜。	我疑心是地面落上了秋霜。
举头望明月，	抬头凝望着皎洁的月亮，
低头思故乡。	低头更思念遥远的故乡。

李白

怨情

题解 这首小诗抒写一位美人的幽怨，不直截了当地写怨，而只作美人神态的描绘：含颦独坐，泪痕满面，却使人窥见她心中深深的愁恨。

美人卷珠帘，　　美人卷起珠帘，
深坐颦蛾眉。　　紧锁着秀眉久久独坐。
但见泪痕湿，　　只见她满面泪痕，
不知心恨谁。　　不知心里在怨恨哪个。

杜甫

八阵图①

题解　杜甫平生最敬仰诸葛亮，并常以之自许。此诗用洗练的语言赞颂诸葛亮一生的功业，并对刘备一意孤行攻吴失败，以至国运日衰，使诸葛亮有志难展深致叹惋，史论中含着深厚的感情。

功盖三分国，　　三分天下，你建立了盖世功劳，
名成八阵图。　　使你声名昭著的是八阵图的创造。
江流石不转，　　江水不尽地东流，转不动你布阵的石头，
遗恨失吞吴。　　先主失策想吞并吴地，使你的遗恨千古难收。

注释 ①八阵图:《水经注·江水》载,“江水又东径诸葛亮图垒南。石碛平旷，望兼川陆，有亮所造八阵图，东跨故垒，皆累细石为之。自垒西去聚，石八行，行间相去二丈，因曰‘八阵既成，自今行师，庶不覆败。’皆图兵势行藏之权，自后深识者，所不能了。今夏水漂荡，岁月消损，高处可二三尺，下处磨灭殆尽。”按，八阵图遗址众说不一，上说在四川奉节县；一说在陕西沔县（《水经注·沔水》），一说在四川新繁县（《益州记》）。

王之涣

登鹳雀楼①

作者 王之涣（688—742），字季陵，太原人。曾任冀州主簿，受诬辞归乡里。后出为文安县尉，死于任所。生性豪迈，常与乐工制曲歌唱，驰名当世。今仅存诗六首，然其七绝《凉州词》、五绝《登鹳雀楼》为传诵千古之名篇，可作为盛唐诗歌的典范作品。

题解 沈括《梦溪笔谈》说:“河中有鹳雀楼三层，前瞻中条，下瞰大河。”此诗前两句绘出一幅壮阔辽远的山河图，气势宏大，笔意高远。后两句写当前实感，眼界更拓，立足就须更高，也表现了诗人不凡的胸襟抱负；由于这两句富有哲理，成为至今依旧流行的成语。

白日依山尽，　太阳依傍着山岗沉沉下落，
黄河入海流。　黄河日夜不息向大海奔流。
欲穷千里目，　想要穷尽目力遥望千里，
更上一层楼。　还须再登上一层高楼。

注释　①鹳雀楼：原在山西蒲州府（今永济市）西南，前临中条山，下瞰黄河。后为河水吞没。

刘长卿

送灵澈

题解　这篇送僧人归山的诗通首写景，在黄昏的苍茫中，在疏落的晚钟声里，灵澈的斗笠上带着斜阳独自返回，写景宛如图画，幽远疏淡。尤以"荷笠带斜阳"一句最为生动有致，见出诗人对事物细微的观察，以及捕捉并表现这一美的形象的高超手段。

苍苍竹林寺，　竹林寺掩映在苍苍的林间，

杳杳钟声晚。　晚钟声从远处悠悠回荡。
荷笠带斜阳，　斗笠上披着一抹斜阳，
青山独归远。　你独自走回遥遥的青山。

刘长卿

弹琴

题解　此诗借弹琴抒写诗人曲高和寡、世无知音的寂寞感，慨叹世风日下人心不古，人们趋时随俗，自己得不到赏识。

泠泠七弦上，　七弦琴发出清越的声响，
静听松风寒。　静静聆听，像是风吹松林的寒音。
古调虽自爱，　虽然我分外爱好古调，
今人多不弹。　如今喜欢弹奏的却少有几人。

刘长卿

送上人

题解　第一句以凌云的野鹤形容僧人，贴切有味。末二句劝他真正地隐居冷寂的深山，而不要到热闹的名胜去沽名钓誉。

孤云将野鹤，	野鹤驾着孤云高飞天空，
岂向人间住？	岂肯在人间居住？
莫买沃洲山[①]，	你不必到著名的沃洲山福地，
时人已知处。	那可是人们最熟悉的去处。

注释

①沃洲山:《明一统志》载,“沃洲山在新昌县东三十五里，与天姥对峙。道书以为第十五福地。”

韦应物

秋夜寄邱员外

题解

这首诗是寄赠诗人邱为的弟弟邱丹的，邱丹正在临平山学道，诗中抒写秋夜里对他的怀念，诗人徘徊中庭，吟咏诗章以寄情。三四句想象对方也在思念自己长夜难寐，可见二人的情谊很深。“空山松子落”，绘出道士所居山林的幽寂，静中有动，极富韵味。诗风清疏简淡。

怀君属秋夜，	静夜中我对你深深怀念，

散步咏凉天。	徘徊吟咏在这清凉的秋天。
空山松子落，	空寂山村里该只有松子悄悄地坠落，
幽人应未眠。	幽栖的朋友，你多半也一样未能成眠。

李端

听筝[1]

作者 李端，生卒年不详，字正己，赵州（今属河北）人。大历进士，授秘书省校书郎，旋以多病居终南山，不久复为杭州司马。后移家居衡山，自号衡岳山人。“大历十才子”之一。诗风流丽。有《李端诗集》。

题解 一位弹筝的女子想得到知音者的眷顾，有意时时将音调弹错，诗中描写这女子娇媚的情态和邀宠的心理十分细腻真切。

鸣筝金粟柱[2]，	美人弹奏名贵的古筝，
素手玉房[3]前。	洁白的双手移动在玉房前。
欲得周郎[4]顾，	为了要得到知音人频频注目，
时时误拂弦。	她常常故意错弹音弦。

注释

①筝：中国丝弦乐器。始于秦。《隋书·乐志》："筝，十三弦，所谓秦声，蒙恬所作者也。"颜师古以为古筝十二弦，唐人改为十三。其状如瑟。

②金粟柱：系弦柱。

③玉房：疑为筝之附件，用以置筝。

④周郎：周瑜少精音律，虽酒酣，乐奏有误必能识之，时人谓"曲有误，周郎顾"。见《三国志》本传。此处以周郎代指情人。

王建

新嫁娘

作者

王建（767—831），字仲初，颍川（今河南许昌）人。大历进士。曾任昭应县丞、太府寺丞、太常寺丞等职，后出为陕州司马、光州刺史。王建与张籍"年状皆齐"，诗歌创作上同声相应，均以新乐府诗承先启后，多反映民生疾苦。诗风简洁爽利而又不乏细致描写。又以《宫词》百首名世，多写宫禁生活琐事，具有史料价值。有《王建诗集》。

题解

《新嫁娘》共三首，这是第一首。当时习俗婚后三天新娘要亲自下厨，以考试持家本领。诗中前两句写新妇的干练，但如何能使婆婆满意，她没有把握，于是请小姑代尝羹汤，这里写出她的聪明机敏。本诗以日常生活小事入诗，却写得生动而富有情味。

三日入厨下，	新媳妇三天后走进厨房，
洗手作羹汤。	洗净素手亲自去调制羹汤。
未谙姑食性，	她不熟悉婆母的口味，
先遣小姑尝。	请小姑先来品尝。

权德舆

玉台体

作者 权德舆（759—818），字载之，天水略阳（今甘肃秦安）人。曾任监察御史、太常博士、左补阙。宪宗时拜相。后出镇兴元。中唐台阁体重要作家，长于古调，乐府诗颇有韵味。有《权载之文集》。

题解 南朝著名宫体诗人徐陵曾把梁以前的诗编选为十卷，定名《玉台新咏》，入选的大多是艳体诗。严羽《沧浪诗话》说“或者但谓纤艳者玉台体，其实则不然”，但后人效玉台体，多为曼艳香软之什。这首诗代思妇咏闺情，写一位女子见到裙带解、蟢子飞的好兆头，于是满心欢悦，盛妆一番等待丈夫归来。

由此可以想见女主人公平日是怎样孤独寂寥，无心梳妆。描写心理很细腻，语言平易而不流于庸俗，风格轻倩而不滑入淫靡。

昨夜裙带解[①]，	昨夜我的裙带忽然间松开，
今朝蟢子[②]**飞**。	今朝又看见蟢子四处乱飞，
铅华不可弃，	我要好好梳洗打扮，
莫是藁砧归[③]。	或许我丈夫就快要返回。

注释

①裙带解：古女子以裙带忽然脱解为喜兆。

②蟢子：长脚小蜘蛛。《刘子·鄙名》："今野人昼见蟢子者，以为有喜乐之瑞。"

③藁砧：丈夫的曲称。藁（gǎo），席；砧，捣衣石，亦可垫以割草制席。斩草所垫者又称"鈇"，与"夫"同音，故以之代称丈夫。《玉台新咏·古绝句四首》："藁砧今何在，山上复有山。何当大刀头，破镜飞上天。"《沧浪诗话》："此僻辞隐语也。"《彦周诗话》："藁砧何在，言夫也。山上复有山言出也。何当大刀头，破镜飞上天，言月半当还也。"

柳宗元

江雪

题解 柳宗元诗幽峭疏淡，用功精细。苏轼认为柳诗在韦应物之上，说他的诗“外枯而中膏，似淡而实美”，也就是杨万里所说“句淡雅而味深长”，这首小诗就表现了这种特点。诗中描写天地间一片白雪，没有半点生气与声息，在万籁俱寂的广大的空漠中，只有孤独的渔翁在寒江垂钓。诗人创造了一个清绝、寒绝、独绝的艺术境界，来表现他拔流绝俗、孤傲高洁的品格。

千山鸟飞绝，　　千重山里小鸟全都已飞尽，
万径人踪灭。　　万条路径没一个行人的足印。
孤舟蓑笠翁，　　孤舟上身穿蓑衣头戴斗笠的渔翁，
独钓寒江雪。　　大雪天独自垂钓在寒冷的江心。

元稹

行宫

题解 这首诗旨在抒发王朝的今昔盛衰之感，诗人选取了古行宫内

白头宫 女对坐闲谈的场景，显示岁月的流逝，突出当前的寂寞冷落，对于往昔盛世的怀恋，自然而然地流露在字里行间。剪裁非常巧妙，以少胜多。

寥落古行宫，　　当年的行宫如今早已是寥落凄清，
宫花寂寞红。　　红色的宫花寂寞地自开自放。
白头宫女在，　　依然健在的只有白了头发的宫女，
闲坐说玄宗。　　闲坐着谈论玄宗年代的美好时光。

白居易

问刘十九

题解 绿酒红炉，本是平平常常的东西，但在大雪沉沉欲降的严冬之夜，它们却给人以温暖和慰藉，诗人邀请朋友来对饮的当儿，对方还能从那两样小小的东西体味到友情的温馨。绿酒红炉与白雪，在色彩的对比和映衬方面，又给人以鲜明的美感。这首小诗亲切而饶有情趣。

绿蚁新醅酒[①]，　　新酿的美酒浮着绿色的泡沫，
红泥小火炉。　　红泥小火炉中燃着通红的炭火。

晚来天欲雪，	傍晚时天色阴沉满含雪意，朋友
能饮一杯无？	你可愿意跟我共饮一杯么？

注释 ①绿蚁：酒上浮起的绿色泡沫，糯酒常有之。《南都赋》：“醪敷径寸，浮蚁若萍。”后常以绿蚁称酒。醅（pēi）：未滤之酒。

张祜

何满子①

作者 张祜，生卒年不详，字承吉，清河（今属河北）人。一说南阳人。举进士不第，又为元稹所排抑，失意而归，以处士终身。生性耿介，放浪不羁，好游山水，与白居易、杜牧有交谊，并以诗唱和。元和中，以宫词著称，宫女多能谱唱。其山水、羁旅、酬答之作时有佳制。有《张承吉文集》。

题解 这是一首宫怨诗，写出民间女子幽居深宫，白白地葬送了一生的极度哀怨，从客观上揭露了宫女制度的残酷性。这首诗当时流传甚广，还传入了内廷。杜牧曾有诗赞曰：“可怜故国三千里，虚唱歌词满六宫”（《酬张祜处士见寄长句四韵》），它唱出了宫女们普遍的心声。

故国三千里，　　我的故乡远在三千里之外，
深宫二十年。　　关闭在深宫整整二十年。
一声何满子，　　我唱一曲悲凉的《何满子》，
双泪落君前！　　眼泪不由得双双坠落在你的面前。

注释

①何满子：白居易《何满子》云，“世传满子是人名，临就刑时曲始成。一曲四词歌八叠，从头便是断肠声。”自注：“何满子，开元中沧州歌者姓名，临刑进此曲以赎死，上竟不免。”《何满子》曲调婉转悲凉，后用为词曲。张祜以之为诗题，取其悲凉之义。

李商隐

登乐游原

题解

这是一首久享盛名的佳作。诗人心情忧郁，独自驱车登上古原以排遣愁闷，见到夕照色彩绚丽的景色，这原本该使诗人的心得到慰藉，“夕阳无限好”的赞叹中包含着对于生活、对于生命深沉的爱，但诗人无力挽留住美好的事物，于是他发出深长的慨叹：“只是近黄昏”。李商隐所处的时代已是国运将尽的晚唐，正是“近黄昏”，那近于格言式的慨叹不仅对自然景象而发，不仅是对自己不得志的平生而发，也是对时代

而发，因此它的涵义是十分深永的。我们不应只看到诗人哀伤的叹惋，还应看到他对生活、对美的执着的追求。

向晚意不适，　　傍晚时分我心情郁悒，
驱车登古原。　　驾车登上了古老的郊原。
夕阳无限好，　　夕阳下景色无限美好，
只是近黄昏！　　可惜已临近日落黄昏。

贾岛

寻隐者不遇

作者

贾岛（779—843），字浪仙，范阳（今河北涿州）人。早年出家为僧，法号无本。后以诗投韩愈，与孟郊、张籍、姚合往还唱和，诗名大著。还俗应进士试，不第。曾任长江主簿、普州司仓参军。与孟郊齐名，为苦吟派重要诗人，诗风清奇苦僻，格局、成就逊于孟郊。醉心于字句的锤炼，时有警句，却往往有句无篇。有《长江集》。

题解

贾岛以苦吟著名，诗风清奇苦僻，又十分注重个别词句的锻炼工夫。苏绛说他“孤绝之句，记在人口”（《唐故司仓参军贾公墓铭》)；司空图说“贾浪仙（岛）时有警句，视其全篇，意思殊馁”(《与李生论诗书》)。这首小诗倒是例外，并无一个惊人的佳句，语言朴素清淡而自成佳境。

松下问童子，	松树下询问一个童子，
言师采药去。	回答说师父出外采药去了。
只在此山中，	就只在这一座山里，
云深不知处。	云雾深深不知他现在何处。

李频

渡汉江

题解 这首题为作者李频的诗实为宋之问所作。宋之问是武后朝的御用文人，阿附武后宠臣张易之，武后死，张易之被杀，宋之问贬往岭南作泷州（今广东罗定市东）参军，不久逃归，这首诗是他北归途中所作。诗人因和家人久不通讯，临近家乡时心情反而紧张起来，唯恐听到什么不幸的消息。这首诗真切深刻地表现了他在非正常的生活中一种特殊的心理状态。杜甫《述怀》:“自寄一封书，今已十月后。反畏消息来，寸心亦何有!”本此。

岭外音书绝，	独自在岭外经过冬天和春天，
经冬复立春。	同家人音信已完全隔绝。
近乡情更怯，	快靠近故乡我心中更添畏怯，
不敢问来人。	不敢向前边走来的人将家人的消息探询。

金昌绪

春怨

作者 金昌绪，生卒年不详，余杭（今属浙江）人。《全唐诗》仅录其《春怨》诗一首。

题解 这首闺怨诗别致有趣，全诗只通过少妇打走黄莺的动作，便揭示了她思念远人、渴望团聚的心情。现实中不能见面，那么即使在梦里相会也能得到片刻安慰，而黄莺却要惊醒她的好梦，无怪她要怨恨黄莺了。诗中所写少女的娇憨之态历历如见。本诗反映了广大妇女想要过和平安定生活的普遍愿望。

打起黄莺儿，	我敲打树枝把黄莺儿赶走，
莫教枝上啼。	不让它在那里声声啼鸣。

啼时惊妾梦，	鸣声会惊破我的好梦，
不得到辽西！	到不了辽西去会见亲人。

西鄙人

哥舒歌

题解 哥舒翰是唐突骑施酋长哥舒部的后裔，玄宗时的名将，曾任河西、陇右节度使，因破吐蕃有功，封西平郡王。《唐书》载：“吐蕃盗边，翰持半段枪迎击，所向辄披靡。后筑龙驹岛戍之，吐蕃遂不敢近青海。”本篇是西北边境民间赞颂他忠勇守边的诗歌，气势雄壮，豪健奔放。

北斗七星高，	北斗七星在天空高挂，
哥舒夜带刀。	哥舒夜夜佩带着军刀。
至今窥牧马，	吐蕃只能在牧马时打探消息，
不敢过临洮①。	再不敢大胆入侵经过临洮。

注释 ①临洮：古县名。秦置，在今甘肃岷县。

乐府

崔颢

长干曲（二首）

题解 崔颢长干曲共四首，这是其一、其二，写一男一女在江中舟行相遇，互相问答，一唱一和。第一首中的女子自报家门，并大胆地表示了想要结识对方的愿望，问话委婉，用意却很明显。第二首是男子的答词，对于“同是长干人，生小不相识”，表示了莫大的遗憾，二人虽是萍水相逢，大有相见恨晚之慨。两首诗充满民歌朴实无华、含蕴自然的意味。

其一

君家何处住？	你的家住在哪里？
妾住在横塘[①]。	我家就住在横塘。
停船暂借问，	停下船只来向你询问，
或恐是同乡。	我们也许正好是同乡。

注释 ①横塘:《明一统志》载,“吴自江口沿淮筑堤，谓之横塘。”

其二

家临九江水，　　我的家临着江水，
来去九江侧。　　来来去去都在江水近侧。
同是长干人，　　我和你同是长干人氏，
生小不相识。　　却从小互不相识。

李白

玉阶怨

题解　这首宫怨诗深受谢朓《玉阶怨》的影响，二诗内容风格相近，只是谢诗更纤丽，而本诗更清幽空灵，表现的怨情更深。诗中写一女子月夜里在玉阶久久伫立，待人不至，她无法入睡，只能孤独地凝望明月。全诗没有一个怨字，没有正面抒写这一女子的怨恨，而怨情自深。胡应麟盛赞此诗“妙绝古今”（《诗薮》）。

玉阶生白露，　　玉石的台阶白露渐生，
夜久侵罗袜。　　她久久地伫立等候，浓重的露水已将罗袜浸透。
却下水精帘，　　她走进卧室放下水精帘子，玲珑望秋月。　　隔帘向晶莹的秋月凝视。

卢纶

塞下曲（选四）

其一

题解　卢纶《塞下曲》六首，是答和左仆射同平章事张延赏的。这第一首描写张仆射作为大帅的威风，显示军中武备精良，军容整肃，气势极盛。

鹫翎金仆姑[①]，　　良箭精心装饰着大雕的羽毛，
燕尾绣蝥[②]弧。　　帅旗上的绣带临风飘摇。
独立扬新令，　　他独立军前发布出新的号令，
千营共一呼。　　麾下有千万名兵将同声呼应。

注释　①鹫翎（jiùlíng）：鹫鹰羽毛。金仆姑：箭名。《左传·庄公十一年》："公以金仆姑射南宫长万。"

②蝥弧（Máohú）：旗名。《左传·隐公十一年》："颍考叔取郑伯之旗蝥弧以先登。"

其二

题解 这一首描写将军夜猎，以李广故事赞美将军射箭的功力。《史记·李将军列传》“广出猎，见草中石，以为虎而射之，中石没镞，视之石也”。“林暗草惊风”一句，描绘了一种紧张的气氛，有声有色，自然地引出“将军夜引弓”射虎的举动。之后不立即写出行动的结果，而是来一个长长的停顿，留下悬念，推延到第二天清晨，才传奇般地交代结果，耐人寻味。

林暗草惊风，　　密林幽暗，疾风吹来草木惊动，
将军夜引弓。　　将军在黑夜中从容地拉开了劲弓。
平明寻白羽，　　天明去寻找射出的白羽箭，
没在石棱中。　　才知箭头深埋在石棱之中。

其三

题解 前两句描写敌人溃逃，情景交融；三四句写出唐军将士从容不迫、履险如夷的英雄气概。弓刀上落满白雪的镜头，为紧张的战斗添上诗意的光华。这首小诗词情豪迈，语言流丽，音节爽朗。

月黑雁飞高，　　不见星月的夜晚，鸿雁飞得很高。
单于夜遁逃。　　趁着沉黑的夜色，单于悄悄地遁逃。
欲将轻骑逐，　　就要带领轻骑兵去追击，
大雪满弓刀。　　纷纷大雪落满了他们的弓刀。

其四

题解　本诗描写凯旋庆功、宴饮歌舞的热闹场面，连异族都来祝贺，可见战绩之大，也见出将军名震四方的威慑力量，词情豪壮慷慨。

野幕敞琼筵，　　野外军营里安排下盛筵，
羌戎贺劳旋。　　羌戎异族都来庆贺军队的凯旋。
醉和金甲舞，　　身穿甲胄的将士乘醉起舞，
雷鼓动山川。　　雷鼓咚咚震动了山川。

李益

江南曲

题解 唐代商业繁荣，“商人重利轻别离”，常常抛下妻子出外经商。这首诗写出商人妻子相思别离的哀怨，前两句直抒胸臆，后两句是思极而恨的情至之语，以假设之词一泄胸中的忿怨，婉曲有致。本诗纯是民歌风调，真挚动人。

嫁得瞿塘贾①，　　嫁给瞿塘的商贾，
朝朝误妾期。　　每每耽误同我约定的归期。
早知潮有信，　　若早知江潮来去守信，
嫁与弄潮儿②。　　不如嫁给弄潮的男儿。

注释 ①瞿塘：三峡之一，一称夔峡。瞿塘贾：泛指沿长江行商之人。
②弄潮儿：船工。又唐宋时盛行钱塘观潮，善泳少年，常百十成群，执大旗迎潮而戏，亦称弄潮儿。见《梦粱录》。

七言绝句

贺知章

回乡偶书

作者

贺知章（659—744），字季真，越州永兴（今浙江萧山）人。武后时进士，授国子四门博士。玄宗开元中，累迁太子宾客、秘书监。天宝初，上疏请为道士还乡，玄宗作诗为之送行，诏赐镜湖、剡曲一川为其放生池。知章少豪隽，有文名，晚年尤放诞，自号“四明狂客”。今仅存诗十九首，《全唐诗》编为一卷。其七言绝句清新自然，富于情韵。

题解

贺知章年轻离开家乡越州永兴（今浙江萧山），八十六岁时请度为道士回到故乡。“乡音无改鬓毛衰”一句真实地表现了诗人对于故乡至老不减的深切感情和自伤老大的心绪。末二句以儿童天真的发问写出诗人人事沧桑的感慨，饶有生活趣味。

少小离家老大回，	少小时离开了家乡，年纪老大才踏上归途。
乡音无改鬓毛衰。	乡音依然无半点改变，鬓发却早已稀稀疏疏。
儿童相见不相识，	儿童看见我都不认识，
笑问客从何处来。	笑着问：“客人你来自何处？”

张旭

桃花溪

作者 张旭，生卒年不详，字伯高，吴县（今江苏苏州吴中区）人。曾任常熟县尉，官至金吾长史（一说率府长史）。工书善诗，以狂草闻名于世，其草书与李白诗歌、裴旻剑器，当时即并称“三绝”。常醉中濡墨疾书，人称“张颠”。与贺知章、李白等并称“饮中八仙”。长于七绝，多写自然景物。今仅存诗六首。

题解 湖南桃源县西南有桃源山，山西南有桃源洞，洞口有水，与桃花溪合流入沅江，传说陶潜所写《桃花源记》即以此处为背景。此诗暗用文章之意，表现诗人对理想境界的追寻，以及追寻不到的惆怅之情。本诗描绘了桃花溪如梦似幻的美丽景色，以及由这迷蒙景色所引起的诗人的遐想，篇末的问句含着诗人的感叹，同时留给人想象的广大空间，余味深长。

隐隐飞桥隔野烟，	隔着山野缭绕的云烟，远处的长桥若隐若现，
石矶西畔问渔船。	我站在石矶的西侧，询问着荡来的渔船：
桃花尽日随流水，	桃花整天随溪水漂流而去，
洞在清溪何处边？	桃源仙洞究竟在溪流的哪边？

王维

九月九日忆山东兄弟

题解 王维早慧，这首诗是他十七岁时所作，以自然朴素的语言抒写了在异乡为客，重阳佳节时思念亲人的深挚感情，艺术概括力极强，尤其是“每逢佳节倍思亲”一句，精警深刻，道前人之所未道，千多年来广为传诵，几乎家喻户晓。后两句不直抒自己思念兄弟之情，而从反面入手，想象兄弟登高采摘茱萸佩带时，遗憾自己不在其中，曲折有味，这种手法渊源有自，最早出现在《诗经·魏风·陟岵》中，历代诗人也多用，王维则写得特别自然而亲切。

独在异乡为异客，	我独自在异乡作客，
每逢佳节倍思亲。	每逢佳节格外地思念亲人。
遥知兄弟登高处，	遥想兄弟们此日登高，
遍插茱萸[①]少一人。	采摘茱萸佩带时会感叹少我一人。

注释 ①茱萸（zhūyú）：草名。生于川谷，味极芳香，古俗重阳节人多佩。

王昌龄

芙蓉楼送辛渐[①]

题解 这首诗是王昌龄贬为江宁（今南京）丞时所作，诗人送友人辛渐赴洛阳，在芙蓉楼饯别。首句以江南无边的烟雨渲染离情别绪，第二句以孤峙的楚山自比，意象鲜明而新奇。两句虽然抒写凄黯的心情，却大笔挥洒，境界开阔，不作小儿女态。王昌龄为人疏放不羁，屡被贬谪，但总以傲然的态度对待不公平的命运，三四句就是诗人庄严的自白，他赞誉自己冰清玉洁的品格和操守，并以此昭示远方的亲友，铮铮如金石之声。

寒雨连江夜入吴，	绵绵冷雨在夜间潜入了吴地，和茫茫的江水上下相接。
平明送客楚山孤。	早晨我送别了友人，独自一人如楚山孤立。
洛阳亲友如相问，	到了洛阳，亲友若向你探问，
一片冰心在玉壶[②]。	请告诉他们我依然冰壶般高洁。

注释

①芙蓉楼:《清一统志》载,“芙蓉楼在镇江府城上西北隅。”

②玉壶：鲍照《白头吟》云,“直如朱丝绳，清如玉壶水。”

王昌龄

闺怨

题解 一位深闺中的少妇，在春光明媚时，刻意打扮好登上高楼去观赏春色，忽然看见大路上青青的杨柳，许多感触顿时涌上心头：回忆起与丈夫折柳相别的情景，想到如今大好春色无人共赏，继而想到柳色年年依旧，青春却难持久…… 因此忧从中来，深自悔恨当初让丈夫离家去觅取封侯，那曾被她看作无上荣耀的事，在失落爱情欢乐的今天，忽然变得微不足道，本诗摹写少妇的心理变化，极其细致深刻，奇而入理，耐人吟味。

闺中少妇不知愁，	深闺少妇不懂得忧愁，
春日凝妆上翠楼。	春天里浓妆打扮登上了翠楼。
忽见陌头杨柳色，	忽然望见大路上依依飘拂的杨柳，
悔教夫婿觅封侯！	后悔让夫婿远行去觅封侯。

王昌龄

春宫怨

题解 本诗以汉武帝故事隐喻唐朝的宫廷生活，抒写皇帝爱情的不专，宫妃失宠的幽怨。这首诗“只说他人之承宠，而己之失宠可会，此国风之体也”（沈德潜《唐诗别裁》）。前两句写春风吹开桃花，时气已暖，“未央前殿月轮高”，有好几层意思，一则表明女主人公长夜难寐，再则以他人得意欢乐反衬自己的失意孤寂，连明月也偏照得宠之人，语含忿怨。末句见出天子对新宠的宫人体贴唯恐不及的情状，虽当春暖花开，天子却生怕新人受寒，特赐锦袍。本诗语言委婉含蓄，只从侧面映衬，宫人失宠的幽怨自见，令人玩味不尽。

昨夜风开露井桃①，	昨夜春风拂过，吹开了露井边的桃花。
未央前殿月轮高。	未央宫前殿的上空，高挂着皓洁的月华。
平阳歌舞②新承宠，	平阳公主的侍女善舞能歌，新近得到天子的宠幸。
帘外春寒赐锦袍。	唯恐绣帘外春寒袭人，连忙赐给她锦袍一领。

注释

①露井桃:《乐府·相和曲·鸡鸣》云,“鸡鸣高树巅,狗吠深宫中。…… 桃生露井上,李树生桃旁。”

②平阳歌舞:《史记·外戚世家》载,“卫皇后字子夫,生微矣。…… 为平阳主(汉景帝长女,嫁平阳侯曹寿)讴者。…… 武帝祓霸上还,因过平阳主。主见所侍美人,上弗说。既饮,讴者进,上望见,独说悦卫子夫。是日,武帝起更衣,子夫侍尚衣轩中,得幸。上还坐,欢甚,赐平阳主金千斤。主因奏子夫奉送入宫。”

王翰

凉州曲[①]

作者

王翰,生卒年不详,字子羽,并州晋阳(今山西太原)人。睿宗景云元年(710)进士。曾任昌乐县尉。张说执政,入朝为秘书省正字、通事舍人等职。后出为汝州长史,改仙州别驾,贬道州司马。史传称其“枥多名马,家有伎乐”,生性豪放,能自歌自舞。歌行风华流丽,绝句亦其所擅。今仅存诗十四首,《凉州词》最为杰出,传诵千古。

题解

诗人以奇丽的彩笔描绘了边地军中宴饮的欢快场面,表现将士们豪壮慷慨的情怀。末句虽以夸张的语气渲染战争的残酷,但情调并不哀伤。

葡萄美酒夜光杯[2]，	举起名贵晶莹的夜光杯，殷红的葡萄美酒斟得满满。
欲饮琵琶马上催。	我们要痛痛快快地畅饮，马上又响起欢乐的琵琶弦。
醉卧沙场君莫笑，	醉卧在沙场也请你不要见笑，
古来征战几人回！	从古到今征战的将士有几人能够生还！

注释

①凉州曲：一作凉州词。《晋书·地理志》："汉改雍州为凉州"。地当今甘肃、宁夏、青海一带。

②夜光杯：据《海内十洲记》（传为汉东方朔著），周穆王时，西胡献夜光常满杯，以白玉之精制成，"光明夜照"。

李白

送孟浩然之广陵

题解

李白崇敬比他年长十二岁的孟浩然，曾在《赠孟浩然》一诗中对之倍加赞誉。本诗描写李白在黄鹤楼送别孟浩然的情景。在繁花似锦、烟水迷离的阳春三月，诗人送孟乘舟去到江南的歌舞繁华之地扬州，友人的行舟渐渐远去，消失在碧空尽头，诗人却仍在深情伫望，把他的思念和向往托付给无尽的江流。这是一幅色彩明丽、意境开阔高远的活动的图画，给人无尽的美感享受。“烟花”一句曾被蘅塘退士誉为千古丽句。

故人西辞黄鹤楼，	我的故人向黄鹤楼告别，他要去东方远游。
烟花三月下扬州。	正当繁花似锦、杨柳堆烟的阳春三月，
孤帆远影碧空尽，	顺流而下直到扬州。片帆孤影渐渐远去，
惟见长江天际流。	从碧空里消失已尽，只看到长江在天边奔流。

李白

下江陵

题解 李白因曾入永王李璘幕府事，在五十九岁的高龄被判流放夜郎，次年春行至巫山，遇赦北归，本诗即作于此时。施补华《岘傭说诗》云：“太白七绝，天才超逸，而神韵随之，如‘朝发白帝彩云间，千里江陵一日还’。如此迅捷，则轻舟之过万山不待言矣。中间却用‘两岸猿声啼不住’一句垫之，无此句则直而无味，有此句，走处仍留，急语乃缓，可悟用笔之妙”。本诗以舟行轻快来表现李白获得自由后的欢快心情，又用猿声啼不住加以渲染，情味极浓。猿声本是哀切的，会引起客子的愁思，但诗人舟行既快，心情又轻松，根本莫辨猿声的哀切与否，只听见在叫着，而未及细听，舟已远去，描写极真切有致。

朝辞白帝彩云间，	早上我辞别了彩云间的白帝城，
千里江陵一日还。	千里以外的江陵只需一天的路程。
两岸猿声啼不住，	两岸猿猴啼声不断，
轻舟已过万重山。	轻快的小舟已飞过万重云山。

岑参

逢入京使

题解 玄宗天宝八载（749）安西四镇节度使高仙芝入朝，奏请调任岑参为右卫录事参军，充节度使府掌书记，本诗是他赴安西途中所作，真实地抒写了诗人初次远赴西域思家思亲的感情，后两句以质朴无华的语言描述了生活中的特定情景，亲切有味。

故园东望路漫漫，	东望故园道路无限漫长，
双袖龙钟[1]泪不干。	两袖难干，眼泪不住地流淌。
马上相逢无纸笔，	在马上和你相逢找不到纸笔，
凭君传语报平安。	就请你告我家人，我平安无恙。

注释 ①龙钟：叠韵形容词，湿润沾濡。

杜甫

江南逢李龟年

题解 这首诗是代宗大历五年（770），即杜甫逝世的当年在长沙所作，是杜甫绝句中创作最晚的一篇。《明皇杂录》：“开元中，乐工李龟年善歌，特承顾遇，于东都大起宅第。其后流落江南，每遇良辰胜景，为人歌数阕，座中闻之，莫不掩泣罢酒。杜甫尝赠诗（即指此诗）。”前两句写诗人过去和李龟年的关系和承平气象，为以下所发感慨作铺垫；后二句包含对社会和个人身世无尽的感慨，黄生云：“此诗与《剑器行》同意，今昔盛衰之感，言外黯然欲绝。见风韵于行间，寓感慨于字里。”（仇兆鳌《杜诗评注》引）蘅塘退士说：“世运之治乱，年华之盛衰，彼此之凄凉流落，俱在其中。少陵七绝，此为压卷。”

岐王宅里寻常见，	当年，在岐王的豪华宅第，座上客人中我经常见到你。
崔九堂前几度闻。	在秘书监崔涤的华丽厅堂，我也曾多次欣赏你绝妙的技艺。
正是江南好风景，	如今在江南，正当这落花季节，
落花时节又逢君。	重逢时我也是飘零如你。

韦应物

滁州西涧

题解 这是韦应物最负盛名的写景佳作。王世贞《唐人万首绝句选·凡例》云：“元赵章泉、涧泉选唐绝句，其评注多迂腐穿凿，如韦苏州《滁州西涧》一首，‘独怜幽草涧边生，上有黄鹂深树鸣’，以为君子在下、小人在上之象，以此论诗，岂复有风雅邪！”我们也认为这首即景小诗并无寄托，只是描绘了滁州西涧的幽雅景致，那是清丽的色彩与动听的乐音交织成的，又描绘了春雨中晚潮汹涌时寂寥的渡口，写景如画。本诗造意极美，诗情浓郁，风调闲远疏淡。

独怜幽草涧边生，	我独独喜爱涧边生长的幽草，
上有黄鹂深树鸣。	浓密的树丛中有黄鹂欢啼。

春潮带雨晚来急，	晚潮夹带着春雨，河水流淌得分外迅急。
野渡无人舟自横。	郊野的渡口上没有行人，一只孤舟横泊在河里。

张继

枫桥夜泊①

作者 张继，生卒年不详，字懿孙，襄州（今湖北襄阳）人。天宝进士。大历末，以检校祠部员外郎为洪州盐铁判官。与刘长卿、皇甫冉交谊甚深。存诗仅四十首,《全唐诗》编为一卷，多纪行、游览、送别、赠酬之作。诗风爽利、清迥。其《枫桥夜泊》一诗最脍炙人口，蜚声中外。

题解 本诗描写诗人夜泊枫桥的情景。首句绘出一幅萧疏凄清的秋夜图，客乡已寓于景内；以下抒发诗人旅中的愁思，半夜难寐，独对江上青枫和江中渔火，以及静夜寂寥中卧听寺钟的感受。这首诗意境清远，情味隽永，千百年来传诵不绝。

月落乌啼霜满天，	明月沉落后声声鸦啼，寒冷的秋霜布满高天。

江枫渔火对愁眠。	对着青枫江上的渔火，怀愁的我难以成眠。
姑苏城外寒山寺[②]，	姑苏城外寒山寺疏落的钟声，
夜半钟声到客船。	夜半时悠悠传到我停泊的小船。

注释

①枫桥：在苏州市西七里，本称“封桥”。

②寒山寺：在封桥附近，本名“妙利善明塔院”。传唐著名诗僧寒山、拾得曾居于寺，改称“寒山寺”。又名“枫桥寺”。

韩翃

寒食[①]

题解

本诗借后汉事讽刺唐肃宗、代宗朝宦官专权的情况。前两句意在点明时令，写景却十分生动有致，后两句以古刺古讽喻极切，寒食本应禁火，皇帝竟赏赐烛火给近臣，特许他们举火，可见封建礼法的虚伪和宦官的得势，语言虽含而不露，讽刺的意味却极浓厚。

春城无处不飞花，	暮春的帝京，处处飘舞着飞絮落花，

寒食东风御柳斜。	寒食时节的东风，把宫柳吹拂得微微倾斜。
日暮汉宫传蜡烛，	日落黄昏汉宫里正分赐蜡烛，
轻烟散入五侯家②。	袅袅轻烟散入了五侯的豪贵之家。

注释

①寒食：节令名。农历清明前一、二日禁火，冷食。传春秋晋大夫介之推佐晋文公重耳归国，后隐于山中，文公烧山欲逼之出，介之推抱树而死。文公哀之，禁于其死日举火。后相沿成俗。

②日暮两句：据唐《辇下岁时记》，清明日帝取榆柳之火以赐近臣。传烛即指此。五侯，指近臣豪贵。《后汉书·宦者传》："桓帝封单超新丰侯，徐璜武原侯，具瑗东武阳侯，左悺上蔡侯，唐衡汝阳侯，世谓'五侯'。"

刘方平

月夜

作者

刘方平，生卒年不详，洛阳人。终生未仕，隐居山林。能诗善画。其诗含蓄细腻，以绝句著称。今存诗仅二十余首。

题解

这首诗轻倩流丽，写出春天来临的一片生意和诗人喜悦的心情。月夜里洋溢着和暖的春气，新虫的鸣声透过碧绿的窗纱，这些描写，无不流露出对于生命、对于美好事物的咏赞。

更深月色半人家，	更深时月光照临多一半人家，
北斗阑干南斗斜。	北斗和南斗在天空横斜。
今夜偏知春气暖，	今夜偏偏感觉到春气的和暖，
虫声新透绿窗纱。	虫鸣声透进了碧绿的窗纱。

刘方平

春怨

题解　这首诗抒发宫嫔失宠的幽怨。一二句写出宫人的寂寞和内心的愁怨，住着金屋，可见曾经宠幸，如今君王不再眷顾，因此终日以泪洗面。三四句的暮春的残败景象和环境的寂寥，渲染宫人心境的凄楚。

纱窗日落渐黄昏，	纱窗上的日影已经落下，黄昏正渐渐来临，
金屋无人见泪痕。	华丽的宫室她一人独在，只见她满面挂着泪痕。

寂寞空庭春欲晚，	寂寞空庭里春天将尽，
梨花满地不开门。	梨花满地，紧闭着院门。

柳中庸

征人怨

作者 柳中庸，生卒年不详，名淡，中庸为其字，河东（今山西永济）人。柳宗元同宗而稍长。曾任洪府户曹。与李端有诗唱和。今存诗仅十三首。

题解 这首诗抒写征人久戍边关不能还乡的愤怨，表现诗人对统治者穷兵黩武的谴责。诗中只是客观地记录征人岁岁朝朝征战的生活情况，描绘边地荒凉寒苦的景象，而征人深深的怨情已寓于其中。全篇四句皆对仗，白雪青冢，黄河黑山，画面色彩的调配鲜明美丽，语言精工，复又出之于自然。

岁岁金河复玉关，	年年若不是出征到金河，就是转战玉门关。
朝朝马策与刀环[①]。	天天若不是扬鞭策马，就是手举着刀环。
三春白雪归青冢，	暮春三月白雪纷飞，将塞外的

	青冢盖满。
万里黄河绕黑山②。	遥望那万里黄河，兀自环绕着沉沉黑山。

注释 ①刀环：带环的刀。
②黑山：即杀虎山。在今内蒙古呼和浩特。

顾况

宫词

作者 顾况（727—815），字逋翁，苏州人。至德进士，曾任著作郎，因作诗讽刺权贵，贬饶州司户参军。晚年隐居茅山，号华阳真隐。其诗重内容，不重文采，语言较为拙直。七言歌行有不少反映民生疾苦的篇章。其诗多用口语，句法错杂流动。有《顾逋翁诗集》。

题解 唐人的宫词多写宫怨，这首诗以他人得宠的欢乐反衬女主人公失宠的凄寂。别殿里笙歌阵阵笑语声欢，自己则独听更漏，遥望星河，长夜不寐。一闹一静，一荣一枯，对比鲜明。

玉楼天半起笙歌，	玉楼的笙歌响入云霄，

风送宫嫔笑语和。	清风送来宫嫔们笑语欢歌。
月殿影开闻夜漏，	月光下朦胧的殿堂半开，静听着更漏夜已深沉，
水精帘卷近秋河[①]。	水精帘幕高高地卷起，凝望闪烁群星的银河。

注释 ①秋河：即银河。

李益

夜上受降城闻笛[①]

题解 本诗描绘了边城白沙似雪、月色如霜的景象，在这色调凄寒的画面上，又融入芦管悲凉的声音，这一切所见所闻，自然而然地引起征人普遍的思乡之情。这首诗选境蕴藉，风格清远空灵。《全唐诗话》载："李益《受降城闻笛》诗，教坊乐人为取声乐度曲。"胡应麟《诗薮》说："七言绝，开元之下，便当以李益为第一，如《受降》…… 诸篇，皆可与太白、龙标竞爽，非中唐所得有也。"这评论并非过誉。

回乐峰[②]前沙似雪，	回乐峰前面沙白似雪，

受降城外月如霜。　　受降城外边月色如霜。
不知何处吹芦管，　　不知何处响起芦笛悲凉的声调，
一夜征人尽望乡！　　久戍的战士整夜思念着家乡。

注释

①受降城：唐中宗景龙三年（709），张仁愿所筑。城有三，据《元和郡县志》，东城在榆林东北（今内蒙古托克托南）、中城在五原（今内蒙古包头西北）、西城在丰州西北（今内蒙古杭锦后旗为乌加河北岸）。

②回乐峰：在今甘肃灵武。

刘禹锡

乌衣巷

题解

这是刘禹锡所写《金陵五题》之二。南京乌衣巷在秦淮河南边，离朱雀桥不远，东晋时王、谢大族世居于此。前两句极言如今乌衣巷周围的荒凉冷落，寓有对六代繁华一去无迹之慨；三四句，施补华《岘佣说诗》评曰："若作燕子他去便呆，盖燕子仍入此堂，王、谢零落，已化作寻常百姓矣。如此则感慨无穷，用笔极曲。"这里借小小燕子抒发了诗人对于历史盛衰兴亡的无限沧桑之感，婉曲有致，因而不断为后代的诗家词人所袭用。

朱雀桥[1]边野草花，	朱雀桥边长满杂草野花，
乌衣巷口夕阳斜。	乌衣巷口又已经夕阳西斜，
旧时王谢[2]堂前燕，	昔日王、谢豪门堂前的燕子，
飞入寻常百姓家。	如今飞进了普通的百姓人家。

注释

①朱雀桥:《江南通志》载,“朱雀桥在江宁县。晋置。即吴之南津桥。桥在朱雀门南。”乌衣巷即在附近。

②王谢：六朝时，王、谢二族世代为显宦，后遂为高门望族之代称。

刘禹锡

春词

题解

这首宫怨词写得别致有味。一位美丽的宫人打扮停当走下朱楼，人与春光一样美好，却深锁空院无人欣赏，她闲数花朵以遣愁闷，不料无知的蜻蜓却偏爱美人新妆，竟然飞上玉搔头。这位宫人为谁妆饰为谁妍的幽怨虽不曾正面写出，却已了然可见。刻画极其细腻委婉，饶有余韵。

新妆宜面下朱楼，	秀美的脸上脂粉匀称，梳妆停当后走下了朱楼，

深锁春光一院愁。	大好春光深锁在空空院落，怎能不令我满怀忧愁。
行到中庭数花朵，	行到中庭无聊地细数花朵，
蜻蜓飞上玉搔头①。	一只蜻蜓飞上我碧玉的搔头。

注释

①搔头：簪之别名。汉刘歆《西京杂记》："武帝过李夫人，就取玉簪搔头。"因名。

白居易

宫词

题解

这首宫怨词与顾况《宫词》内容相仿，以他人的歌舞欢笑反衬自己的枯寂哀怨，色未衰而爱已弛，指斥统治者的薄幸寡恩，这位宫人独坐流泪到天明。本诗语言过于直露，略少余韵。

泪尽罗巾梦不成，	泪水浸透了一方罗帕，辗转反侧好梦难成，
夜深前殿按歌声。	前殿传送来欢快的歌乐，一人独处更难耐夜色深沉。

红颜未老恩先断，　美丽的容颜如今还没有衰老，天子却早已断绝了恩情，
斜倚熏笼坐到明！　她在熏香的竹笼边斜倚，一直坐到了天色黎明。

张祜

赠内人

题解　本诗咏宫人（内人即宫人）。前两句以宫禁深宵的寂寥和宫人对双栖白鹭的艳羡，表现宫廷生活的苦闷；后两句描写宫人枯坐无聊，以及剔焰救蛾的行动，写出她的幽怨和对弱小者的同情，也含有以飞蛾自况的意思。这首诗语工意妥，风调清丽。

禁门宫树月痕过，　禁苑中夜已深沉，月影渐渐移过宫树，
媚眼惟看宿鹭窠。　她的明眸脉脉含情，凝注着双栖的白鹭。
斜拔玉钗灯影畔，
剔开红焰救飞蛾。　独守着孤灯一盏，忽然看见扑火的飞蛾，灯影畔她拔下玉簪，剔开灯焰把飞蛾救助。

张祜

集灵台①（二首）

其一

题解 杨贵妃小字玉环，原是玄宗儿子寿王李瑁的妃子，玄宗看中她后，先将她度为女道士，赐号太真，然后再收进后宫，并册封为贵妃。此诗对玄宗在清静祀神之地，授箓给女宠进行讽刺，“太真含笑入帘来”一句，描写杨玉环献媚邀宠的轻薄之态，十分传神。

日光斜照集灵台，	日光斜照在集灵台上，
红树花迎晓露开。	满树红花在晨露中盛开。
昨夜上皇新授箓②，	昨夜上皇新赐了道号，
太真含笑入帘来。	太真面带微笑走进帘来。

注释 ①集灵台：《元和郡县志》载，“天宝六载（公元747年），改温泉宫为华清宫，又造长生殿，名为集灵台，以祀神。”故址在今陕西临潼区骊山上。

②授箓：授予道教符书称“授箓”。一说当作“受箓”。皇帝受图书符命或道教符书称“受箓”。如为后者，则“上皇新受

篆”当指唐玄宗方受玺命即宠太真，是乃夸张之辞。

其二

题解 杨贵妃得到玄宗的专宠，杨氏一门俱受封爵，三姐封虢国夫人。这首诗写出虢国夫人与唐玄宗之间的暧昧关系和她自恃美貌取媚争宠的轻狂神态，字字句句隐含讥刺，似褒实贬，欲抑故扬，蕴藉委婉，耐人寻味。

虢国夫人承主恩，	虢国夫人承受着皇上的隆恩，
平明骑马入宫门。	天明时骑着马大模大样走进了宫门。
却嫌脂粉污颜色，	讨厌脂粉会污染天然的姿色，
淡扫蛾眉朝至尊。	轻描过双眉她就去朝见至尊。

张祜

题金陵渡①

题解 这首诗是张祜漫游江南时作，前两句抒写旅况的凄寂，三四句描绘江上幽远清美的夜景，“两三星火是瓜洲”一句，以寻常语言写天然佳景，引起读者无尽的遐想。

金陵津渡小山楼， 金陵渡口上有一座小楼，
一宿行人自可愁。 夜宿的旅人自然有一腔忧愁。
潮落夜江斜月里， 江潮在沉沉斜月中已经退尽，
两三星火是瓜洲②。 闪着两三点火光的是对岸瓜洲。

注释

①金陵渡：南京附近渡口，非确指。
②瓜洲：镇名。在江苏扬州，隔江与镇江相望。

朱庆馀

宫中词

作者

朱庆馀，生卒年不详，名可久，以字行，越州（今浙江绍兴）人。宝历进士。授秘书省校书郎。仕途颇不如意。与张籍、贾岛、姚合、僧无可等交游。张籍极赞其诗，为之延誉，因而得名。大多为五律，风格与张籍略近，清丽婉转。有《朱庆余诗集》。

题解 一般宫怨诗多写独自幽居的愁闷，此诗却别出心裁地摄取了两位命运相同的宫人生活中小小的场景：百花盛开的美好时节，她们却深锁在空寂的宫院，并肩站在窗栏前面，想要互相诉说心中的怨情，抬头看见廊下学舌的鹦鹉，于是欲说还休。这幅美丽而没有声息的图画，真实而深刻地展示了宫人们喜怒不敢流于言的可悲的生活状况，含蓄地揭露了宫廷生活的黑暗，特别富于情味。

寂寂花时闭院门，	花开时节寂寞的院门深深紧闭，
美人相并立琼轩。	美人并肩站在华美的窗前。
含情欲说宫中事，	满怀情愫要诉说宫里事情，
鹦鹉前头不敢言。	在饶舌的鹦鹉前边又怎敢开言？

朱庆馀

近试上张水部

题解 《全唐诗话》载：“庆馀遇水部郎中张籍，知音，索庆馀新旧篇二十六章，置之怀袖而推赞之，时人以籍重名，皆缮录讽咏，遂登科。庆馀作《闺意》（即此篇）一篇以献，籍酬之曰：‘越女新妆出镜心，自知明艳更沉吟。齐纨未足时人贵，一曲菱歌敌万金。’由是朱之诗名流于海内矣。”这首诗描写新嫁娘婚后第二天清早要去拜见公婆，深恐妆饰不合公婆心意，于是低声问一问夫婿打扮得是否合适。刻画新娘羞涩的娇态和曲折的心理活动，十分细腻入微。诗人借这首风光旖旎的闺情诗向张籍询问，自己的作品能否中主考官之意，比喻绝妙，而张籍的答诗与之堪称双璧，传为诗坛佳话。

洞房昨夜停红烛，	昨夜新房中通宵地燃着红烛，
待晓堂前拜舅姑。	等待天明要去到堂前拜见公婆。
妆罢低声问夫婿：	梳妆停当低声向丈夫询问：
“画眉深浅入时无？”	“画眉的深浅够时髦么？”

杜牧

将赴吴兴登乐游原

题解　这首诗是宣宗大中四年（850）秋，杜牧调任湖州刺史将离长安时所作。杜牧所处的时代已是大唐国势陵夷的黄昏时期，他由尚书司勋员外郎要求外调，出守湖州，可见政治上郁郁不得志，前两句就以说反话和自嘲的方式，讽刺统治者不重视人才，使有才志的人寂寞沉落而不能一展抱负，后两句抒写对京城的眷怀之情，特别指出登乐游原而望昭陵（太宗陵墓），表现诗人对大唐盛世的怀念和对本朝统治者的失望。

清时有味是无能，	在这清平的时世，过着有兴味的生活正因我无能。
闲爱孤云静爱僧。	喜爱悠闲地飘忽的孤云，又爱清静无为的高僧。
欲把一麾江海去，	我将手持旌旗去到遥远的江海，从此就离开长安京城，
乐游原上望昭陵。	煊赫的文治武功如今何在？登上乐游原我西望昭陵。

杜牧

赤壁[①]

题解 诗人在赤壁看见一件残破的古代兵器，于是引起对历史的沉思与遐想。杜牧喜欢作历史的翻案文章，自出机杼，独发奇论，此诗故意说周瑜的成功出于神助，是一时的侥幸；并说否则连二乔都要被锁进铜雀台，东吴的国家社稷当然早就不保，就是一例。小处落墨而所言极大，读来别饶趣味。

折戟沉沙铁未销，	一支断戟沉落在江底，久远岁月也未能将它销蚀。

自将磨洗认前朝。 把它磨洗一番，认出是三国时代的兵器。

东风不与周郎便， 假如东风不曾给予你援助，

铜雀[2]春深锁二乔。 二乔都会被锁进铜雀台里，周郎啊周郎，美丽的小乔就不再属于你。

注释 ①赤壁：山名。有三，均在今湖北长江沿岸。其中蒲圻赤壁为周瑜破曹操处。

②铜雀：台名。建安十五年（210）曹操建于邺（河北临漳县），高十丈，楼顶置大铜雀，故名。二乔：东吴乔（一作“桥”）公二女，“策自纳大乔，瑜纳小乔。”见《周瑜传》。

杜牧

泊秦淮

题解 秦淮河是六朝旧都金陵的歌舞繁华之地，诗人深夜泊舟河畔，隔江传来商女《后庭花》的歌声，听着这亡国之音，不禁激起时代兴衰之感。后两句对只知征歌逐舞、买笑追欢，而不以历史为鉴的统治者，给以深深的谴责。本诗情景交融，朦胧的景色与诗人心中淡淡的哀愁非常和谐统一。

烟笼寒水月笼沙，	迷蒙的烟雾笼罩着寒江，小洲白沙上映着银色的月光；
夜泊秦淮近酒家。	夜晚我停船在秦淮河岸，正临近酒家所在的地方。
商女不知亡国恨，	商女不知什么是亡国恨事，
隔江犹唱《后庭花》①。	隔江还在把《后庭花》声声歌唱。

注释 ①《后庭花》：陈后主所作《玉树后庭花》。参见李商隐《隋宫》注⑧。

杜牧

寄扬州韩绰判官

题解 诗人在想象中绘出遥隔山水的江南秋色，思其地也即思其人，写景中隐含着离情。后两句用戏谑的语气，借扬州美丽的典故调侃友人，问他近来做何消遣。这首小诗语言清丽，风调俊爽，为后代诗词家不断引用。

青山隐隐水迢迢，	隐隐的青山没入蓝天，绿水迢

	迢无际无边，
秋尽江南草未[1]凋。	江南的秋天就将要过去，芳草木叶却尚未凋残。
二十四桥[2]明月夜，	二十四桥正当月明的良宵，
玉人何处教吹箫？	你啊，却是在何处教人吹奏箫管？

注释

①未：《全唐诗》作“木”，与“青山隐隐”矛盾，乃传抄形近之误。[明]杨慎《升庵诗话》和[清]段玉裁《经韵楼集》已考证，是之。

②二十四桥：桥名。建于隋。在江苏扬州西门外。指一桥或多桥，宋时已不可确知。

杜牧

遣怀

题解

杜牧三十三岁前，曾在扬州为淮南节度使掌书记，《杜牧别传》载：“牧在扬州，每夕为狭斜游（狎妓），所至成欢，无不会意，如是者数年。”这首诗记录了诗人风流曼艳的生活，以及对于这种追欢逐乐的狭斜生活的忏悔。

落魄江湖载酒行，	潦倒的我在江湖飘荡，每日不

	过是漫游醉乡，
楚腰纤细掌中轻[①]。	美人的腰肢轻盈纤细，能起舞在手掌之上。
十年一觉扬州梦，	扬州十年的时光，生涯正如同大梦一场，
赢得青楼薄幸名[②]！	赢得的只有薄幸名声，在青楼处处传扬。

注释

①楚腰:《汉书 · 马廖传》载，“吴王好剑客，百姓多疮瘢。楚王好细腰，宫中多饿死。”掌中轻:《西京杂记》云，“赵后体轻腰弱，善行步进退。”《飞燕外传》:“赵飞燕体轻，能为掌上舞。”此处皆以形容歌伎之体态秀美。

②青楼：妓院。薄幸：负心。

杜牧

秋夕

题解

前两句用淡淡的彩笔绘出一幅宫女秋夜轻扑流萤的清美图画，三四句描写凉夜如水，女主人公久久不寐独自卧看牵牛织女双星，表现了她孤寂无聊的生活状况，以及她对于爱情的向往，她内心的幽怨虽没有一字写出，我们却完全可以深深领会。

银烛秋光冷画屏，	银烛在秋夜发出寒光，映得画屏幽暗清冷。
轻罗小扇扑流萤。	她用轻巧的纨扇，扑打着闪闪的流萤。
天街[①]夜色凉如水，	空中的夜色清凉如水，
卧看牵牛织女星。	她久久地卧看牛女双星。

注释 ①天街：泛指星空。古分北极北斗附近天区为紫微、太微、天市三垣。天街犹天市。

杜牧

赠别（二首）

其一

题解 杜牧在扬州时经常流连于歌楼妓馆，这首小诗赞美一位年少的歌伎，格调流于轻亵；这种风情艳丽的作品和咏赞，与纯真爱情的篇什不可同日而语，却流传极广，并被后人不断引用。

娉娉袅袅十三余，	身姿轻盈娇小，不过才十三年华，
豆蔻[1]梢头二月初。	就像早春二月的豆蔻，在枝头含苞待放。
春风十里扬州路，	扬州十里长街是何等富丽，如同春风中开遍了繁花，
卷上珠帘总不如。	纵然将所有的珠帘高高卷起，也不见哪一个美人比得上她。

注释 ①豆蔻：植物名。多年生常绿草本。南人取其花未大开者，名含胎花；又以喻未嫁女子，言其少而美。

其二

题解 这首与前一篇都是杜牧三十三岁，由淮南节度使掌书记调任监察御史时，赠别一位歌伎所作，描写别情，婉曲有致。三四句借物抒情，比喻十分新巧，但终觉情浅。

多情却似总无情，	欢聚时曾经那样多情，如今分手又好像原本无情。
唯觉尊前笑不成。	只是当此别离的宴会，对着酒

	杯却欲笑不成。
蜡烛有心还惜别，	蜡烛有心还懂得依依惜别，
替人垂泪到天明。	替人垂泪竟直到天明。

杜牧

金谷园[①]

题解 河南洛阳西北的金谷园是西晋富豪石崇的别墅，石崇经常在这里大宴宾客，成为一时名胜。唐时园已荒废，杜牧凭吊古迹，寄寓他对名园昔盛今衰的感慨，以及对薄命如落花的绿珠的同情和叹惋。

繁华事散逐香尘，	繁华的往事已随着香尘散尽， 没能够留下半点踪迹，
流水无情草自春。	如茵的春草年年自绿，流水无情地悄悄逝去。
日暮东风怨啼鸟，	黄昏时啼鸟在东风里嗟怨声声，
落花犹似坠楼人[②]。	飘飞的落花还像那坠楼的人。

注释 ①金谷园：晋石崇别墅。在今河南洛阳市东北金谷涧。

②坠楼人：绿珠。据《晋书·石崇传》，石崇歌伎绿珠美而艳，善吹笛。孙秀使人求之，崇不许。秀矫诏收崇。崇谓绿珠："我今为尔得罪。"绿珠泣曰："当效死。"乃坠楼。

李商隐

夜雨寄北

题解

李商隐的爱情诗多以典雅华丽、深隐曲折取胜，这首寄内诗却用朴实无华的文字，写出他对妻子的一片深情，亲切有味。

君问归期未有期，	你问我何日归去，我却还不知日期。
巴山①夜雨涨秋池。	巴山中夜雨绵绵，涨满了河流湖池。
何当共剪西窗烛，	几时能同你剪着烛花，相依共话在西窗之前，
却话巴山夜雨时！	向你倾诉巴山中秋雨的夜晚，我对你满怀着深深的思念。

注释

①巴山：山脉名，亦称大巴山。始于陕西西乡县，跨陕川两省。此处当泛指蜀中山川。

李商隐

寄令狐郎中

题解 这是武宗会昌五年（845）秋天，李商隐闲居洛阳时给长安旧友右司郎中令狐绹的答诗。李商隐入李党王茂元幕府又作王氏女婿一事，曾引起令狐绹极大的不满，李商隐曾写过许多祈求令狐绹谅解、哀悯的书信和诗篇。本诗却是个例外，在这首诗中，诗人只是抒写对旧友的相思和感念，虽然诉说自己的寥落索寞，但并无丝毫乞怜之意。诗人系令狐家旧客，用梁园、相如的典故，很是妥帖恰切。

嵩云秦树久离居，	你我多年间隔两地，犹如嵩山的云、秦地的树。
双鲤[①]迢迢一纸书。	山水迢遥，欣喜地得到你珍贵的音书。
休问梁园旧宾客，	不要问我的境况如何，我正像梁园的旧客。
茂陵秋雨病相如[②]。	卧病时在茂陵闲住，在绵绵秋雨中伤情落寞。

注释 ①双鲤：指书信。古人书信常置木函中，外绘鱼、雁。蔡邕

《饮马长城窟行》:“客从远方来，遗我双鲤鱼。呼儿烹鲤鱼，中有尺素书。”

②梁园客、病相如:《史记·司马相如列传》载,“客游梁。梁孝王令与诸生同舍……乃著《子虚》之赋。”“常有消渴疾……称病闲居，不慕官爵。”“既病免，家居茂陵。”

李商隐

为有

题解 这首诗也像李商隐有些篇章一样，用头两个字标题。本诗抒写官宦之家的闺怨，当冬寒退尽的春宵，夫妇恩情缱绻，欢娱恨夜短，生怕早晨分离。全诗以少妇娇嗔的口吻，表现出她不重富贵只重欢情的一片痴心，亲密温柔，不流于淫靡。

为有云屏无限娇，	有云母石镶嵌的华丽屏风，有无限娇美的妻房；
凤城寒尽怕春宵。	当京城里冬寒退尽，谁不怕这春宵去得匆忙！
无端嫁得金龟婿[①]，	好端端嫁了个当朝贵官，辜负了香衾的温软。
辜负香衾事早朝！	既然他带着金龟佩饰，一大早

就得去上朝列班。

注释 ①金龟婿：夫为官。据《唐书·职官志》，武后天授二年（公元691年）改诸官所佩鱼为龟，三品以上袋饰以金。

李商隐

隋宫①

题解 隋炀帝巡游无度，仅大业十二年（616），就三幸江都，当时各地农民已纷纷起义，奉信郎崔民象、王爱仁先后劝谏，均被杀。这首诗讽刺和谴责炀帝的荒淫，前两句写炀帝刚愎冥顽、纵欲拒谏，后二句以举国裁宫锦的典型事例，揭露炀帝为一己私欲耗尽民财民力的巨大罪行，“借锦帆事点化，得水陆绎骚、民不堪命之状，如在目前。”（何焯《义门读书记》）“用意在‘举国’二字。‘半作障泥半作帆’，寸丝不挂者可胜道耶?”（姚培谦《李义山诗集笺注》）这首诗构思奇妙，寓意深刻，晚唐的帝君多昏淫无道，李商隐怀着对于国事无限的隐忧陈古刺今，希望统治者勿蹈历史覆辙，用心良苦。

乘兴南游不戒严， 乘着极浓的兴致漫游南国，显示时世太平沿途竟不见戒严！

九重谁省谏书函？	凭着天子至高无上的威风，哪里能听得进朝臣们苦口忠言。
春风举国裁宫锦，	当春风荡漾的美好时光，竟命令全国百姓把名贵的宫锦裁剪。
半作障泥[2]半作帆！	一半用来缝制游船的帆篷，一半去制作马上的鞍鞯。

注释 ①炀帝南游、大兴宫室事参阅李商隐《隋宫》。
②障泥：披马鞍两旁以挡泥污之锦或毡。

李商隐

瑶池[1]

题解 唐朝皇帝多迷信方术与不死药，宪宗因服丹被宦官杀死，穆宗和武宗因服丹促寿。这首诗借穆天子故事讽刺帝王迷信荒诞。《穆天子传》载穆王与西王母相会，分别时王母作歌："白云在天，山峻自出。道里悠远，山川间之。将子毋死，尚能复来！"穆王作歌答曰："予归东土，和治诸夏。万民平均，吾顾见汝。比及三年，将复而野。"但穆王终于死去未能成仙，李商隐用这一传说讽刺希求长生反而速死的唐代帝王，词情婉转，却有千钧之力。

瑶池阿母绮窗开，	西王母居住在瑶池仙宫，她推开华丽的窗户把穆王翘盼，
黄竹[②]歌声动地哀。	只听见哀怨的黄竹歌声，把神州大地深深震撼。
八骏[③]日行三万里，	穆王的八匹骏马每天能行走三万里路，
穆王何事不重来？	为什么他一去就竟然没有回还？

注释

①瑶池：传西王母所居之处。《列子·周穆王》："王大悦。不恤国事，不乐臣妾，肆意远游。命驾八骏之乘……遂宾于西王母，觞于瑶池之上。"

②黄竹：据《穆天子传》，穆王游黄台之丘，见冻人，作诗三章以哀之，曰"我徂黄竹，负闵寒谢"云云。

③八骏：据《穆天子传》及《列子》，穆王八骏为骅骝、绿耳、赤骥、白义、渠黄、逾轮、盗骊、山子。

李商隐

嫦娥

题解 关于此诗的解释，过去的注家众说纷纭，一说咏女道士，一说是悼亡，一说是“自比有才，反致流落不遇”，也有人认为是诗人对自己依违两党之间的自忏。这些说法似乎过于穿凿，本诗可能与诗人的爱情生活有关，诗人爱恋的对象一说为女冠，一说为令狐楚家的婢妾，总之是一个不自由的人，诗中的嫦娥可能影射他的情人。

云母屏风烛影深，	空室里残烛闪着微弱的冷光，向云母屏风投下了深深暗影。
长河渐落晓星沉。	银河渐渐西斜，天边镶几点就快要隐没的星星。
嫦娥应悔偷灵药[①]，	嫦娥一定在暗自悔恨，不该偷吃灵药变成了飞仙。
碧海青天夜夜心！	从此夜夜幽居在广寒宫内，独自对着一片寂寥的碧海青天。

注释 ①嫦娥偷药:《搜神记》云,“后羿请不死之药于西王母，嫦娥窃之以奔月”。

李商隐

贾生[①]

题解 这首诗借咏贾谊故事，尖锐地指出统治者不可能真正地重视人才，让他们在政治上发挥应有的作用，汉文帝史称有道明君，尚且如此，其他君主自然更勿论。李商隐把从古以来贤才不得重用的叹息与自身流落不遇的感慨，通过贾谊的典型事例抒写出来。前两句以欲抑故扬的手法，叙述文帝求贤，召见才能卓异的贾谊，使人以为下面必有关于国计民生大事的咨询，三四句却转而揭出文帝“不问苍生问鬼神”的事实，讽刺的意味极深而出之以唱叹，尤觉情韵悠远。

宣室[②]求贤访逐臣，	汉文帝访求贤才，在宣室召见贬逐的贾谊；
贾生才调更无伦。	贾生有非凡的才情和风调，天下没有谁能够同他相比。
可怜夜半虚前席，	夜半时仿佛谈得十分投机，使文帝把身子频频向前移去；
不问苍生问鬼神。	可惜并不是探询该如何安邦治国，却是为了要问明有关鬼神的事宜。

注释 ①贾生：据《史记·屈原贾生列传》，贾谊，洛阳人，少通诸子百家。文帝召以为博士。后议以任公卿，周勃等短之，乃以贾生为长沙王太傅。“后岁余，贾生征见。孝文帝方受厘，坐宣室。上因感鬼神事，而问鬼神之本。贾生因具道所以然之状。至夜半，文帝前席。既罢，曰：‘吾久不见贾生，自以为过之，今不及也。’居顷之，拜贾生为梁怀王太傅。”后怀王骑，堕马而死。贾生哭泣岁余，亦死。

②宣室：殿名。未央宫前正室，在未央殿北，

温庭筠

瑶瑟怨

题解 这首诗题作《瑶瑟怨》，却并没有正面描写女主人公清夜独自弹瑟传达怨情，而只是绘出她弹瑟时孤寂凄凉的背景，幽怨之情已表现得很分明了。

冰簟银床梦不成，　冰冷的竹席，洒满月光的床，想做一场好梦不过是虚妄。

碧天如水夜云轻。　天空澄碧，夜凉如水，几片轻云悠悠地飘荡。

雁声远过潇湘去，　寂静中传来鸿雁的啼鸣，鸣声

	渐远，飞过了潇湘。
十二楼[①]中月自明。	一轮皓月，冷漠无情，正照在她华美的高楼上。

注释 ①十二楼：泛指华美居室。“十二楼”原为神仙所居，在昆仑阆风苑，左瑶池，右翠水。见《神仙传》。

郑畋

马嵬坡

作者 郑畋（823—882），字台文，荥阳（今属河南）人。会昌进士。授秘书省校书郎，迁中书舍人。贬梧州刺史。后召为兵部侍郎，曾拜相。官终尚书左仆射。存诗仅十六首，多为七绝。

题解 这首诗虽然对唐玄宗与杨贵妃的爱情悲剧有所同情，却主要歌颂玄宗英明果断，能在马嵬坡听从军士的要求缢杀贵妃，并以陈后主受辱的事作为反证。这与杜甫《北征》中说，“不闻夏殷衰，中自诛褒妲”的看法相近，认为女子是尤物，女色是祸水，这种观点虽极陈腐，在古时却有相当的代表性。

玄宗回马杨妃死，	玄宗从避难地回到了京城，贵妃杨玉环早已经死去，
云雨难忘日月新。	日月重光自然是令人欣悦，旧时的恩爱却难以忘记。
终是圣明天子事，	马嵬坡前悲剧的演出，终竟是天子决策圣明。
景阳宫井[1]又何人？	谁不知陈后主和张丽华，就曾含垢忍辱在景阳宫井。

注释

①景阳宫井：南朝陈后主闻隋兵至，与贵妃张丽华等出景阳殿，入胭脂井，以避隋兵。后为隋军所俘。人称胭脂井为“辱井”。见《陈书·后主纪》及《南畿志》。

韩偓

已凉

作者

韩偓（842—923），字致光，一作致尧，自号玉山樵人，京兆万年人。龙纪元年（889）进士。历官左拾遗、翰林学士、兵部侍郎等职。朱温篡权，不肯依附，因两度遭贬。后召复官，不从，携家往依闽中王审知以终。幼而能诗，姨父李商隐赞其“雏凤清于老凤声”。其感时念乱之作最有价值。写景之作精巧秀丽，多融入身世之慨。又以艳情诗称著，被称作“香奁体”。有《韩内翰别集》《香奁集》。

题解 诗中描绘了一个陈设华丽而精致的内室，使人感到清凉舒适，从而引起人们对于这室内温馨生活的遐想，情思婉转。

碧阑干外绣帘垂，	翠绿如玉的栏杆外，彩绣的帘幕沉沉低垂。
猩色屏风画折枝[①]。	猩红色的屏风上，雕饰着许多美丽的花卉。
八尺龙须方锦褥，	华贵的织锦被褥，刚铺上八尺宽的龙须草席。
已凉天气未寒时。	这暑热退尽的初秋，气候已凉未寒，正合心意。

注释 ①折枝：中国花卉画表现方法之一。不画全株，仅取一枝。

韦庄

金陵图

题解 这首诗以凄婉缠绵的笔调，抒写了韦庄吊古伤今的哀情。霏霏江雨、萋萋江草、长堤烟柳和几声寂寞的鸟啼，织成了一幅凄迷的图画，透露出诗人内心对于唐室衰微深深的悲叹。

江雨霏霏江草齐，	霏霏细雨洒落在江面，岸上的芳草平齐如茵。
六朝[①]如梦鸟空啼。	六朝的繁华如同梦幻，只有小鸟还空自啼鸣。
无情最是台城[②]柳，	台城的杨柳最是无情，不管历史变迁人事废兴，
依旧烟笼十里堤！	它总用烟雾般的碧绿，笼罩着江边十里长堤。

注释 ①六朝：三国吴、东晋、宋、齐、梁、陈，六代皆都金陵，史称六朝。

②台城：《容斋随笔》云，“晋宋间，谓朝廷禁近为台，故称禁城为台城。”则六朝台城当在今南京玄武湖一带。

陈陶

陇西行

作者 陈陶（约812—885），字嵩伯，自称三教布衣，剑浦（今福建南平）人。一说岭南人。举进士不第，纵情山水，隐居洪州西山终老。存诗不多，内容风格尚称丰富，或抒建功之志，或描征夫思妇之情，或写隐逸、神仙之事。有《陈嵩伯集》。

题解 这首诗旨在反对穷兵黩武。前两句虽然写了将士的忠勇，但主要突出战争的残酷；三四句语意极其沉痛，催人肺腑。

誓扫匈奴不顾身，	军士们立誓要扫荡匈奴，一个个忠勇敢战奋不顾身，
五千貂锦丧胡尘。	五千名身着貂锦的精兵良将，全部牺牲在胡地的战阵。
可怜无定河[①]边骨，	可怜征人的累累枯骨，抛弃在荒凉的无定河边，
犹是春闺梦里人！	闺中少妇却还在梦中同他们相会，盼望着有一天能够欢欣地团圆。

注释 ①无定河：黄河支流。《清一统志》："无定河自边外流经陕西榆林府怀远县北，西南经米脂县，又东南流经清涧县东北，入黄河。一名奢延水。以溃沙急流，深浅不定，故名'无定'。"

张泌

寄人

作者 张泌，一作张仕，生卒年不详，字子澄，淮南人。南唐时仕句容县尉，官至中书舍人。后随李煜入宋。《全唐诗》录其诗十九首。

题解 这首诗描绘了一个凄寂的梦境，寄托诗人对意中人深深的思念，构思新颖，语言清丽。

别梦依依到谢家，	离别后心中萦绕着绵绵思念，梦魂悠悠去到了你的家园。
小廊回合曲阑斜。	那回廊和曲栏依然如旧，你的身影我却没有看见。
多情只有春庭月，	我独自站在空寂庭中，只有多情的春月同我相伴。

犹为离人照落花！	又把它温柔的清光，为我照见飘落地上的花片。

无名氏

杂诗

题解 本诗抒写客子思乡的感情。当春光正好，佳节将近，诗人正满怀乡思，杜鹃又声声催人“不如归去”，诗人却还不能还家，于是埋怨杜鹃。虽是一片痴语，却真切动人。

近寒食雨草萋萋，	临近寒食时，飘着绵绵细雨，青青的芳草盖满了大地，
著麦苗风柳映堤。	春风催促麦苗快快生长，夹岸杨柳映绿了河堤。
等是有家归未得，	这大好时光，我有家却难以回还，
杜鹃休向耳边啼！	杜鹃呵，请不要对我唱“不如归去”。

乐府

王维

渭城曲①

题解 这首诗是送一位朋友去西北边疆时所作。前两句写送别时的节物风光，描绘平平常常的景色，却充满诗情画意。三四句表现对故人一片深挚的情谊，友人独赴异域，远离亲朋，诗人殷勤劝酒，安慰他孤寂的心。由于本诗写别情特别动人，被谱入乐曲，成为离席别宴的千古绝唱。

渭城朝雨浥轻尘，	清晨时细雨洒落渭城，轻轻地沾湿了飞扬的路尘。
客舍青青柳色新。	雨后的客舍一片青青，杨柳的颜色碧绿一新。
劝君更尽一杯酒，	当着这离别的宴会，请你再喝下一杯美酒，
西出阳关②无故人！	走出了西边遥远的阳关，再也看不见你的故友。

注释 ①渭城：秦咸阳，汉高祖元年（前202）改为新城，武帝元鼎三年（前114）又改名渭城。渭城曲本名《送元二使安西》（《王右丞集》），后被歌者谱入燕乐，遂成曲名。白居易《对酒》："相逢且莫推辞醉，听唱阳关第一声。"散曲又有《阳关三叠》。

②阳关：《汉书·地理志》载，"龙勒县有阳关、玉门关。"遗址在今甘肃敦煌市西南。

王维

秋夜曲

题解 这是一首闺怨诗，代少妇抒发怨情，细腻生动。

桂魄初生秋露微，	月亮刚刚失去几分圆满，初秋的白露也还很轻，
轻罗已薄未更衣。	薄薄的纱衫已令人感到凉意，却没有去换穿夹衣一身。
银筝夜久殷勤弄，	一直到夜色沉沉，她还在殷勤地弹筝，
心怯空房不忍归！	害怕空房寂寞清冷，没有勇气走进屋门。

王昌龄

长信怨[1]

题解 这首诗咏汉成帝时班婕妤的故事。班婕妤曾受成帝宠爱，后来成帝又宠幸赵飞燕姐妹，她看到自身处境孤危，自请去长信宫侍奉太后，从此凄寂地度过一生。本诗抒写她失宠的幽怨，在客观上谴责了帝王用情不专，造成宫妃们极大的痛苦。沈德潜《唐诗别裁》说三四句写“寒鸦带东方日影而来，见己之不如鸦也。优柔婉丽，含蕴无穷，使人一唱而三叹”。叶燮《原诗》说这两句是“绝不能有其事”的“情至之语”，奇而入理。

奉帚平明金殿开，	黎明，长信宫敞开了大门，她独自一人在打扫金殿。
暂将团扇共徘徊。	手持团扇想消解寂寞，命运却正像秋天的团扇。
玉颜不及寒鸦色，	枉自有美丽的花容玉貌，竟然比不上丑陋的乌鸦，
犹带昭阳[2]日影来。	寒鸦从昭阳殿飞来，身上还带着太阳的光华。

注释 ①长信：汉宫名。《三辅黄图》："长信宫，汉太后常居之。"

②昭阳：汉殿名。成帝时，赵飞燕居此。日影，古时以日喻天子，此指天子恩宠。

王昌龄

出塞

题解 "秦时明月"句互文见义，诗人把镜头直拉回到秦汉，为了引起人们对于历史无限久远、空间无限广阔的想象和联想，说明战争从古到今未曾休停，征人的勤苦和牺牲没有尽头。后二句感叹边将无能。沈德潜《说诗晬语》云："秦时明月一章，前人推奖之而未言其妙。盖言师劳力竭而功不成，由将非其人之故，得飞将军备边，边烽自熄。"

秦时明月汉时关，	秦汉的明月和关塞依然存在，
万里长征人未还。	军士们万里长征，至今也没有归来。
但使龙城飞将在①，	著名的飞将军李广若还健在，
不教胡马度阴山。	绝不让胡人兵马跨过阴山东来。

注释 ①龙城飞将：汉卫青、李广一类猛将。《史记·卫将军列传》："元光五年（前130），青为车骑将军，击匈奴……至茏城，斩首虏数百。"茏城一作龙城。《史记·李将军列传》："广居右北平，匈奴闻之，号曰'汉之飞将军'，避之数岁，不敢入右北平。"

李白

清平调（三首）

题解 郭茂倩《乐府诗集》引唐李濬《松窗杂录》云："开元中，禁中木芍药花方繁开，帝乘照夜白（名马），太真妃以步辇从。李龟年以歌擅一时。帝曰：'赏名花，对妃子，焉用旧乐辞为？'遂命李白作《清平调》三章，令梨园弟子略抚丝竹以促歌，帝自调玉笛以倚曲。"这三首诗是李白在长安为翰林供奉时应制而作。三章的主旨是歌咏贵妃，第一首以牡丹比贵妃的美艳，第二首以带露之花比贵妃的得宠，第三首兼咏名花和贵妃，并以君王对妃子、赏名花的欢悦情怀作结。

其一

云想衣裳花想容， 看见飘忽的彩云，会想到是你

	轻盈的衣衫；看见妍丽的鲜花，会想到是你姣好的容颜。
春风拂槛露华浓。	春风吹拂着栏杆，带着浓露的牡丹红得更艳。
若非群玉山头见，	这超凡绝俗的花容绝不是长在人间，
会向瑶台月下逢。	该是群玉山头和瑶台月下的神仙！

其二

一枝红艳露凝香，	犹如一枝红艳的牡丹，朝露中散发芳香。
云雨巫山枉断肠。	梦中那云雨巫山的神女，白白让楚王相思断肠。
借问汉宫谁得似？	眼前花容汉宫中有谁能比，
可怜飞燕倚新妆。	可怜赵飞燕还得要倚仗新妆。

其三

名花倾国两相欢，	名花和美人相映生辉，
常得君王带笑看。	常得到君王含笑注目。
解释春风无限恨，	当她在沉香亭北倚着栏杆，
沉香亭北倚阑干。	无边的春恨也就完全消散。

王之涣

出塞

题解 前两句描绘了一幅高远辽阔而荒凉的塞上河山图，三四句转而抒写征人戍边的悲怨，“何须怨”，却正是要怨，“春风不到玉门关”，一则指塞外寒苦，二则隐喻朝廷的恩泽不及于边关。

黄河远上白云间，	遥望黄河如带，远远飞上云天。
一片孤城万仞山。	一座孤零零的荒城，周围是万仞高山。
羌笛何须怨《杨柳》[①]，	羌笛何必要吹奏《折杨柳》传达离别的悲哀，

春风不度玉门关!	和煦的春风，从来吹不到玉门关外。

注释 ①杨柳：古曲《折杨柳》，属《横吹曲》。笛曲，已佚。

杜秋娘

金缕衣

作者 杜秋娘，生卒年不详，据杜牧《杜秋娘诗·序》记，秋娘为金陵（今南京）人。十五岁为唐宗室节度使李锜妾。李锜谋叛被杀，没入宫中，有宠于宪宗。穆宗即位，赐归故里。其《金缕衣》诗,《全唐诗》题为“无名氏”作。

题解 这是一首富有哲理性、含义深永的小诗，它叫人们不要重视荣华富贵，而要爱惜少年时光，可以说它劝喻人们要及时摘取爱情的果实，也可以说是启示人们要及时建立功业，正因为它没有说得十分具体，反而更觉内涵丰富。

劝君莫惜金缕衣，	不必去爱惜金线织成的华丽衣裳，
劝君惜取少年时。	应该爱惜的是少年的时光。

花开堪折直须折，	当那鲜花盛开，你一定要尽情地采摘，
莫待无花空折枝！	切莫等到春残花落，将无花的空枝攀折。

附录

蘅塘退士原序

◎世俗儿童就学，即授《千家诗》，取其易于成诵，故流传不废。但其诗随手掇拾，工拙莫辨，且止五、七律绝二体，而唐、宋人又杂出其间，殊乖体制。因专就唐诗中脍炙人口之作，择其尤要者，每体得数十首，共三百余首，录成一编，为家塾课本，俾童而习之，白首亦莫能废，较《千家诗》不远胜耶？谚云："熟读唐诗三百首，不会吟诗也会吟。"请以是编验之。

乾隆癸未年春日，蘅塘退士题。

本书获2018年贵州省出版传媒事业发展专项资金资助

图书在版编目（CIP）数据

唐诗三百首全译 / 沙灵娜，何年译注；陈敬容校订. -- 贵阳：
贵州人民出版社，2021.7
（中国历代名著全译丛书）
ISBN 978-7-221-16504-6

Ⅰ. ①唐… Ⅱ. ①沙… ②何… ③陈… Ⅲ. ①唐诗—
译文 Ⅳ. ①I222.742

中国版本图书馆CIP数据核字(2020)第267675号

出 版 人：王　旭
责任编辑：李　康　谢丹华
装帧设计：晓笛设计工作室　刘清霞　舒刚卫
责任监印：尹晓蓓　唐锡璋

书　　名：唐诗三百首全译
译　　注：沙灵娜　何　年
校　　订：陈敬容
出版发行：贵州出版集团　贵州人民出版社
地　　址：贵州省贵阳市观山湖区会展东路SOHO办公区A座
印　　刷：北京雅昌艺术印刷有限公司
开　　本：880mm × 1230mm　32开
印　　张：17
字　　数：310千字
版　　次：2021年7月第1版
印　　次：2021年7月第1次印刷
书　　号：ISBN 978-7-221-16504-6
定　　价：85.00元